Marilyn Turk

Das Geheimnis von Hope Island

Roman

Aus dem Amerikanischen von Antje Balters

GerthMedien

Der Herr ist mein Licht und mein Heil;
vor wem sollte ich mich fürchten?
Der Herr ist meines Lebens Kraft;
vor wem sollte mir grauen?

Psalm 27,1 (LU 2017)

1

Hope Harbor, Maine
Gegenwart

So ziemlich der allerletzte Ort, an dem Abby gerade sein wollte, war ein Friedhof.

Sie schleifte die fünfjährige Emma praktisch den Hügel hinauf zu der Stelle, wo die Zeremonie stattfand. Sie waren wieder einmal zu spät. Ein weiterer Punkt auf der Liste all der Dinge, die sie nicht hinbekam. Sie wich den Blicken der Anwesenden aus, als sie ganz nach vorne ging, sich auf den einzigen noch freien Platz in der ersten Reihe setzte und Emma auf den Schoß nahm. Emma wiederum nahm ihre *Wonder Woman*-Teddybärin, die sie überall mit hinschleppte, auf den Schoß.

Nachdem sie Platz genommen hatte, ließ Abby ihren Blick über die Menschenmenge schweifen, kannte aber von den Anwesenden nur ein paar Einheimische aus der Stadt. Wer mochten all die anderen Leute sein? Waren es Menschen, die ihre Großeltern gekannt hatten? Sie hatte jedenfalls nicht damit gerechnet, dass die Zeremonie, bei der Gedenktafeln auf dem Grab aufgestellt werden und die Arbeit ihrer Großeltern als Leuchtturmwärter gewürdigt werden sollte, so gut besucht sein würde. Schließlich war ihre Großmutter schon seit über 25 Jahren tot. Abby war erst zehn Jahre alt gewesen, als sie gestorben war, und ihren Großvater hatte sie gar nicht mehr kennengelernt, weil er schon lange vor ihrer Geburt gestorben war.

Ein Senator des Bundesstaates und ein paar weitere Männer warteten hinter dem provisorischen Rednerpult, daneben standen Mitglieder der Küstenwache in ihren blauen Uniformen. Als der Mann mit den vielen Orden an der Brust ans Rednerpult trat, stupste Emma Abby an und fragte: „Wer ist das, Mami?"

Daraufhin beugte Abby sich zu ihr vor und flüsterte ihr ins Ohr: „Ich weiß nicht, wie er heißt, aber wir müssen jetzt still sein."

„Ist er ein Soldat wie Papa? Er hat genau solche Sachen an wie er."

Bei diesen Worten krampfte sich ganz kurz Abbys Herz zusammen. Obwohl Emma erst drei gewesen war, als Kevin ums Leben kam, erinnerte sich ihre Tochter auch jetzt, zwei Jahre später, noch gut an ihn. Das lag sicher auch an den Fotos von ihm, die bei ihnen in der Wohnung hingen. Jedes Mal, wenn Emma eine Uniform sah, egal um was für eine es sich handelte, erwähnte sie ihren Vater.

War es wirklich erst zwei Jahre her, dass Abby auf einem anderen Friedhof an einer Zeremonie teilgenommen hatte, bei der Kevin für seinen Dienst im Militär geehrt worden war?

Der Offizier begrüßte jetzt alle Anwesenden, ein paar hochrangige Würdenträger auch persönlich und dann noch speziell die Angehörigen des Leuchtturmwärterpaares. Abby warf einen kurzen Blick in die Runde. Gab es denn noch andere Angehörige außer Emma und ihr? Soweit sie wusste, waren sie selbst, ihre Mutter und ihre Tochter die einzigen noch lebenden Verwandten von Abigail und Charles Martin.

Und hätte ihre Mutter sie nicht angefleht, doch an der Zeremonie teilzunehmen, wäre auch Abby nicht dabei gewesen. Da es ihrer Mutter jedoch gesundheitlich nicht gut ging, hatte sie sich bereit erklärt, ihre Familie zu vertreten.

„Bitte, Abby, wäre deine Granny Abigail jetzt hier, würde sie sich sehr freuen, wenn du an der kleinen Feier teilnehmen würdest“, hatte ihre Mutter sie angefleht. „Ich wünschte, ich könnte selbst dabei sein.“

Wenn meine Granny Abigail hier wäre, dann gäbe es diese Zeremonie gar nicht, hätte Abby am liebsten entgegnet, hatte aber schließlich doch ihrer Mutter zuliebe nachgegeben. Und vielleicht auch ihrer Großmutter zuliebe, falls die vom Himmel aus zuschaute.

Als der nächste Würdenträger ans Rednerpult trat, schweiften Abbys Gedanken ab. Ihre Granny Abigail war einer ihrer absoluten Lieblingsmenschen auf dieser Welt gewesen. Abby hatte ihre Geschichten von ihrer Arbeit als Leuchtturmwärterin geliebt, und zwar sowohl aus der Zeit, bevor ihr Mann ertrunken war, als auch aus der danach. Ihre Granny hatte einen unglaublichen Lebenswillen gehabt, trotz all der Nöte, die sie erlebt hatte, und trotz der Tatsache, dass sie ihre Tochter allein hatte großziehen müssen. Woher hatte sie nur die Kraft genommen, das alles zu bewältigen?

Jetzt war Abby selbst auch Witwe und musste ein Kind allein großziehen, aber außer diesen beiden Fakten und ihrem Vornamen gab es keine Gemeinsamkeiten. Ihre Granny hatte in viel schwierigeren Zeiten gelebt und Abbys Leben war im Vergleich mit dem ihrer Großmutter viel einfacher. Trotzdem hatte sie nach Kevins Tod ihr altes Leben in Kalifornien aufgegeben, weil es sich zu schwer angefühlt hatte, es ganz allein zu bewältigen.

Sie war zurück nach Hause geflüchtet, und zwar erstens in der Hoffnung, sich dort selbst wiederzufinden, und zweitens, um sich um ihre Mutter zu kümmern. Anderen zu helfen, gab ihr nämlich das Gefühl, gebraucht zu werden, auch wenn Kevin sie damit ständig aufgezogen hatte. Und abgesehen von dem einen Mal, als ... sie seufzte. Warum fühlte sie sich bloß so ausgelaugt? Ach, hätte sie doch nur Grannys Kraft und Lebenswillen geerbt. Woher hatte sie damals bloß die Kraft zum Weitermachen genommen?

Der bedeckte Himmel trug wenig dazu bei, ihre Stimmung zu verbessern, während sie die verwitterten Grabsteine in der unmittelbaren Nähe betrachtete. Sie fröstelte, als ihr eine lebhafte Windbö durchs Haar fuhr, und sie zog Emma fester an sich in der Hoffnung, dass die körperliche Nähe sie beide warm halten würde.

„Jahrelanger Einsatz ..." Die Worte gingen Abby durch den Kopf und lenkten ihre Aufmerksamkeit wieder auf den Redner. Was Granny wohl davon gehalten hätte, für ihre Arbeit geehrt zu werden? Ein Lächeln ging über Abbys Gesicht, als sie sich die Reaktion ihrer Großmutter vorstellte.

„Dummes Zeug! Warum sollte jemand dafür geehrt werden, dass er einfach nur seine Arbeit ordentlich macht?" Das hätte Granny Abigail gesagt. Sie war gerne Leuchtturmwärterin gewesen, auch wenn es eine anspruchsvolle und sehr anstrengende Aufgabe gewesen war. Aber stolz? Mit Stolz sprach sie über ihren verstorbenen Mann, so als wäre seine Position auf dem Leuchtturm wichtiger gewesen als ihre, und das, obwohl sie nach seinem Tod seine gesamten Aufgaben und Pflichten übernommen hatte. Aber ihre Geschichten waren fantastischer gewesen als alle, die Abby je gehört hatte.

Der ältere Mann, der neben Abby saß, reichte ihr jetzt einen Flyer mit dem Ablauf der Zeremonie, und als sie sich ihm zuwandte, um sich zu bedanken, zeigte er auf einen Mann, der fast am Ende der Reihe stand. Abby nahm Blickkontakt mit dem Fremden auf, der daraufhin nickte, und zwischen seinem Oberlippenbart und dem gestutzten Vollbart bemerkte sie ein kaum wahrnehmbares Lächeln. Sie wurde rot bei dem Gedanken, dass er sie lange genug angeschaut haben musste, um zu bemerken, dass sie kein Programm hatte. Wie peinlich! Da saß sie als einzige noch lebende Angehörige der Geehrten, mal von Emma abgesehen, und war nicht einmal über den Ablauf der Zeremonie informiert.

Sie bedankte sich mit einem angedeuteten Nicken und versuchte zurückzulächeln, bevor sie den Flyer anschaute. Obwohl sie dem Mann nur einen ganz kurzen Blick zugeworfen hatte, war ihr aufgefallen, wie gut er aussah. Sein schwarzes Haar ringelte sich über den Kragen seines braunen Lederblousons und umrahmte ein Gesicht mit hellen Augen. Sie betrachtete ihn unauffällig von der Seite. Er trug dunkelblaue Jeans und Wanderstiefel. Ob er vielleicht ein entfernter Verwandter war, von dem sie nichts wusste? Jedenfalls hatte er ihre Großeltern mit Sicherheit nicht persönlich gekannt, denn dem Anschein nach war er etwa in ihrem Alter.

„Kann ich das lesen, Mami?"

Abby signalisierte Emma, still zu sein, und hielt ihrer Tochter das aufgeschlagene Programm hin. Sie selbst schaute ebenfalls hinein und versuchte, sich auf die Reihenfolge der Beiträge zu konzentrieren. Einer der Würdenträger ging jetzt zu den beiden Grabsteinen neben dem Rednerpult und legte vor jedem einen Kranz nieder. Als Nächstes wurde ein Mann namens Timothy Harrison vorgestellt, Herausgeber der Zeitschrift *Lighthouse Digest**. Er trat hinter das Pult und erklärte die Bedeutung der Gedenktafel. Alle Mitglieder des Militärs bekämen eine solche Tafel mit Angaben über die Art ihres Dienstes und seit Kurzem stehe eine solche Ehrung auch den Leuchtturmwärtern der Küstenwache zu.

Dann enthüllte er eine Bronzetafel, die neben dem Grabstein aufgestellt worden war, und ein Gardist der Küstenwache steckte eine amerikanische Fahne in die dafür vorgesehene Öffnung an der Tafel. Als der Offizier vor der Fahne salutierte, salutierte die

---

* dt. Leuchtturm-Magazin

Fahne – mithilfe einer leichten Windböe – zurück. Abby musste ihre Tränen unterdrücken, als sie in diesem Augenblick an die militärische Zeremonie bei Kevins Begräbnis dachte. Wenigstens blieb ihr hier der Anblick eines mit der amerikanischen Flagge bedeckten Sarges erspart.

Sie richtete ihre Aufmerksamkeit jetzt wieder ganz auf den Redner, der gerade hervorhob, dass zwar viele Leuchtturmwärter bei ihrer Arbeit von ihrer Ehefrau unterstützt würden, aber nur ein paar wenige Witwen von Leuchtturmwärtern nach dem Tod ihres Ehemannes den Rang einer Haupt-Leuchtturmwärterin bekommen hätten. Dabei hob er hervor, dass Granny übergangslos da weitergemacht habe, wo ihr Mann aufgehört hätte – eine große Aufgabe für eine junge Mutter.

Abbys Herz schwoll vor Stolz, als sie der Ehrung ihrer Großeltern folgte. Sie waren wirklich besondere Menschen gewesen. Warum nur hatte sie ihre noblen Eigenschaften nicht geerbt? Sie schluckte gegen den Kloß in ihrem Hals an.

Die Zeremonie ging jetzt langsam zu Ende, und die anwesenden Gäste wurden gebeten, sich von ihren Plätzen zu erheben, während die Ehrenwache abtrat. Abby nahm Emma vom Schoß, stand auf, und dann standen sie stramm, bis die Zeremonie beendet war. Danach verlangte es die Höflichkeit, dass Abby sich noch kurz den Verantwortlichen vorstellte.

Sie ging zu dem Herausgeber der Zeitschrift, gab ihm die Hand und sagte: „Ich bin Abigail Baker, die Enkelin von Charles und Abigail Martin. Vielen Dank, dass Sie die beiden auf so wundervolle Art ehren."

Mr Harrison strahlte, als er ihren Händedruck erwiderte. „Es freut mich sehr, Sie kennenzulernen, Mrs Baker. Ich habe Ihre Großmutter persönlich gekannt, eine wirklich bemerkenswerte Frau."

Abby nickte. „Ja, das war sie. Ich wünschte, ich hätte sie noch länger erlebt, aber sie ist gestorben, als ich noch ein Kind war."

„Und ich bin Emma“, war jetzt von ihrer gar nicht schüchternen Tochter zu hören, die dabei ihre Hand hochstreckte.

Mr Harrison beugte sich hinunter, ergriff die kleine Hand mit beiden Händen und entgegnete: „Ich freue mich sehr, dich kennenzulernen, Emma. Dann bist du also die Urenkelin.“

Mit fragendem Blick sah Emma daraufhin zu Abby hinauf.

„Ja, Emma ist meine Tochter“, erklärte sie.

Der Mann sah Abby mit nachdenklich gerunzelter Stirn an und fragte. „Ist Ihre Mutter …“

„Meine Mutter wäre gerne dabei gewesen“, beeilte sich Abby zu versichern, „aber sie leidet an COPD und der Fußweg hierher wäre zu anstrengend für sie gewesen.“

„Das tut mir leid. Bitte grüßen Sie sie doch. Ich habe sie vor Jahren, noch zu Lebzeiten Ihrer Großmutter, einmal kennengelernt.“

„Das mache ich. Danke nochmals.“ Als sie sich abwandte, um zu gehen, bemerkte sie ein paar Schritte entfernt wieder den Mann, der ihr den Flyer gereicht hatte. Ob er auch mit Mr Harrison sprechen wollte?

Auf dem Weg zu ihrem Auto holte er sie ein und sagte: „Entschuldigen Sie bitte, ich möchte wirklich nicht aufdringlich sein, aber ich würde Sie gerne kennenlernen.“

Erschrocken wäre Abby beinahe gestolpert. „Mich?“

„Ja, ich habe gerade gehört, wie Sie gesagt haben, dass Sie die Enkelin der Martins sind.“

„Ja, das stimmt. Ich bin Abby Baker.“

„Mein Name ist Carson Stevens, und ich habe vor Kurzem den Leuchtturm gekauft, in dem Ihre Großeltern gearbeitet haben.“

Abby blieb vor Erstaunen der Mund offen stehen. „Sie haben den Leuchtturm gekauft?“

„Also eigentlich habe ich Hope Island gekauft und dazu gehören auch die gesamten sechs Hektar Land und das Leuchtturmwärterhaus.“

„Ach.“ Abby versuchte sich die Insel vorzustellen. Es war viele Jahre her, dass sie das letzte Mal dort gewesen war. „Warum haben Sie sie gekauft? Wollen Sie dort wohnen?“

„Ja, irgendwann schon. Ich renoviere das Leuchtturmwärterhaus und habe vor, daraus ein Bed & Breakfast zu machen.“

Das Haus ihrer Großmutter ein Bed & Breakfast? „Ist es dazu denn groß genug?“

„Ja sicher. Wenn alles fertig ist, wird es vier Zimmer zum Vermieten haben.“

„Ich muss aufs Klo, Mami“, war in dem Moment Emmas piepsige Stimme zu hören.

Abby schaute hinunter zu Emma und bemerkte sofort das verräterische Trippeln, ein sicheres Zeichen, dass es höchste Zeit wurde, bevor ein Malheur passierte.

Sie wurde rot, als sie Carson wieder ansah, und sagte: „Tut mir leid, aber wir müssen uns jetzt beeilen.“ Mit diesen Worten nahm Abby Emma auf den Arm und rannte mit ihr den Hügel hinunter.

Carson rannte neben ihnen her und sagte schließlich: „Hätten Sie vielleicht Lust, sich den Leuchtturm irgendwann einmal anzuschauen?“

„Ich weiß nicht, wann ich Zeit habe, aber … rufen Sie mich doch einfach an“, rief Abby ihm noch zu, rannte aber schnaufend weiter und überquerte dann die Straße, um in dem Café an der Ecke die Toiletten zu suchen.

So viel also dazu, dass er unbedingt einen tollen ersten Eindruck hatte machen wollen.

Carson schüttelte den Kopf, als er Abby nachsah, die sich beinah rennend und mit wehenden Haaren immer weiter von ihm entfernte.

Bildete er es sich nur ein oder war sie tatsächlich kurz angebunden gewesen? Klar war das dringende Bedürfnis des kleinen Mädchens wichtiger, als mit ihm zu plaudern, aber es fühlte sich trotzdem so an, als hatte Abby ihn gar nicht schnell genug loswerden können.

Das lag bestimmt an seiner fehlenden Übung im Umgang mit Menschen, denn er hatte bis vor Kurzem den ganzen Tag in einem Großraumbüro am Computer gesessen und anschließend abends zu Hause Leuchttürme angeschaut. Deshalb war nicht viel Zeit für gesellige Kontakte übrig gewesen. Nicht dass er sich das nicht gewünscht hätte, nachdem Jennifer die Verlobung mit ihm gelöst hatte, aber in dem Jahr, das seitdem vergangen war, musste er im Umgang mit Menschen völlig eingerostet sein. Trotzdem hatte er gehofft, die Nachkommen der Martins kennenzulernen, und er war sehr erfreut gewesen, als er erfahren hatte, dass Abby deren Enkelin war. Vielleicht war er einfach zu forsch und direkt gewesen. Dabei hatte er eigentlich nur mehr über die ehemaligen Leuchtturmwärter auf seiner Insel erfahren wollen, und dass sie so attraktiv war, war auch kein Nachteil. Er musste nur erst wieder lernen, wie man Frauen ansprach.

Carson ging zu seinem Truck, den er um die Ecke geparkt hatte. Sie hatte gesagt, er solle sie einfach anrufen, hatte ihm aber nicht ihre Nummer gegeben. Wie sollte er sie also finden? Er holte sein Handy hervor und googelte Abby Baker – ohne Ergebnis. Er wusste nicht einmal, ob sie in der Gegend lebte. Nachdem er in seinen Truck gestiegen war, saß er einen Moment lang einfach nur da, bevor er den Motor zündete.

Denk nach, Carson. Es muss eine Möglichkeit geben, es herauszufinden, sagte er zu sich selbst. Er schlug einmal heftig aufs Lenkrad. Hatte er seine Chance vertan?

Das Bild, wie Abby mit ihrer kleinen Tochter auf dem Arm den Hügel hinuntergerannt war, ging ihm nicht mehr aus dem Kopf.

Was hatte das kleine Mädchen eigentlich in der Hand gehabt? Einen Teddybären in Kleidern? Er hatte nicht nur von Frauen keine Ahnung, sondern mit Kindern kannte er sich noch weniger aus. Obwohl ihn das kleine Mädchen an seine jüngere Schwester Dana erinnerte, als sie noch klein gewesen war. Bei der Erinnerung musste Carson lächeln und schüttelte dann den Kopf. Kaum zu glauben, dass Dana jetzt schon selbst Kinder hatte. Zwei Jungen und ein drittes Kind war unterwegs. Er musste wirklich versuchen, sie häufiger zu sehen, aber es kam immer wieder etwas dazwischen, das dringender war, und außerdem lebten sie in Colorado, also sehr weit von Maine entfernt.

Carson schaute auf die Uhr und zuckte richtig zusammen, als er sah, wie spät es schon war. In ein paar Minuten hatte er einen Termin mit dem Bauunternehmer, um mit ihm die Renovierungen auf Hope Island zu besprechen. Die Arbeiten am Bau eines Bootsanlegers mussten eigentlich mittlerweile abgeschlossen sein. Wie es jemals jemand geschafft hatte, ohne Anleger lebendig auf die Insel zu gelangen, war ihm schleierhaft, denn Hope Island hatte den Ruf, dass es fast unmöglich war, dort zu landen. Carson staunte immer wieder darüber, wie die Menschen früher ohne moderne Technik ihre Probleme gelöst hatten. Der schwimmende Anleger, den er jetzt hatte bauen lassen, würde haltbarer und vor allem funktionaler sein als die früheren festen Stege, die meist irgendwann von den Wellen weggerissen worden waren. Wenn der Anleger erst einmal fertig war, konnte endlich auch Material für die Bauarbeiten hinüber auf die Insel geschafft werden.

Carson hielt vor *Mo's*, dem örtlichen Coffeeshop, und wurde beim Betreten des Lokals vom Duft frisch aufgebrühten Kaffees begrüßt. Als er sich in dem Gastraum umsah, winkte ihm ein Mann zu, der auf einem der Sofas saß und dann aufstand. Carson ging zu ihm hinüber und gab ihm die Hand.

„Sie müssen Nick sein. Ich bin Carson."

„Freut mich, Sie kennenzulernen. Holen Sie sich doch erst mal einen Kaffee, dann können wir das hier durchgehen." Dabei zeigte er auf eine Bauzeichnung auf dem Tisch.

Am Tresen ging Carson die fantasievollen Bezeichnungen der unterschiedlichen Kaffeekreationen auf der Tafel dahinter durch. „Haben Sie auch ganz normalen Kaffee?", fragte er schließlich.

„Ja, klar. Das ist der *Mo's Joe.*" Der vollbärtige Typ mit einem Männerdutt zeigte auf den Namen an der Tafel. „Welche Größe? Einen *Little Joe*, einen *Big Joe* oder einen *Most Joe*?"

Carson zeigte auf einen Becher und hoffte, dass er sich nicht merken musste, welcher der Joes das war, doch der Barista nickte, nahm den Becher und füllte ihn mit Kaffee. Carson griff in die Tasche. „Wie viel macht das?"

Doch der Mann schüttelte den Kopf und winkte ab. „Sie sind neu in der Stadt und der erste *Mo* geht immer aufs Haus. Wenn Sie dann aber mehr *Mo's Joes* wollen, müssen Sie bezahlen."

Carson nahm den Becher, fragte sich kurz, auf welchem Planeten er hier eigentlich gerade gelandet war, ging dann zurück zu dem Tisch, an dem Nick saß, und setzte sich neben ihn.

Nick legte seine Hände auf die Knie, sah Carson an und sagte: „Folgende Situation: Ihnen ist schon klar, dass das Gebäude in einem ziemlich schlechten Zustand ist, oder? Es muss völlig entkernt werden, und das Einzige, was noch genutzt werden kann, sind das Fundament und die Außenmauern. Die scheinen stabil zu sein. Wir haben ein paar Fallen aufgestellt, um die Schädlinge zu fangen und dann die Höhlen und Gänge zu verschließen, durch die sie hineinkommen."

„Schädlinge?" Carson wusste nicht so genau, was er darunter zu verstehen hatte.

„Na ja, Sie wissen schon – Mäuse, Eichhörnchen und so, die das Haus jetzt schon eine ganze Weile für sich gehabt haben. Die müssen jetzt raus da, denn solch ein Getier kann ein Haus komplett zerstören. Und der Garten ist voller Wühlmäuse, Sie wissen schon, diese Nager, die die Wurzeln von Pflanzen abfressen und den ganzen Garten mit unterirdischen Gängen durchziehen."

Carson nickte und stellte sich das Haus vor, wie es von Nagern überrannt wurde. Keine besonders angenehme Vorstellung im Zusammenhang mit einem Bed & Breakfast.

„Wenn die Schädlinge dann raus sind, müssen wir das Dach erneuern. Es bringt ja nichts, drinnen zu arbeiten, wenn es durchs Dach tropft, und ich bin sicher, dass das der Fall ist."

„Wie lange wird es denn dauern, das Dach zu erneuern?"

„Damit müssten wir eigentlich bis nächste Woche fertig werden, vorausgesetzt das Wetter hält."

Nick trank einen großen Schluck von seinem *Joe*.

„Und dann müssen wir das gesamte Haus entkernen, bevor wir neue Wände einziehen, Estrich gießen und die Wasser- und Elektroleitungen verlegen können."

Carson tanzten Dollarzeichen im Kopf herum. Er deutete auf den gelben Notizblock mit Zahlenkolonnen darauf und fragte: „Ist das die Aufstellung der gesamten Sanierungskosten?"

Nick nahm den Block und hielt ihn Carson hin, damit er die Zahlen besser sehen konnte. Der verschluckte sich und hätte beinah seinen letzten Schluck Kaffee wieder ausgespuckt.

„Wow. Das ist mehr als ich gedacht habe. Gibt es irgendeine Möglichkeit, die Kosten noch zu senken?"

„Ja klar", antwortete Nick, legte den Block wieder hin und sah Carson an. „Je mehr Sie selbst mit Hand anlegen, desto weniger Männer muss ich für die Arbeit bezahlen. Haben Sie denn schon mal auf dem Bau gearbeitet?"

„Nein, aber ich bin sicher, dass ich es lernen kann."

Er würde alles tun, was in seiner Macht stand, um sein Ziel zu erreichen, und wenn Gott es wollte, würde er die Zweifler zum Schweigen bringen.

2

Nach der Gedenkfeier auf dem Friedhof schaute Abby noch bei ihrer Mutter vorbei und wurde von Herkules, der Katze ihrer Mutter, begrüßt, als sie mit Emma in die Küche kam. Ihre Mutter saß am Tisch vor einer aufgeschlagenen Bibel. Abby warf ihre Schlüssel und ihre Handtasche hin, während Emma zu ihrer Großmutter rannte und sie umarmte.

„*Wonder Woman* musst du aber auch umarmen!“, sagte die Kleine und hielt ihrer Oma die Bärin hin.

Die willigte mit einem breiten Lächeln ein und fragte dann interessiert: „Und, wie war es? Hast du jemanden getroffen, den du kanntest?“

Abby schüttelte den Kopf. „Vielleicht hättest du dort mehr Leute gekannt als ich, aber ich habe mit jemandem gesprochen, der dich kennt. Timothy Harrison.“

„Ach ja. Das ist der Mann, der mir den Brief mit der Einladung zu der Gedenkfeier geschickt hat. Seine Zeitschrift hat vor einiger Zeit einen Artikel über deine Granny gebracht.“ Suchend sah sie sich in der Küche um. „Irgendwo muss das Exemplar hier herumliegen, aber ich weiß nicht mehr, wo ich es hingelegt habe.“

Abby schaute zum Küchentresen hinüber. „Hast du noch Kaffee für mich?“ Sie ging zur Kaffeemaschine, nahm die Glaskanne mit einem Kaffeerest heraus, schnupperte daran und stellte sie dann wieder zurück. „Du musst dir wirklich mal so einen Kaffeeautomaten kaufen, der immer nur einzelne Tassen aufbrüht. Du trinkst alleine doch gar nicht genug Kaffee, um immer eine ganze Kanne warm zu halten.“

Doch ihre Mutter winkte ab. „Ich brauche nichts Neues zum Kaffeekochen. Die Kaffeemaschine reicht für mich völlig aus. Wenn du willst, kannst du dir gerne eine frische Kanne voll kochen.“

Abby schüttelte den Kopf. „So viel brauche ich nicht. Ich kann auch einfach Wasser trinken.“ Sie nahm ein Glas aus dem Schrank, füllte es an der Spüle und setzte sich dann ihrer Mutter gegenüber an den Tisch.

„Hast du heute schon etwas gegessen? Ich habe noch Aufschnitt, falls du ein Sandwich willst“, sagte ihre Mutter.

Mit gerunzelter Stirn dachte Abby über den Vorschlag nach und sagte dann: „Nein danke. Ich hole mir später rasch irgendwo etwas.“

„Aber du musst doch etwas essen. Du wirst zu dünn.“

Abby zog eine Grimasse. Nicht schon wieder dieses Thema. „Ich esse genug, Mama. Ich arbeite es nur alles wieder ab.“

„Möchtest du einen Cookie, Emma? In der Keksdose sind frisch gebackene Chocolate-Chip-Cookies.“

„Darf ich, Mami?“

„Ja, aber nur einen.“ Abby ging zum Küchentresen, nahm den Deckel von der Keksdose ab und der Duft von Zucker und Schoko-Chips kam ihr entgegen. Als sie Emma die Dose hinhielt, erinnerte sich Abby noch einmal, dass sie nicht vergessen durfte, auf dem Heimweg noch für sie beide etwas zu essen zu besorgen. Wenn Emma nicht wäre, hätte sie nämlich glatt vergessen, überhaupt zu essen. Komisch, dabei hatte es Zeiten gegeben, in denen sie erst eine Handvoll Cookies gefuttert hatte, bevor sie etwas Gesundes aß. Jetzt ging sie mit der Dose zu ihrer Mutter, die sich auch einen Cookie herausnahm, brachte die Dose dann zurück zum Tresen und setzte sich wieder an den Tisch.

Emma kletterte auf einen der Stühle an dem runden Esstisch und tat so, als würde sie ihre Bärin von dem Cookie abbeißen lassen.

„Und, hast du noch mit jemand anderem außer Mr Harrison gesprochen?", fragte ihre Mutter und biss immer wieder winzige Bissen von ihrem Cookie ab.

Abby nickte und erstarrte dann. „Doch, ich habe noch jemanden getroffen. Wusstest du eigentlich, dass jemand den Leuchtturm gekauft hat? Und nicht nur den, sondern die ganze Insel? Er hat sich als Carson Stevens vorgestellt."

„Ach, wirklich? Ich habe darüber vor einiger Zeit irgendetwas in der Zeitung gelesen. Was er wohl damit vorhat?"

Das Gedächtnis ihrer Mutter war hervorragend wie eh und je, aber Abby war ziemlich fassungslos, dass ihre Mutter ihr nichts vom Verkauf des Leuchtturms erzählt hatte.

„Er hat gesagt, dass er aus dem Leuchtturmwärterhaus ein Bed & Breakfast machen will."

Ihre Mutter lachte. „In dem alten Gemäuer? Ich kann mir nicht vorstellen, dass da jemand freiwillig übernachten will."

„Er muss bestimmt eine ganze Menge an dem Gebäude machen, wenn er es als Unterkunft für Gäste vermieten will."

„Ich war seit über 15 Jahren nicht mehr drüben. Dein Vater und ich sind manchmal mit dem Boot an der Insel vorbeigefahren, und der Leuchtturm sah trostlos aus, wie er so leer und allein dastand."

Die wehmütige Miene ihrer Mutter rührte Abby. Das Leben hatte sich seit damals so sehr verändert. Ob ihre Mutter sich genauso trostlos und verlassen fühlte, wie sie den Leuchtturm beschrieb?

„Er hat mich gefragt, ob ich mir alles einmal anschauen möchte."

„Wer?", fragte ihre Mutter nach, deren Aufmerksamkeit offenbar abgeschweift war, wahrscheinlich zu der Leuchtturminsel.

„Na, Carson Stevens, der Mann, der das ganze Anwesen gekauft hat."

„Das ist ja lieb von ihm. Das Angebot solltest du annehmen. Ist er denn nett?"

„Ich hatte nicht viel Gelegenheit, mit ihm zu sprechen, aber ja, er kam mir ganz sympathisch vor. Ach du liebe Güte!", sagte sie dann erschrocken. „Ich habe ihm gesagt, dass er mich anrufen soll, aber ihm dann gar nicht mehr meine Nummer gegeben."

Ihre Mutter hustete ein paar Mal, bevor ihre Stimme wieder da war. „Hm. Wir können ja morgen nach dem Gottesdienst mal in der Gemeinde herumfragen. Vielleicht weiß dort jemand, wie man ihn erreichen kann."

Irgendjemand wusste es mit Sicherheit, denn zu den Vorteilen, in einer Kleinstadt zu leben, gehörte unter anderem, dass jeder jeden kannte. Das war allerdings auch gleichzeitig einer der Nachteile, in einer Kleinstadt zu leben, und einer der Gründe, weshalb sie nach dem College nach Kalifornien gezogen war.

Komisch, wie sich ihre Sichtweise verändert hatte, denn jetzt bewirkte die Vorstellung, dass hier jeder jeden kannte, eher, dass ihr Hope Harbor wie ein sicherer Hafen vorkam.

„Ja, das mache ich", sagte Abby zu ihrer Mutter und schob ihren Stuhl zurück. „Wir müssen jetzt aber los. Ich muss noch ein paar Sachen einkaufen und eine Ladung Wäsche wartet auch noch auf mich. Soll ich dir irgendwas aus dem Supermarkt mitbringen?"

Ihre Mutter zeigte auf eine Liste auf dem Kühlschrank. „Ja, wenn es dir nichts ausmacht, gerne. Ich brauche tatsächlich ein paar Sachen."

Abby nahm die Einkaufsliste entgegen und hielt dann ihrer Tochter die Hand hin. „Komm jetzt, Emma."

„Drückst du mich noch mal, bevor ihr geht?", fragte ihre Mutter und wartete mit offenen Armen auf Emma, die sich gerne von ihrer Oma umarmen ließ.

Bevor sie ging, drehte Abby sich noch einmal um und sagte: „Ich bringe die Sachen dann morgen mit, wenn ich dich zur Kirche abhole, ja? Oder brauchst du schon vorher etwas davon?"

Ihre Mutter nickte. „Nein, morgen reicht. Ich versuche, fertig zu sein, wenn du kommst. Es wäre alles viel einfacher, wenn du noch hier wohnen würdest."

Einfacher für wen?, dachte Abby. Sie würde sich nicht wieder auf dieses Thema einlassen. Die ersten drei Monate, nachdem sie wieder nach Hope Harbor gezogen war, hatte sie bei ihrer Mutter gewohnt, sich aber die ganze Zeit nach ihren eigenen vier Wänden gesehnt. Ihrer Mutter ging es nicht so schlecht, dass ständig jemand bei ihr sein musste, und obwohl Grace ihre Tochter natürlich gerne um sich haben wollte, hoffte Abby, dass ein Besuch am Tag genügen würde. Sie war nach Maine zurückgekommen, um ihre Mutter zu unterstützen, und tat, was sie konnte, aber wichtig war, dass sie selbst wieder auf eigenen Beinen stand und allein zurechtkam, egal, ob das einfach war oder nicht.

Sie beugte sich jetzt vor, gab ihrer Mutter einen Kuss auf die Wange und sagte: „Ich bin morgen um neun hier, ja? Hab dich lieb."

Auf dem Weg zum Supermarkt kam Abby am *Mo's* vorbei und fand, dass ein Becher mit starkem Kaffee jetzt eine richtig gute Idee war.

„Ich hab Hunger, Mami", quengelte Emma.

Abby seufzte. Im *Mo's* gab es nichts für Kinder, also entschied sie sich, auf den Kaffee zu verzichten. Wahrscheinlich war es sowieso nicht besonders vernünftig, um diese Tageszeit noch Kaffee zu trinken. Sie würde also einfach nach Hause fahren und für Emma und sich einen Salat zubereiten.

Am nächsten Morgen war Abby ein paar Minuten früher als vereinbart bei ihrer Mutter, weil sie damit rechnete, dass es Verzögerungen geben würde. Ihre Mutter bewegte sich nur noch sehr langsam und war rasch außer Atem, sodass schon allein das Anziehen eine Tortur war. Und natürlich ließ es sich ihre Mutter nicht nehmen, sich für den Kirchgang richtig fein zu machen. Die lässige Kleidung der meisten Gemeindemitglieder war ihr ein Dorn im Auge, ganz besonders wenn Teenager in Jeans kamen. Zum Glück hatte Abby ein paar locker sitzende Kleider, die sie mit einer Strickjacke oder einem Schal darüber trug und die der strengen Überprüfung durch ihre Mutter standhielten.

Auch Emma ging gerne in die Kirche und sie machte sich genauso gerne schick wie ihre Großmutter. Wenn man bedachte, dass die Kleine erst fünf war, hatte sie schon sehr klare und ganz eigene Vorstellungen davon, was sie anziehen wollte. Wenn es nach ihr gegangen wäre, hätte sie – im Unterschied zu Abby – jeden Tag Kleider getragen. An diesem Tag war es ein pink und grün gestreiftes mit einer pinkfarbenen Rüsche am Saum und einer passenden Schleife in den dunklen Locken.

„Meine *Wonder Woman*-Bärin braucht auch schöne Sachen für die Kirche", sagte sie.

„Aber dann würde sie ja gar nicht mehr wie *Wonder Woman* aussehen", wandte Abby ein. Wenn die Bärin noch mehr Kleidung bekäme, hätte sie demnächst mehr als Abby.

„Das ist dann ein Geheimnis. So wie bei Superman, der versteckt ja auch sein S unter seinen Kleidern."

Abby lächelte. Wie kam sie nur zu einem so schlauen Kind?

Emma bestand darauf, in der Kirche zwischen Abby und ihrer Großmutter zu sitzen, statt in die Kinderkirche zu gehen. Während der Predigt malte sie, und wenn die Gemeinde sang, stimmte sie mit ihrer winzigen Stimme ein, auch wenn sie den Text nicht kannte. Den erfand sie, sehr zur Erheiterung von Abby und ihrer

Mutter, und die beiden Frauen ließen die kleine Lobpreiserin einfach gewähren.

Als sie nach dem Gottesdienst aufstanden, um zu gehen, zeigte Emma in den hinteren Bereich der Kirche und sagte: „Guck mal, Mama, da ist wieder der Mann von gestern."

Abbys Blick ging in die Richtung, in die ihre Tochter zeigte, und tatsächlich, da war Carson Stevens auf dem Weg zum Ausgang und er sah noch besser aus als am Vortag. Vielleicht war das die Gelegenheit, ihm ihre Nummer zu geben. Aber wie sollte sie das anstellen? Hinter ihm herrennen und seinen Namen rufen? Außerdem musste sie ihrer Mutter zum Auto helfen, und sie fragte sich darüber hinaus, ob er sie überhaupt bemerkt hatte.

Als sie nach draußen kamen, ließ Abby ihren Blick über den Parkplatz schweifen, konnte Carson Stevens aber nirgends entdecken. Vielleicht sollte sie die Sache lieber einfach auf sich beruhen lassen. Sie hatte zwischen ihrer Arbeit, den Abholzeiten in der Kita und den Terminen ihrer Mutter sowieso keine Zeit, mit ihm hinüber zur Leuchtturminsel zu fahren.

Als sie bei ihrem Auto angekommen waren, sagte ihre Mutter: „Lass uns doch noch irgendwo ein Hummerbrötchen essen gehen. Darauf hätte ich jetzt richtig Appetit."

„Das klingt gut. Im *Rick's*?"

„Da gibt es zwar die besten Hummerbrötchen, aber jetzt nach dem Gottesdienst müssen wir da bestimmt eine Weile warten."

„Also wenn es dir nichts ausmacht zu warten … mir ist es recht. Wenigstens gibt es da einen Spielplatz, auf dem Emma sich austoben kann, und auch ein paar Sitzgelegenheiten im Freien."

„Dann also auf ins *Rick's*", sagte ihre Mutter und Abby gab Gas und fuhr los.

Carson drehte seine Runden auf dem Parkplatz von *Rick's Lobster Pound* und suchte nach einer freien Lücke. Es war voll. Vielleicht war heute kein besonders günstiger Tag, um das Lokal auszuprobieren. Er wollte schon gerade wieder fahren, als er Abby neben einer älteren Frau an einem der Picknicktische im Außenbereich sitzen sah. Vielleicht war das ihre Mutter. Ob sie auch auf der Leuchtturminsel gelebt hatte?

Das hier war seine Chance, Abbys Nummer zu bekommen. Aber vielleicht war es ja unhöflich, danach zu fragen? *Jetzt reiß dich aber mal zusammen, Carson. Frag einfach.* Was konnte denn schlimmstenfalls passieren? Er bat sie ja schließlich nicht um ein Date.

In dem Moment fuhr direkt vor ihm ein Wagen aus einer Parklücke, vor der noch niemand wartete. Das musste ein Zeichen sein, dass er bleiben sollte. *Danke, Gott.* Er parkte den Wagen und ging die 500 Meter zu der Stelle, wo Abbi saß. Sie und die andere Frau saßen mit dem Rücken zu ihm und schauten in Richtung des Spielplatzes neben dem Restaurant, wo er Abbys kleine Tochter entdeckte.

Er räusperte sich und sagte dann: „So trifft man sich wieder." Ob das wohl so lahm klang, wie es sich für ihn selbst anhörte?

Abby drehte sich mit einem Ruck um, und ihre Wangen wurden rot, als er in ihrem Blick sah, dass sie ihn wiedererkannte. „Ach, hallo."

Sie tippte die ältere Frau an, die ihn schon mit leicht zusammengekniffenen Augen musterte, als versuchte sie, darauf zu kommen, wer er wohl war. „Mama, das ist der Mann, von dem ich dir erzählt habe. Carson, richtig?"

„Ja, Carson Stevens." Wenigstens erinnerte sie sich noch an seinen Vornamen. Er gab ihr die Hand.

Die ältere Frau sah immer noch verwirrt aus. „Erinnerst du dich, Mama? Das ist der Mann, der Hope Island gekauft hat."

Da machte Abbys Mutter große Augen und nickte. „Doch, davon habe ich gehört. Dann sind Sie das also, der das alte Anwesen wieder auf Vordermann bringen will?"

„Ja, Ma'am. Ich habe vor, ein Bed & Breakfast daraus zu machen."

Lächelnd und mit einem Kopfschütteln entgegnete die Frau darauf: „Man stelle sich das vor. Ich würde ja zu gerne sehen, wie Sie das anstellen."

„Na, mit viel Arbeit. Ich habe mich neulich mit einem Bauunternehmer getroffen, der mir gesagt hat, was dort alles zu tun ist, aber es wird bestimmt sehr schön, wenn es erst mal fertig ist. Dann müssen Sie kommen und es sich anschauen."

„Ich habe so viele Erinnerungen daran", erklärte sie daraufhin, und ihr Blick schweifte ab, als erlebte sie ein paar davon gerade noch einmal.

„Dann haben Sie also dort gelebt, als Ihre Eltern Leuchtturmwärter waren? Darüber würde ich gerne irgendwann mehr erfahren", sagte Carson und versuchte damit, die Aufmerksamkeit der Frauen zurückzugewinnen.

„Sie können mich jederzeit gerne zu Hause besuchen", erklärte Abbys Mutter und musste dann husten. Sie zeigte vom Restaurant weg und fuhr fort: „Ich wohne in der Cedar Street, nur ein Stück die Straße hinunter."

„Danke. Vielleicht nehme ich Sie beim Wort."

„Ach Mama, Mr Stevens hat bestimmt mit den Bauarbeiten auf der Insel alle Hände voll zu tun."

War das etwa gerade ein Versuch, ihn abzuwimmeln? „Das stimmt zwar, aber für die Dauer der Bauarbeiten lebe ich hier in der Stadt", erklärte er deshalb rasch.

In dem Moment wurde im Lokal die Nummer ihres Tisches ausgerufen, der frei geworden war, und Abby verkündete: „Das ist unser Tisch. Dann gehe ich mal und hole Emma."

„Das ist anscheinend ein sehr beliebtes Lokal, dann muss das Essen wohl gut sein", sagte Carson, als Abby davonhuschte.

„Hier gibt es die besten Hummerbrötchen und auch der Blaubeerkuchen ist himmlisch", bestätigte Abbys Mutter und unterstrich das mit einem Nicken. „Setzen Sie sich doch zu uns. Oder sind Sie verabredet?"

Carson schüttelte den Kopf. „Nein, ich bin allein." *Wie immer,* dachte er. „Ich nehme Ihr Angebot also gerne an." Hoffentlich hatte Abby nichts dagegen. „Entschuldigen Sie, aber wie war noch gleich Ihr Name?"

„Ach, wie unhöflich von mir. Ich bin Grace Pearson."

„Freut mich, Sie kennenzulernen, Mrs Pearson."

„Sie können gerne Grace sagen."

Carson lächelte. „Meine Eltern haben mir beigebracht, ältere Menschen immer mit Mr oder Mrs anzusprechen. Ich weiß also nicht so genau, ob das mit dem Vornamen klappt."

„Ganz wie Sie möchten, aber ich werde eigentlich von allen nur Grace genannt."

In dem Moment kam auch schon Abby mit Emma zurück und sagte: „Komm, lass uns an unseren Tisch gehen, ja?" Verwundert schaute sie dann zu, wie Carson ihrer Mutter aufhalf.

„Carson isst mit uns", erklärte diese nur, woraufhin Abby kurz überrascht aussah, dann aber mit einem Schulterzucken nach dem Arm ihrer Mutter griff. Doch sie sagte mit einem Lächeln in Carsons Richtung: „Geh du doch schon mal mit Emma vor. Carson hilft mir mit der Treppe."

Zumindest Abbys Mutter hatte er also ein wenig beeindruckt.

Nachdem sie von der Kellnerin an ihren Tisch geführt worden waren und ihre Bestellung aufgegeben hatten, meldete sich Emma zu Wort.

„Ich hab dich heute in der Kirche gesehen", verkündete sie.

„Ach wirklich? Wo warst du denn?"

„Natürlich auch in der Kirche, ist doch klar." Dabei konzentrierte sie sich ganz auf die Seite ihres Malbuches, das ihr die Kellnerin zusammen mit ein paar Buntstiften geschenkt hatte.

„Tut mir leid, Emma, ich habe dich gar nicht gesehen. Sonst hätte ich dir bestimmt Hallo gesagt."

„Du warst ganz hinten und bist schon vor uns rausgegangen."

Was für ein süßes und aufgewecktes kleines Mädchen. Ob Abby ihn wohl auch schon nach dem Gottesdienst in der Kirche gesehen hatte?

Grace zog die Augenbrauen hoch und fragte: „Waren Sie heute zum ersten Mal in unserer Kirche?"

„Ja, ich habe gedacht, dass ich mir einfach einmal ein paar Gemeinden in der Stadt anschaue und mich dann entscheide, wo ich bleibe."

„Die Auswahl ist hier nicht besonders groß, denn es gibt nur vier Gemeinden. Sie werden also für den Überblick nicht lange brauchen." Und dann deutete Grace mit dem Finger auf ihn und fuhr fort: „Wenn Sie das nächste Mal in unsere Gemeinde kommen, dürfen Sie sich gerne zu uns setzen."

„Vielen Dank. Das mache ich", antwortete er und schaute dabei zu Abby, die die Einladung ihrer Mutter allem Anschein nach mit Erstaunen zur Kenntnis nahm – ganz offensichtlich also ein guter Moment, um das Thema zu wechseln.

„Mrs Pearson, äh, Grace, wann sind Sie denn das letzte Mal auf Hope Island gewesen?", fragte er deshalb und sie bekam auf der Stelle einen verträumten Blick.

„Ach, damals lebte mein Mann noch. Wir waren oft mit dem Boot unterwegs und sind dabei ein paar Mal ganz nah an der Insel vorbeigefahren. Wir haben aber nie haltgemacht, weil es ziemlich schwierig ist, dort mit einem Boot anzulegen. Außerdem wollten wir nicht einfach so unbefugt fremden Grund und Boden betreten."

„Die Insel war jahrelang im Besitz der Regierung, bis sie dann dieses Jahr zum Verkauf angeboten wurde“, berichtete Carson. „Für den Leuchtturm war die Küstenwache zuständig, seitdem Ihre Mutter dort weggegangen ist, aber um die Gebäude und das Grundstück hat sich seitdem niemand mehr gekümmert.“

„Das ist wirklich ein Jammer, denn früher war es wirklich schön dort. Meine Mutter war immer sehr stolz darauf, wie gut sie alles in Schuss gehalten hat. Sie hat erzählt, dass es damals, als noch der US-Leuchtturm-Service und nicht die Küstenwache für alle Leuchttürme zuständig war, immer wieder Inspektionen gab, bei denen besonders darauf geachtet wurde, dass alles sauber und ordentlich war. Sogar die privaten Räume der Leuchtturmwärter wurden dabei begutachtet. Sie hat diese Inspektionen jedenfalls immer mit Bravour bestanden.“

„Dann waren Sie also schon sehr lange nicht mehr dort, oder?“, fragte Carson.

„Nein, das ist bestimmt 15 oder sogar 20 Jahren her. Ich glaube sogar, das letzte Mal, als ich da war, war Abby dabei.“ Sie sah zu ihrer Tochter hin und fragte: „Wie alt warst du da, Abby?“

„Ich war in der Highschool.“

„Dann müssen Sie es sich unbedingt wieder mal anschauen.“

Grace schüttelte den Kopf. „Ich kann mir nicht vorstellen, dass ich es schaffe, in ein Boot und wieder herauszusteigen, und schon gar nicht, den Hügel zum Leuchtturm hinaufzukraxeln. Aber Abby könnte doch hinfahren.“

„Ich möchte auch mit!“, sagte Emma und hielt im Malen inne.

„Vielleicht kannst du mitkommen – wenn alles fertig ist“, sagte er, sah dann Abby wieder an und fuhr fort: „Was sagen Sie, Abby? Es gibt inzwischen schon einen nagelneuen Anlegesteg, sodass es kein Problem mehr ist, auf die Insel zu gelangen. Möchten Sie den Leuchtturm und das Leuchtturmwärterhaus noch einmal sehen, bevor es saniert wird? Wie wäre es mit nächster Woche?“

Abby warf einen Blick zu ihrer Mutter hinüber und dann zu Emma. „Tagsüber arbeite ich in Emmas Kita. Ich kann Ihnen also nicht genau sagen, wann ich Zeit hätte."

„Wie wäre es denn mit Samstag? Haben Sie nächsten Samstag frei?" So leicht gab er nicht auf, und sein Bauchgefühl sagte ihm, dass sie mitkommen würde.

Grace berührte Abby am Arm und schlug vor: „Emma könnte doch den Tag bei mir verbringen, Abby." Dann sah sie an Abby vorbei zu Emma und fragte: „Was hältst du davon, wenn wir nächstes Wochenende einen Kuchen oder Cookies backen?"

Emma bekam große Augen. „Können wir einen Schokoladenkuchen machen?"

„Na klar können wir das."

Jetzt tat Carson Abby schon fast ein bisschen leid, weil Grace sie um ihre Ausrede gebracht hatte, also setzte er seinen schönsten Hundeblick auf und hoffte, dass sie einwilligen würde.

„Also gut, einverstanden, dann komme ich mit. Ich würde den Leuchtturm und das Haus auf der Insel wirklich gerne noch einmal sehen."

Da schlug Carson mit der flachen Hand auf den Tisch und sagte: „Großartig! Dann ist das also abgemacht. Ach ja, und es wäre bestimmt gut, wenn ich Ihre Nummer hätte, damit ich Ihnen Ende der Woche sagen kann, wann ich Sie abhole."

Er holte sein Handy aus der Tasche und war bereit, die Nummer einzugeben.

3

Als Abby ihre Mutter nach dem Mittagessen wieder zu Hause abgeliefert hatte, zog sie ihre Laufshorts, ein T-Shirt und Laufschuhe an. Nach dem schweren Essen musste sie sich unbedingt bewegen und, was noch wichtiger war, sie brauchte ein bisschen Zeit für sich allein.

„Wir spielen Candyland", sagte Emma vom Wohnzimmer aus, wo sie schon ihr Lieblingsspiel unter dem Couchtisch ihrer Großmutter hervorholte.

„Bist du ganz sicher, dass du nicht zu müde bist, um dich um Emma zu kümmern, Mama?"

Ihre Mutter war gerade dabei, am Küchentresen die Kaffeemaschine mit einer frischen Kanne Kaffee aufzusetzen, und winkte ab mit den Worten: „Wir kommen prima zurecht und werden unseren Spaß haben, nicht wahr, Emma?"

„Ja", hörten sie Emma unverzüglich antworten, die im selben Moment auch schon mit dem Spiel am Küchentisch auftauchte, den Deckel von der bunten Schachtel nahm und anfing, es aufzubauen.

„Ich bin die Eistüte! Was willst du sein, Oma?"

„Hm, dann bin ich der Marshmallow.“ Grace schenkte sich einen Becher Kaffee ein, kam dann wieder zum Tisch und setzte sich.

„Jetzt lauf schon los, Abby“, sagte sie. „Genieße die Zeit.“

„Also gut. In spätestens anderthalb Stunden müsste ich zurück sein.“

„Du brauchst dich nicht zu beeilen. Wir sind ja hier“, sagte ihre Mutter, gefolgt von einem erneuten Hustenanfall, der Abby wieder an deren gesundheitliche Probleme erinnerte. War es egoistisch von ihr, Emma einfach bei ihr zu lassen, um ein bisschen Zeit für sich zu haben? Aber andererseits wollte ihre Mutter auch nicht wie ein Mensch mit Behinderung behandelt werden, und es machte ihr immer solche Freude, Zeit mit ihrem einzigen Enkelkind zu verbringen.

Abby beugte sich vor und gab Emma noch einen Kuss. „Und du bist lieb zu Oma, ja?“

Emma nickte, war aber völlig damit beschäftigt, die Spielfiguren miteinander tanzen zu lassen.

„Danke, Mama“, sagte Abby, gab auch ihrer Mutter noch einen Kuss, verließ das Haus, lief die Straße entlang in Richtung Stadt und löste dadurch das Gebell sämtlicher Hunde in der Nachbarschaft aus.

Sie hoffte, dass sie alle entweder angeleint oder sicher hinter Zäunen verwahrt waren und ihr nicht hinterherrennen würden. Als sie um die nächste Ecke bog, erblickte sie das Meer und hatte plötzlich dieses Gefühl von Freiheit, das sie so sehr liebte. Es war, als liefe sie vor dem Leben davon, aber nicht wirklich. Sie war schon immer gerne gerannt, und das Laufen war eine Leidenschaft gewesen, die Kevin und sie geteilt hatten.

Sie überquerte die Straße, bevor sie die Läden mit ihren bunten Markisen an der Hauptstraße erreichte. Sonntags waren die Läden alle geschlossen, aber das würde sich ändern, sobald wieder

Touristen kamen. Während der Saison war der Sonntag hier ein ganz normaler Werktag, um das zusätzliche Geschäft mit den Tagestouristen mitzunehmen. Abby ging in Richtung des Uferpfades, vorbei an der großen gusseisernen Howard-Uhr, die über den Marktplatz wachte.

Dort lief sie auf dem felsigen Weg bergauf und bergab. Das Laufen war seit ihrer Rückkehr nach Maine ihre Lieblingsbeschäftigung geworden, denn es gab ihr Kraft. Ein kühler Frühlingswind kitzelte ihre Haut und sie atmete tief den Duft der salzigen Meeresluft ein. Hier konnten die sanften Wellen, die sich an der Wasserkante brachen, dafür sorgen, dass ihre Gedanken ausgeblendet wurden.

Abby genoss das Alleinsein, nachdem sie ein paar Spaziergänger auf dem Pfad überholt hatte. Im Unterschied zu den Menschen in ihrer alten Heimat Kalifornien waren die Einwohner von Hope Harbor keine Läufer und ihr Lebenstempo war insgesamt viel behäbiger. Aber es machte Abby nichts aus, die einzige Läuferin in der Stadt und damit anders zu sein als alle anderen.

Sie lief ein paar Kilometer, bevor sie zum steilsten Abschnitt ihrer Laufstrecke kam. Sie atmete den Duft der Fichten ein und folgte dabei dem Pfad, der sich jetzt zwischen den Bäumen hindurchschlängelte, bevor er am höchsten Punkt wieder herausführte. Ihre Beinmuskeln brannten, als sie die anspruchsvolle Anhöhe erklomm. Am höchsten Punkt entspannte sie sich und nahm den atemberaubenden Blick aufs Meer wahr, der sich vor ihr auftat.

Ein großer Felsen bot ihr eine Sitzgelegenheit und die Chance, mit der friedvollen Umgebung zu verschmelzen. Hier oben war es ruhig, und sie glaubte, die Nähe Gottes zu spüren. Wäre sie eine eifrige Beterin gewesen, hätte sich diese Stelle besonders gut dafür geeignet, aber Gott wusste bestimmt auch so, wie dankbar sie für diese Kulisse war.

Sie konnte von hier aus kilometerweit sehen. Ein paar Segelbote außerhalb des Hafens sahen aus wie Tupfer auf dem Wasser und im Hafen selbst lagen die Hummerboote. Jenseits der Boote lagen kleine Inseln wie hingestreut, so als hätte Gott eine Handvoll Steine in eine Pfütze geworfen.

Eine dieser Inseln war Hope Island, aber von ihrem Standort hoch über dem Wasser konnte sie nicht so genau erkennen, welche es war. Sie konnte auch weder den Leuchtturm noch das Leuchtturmwärterhaus sehen, weil die Gebäude auf der vom Festland abgewandten Seite mit Blick aufs Meer standen und von Bäumen umgeben waren, die den Blick vom Festland auf die Gebäude versperrten.

Von dort aus, wo Abby jetzt saß, schienen die Inseln gar nicht so weit entfernt zu sein, obwohl manche von ihnen mehrere Kilometer weit draußen im Meer lagen. Mit Booten konnte man schnell auf die Inseln gelangen, die meist nur in den Sommermonaten bewohnt waren, wenn dort die Ferienhäuser vermietet wurden. Wenn die See ruhig war, paddelten auch Kajaksportler gerne hinüber, aber bei rauer See wagten nicht einmal Motorboote die Fahrt. Wie es wohl gewesen sein mochte, auf der Insel zu leben? Ihr eigener Großvater war ertrunken, als sein kleines Boot auf der Überfahrt gekentert war.

Einmal abgesehen von der unberechenbaren See fand sie die Vorstellung, von der Zivilisation abgeschnitten zu sein, gar nicht so abschreckend. Weil sie als Einzelkind aufgewachsen war, kannte Abby es, allein zu sein, was wahrscheinlich auch der Grund gewesen war, weshalb sie mit Kevins Auslandseinsätzen besser fertiggeworden war als manch andere Ehefrau eines Soldaten. Aber im Unterschied zu Granny Abigail, die allein für einen Leuchtturm und zusätzlich für ein kleines Kind verantwortlich gewesen war, hatte sie in Kalifornien immer die Möglichkeit gehabt, Menschen zu treffen, wenn sie es gewollt oder gebraucht hatte.

Für Abby war es unvorstellbar, eine so gewaltige Verantwortung allein auf einer entlegenen Insel zu bewältigen. Besonders nachdem Granny ihren Mann verloren hatte, der zuvor alle Tätigkeiten übernommen hatte, die mit dem Leuchtturm zu tun hatten. Wie hatte ihre Granny das nur geschafft? Wie hatte sie ohne ihn weitermachen können? Ach, könnte Abby doch nur mit ihr darüber reden und sie fragen.

Seitdem sie wieder in Hope Harbor war, hatte sie keinen Gedanken daran gehabt, auf die Insel zu fahren, weil dieser Ort nur in ihrer Vergangenheit existierte und deshalb gar nicht mehr richtig in ihrem Bewusstsein gewesen war. Doch jetzt hatte Carson Stevens ihr angeboten, mit hinüberzufahren, damit sie sich alles noch einmal anschauen konnte. Das Gefühl, etwas zu verpassen, kam in ihr hoch und drängte sie, Carsons Angebot anzunehmen.

Sie wollte wirklich gerne zur Insel hinüberfahren und selbst erleben, wie es dort war, genau wie es ihre Großeltern und ihre Mutter erlebt hatten. Ob sie überrascht oder sogar erschrocken sein würde, wie es sich anfühlte, dort zu sein? Die vielen Jahre, in denen die Gebäude leer gestanden hatten, waren bestimmt nicht spurlos an ihnen vorübergegangen. Aber was sie dort hinzog, war mehr als der Wunsch, alles dort zu sehen.

Auf irgendeine Weise fühlte sie sich mit der Insel verbunden, als wäre sie eine Verwandte. Sie selbst hatte zwar nie dort gelebt, aber ihre Vorfahren, und vielleicht würde sie die Verbindung zu ihnen und die Kraft der Großmutter dort drüben spüren.

Warum Carson sie wohl dorthin eingeladen hatte? Er kannte sie doch gar nicht und sie konnte ganz sicher nichts zu seinem Projekt dort beitragen. Im Unterschied zu ihrer Mutter hatte sie nie dort gelebt und konnte ihm deshalb auch gar nichts über den Leuchtturm und das Leuchtturmwärterhaus erzählen, es sei denn, sie erinnerte sich an eine von Grannys Geschichten. Ihre Mutter war natürlich nur zu gerne bereit, ihm ihre Geschichten zu erzählen.

In dem Moment regte sich ein Anflug von Nervosität in ihrem Inneren. Ob Carson es wohl als Date verstand, dass sie seine Einladung angenommen hatte? Sie hoffte es jedenfalls nicht, denn sie hatte nicht vor, in nächster Zeit mit irgendjemandem auszugehen. Auch wenn er ein einnehmendes Lächeln hatte, war er nicht draufgängerisch oder überfreundlich, sondern kam ihr sogar ein bisschen schüchtern vor. Nicht wie Kevin, der sehr selbstbewusst, ja fast schon großspurig gewesen war.

Aber es hatte nur einen Kevin gegeben, und der war nicht mehr da. Es mochte zwar nicht alles perfekt gewesen sein zwischen ihm und ihr, aber er ist ihr Mann und Emmas Vater gewesen. Eine Träne lief ihr über die Wange, als sich im Schmerz über den Verlust und die Einsamkeit ihr Herz heftig zusammenzog.

Plötzlich brach sich eine hohe Welle am Ufer, und zwar so heftig und hoch, dass Abby wie in einem Sprühregen saß. Sie sprang von ihrem Platz auf dem Felsen auf, ging ein paar Schritte nach hinten und kehrte mit ihrer Aufmerksamkeit in die Gegenwart zurück.

Sie stemmte ihre Hände in die Hüften, schaute in den Himmel und sagte: „Okay, Gott. Ich hab's kapiert. Es wird Zeit, mit diesen Selbstmitleidsanfällen Schluss zu machen."

Sie wischte sich den Schmutz von den Händen und schaute auf ihre Uhr. Es wurde Zeit, sich auf den Rückweg zu machen. Und vielleicht wurde es auch Zeit, aufzuhören davonzulaufen und stattdessen zu etwas hin zu laufen, aber sie hatte keine Ahnung, wohin. Vielleicht würde ihr ein Ausflug zur Insel in dieser Frage weiterhelfen.

Carson fuhr zum Bootsanleger und schaute dabei zu Abby auf dem Beifahrersitz hinüber. Die Hände angespannt zwischen ihre Beine geklemmt, schaute sie geradeaus.

„Gott sei Dank ist heute so ein schöner Tag.“ *Ist das wirklich alles, was ich draufhabe, um ein Gespräch in Gang zu bringen?*

Sie nickte. „Ja, es ist wunderschön.“

Das war tatsächlich eine treffendere Beschreibung für den sonnigen, klaren Tag. Und wo sie schon bei wunderschön waren, konnte seine Beifahrerin durchaus mit dem Wetter mithalten. *Konzentrier dich, Carson. Nicht ablenken lassen von dem Grund, weshalb du hier bist.*

„Ich hoffe, ich weiß noch, wie man ein Boot fährt.“ Okay, damit hatte er jetzt ihre volle Aufmerksamkeit und mit vor Staunen offenem Mund und weit aufgerissenen Augen wandte sie sich ihm zu.

„Sie wissen gar nicht, wie man mit einem Boot umgeht? Aber wie sind Sie denn dann bis jetzt zur Insel gekommen?“

Carson lachte und täuschte Wagemut vor. „Ein paar einheimische Jungs haben mich immer auf ihren Hummerbooten hin und her kutschiert. Aber ich bin zu dem Schluss gelangt, dass ich ein eigenes Boot brauche, und deshalb habe mir eines gekauft.“

„Sie haben ein Hummerboot gekauft?“

Carson warf einen Blick zu ihr hinüber, um zu sehen, ob ihre Hand zur Türklinke ging, und hoffte, dass sie sie nicht gleich öffnen und Reißaus nehmen würde.

„Nein, einen *Boston Whaler*“, antwortete er. „Am Montag habe ich es bekommen.“ Er lächelte. „Keine Sorge. Ich habe die ganze Woche geübt. Ich bin ein paar Mal damit zur Insel hinübergefahren und dabei nicht verloren gegangen.“

„Na, das ist ja beruhigend“, bemerkte Abby und schaute wieder geradeaus.

„Gut, dass die See heute so ruhig ist.“ Er parkte in der Nähe der Rampe und schaltete den Motor des Trucks aus, bevor er sich ihr wieder zuwandte. „Übrigens, kennen Sie sich mit Booten und dem Bootfahren aus?“

Abby starrte ihn erst mit großen Augen an, kniff sie dann aber ein bisschen zusammen, zog die Augenbrauen hoch und fragte: „Nicht Ihr Ernst oder? Wollen Sie mir Angst machen? Ich dachte, Sie wollen, dass ich mitkomme."

Da brach Carson in schallendes Lachen aus. „Ich wollte Sie nur testen. Nein, im Ernst, ich kann mit einem Boot umgehen. Meine Familie hat immer ein Boot gehabt, zwar meist ein Segelboot, aber Sie können sich darauf verlassen, dass ich seetüchtig bin."

„Na, da bin ich aber froh", entgegnete Abby, öffnete die Tür und stieg aus. Er sprang ebenfalls aus dem Wagen und kam zu ihr.

Als sie hinunter zum Wasser gingen, zeigte er auf ein Boot, das dort am Steg lag. „Da ist sie. Schön, oder?"

Abby sah ihn mit schräg gelegtem Kopf an. „Ja, das kann man wohl sagen. Sie ist ja nagelneu."

Bei dem Boot angekommen, kniete Carson sich hin, um es festzuhalten, damit es nicht so stark schaukelte, und Abby stieg ein.

„Nehmen Sie Platz", sagte er und deutete mit einer Geste auf die gepolsterte Bank hinter dem Lenkrad.

„Ja, das Boot ist ziemlich neu", fuhr er fort. „Einer der Hummerfischer hat es sich zum Spaß gekauft, dann aber doch gemerkt, dass er es gar nicht braucht, und sich dann stattdessen ein größeres Hummerboot gekauft. Ich glaube, er hat mir einen ziemlich guten Preis gemacht."

Während er erklärte, wie er zu dem Boot gekommen war, machte Carson es los und sprang selbst mit hinein. Statt sich neben sie zu setzen, blieb er stehen, sodass sie genügend Platz hatte, übernahm das Steuer, startete den Motor und lenkte das Boot vom Anleger aufs offene Wasser.

„Und wie heißt sie?"

„Wer?" Carson schaute sich um, sah aber keine andere Frau.

„Na, das Boot. Sie haben sie doch als eine ‚Sie' bezeichnet."

„Ach so, ja. Aber bis jetzt habe ich noch keinen Namen für sie. Haben Sie vielleicht eine Idee?"

„Vielleicht *Island Girl*?"

Carson schüttelte den Kopf. „Nein, das klingt zu exotisch."

„Pilger?"

„Nein, zu ernst."

„Sea Princess?"

„Das klingt zu sehr nach Kreuzfahrtschiff."

Abby schaute aufs Wasser. „Mehr fällt mir nicht ein."

„Mir auch nicht. Dann nennen wir sie doch einfach *Lady*, bis uns was Besseres einfällt."

Obwohl *Lady* eher nach einem Pferd klang, schlug Carson nicht *Abby* vor, wenngleich es ihm auf der Zunge gelegen hatte. Das hätte sie bestimmt abgeschreckt, und das wollte er auf keinen Fall. Er warf ihr einen heimlichen Seitenblick zu, als sie gerade in die andere Richtung schaute, und gab sich alle Mühe, sie nicht anzustarren.

Sie trug eine rote Baseballmütze auf ihrem langen braunen Haar, das sie als Pferdeschwanz durch die Mützenöffnung am Hinterkopf gezogen hatte. Zum ersten Mal sah er sie in Jeans, die wie eine zweite Haut an ihren langen, schlanken Beinen saßen. Gut, dass sie keinen Rock trug, denn so konnte sie auf der Insel herumkraxeln, ohne von irgendwelchen Insekten gestochen oder von Dornengestrüpp zerkratzt zu werden. Abbys Hände steckten in den Taschen ihres marineblauen Hoodies. Als sie sich wieder zu ihm hindrehte, riss er sich von ihrem Anblick los und schaute auf den Bug des Bootes.

„Wie lange brauchen wir denn bis zur Insel?", fragte sie.

„Nicht lange. Vielleicht eine halbe Stunde, wenn das Meer so ruhig bleibt." Ein Teil von ihm wünschte sich, dass die Fahrt länger dauern möge, um einfach den Weg dorthin genießen zu können, aber noch lieber wollte er ihr das Leuchtturmanwesen zeigen und ihr seine Pläne dafür vorstellen.

„Es ist schwierig, die Inseln voneinander zu unterscheiden", sagte Abby.

„Ja, am Anfang fand ich das auch, aber mittlerweile kann ich die Unterschiede schon erkennen." Er zeigte auf eine der Inseln in der Ferne. „Die da drüben zum Beispiel ist größer als alle anderen und hat mehr Baumbestand."

„Okay, wenn Sie es sagen. Schade, dass man von hier aus den Leuchtturm nicht sehen kann."

„Ja, das liegt daran, dass der Leuchtturm ja aufs Meer hinaus ausgerichtet ist und nicht zum Hafen hin, aber ich sag Ihnen was: Ich fahre jetzt erst einmal um die Insel herum, sodass Sie den Leuchtturm auch von der Seeseite aus sehen können, und danach fahren wir zum Anleger."

Abby beugte sich vor und spähte durch die Windschutzscheibe des Bootes. Als sie sich Hope Island näherten, drosselte Carson den Motor. Abby stand auf und richtete ihren Blick konzentriert nach vorn.

Während sie um die mit Nadelbäumen bestandenen Felsen herumfuhren, gab Carson wieder Gas, als der Leuchtturm in ihrem Blickfeld auftauchte. Der Kick, seinen eigenen Leuchtturm zu sehen, ließ nie nach. Davon hatte er sein Leben lang geträumt, und er konnte immer noch nicht richtig fassen, dass dieser Traum in Erfüllung gegangen war. Er konnte gar nicht erwarten, dass die Gebäude für Gäste bereit waren.

„Es muss alles frisch gestrichen werden", sagte er und entschuldigte sich für das fleckige, schäbige Aussehen des Leuchtturms.

„Aber er ist immer noch süß", bemerkte Abby, den Blick fest auf den Turm gerichtet. „Er sieht bestimmt toll aus, wenn alles fertig ist."

Süß? Also das war ein Adjektiv, auf das er zur Beschreibung eines Leuchtturms nie im Leben gekommen wäre. „Zu den ersten Arbeiten hier auf dem Anwesen wird ganz sicher gehören, dass der Leuchtturm abgestrahlt wird und einen frischen Anstrich bekommt. Beim nächsten Mal werden Sie ihn nicht wiedererkennen."

Beim nächsten Mal? Er wusste doch gar nicht, ob sie noch einmal mit ihm herkommen würde. Da wurde er wohl gerade ein ganz klein wenig übermütig.

„Ich bin gespannt", sagte sie lächelnd, ohne den Blick vom Leuchtturm abzuwenden, woraufhin Carsons Herz ganz kurz einen Aussetzer hatte. Er hatte sie also tatsächlich nicht abgeschreckt. Jedenfalls noch nicht.

„Dann lassen Sie uns jetzt zum Anleger fahren und das Boot festmachen. An Land gibt es noch viel mehr zu sehen."

4

Ganz Gentleman, hielt Carson ihr seine Hand hin, und Abby ergriff sie, um aus dem Boot auf den Anleger zu steigen. Sie richtete sich auf, schaute zum Leuchtturm empor, der ein ganz klein wenig hinter den Baumwipfeln hervorragte, und Kindheitserinnerungen an Besuche auf der Insel und das Erkunden der Umgebung und des Leuchtturms stiegen in ihr auf. Das waren Zeiten gewesen, in denen das Leben ein einziger Spaß und voller Abenteuer gewesen war, Zeiten der Unschuld, in denen sie geglaubt hatte, dass alles immer so bleiben würde, wie es war.

Es dauerte einen Moment, bis sie auf dem schwimmenden Anleger ihr Gleichgewicht fand und Carson an Land folgen konnte. Das Ufer war mit nass glänzenden Felsbrocken übersät, ein Zeichen, dass die Flut höher gewesen war als gewöhnlich. Er trat als Erster vom Anleger an Land und wartete auf sie.

„Der Weg bergauf ist eine Herausforderung, und man muss aufpassen, wo man hintritt", sagte er und schaute auf den steilen unbefestigten Pfad. „Ich werde den Weg auf jeden Fall sicherer und benutzerfreundlicher machen, bevor die ersten Gäste kommen."

„Ach, das schaffe ich schon. Ich bin auch schon in der Gegend von San Diego auf Pfaden gewandert, die ziemlich anspruchsvoll waren."

Er sah aus, als ob er ihr eine Frage stellen wollte, sagte dann aber nur: „Gut, also dann machen wir uns mal auf den Weg. Aber passen Sie auf, der Pfad ist voller Steine und dicker Felsbrocken", woraufhin sie ihn mit einem schiefen Lächeln bedachte. Er war auf jeden Fall ein Beschützertyp.

„Nach Ihnen", sagte sie und deutete mit dem Kopf den Anstieg hinauf.

Da drehte er sich um, ging in Richtung des Pfades und sie hinter ihm her. Die Steinbrocken auf dem Weg waren oft locker, und eine dicke Tannennadelschicht verdeckte sie zum Teil, sodass man nicht erkennen konnte, wie groß sie waren. Einmal trat sie in die Nadelschicht hinein und ihr Fuß versank ein paar Zentimeter tief darin. Sie war so überrascht davon, dass sie beinah das Gleichgewicht verloren hätte, und deshalb beschloss sie, von jetzt an nur nach unten auf die Füße zu schauen und nur hin und wieder aufzublicken, um zu sehen, wie weit sie noch vom höchsten Punkt des Hügels und vom Leuchtturm entfernt waren.

Carson drehte sich zu ihr um und fragte: „Alles okay bei Ihnen?"

„Klar", antwortete sie und lächelte ihn selbstsicher an.

Sie wollte nicht, dass er sie für eine Memme hielt, auch wenn sie überrascht war, als sie sich umdrehte und sah, wie weit sie den Hügel schon erklommen hatten. Sie hatte ganz vergessen, wie hoch über dem Meer der Leuchtturm stand. Vom höchsten Punkt des Hügels musste der Ausblick fantastisch sein.

Das letzte Stück kraxelten sie praktisch auf Händen und Füßen hinauf, bis Carson schließlich vor ihr stand und ihr seine Hand hinstreckte, die sie dankbar ergriff. Als sie endlich wieder ebenen Boden unter den Füßen hatte, klopfte sie sich Schmutz und Steinchen von den Händen und ließ ihren Blick schweifen.

„Was möchten Sie sich als Erstes anschauen – den Leuchtturm?"

„Sie sind der Fremdenführer, also entscheiden Sie, womit wir anfangen."

Es standen Bäume bis ganz nah an den Leuchtturm heran, sodass der obere Teil mit dem Leuchtfeuer nur wenig über die Baumwipfel hinausragte und deshalb kaum zu sehen war. Der Leuchtturm war nicht so, wie sie ihn vom letzten Besuch auf der Insel in Erinnerung hatte. Er ragte nicht strahlend weiß empor, sondern sah ziemlich heruntergekommen aus: Die Farbe an der Außenseite blätterte ab und der metallene Rundlauf am Leuchtfeuer war völlig verrostet.

„Ist das da oben auf dem Dach ein Vogelnest?", fragte Abby, als sie hinaufschaute.

„Ich fürchte, ja. Aber ich glaube, es ist unbewohnt. Zumindest hoffe ich das. Ich möchte nämlich, dass der Turm und das Dach möglichst diese Woche noch fertig gestrichen werden können. Ich glaube, das Dach war früher rot."

„Ja, ich glaube mich auch zu erinnern, dass er rot war, aber man kann jetzt vor lauter Rost die Farbe kaum noch erkennen", erklärte sie.

Sie stapften weiter durch das hohe Unkraut zum Eingang des Leuchtturms. Carson schloss das Vorhängeschloss auf und schob die schwere Tür auf, die dabei in den Angeln ächzte. Nur wenige Schritte hinter dem Eingang des runden Gebäudes begann die Wendeltreppe. Abby schaute die Metalltreppe hinauf und hatte ein Déjà-vu-Erlebnis.

Zum letzten Mal hatte sie während ihrer Highschool-Zeit mit ihrem Vater und ihrer Mutter die Insel besucht. Damals war die Küstenwache für den Leuchtturm zuständig gewesen, ohne jedoch ständig besetzt zu sein. Doch ihr Vater hatte darum gebeten, den Leuchtturm und besonders das Leuchtfeuer besichtigen zu dürfen, also hatten zwei Mitarbeiter der Küstenwache dort auf sie gewartet und ihnen den Leuchtturm aufgeschlossen. Ihre Mutter hatte ihnen Erinnerungen von früher erzählt, und damals wie heute wünschte Abby, sie wäre schon zu der Zeit auf der Insel gewesen, als ihre Großmutter noch Leuchtturmwärterin war.

Die Luft stand in dem riesigen Hohlraum des Turmes, und es roch muffig, als Abby und Carson hinauf zur Spitze stiegen. Sie hielten sich am Geländer fest und die Metallstufen quietschten bei jedem Schritt.

„Wenn die Treppe erst einmal vollständig entrostet und frisch gestrichen ist, sieht sie wieder aus wie neu", sagte Carson und seine Stimme hallte durch den Turm.

Komisch, dass er wusste, was ihr durch den Kopf ging, als sie gerade versuchte, sich daran zu erinnern, wie die Stufen damals ausgesehen hatten. Oben angekommen, öffnete er eine kleine Luke.

„Gehen Sie voran", sagte er. „Klettern Sie durch, halten Sie sich an den Handgriffen fest und ziehen Sie sich dann hoch."

Abby befolgte seine Anweisung und befand sich jetzt im Lampenhaus. Er folgte ihr. Trotz der Bäume, die um den Leuchtturm herumstanden, konnte man bis zum Horizont sehen und Inseln und Boote lagen wie hingestreut auf dem Wasser.

„Möchten Sie gerne nach draußen auf den Rundlauf?", fragte Carson und deutete auf eine kleine Tür an der einen Seite des Lampenhauses.

„Ist das denn sicher?"

„Auf jeden Fall. Der Bausachverständige hat gesagt, dass alles noch stabil ist und nur ein bisschen liebvolle Pflege braucht, so wie alles andere hier auch."

Er öffnete die Tür und trat hinaus auf den Rundlauf. Sie hoffte, dass der Sachverständige recht hatte, als sie Carson hinaus ins Freie folgte. Eine sanfte Brise begrüßte sie erfrischend und kühl nach dem anstrengenden Aufstieg.

Bei dieser friedvollen Kulisse konnte man sich kaum vorstellen, dass ganz plötzlich Stürme losbrechen und Menschen, die hineingerieten, ernsthaft in Gefahr bringen konnten. Dennoch hatte genau so ein Sturm ihren Großvater auf dem Rückweg von einer Fahrt aufs Festland aus dem Leben gerissen. Und trotz ihrer tiefen Trauer hatte Granny seine Aufgaben als Leuchtturmwärter übernommen, weil sie das als ihre Pflicht betrachtete, wie sie sagte.

Abby war tief in Gedanken, als Carson sie am Arm anstupste. „Sind Sie so weit, wieder hineinzugehen?"

Sie nickte und so verließen sie den Rundlauf und stiegen wieder die Wendeltreppe hinunter.

Unten angekommen, traten sie ins Freie, Carson schloss die Tür wieder ab und wandte sich ihr zu: „Kommen Sie, jetzt schauen wir uns das Leuchtturmwärterhaus an."

Zwischen dem Leuchtturm und dem Leuchtturmwärterhaus stand ein winziges, aus Steinen gemauertes Häuschen. „Das ist das Ölhaus, in dem das Öl für das Leuchtfeuer gelagert wurde. Ich weiß noch nicht, was ich damit anfange", erklärte er

„Für mich sieht das aus wie ein Puppenhaus", sagte Abby und stellte sich vor, wie Emma in dem etwa zwei Quadratmeter großen Gebäude mit ihren Puppen und Kuscheltieren Kaffeekränzchen veranstaltete. „Wie süß!"

„Ich frage mich, ob die Leuchtturmwärter es auch süß fanden."

„Wahrscheinlich eher nicht. Dort stinkt es doch wahrscheinlich immer noch furchtbar nach Öl, oder?"

„Danach und nach anderen Dingen. Ich werde es gründlich auslüften und dann auch frisch streichen lassen. Vielleicht nutze ich es als Lagerraum für Gartenmöbel und andere sperrige Sachen."

Das zweigeschossige Leuchtturmwärterhaus stand ungefähr 20 Meter vom Leuchtturm entfernt. Zerbrochene Fenster und eine große Abdeckplane auf dem Dach waren Indizien dafür, dass auch das Haus ziemlich heruntergekommen war. Ein ganz klein wenig

Angst mischte sich mit Traurigkeit, als Abby auf das Gebäude zuging und sich fragte, wie es wohl im Inneren aussah. Ob es dort noch Hinweise darauf gab, dass ihre Großmutter und ihre Mutter einmal dort gelebt hatten? Schließlich war es mittlerweile über 50 Jahre her, seitdem sie die Insel verlassen hatten.

Das Gras reichte ihr bis zu den Knien, als sie den unbenutzten Pfad entlang zum Leuchtturmwärterhaus gingen.

„Nächste Woche bringe ich einen Rasenmäher mit, damit das hier bald wieder wie ein Garten aussieht." Carson zeigte auf die wuchernden Sträucher, die seit Jahren nicht gestutzt worden waren. „Es sieht aus, als wären das Blühsträucher, aber ich habe keine Ahnung welche."

Abbys Stimmung besserte sich jetzt wieder. „Das sind Rhododendren, die hat meine Großmutter damals gepflanzt." Granny hatte oft über ihre Lieblingsblüten gesprochen und wie sehr sie sie vermisst hatte, nachdem sie von der Insel weggezogen war.

„Ach wirklich? Cool. Ich freue mich, dass sie noch da sind."

Abby freute es auch und sie stieß einen dankbaren Seufzer aus für diese Verbindung zu ihrer Granny.

Als sie um das Haus herum zur Eingangstür gingen, erhaschte Abby zwischen den Bäumen hindurch einen Blick auf blaues Wasser. Die Aussicht würde wundervoll sein, wenn die Bäume erst einmal zurückgeschnitten waren.

Beim Betreten des Hauses ließ Carson sie vor, und sie durchquerten die Eingangsdiele, von wo aus auch die Treppe ins Obergeschoss führte, und gingen dann nach rechts in den nächsten Raum, das ehemalige Wohnzimmer, wie sie annahm. Sie blieb stehen und ließ die Kulisse erst einmal einfach auf sich wirken. Außer ein paar zerbrochenen Stühlen gab es kein Mobiliar. Der Putz bröckelte von den Wänden, sodass die Holzkonstruktion dahinter zu sehen war, und auch der gemauerte Kamin stand erkaltet da und bröckelte an den Rändern vor sich hin.

„Wie viel von dem Haus befindet sich denn noch im Originalzustand?“, fragte Abby.

„Nicht viel, außer dem Kamin und einigen Wänden. Die Küstenwache war ein paar Jahre lang hier stationiert und hat die Räume im Untergeschoss als Büros genutzt.“

„Was wohl mit den Möbeln passiert ist, die hier zur ursprünglichen Einrichtung gehört haben?“

„Vielleicht hat ihre Großmutter ja einiges davon mitgenommen.“

„Vielleicht. Ich habe keine Ahnung, aber meine Mutter müsste es eigentlich wissen.“

Sie verschafften sich einen Überblick über den Rest des Untergeschosses, unter anderem auch die Küche, in der die hölzernen Ober- und Unterschränke alle offen standen und in der ein völlig verstaubter alter Herd stand. Ein Resopaltisch mit verchromten Beinen und passenden Stühlen mit rissigen Vinylsitzen stand auf dem ebenfalls rissigen Linoleumfußboden. Sie boten einen Hinweis darauf, in welcher Zeit die Küstenwache das Haus genutzt hatte.

An die Küche schloss eine Art Veranda an, deren Fenster zugemauert wurden und die allem Anschein nach als Stauraum genutzt worden war. Die Fliegengittertür war am unteren Rand wahrscheinlich von irgendwelchen Tieren angenagt worden. Abby ließ ihren Blick umherschweifen, um festzustellen, ob sich vielleicht eines davon noch im Haus befand.

„Wenigstens hat die Küstenwache unten noch ein zweites Bad eingebaut“, erklärte Carson und zeigte auf eine Tür, die von der Küche abging. „Das ist wahrscheinlich bauhistorisches Banausentum, aber ich freue mich darüber, dass es da ist.“

Als er eine weitere Tür öffnete, befand sich dahinter ein weiterer leerer Raum. „Das wird einmal das Schlafzimmer des Bed & Breakfast-Betreibers, damit er ein wenig separat von den Gästen oben unterkommen kann. Es könnte also irgendwann mein Zimmer sein."

Abby schaute zu ihm hinüber. „Sie wollen selbst hier wohnen?"

„Ja, das habe ich vor. Überrascht Sie das?"

„Ein bisschen schon. Ich bin davon ausgegangen, dass sie jemanden einstellen, der oder die das Bed & Breakfast hier führt."

„Das könnte ich zwar tun, aber ich habe vor, das selbst zu übernehmen, zumindest fürs Erste." Dann deutete Carson in Richtung der Eingangsdiele. „Möchten Sie auch nach oben? Ich glaube, die Treppe ist ziemlich stabil."

Sie stiegen die hölzernen Stufen einer schmalen Treppe mit einem kleinen Treppenabsatz in der Mitte hinauf ins Obergeschoss.

„Hier oben sind vier Schlafzimmer und noch ein Bad. Wenn es technisch und statisch möglich ist, möchte ich gerne jedes Zimmer mit einem eigenen Bad ausstatten", sagte Carson, während sie den Gang entlanggingen.

Abby schaute kurz in jedes Schlafzimmer hinein und bekam dabei noch mehr Wände mit Löchern im Putz zu sehen. In einem der Zimmer zeigte sie auf einen dunklen Fleck an der Decke. „Ist das ein Wasserschaden?"

„Wahrscheinlich. Nächste Woche wird das Dach neu gemacht. Wir müssen das gute Wetter ausnutzen."

Als sie wieder nach unten gingen, bemerkte Abby eine kleine Tür unter der Treppe. Sie ging hin, öffnete sie, um zu schauen, was dahinter war, und lächelte dann.

„Soweit ich weiß, ist darin nichts", bemerkte Carson, runzelte die Stirn und fragte dann: „Warum lächeln Sie?"

„Meine Mutter hat mir erzählt, dass sie hier in dem Schrank unter der Treppe immer gesessen und gelesen hat."

„Anscheinend ist es ziemlich staubig da drinnen."

„Kann sein, aber was für ein toller Platz für ein Kind, um sich zu verstecken und so zu tun, als wäre es nicht da."

Carson erwiderte ihr Lächeln. „Wahrscheinlich ist das ein bisschen so, als hätte man ein Baumhaus, nur drinnen."

„Genau." Ein heimeliges Zuhausegefühl erfüllte Abby, und selbst in dem gegenwärtigen Zustand konnte sie sich lebhaft vorstellen, sich hier wohlzufühlen.

Sie gingen wieder hinaus ins Freie. „Und – wie finden Sie es? Können Sie es sich als Bed & Breakfast vorstellen?"

„Auf jeden Fall. Es hat wirklich Potenzial, aber es steckt auch viel Arbeit darin."

„Ja, da haben Sie recht, aber ich bin bereit, die Sache in Angriff zu nehmen."

„Wissen Sie denn schon ungefähr, wie lange es dauern wird?"

„Nein, keine Ahnung. Ein paar Monate vielleicht, je nach Wetter und Arbeitskräften. Es wäre großartig, wenn es vor Beginn der Urlaubssaison fertig würde."

„Aber bis dahin sind es ja nur noch zwei, drei Monate. Ist das denn in so kurzer Zeit zu schaffen?"

„Ich weiß, das ist eine ziemlich gewagte Planung, aber ich bin Optimist. Solange all die Gewerke hier pünktlich abgearbeitet werden und es nicht zu irgendwelchen unerwarteten Problemen oder Pannen kommt, glaube ich, dass es zu schaffen ist."

„Ich würde es sehr gerne sehen, wenn es fertig ist."

Das hatte Kevin auch immer gesagt. Außerdem kam Carson auch prima allein zurecht und sie hatte mit ihrer Mutter und Emma auch so schon genug zu tun.

Die Renovierung interessierte Abby, das sah er an ihren glänzenden Augen. Er war allerdings enttäuscht, dass sie nicht das Angebot machte, sich in irgendeiner Form daran zu beteiligen. Hatte er zu viel erwartet? Schließlich kannte er sie ja eigentlich gar nicht.

Dennoch glaubte er, ihre Gedanken lesen zu können. Aber vielleicht sah er auch nur das, was er gerne sehen wollte – eine Frau, die Interesse hatte, mit ihm gemeinsam seinen Traum zu leben, statt ihn dafür auszulachen, wie seine Ex-Verlobte.

Er drängelte sie lieber nicht, denn er wollte es nicht riskieren, ihr zu nahe zu treten oder sie zu verärgern. „Möchten Sie sich noch ein wenig mehr umschauen?"

Abby zuckte mit den Schultern. „Gibt es denn noch mehr zu sehen?"

Carson lächelte und sagte: „Dann kommen Sie mal hier entlang."

Er ging einen Pfad hinunter, der genau in die entgegengesetzte Richtung von dem Weg führte, auf dem sie gekommen waren.

„Hier ist es auch ziemlich steil, also passen Sie gut auf", erklärte er und schaute nach ihr, um sich zu vergewissern, ob sie zurechtkam.

Dabei widerstand er dem Impuls, ihre Hand zu nehmen, denn ihrem Verhalten nach war sie auf jeden Fall eine Frau, die Wert auf ihre Selbstständigkeit legte. Als sie den Pfad ein Stückchen bergab gegangen waren, kam ein Hausdach in ihr Blickfeld und am Ende des Pfades standen sie schließlich vor einem kleinen Backsteingebäude.

Er deutete mit der Hand darauf und erklärte: „Das ist das Nebelhornhaus."

Sie schaute es sich an und nickte. „Ja, jetzt erinnere ich mich wieder. Was haben Sie denn damit vor?"

„Kommen Sie, ich zeige es Ihnen." Er schloss auf, stieß die Tür auf und ließ Abby vorgehen. Das kleine Gebäude bestand nur aus einem einzigen Raum mit einem Fenster zum Meer hinaus. „Da der Raum groß genug für ein Schlafzimmer ist, habe ich mir überlegt, dass es eine schöne Gästesuite wäre, vielleicht sogar eine Flitterwochensuite, weil es so schön abgeschieden ist."

Sie wandte sich von ihm ab, als sie merkte, dass sie rot wurde.

„Natürlich muss ich dann noch ein Bad einbauen, aber schauen Sie sich doch bloß mal diese Aussicht an! Wenn die Bäume und Sträucher vor dem Haus noch zurückgeschnitten worden sind, dann ist es fantastisch."

Abby verschränkte die Arme vor ihrem Oberkörper, ging zum Fenster und schaute hinaus. Was sie wohl davon hielt?

„Das hört sich gut an", sagte sie und wandte sich ihm lächelnd wieder zu.

Warum war sie nur so reserviert? Im Leuchtturmwärterhaus war sie fast schon entspannt gewesen, aber jetzt war die unsichtbare Wand zwischen ihnen wieder da.

„Ich frage mich, was Granny wohl davon halten würde", sagte sie da.

„Granny?" Ach so, sie meinte ihre Großmutter, die Leuchtturmwärterin. „Sie wäre vielleicht überrascht, dass das Nebelhorn gar nicht mehr in Gebrauch ist."

„Und vielleicht auch froh. Sie hat mir nämlich erzählt, wie viel Arbeit es immer war, es in Gang zu halten, wenn der Nebel länger als einen Tag anhielt. Und es war laut. Wird es jetzt denn gar nicht mehr benutzt?"

„Nein, das batteriebetriebene Ding da draußen, das aussieht wie R2-D2 aus *Star Wars,* ersetzt die Nebelhörner. Außerdem gibt es Bojen im Wasser, die Lärm machen, und mittlerweile haben die meisten Boote GPS, um nicht zu nah ans Ufer zu geraten."

„Meine Granny hat erzählt, der Nebel sei manchmal so undurchdringlich gewesen, dass man nicht einmal mehr das Wasser sehen konnte. Wie beängstigend das gewesen sein muss, besonders wenn man in einem Boot unterwegs war."

„Ich bin auch schon bei Nebel hier rübergefahren, und das war wirklich ziemlich unheimlich. Man verliert völlig die Orientierung und kann nur hoffen, dass man in die richtige Richtung fährt. Am besten begibt man sich dann gar nicht aufs Wasser."

„Ja, ganz sicher. Aber ich erinnere mich auch, dass sie erzählt hat, der Nebel sei manchmal urplötzlich aufgezogen, wenn man absolut nicht damit gerechnet hatte, auch mitten am Tag."

„War bei der Zeremonie nicht auch die Rede davon, dass Ihre Granny ein paar Leuten das Leben gerettet hat? Ich frage mich, ob das wohl auch bei Nebel war."

„Wenn ja, dann hat sie das jedenfalls nie erwähnt."

„Ich versuche gerade, irgendwie an die Logbücher von damals heranzukommen. Die Leuchtturmwärter mussten ja das Wetter und alle wichtigen Vorkommnisse dokumentieren, aber die meisten Jungs waren wohl eher wortkarg."

„Jungs?"

„Na, Sie wissen schon, die Leuchtturmwärter. Verzeihung, aber die meisten waren nun mal Männer, und die schrieben nur das auf, was für die Dokumentation unbedingt nötig war. Die Einträge, die ich gelesen habe, waren jedenfalls nur kurz und informativ – sterbenslangweilig. Und einen Eintrag habe ich gelesen, der lautete: ‚Den Nachmittag freigenommen für das Begräbnis der Ehefrau.' Das war alles. Glauben Sie nicht, dass er dazu mehr zu sagen gehabt hätte?"

Sie standen am Fenster und schauten hinaus aufs Meer, das hin und wieder durch die Lücken zwischen den Zweigen der Bäume hindurchblitzte, als würde es Verstecken spielen. Abby war wieder entspannter und schien sich jetzt wohler zu fühlen, aber bei seiner Bemerkung sah er, wie sich ihre Schultern erneut verspannten. Hatte er etwas Falsches gesagt?

„Ich würde gerne so ein Logbuch lesen, besonders eines, das von meinen Großeltern geführt wurde", sagte sie und sah ihn mit hochgezogenen Augenbrauen an. „Glauben Sie, dass Sie an eins herankommen könnten?"

„Die meisten davon sind im Nationalarchiv in Washington D.C., wo man sie einsehen kann. Man kann aber auch ein PDF davon bestellen." Sie sah enttäuscht aus, aber dann fuhr er fort: „Ich habe schon ein PDF angefordert. Warten wir also einfach ab, was passiert. Ich bin ziemlich sicher, dass die neueren Logbücher aus der Zeit, als die Küstenwache für diesen Leuchtturm zuständig war, dort vorhanden sind. Aber wer weiß, ob die Logbücher, die davor geführt wurden, überhaupt noch existieren."

„So wie ich meine Granny kenne, würde ich jede Wette eingehen, dass sie alles sorgfältig dokumentiert hat. Denn nach allem, was meine Mutter erzählt, war sie sehr penibel. Ich hoffe, Sie bekommen die Logbücher."

„Ich sage Ihnen was. Ich kümmere mich gleich Montagmorgen um meine Anfrage und melde mich dann bei Ihnen."

Wenigstens hatte er so einen Grund, mit ihr in Kontakt zu bleiben. Und deshalb wollte er jetzt mehr denn je diese Logbücher haben.

5

Abby ging die Insel einfach nicht mehr aus dem Kopf. Seit Carson sie wieder nach Hause gebracht hatte, musste sie ununterbrochen an diesen ganz besonderen Ort denken. Die Gebäude waren völlig heruntergekommen und dringend sanierungsbedürftig, und sie war froh, dass ihre Mutter sie nicht in diesem maroden Zustand gesehen hatte. Der Anblick wäre sicher furchtbar für sie gewesen, und deshalb hatte Abby beschlossen, ihr gar nicht zu sagen, wie es dort aussah, und stattdessen zu versuchen, ihren Besuch auf der Insel besonders positiv darzustellen. Sie wappnete sich innerlich.

„Ich kann gar nicht glauben, dass aus dem Haus ein Bed & Breakfast werden soll", sagte Grace kopfschüttelnd. „Sah es denn noch gut aus?"

„Es muss zwar einiges daran gemacht werden, aber Carson hat vor, es so zu renovieren, dass es genauso aussieht wie früher – vielleicht sogar noch schöner."

„Ich würde es zu gerne noch einmal sehen, aber ich kann mir nicht vorstellen, dass ich es noch schaffe, den Hügel zum Leuchtturm hinaufzukraxeln."

„Carson will den Weg für die Gäste angenehmer und sicherer machen. Wahrscheinlich wird er das aus Versicherungsgründen sogar müssen."

Vielleicht würde es ihre Mutter ja eines Tages doch noch einmal dorthin schaffen, aber ihre Gesundheit wurde mit jedem Tag schlechter, sodass ein solcher Besuch möglichst bald würde stattfinden müssen. Aber glaubte Carson im Ernst, dass er aus dem verfallenen Anwesen innerhalb von drei Monaten ein Bed & Breakfast machen konnte?

Am Montag brachte Abby erst Emma in die Kita und fuhr danach ihre Mutter zu einem Arzttermin. Es war die monatliche Kontrolluntersuchung der Lunge, bei der der Arzt auch untersuchen wollte, ob sich durch die letzte Erkältung ihr Zustand verschlechtert hatte. Abby konnte es nicht leiden, dort beim Arzt im Wartezimmer zu warten, also ging sie nach draußen, um ein bisschen frische Frühlingsluft zu schnappen. Ein paar Häuser weiter entdeckte sie das Firmenschild von Tammys Stoffladen, dessen bordeauxrote Markise sich von all den anderen grün-weiß gestreiften Markisen abhob. Als sie in Kalifornien noch als Innenausstatterin tätig gewesen war, hatte sie häufig in Stoffläden gestöbert. Warum also nicht einfach schauen, wie die Auswahl in diesem war?

Das Glöckchen über der Eingangstür bimmelte, als sie eintrat, und eine Stimme aus einem Raum hinter dem Laden rief: „Ich bin gleich bei Ihnen."

Abby schlenderte also durch den Verkaufsraum, befühlte unterschiedliche Stoffe und schaute sich Farben und Muster an. Ihr Wunsch, Räume zu gestalten, war sofort wieder geweckt, und sie merkte, wie sehr sie es vermisste. Doch der Neuanfang hier in Maine hatte eben auch bedeutet, dass sie ihren alten Beruf hatte aufgeben müssen. Als sie ihren Blick über das Angebot des Ladens schweifen ließ, konnte sie gar nicht anders, als in ihrer Vorstellung bestimmte Farb- und Stoffkombinationen zusammenzustellen.

Eine grauhaarige Frau, die ihre Brille an einer Kette um den Hals trug, kam auf sie zu.

„Hallo", sagte sie und gab ihr die Hand. „Ich bin Tammy, die Inhaberin. Kann ich Ihnen irgendwie weiterhelfen?"

Abby schüttelte den Kopf. „Nein, vielen Dank. Meine Mutter ist in der Arztpraxis nebenan, und da habe ich gedacht, ich mache in der Zwischenzeit einen kleinen Bummel durch die Läden in der Nachbarschaft."

„Ach, wer ist denn Ihre Mutter? Vielleicht kenne ich sie ja", fragte die Frau mit gerunzelter Stirn, so als dächte sie nach.

„Grace ..."

„Ach, wirklich! Dann sind Sie also Grace' Tochter Abby. Ich habe schon gehört, dass Sie wieder hierher zurückgezogen sind. Ich freue mich, Sie kennenzulernen. Eigentlich kenne ich Sie ja schon, seitdem Sie ein kleines Mädchen waren, aber ich bin auch irgendwann hier weggezogen." Tammy legte ihre Hand auf Abbys Arm und schaute ihr in die Augen. „Geht es Grace gut?"

„Eigentlich unverändert. Sie hat nur einen Kontrolltermin", antwortete Abby und befühlte einen braun-grün karierten Stoff. Ach, der wäre bestimmt hübsch für Vorhänge. Und vielleicht noch für ein Sesselkissen?

„Das ist wirklich ein wunderhübscher Stoff. Knitterfrei. Dekorieren Sie Ihre Wohnung neu?" Tammy nahm den Stoffballen und drapierte den Stoff so, dass er wie ein Vorhang fiel.

Etwas überrascht über die Frage antwortete sie: „Nein, ich bewundere nur Ihre Stoffe, aber wenn ich neu dekorieren würde, wüsste ich, was ich aus diesem Stoff machen würde."

In Gedanken war sie wieder im Leuchtturmwärterhaus, und vor ihrem geistigen Auge konnte sie sehen, wie der Stoff als Bezug eines Sessels am Kamin aussehen würde, mit einem passenden Kissen auf dem Sofa. Und bevor sie wusste, wie ihr geschah, hatte sie ein klares Bild von der Einrichtung des Wohnzimmers im

Untergeschoss des Leuchtturmwärterhauses im Kopf. Was machte sie denn da? Versuchte sie gerade wieder, jemandem zu helfen, der sie gar nicht um Hilfe gebeten hatte?

Sie sah auf die Uhr und sagte: „Tut mir leid, aber ich muss jetzt zurück in die Praxis und meine Mutter abholen. Sie haben jedenfalls sehr schöne Stoffe im Angebot." Und mit diesen Worten ging sie zum Ausgang, drehte sich an der Tür aber noch einmal um und rief: „Hat mich gefreut, Sie kennenzulernen."

„Gleichfalls, und grüßen Sie Ihre Mutter doch bitte von mir."

Als Abby wieder ins Wartezimmer der Praxis kam, saß ihre Mutter dort bereits und wartete auf sie. „Ich habe schon gedacht, du hättest mich ausgesetzt. Wo warst du denn?"

„Ich habe nur einen kleinen Spaziergang gemacht. Ich soll dich von Tammy aus dem Stoffladen grüßen."

„Ach, du hast Tammy getroffen?"

„Ja, ich habe mich kurz in ihrem Laden umgeschaut."

Abby stützte ihre Mutter am Ellenbogen und geleitete sie hinaus, hielt ihr die Autotür auf und wartete, bis sie eingestiegen war. Als sie selbst auf der Fahrerseite eingestiegen war und nach Hause fuhr, begann ihre Mutter zu reden: „Überlegst du, wieder als Innenausstatterin zu arbeiten?"

Abby schaute zu ihr hinüber und antwortete: „Nein, ich habe mir dort nur ein bisschen die Zeit vertrieben. Aber sie hat schon eine sehr schöne Auswahl."

„Tammy ist der Laden, in den man gehen sollte, wenn man etwas einrichtet oder neu dekoriert. Aber deine Wohnung ist doch fertig und du hast es so schön", sagte ihre Mutter und musste dann husten. „Außerdem hast du sehr viel dazu beigetragen, mein Haus wieder ein bisschen auf Vordermann zu bringen. Darin bist du wirklich gut. Vielleicht könntest du ja anfangen, auch anderen Leuten hier in der Gegend beim Gestalten ihrer Häuser und Wohnungen zu helfen."

„Ich glaube nicht, dass ich da mit den Bewohnern von Hope Harbor weit käme."

„Aber vielleicht braucht ja auch das eine oder andere Bed & Breakfast in der Stadt eine Renovierung."

In der Stadt gab es nur drei Hauptstraßen mit etwa einem Dutzend alter Häuser, von denen etliche als urige Pensionen genutzt wurden.

„Ja, vielleicht, aber ich glaube nicht, dass sich eine Innenausstattungsfirma hier lohnen würde. Und außerdem habe ich ja schon einen Job."

„Den du aber gerade nicht in Vollzeit ausübst, weil du dich um mich kümmerst."

„Das ist doch gar kein Problem, Mama. Die Leute in der Kita verstehen das."

„Außerdem bist du für den Job dort überqualifiziert."

Abby zuckte mit den Schultern und entgegnete: „Er ist gut genug, Mama, und für Emma und mich ist es wirklich praktisch so."

Sie brachte ihre Mutter nach Hause, fuhr dann zur Kita und versuchte, das Gespräch zu vergessen. Als sie nach Kevins Tod ihr altes Leben in Kalifornien hinter sich gelassen hatte, war sie eigentlich davon ausgegangen, dass sie in Maine etwas ganz anderes tun und nicht ihr altes kalifornisches Leben einfach wieder aufnehmen würde, denn die beiden Orte waren einfach zu unterschiedlich. Es war, als wäre sie in jedem der Orte ein ganz anderer Mensch. Und die Innenausstatterin aus Kalifornien passte nicht nach Hope Habor in Maine.

Nachdem sie an diesem Abend Emma ins Bett gebracht hatte, fing sie an, auf einem Notizblock herumzukritzeln, während im Fernsehen eine Sendung lief. Als die Sendung zu Ende war, gähnte sie, legte den Block beiseite, machte das Licht aus und ging ins Bett.

Carson prüfte noch einmal die Adresse. Ja, hier musste es sein. Er stellte seinen Truck ab und blickte auf die makellose Fassade des gelben Hauses im viktorianischen Stil mit der großen umlaufenden Veranda. Auf dem Schild draußen stand *Sunshine Cottage Bed & Breakfast*, auch wenn man das große Haus kaum als Cottage bezeichnen konnte. Von außen betrachtet, schätzte er, dass es mindestens acht Schlafzimmer hatte, eher mehr. Er hätte gerne gewusst, wie viel hier eine Übernachtung kostete.

Er stieg die Treppe zur Veranda hinauf, die mit antiken Korbmöbeln ausgestattet war, und klopfte an die Tür, bevor er die antike Drehklingel entdeckte. Vielleicht funktionierte sie ja noch. Er drehte also daran und tatsächlich hörte er den unangenehm schrillen altmodischen Klingelton. Auf der anderen Seite der Tür näherten sich Schritte und es wurde geöffnet. Eine freundlich aussehende Frau mittleren Alters stand vor ihm. „Hallo, kann ich Ihnen helfen?"

„Ja, ich wollte zum Treffen des Vereins der Bed & Breakfast-Betreiber. Bin ich hier richtig?"

Sie sah ihn erstaunt an, lächelte aber, trat zur Seite und gab den Blick auf eine große Eingangsdiele mit einem roten Perserteppich auf dem Boden und einer großen Garderobe mit einem riesigen Spiegel frei. Sie bedeutete ihm mit einer Geste einzutreten.

„Ja, das sind Sie. Und mit wem habe ich das Vergnügen, bitte?", fragte sie mit hochgezogenen Augenbrauen.

„Ich bin Carson Stevens. Ich renoviere gerade den Leuchtturm auf Hope Harbor und baue das Leuchtturmwärterhaus zu einem Bed & Breakfast um."

Da gab sie ihm die Hand und stellte sich ebenfalls vor. „Ich bin Mary Warner, die Inhaberin dieses Bed & Breakfasts." Mit einer Geste deutete sie in Richtung eines Raumes, der von einem langen Korridor abging. „Das Treffen findet dort statt. Es sind auch schon ein paar andere Mitglieder da."

Carson betrat einen Raum, der einmal eine Art Salon gewesen sein musste und mit verzierten viktorianischen Möbeln, goldgerahmten Bildern an den Wänden und samtbezogenen Stühlen eingerichtet war. Ein wuchtiger Kamin, auf dessen Sims eine antike Uhr vor einem riesigen Spiegel stand, beherrschte eine der Wände. Das Gespräch der Anwesenden, die in einem Kreis saßen, brach abrupt ab, als er den Raum betrat, und alle Blicke waren auf ihn gerichtet.

„Das ist Carson Stevens, meine Lieben, der Mann, der aus dem Leuchtturmanwesen ein Bed & Breakfast machen will", stellte Mary ihn vor.

Es folgten neugierige Blicke, gezwungenes Lächeln und gemurmelte Begrüßungen. Nicht gerade herzlich, fand er. Die anderen Mitglieder benahmen sich, als wäre er eine Art Alien.

„Guten Tag", sagte Carson, raffte alle Begeisterung zusammen, die er aufbringen konnte, und setzte ein breites Lächeln auf, um die Befangenheit zu verringern.

„Bedienen Sie sich doch mit Kaffee, Mr Stevens", sagte Mary und zeigte auf einen silbernen Teewagen mit einer silbernen Kaffeekanne darauf.

„Ach, bitte, nennen Sie mich doch Carson", sagte er und nahm dann ihr Angebot an. Er füllte eine der eleganten Porzellantassen mit Kaffee und dachte sogar daran, sich eine Untertasse zu nehmen, so wie seine Mutter es ihm beigebracht hatte. Das bisschen Kaffee, das in die Tasse passte, hätte er mit einem Schluck austrinken können, aber er zügelte sich. Doch bei den dick mit Puderzucker bestäubten Cookies, die auf einem Tablett neben der Kaffeekanne lagen, griff er zu und nahm sich ein paar. Solche Cookies hatte er seit dem letzten Ladys-Lunch, den seine Mutter früher ausgerichtet hatte, nicht mehr gesehen.

Carson setzte sich, balancierte seine Tasse mit der Untertasse in der Hand und nickte den vier anderen Leuten im Raum zu, die ihn genauso musterten und taxierten wie er sie. Er nahm an, dass die anderen Anwesenden zwei Ehepaare waren.

„Tut mir leid, aber ich habe Ihre Namen nicht verstanden", sagte Carson, obwohl sich noch niemand von ihnen vorgestellt hatte.

Einer der Männer sagte daraufhin: „Joe und Betty Phillips. Wir betreiben das *Rose Lane Bed & Breakfast.*"

Der andere Mann folgte seinem Beispiel und sagte: „Sam und Phyllis Butler. Unser Bed & Breakfast ist das *Seaview.*"

In dem Moment betrat noch ein Paar den Raum, und Carson erfuhr, dass sie die Inhaber des *Blueberry Hill Bed & Breakfast* waren. Bis jetzt waren also vier der zwölf Bed & Breakfasts der Stadt vertreten. Wo blieben die anderen?

Mary kam wieder in den Salon und setzte sich neben ihn. „Also eigentlich sind das alle – außer Fred, aber der kommt jedes Mal zu spät."

„Wirklich? Obwohl es in der Stadt so viele Bed & Breakfasts gibt? Ich hatte mit mehr Teilnehmern gerechnet", sagte Carson zu ihr. „Mir ist natürlich klar, dass die Saison noch nicht richtig angefangen hat, aber lange dauert es ja nicht mehr bis dahin. Sind die anderen Bed & Breakfast-Inhaber verreist?"

„Nein, das hier sind alle."

„Aber es gibt doch viel mehr Bed & Breakfasts. Wem gehören denn die alle?"

„Fred. Die meisten davon gehören Fred", antwortete Mary schmunzelnd.

Carson versuchte, seine Überraschung zu verbergen, denn er war davon ausgegangen, dass alle Unterkünfte inhabergeführt waren, und hätte niemals vermutet, dass eine einzelne Person ein Monopol haben könnte. Doch bevor er diese Information einigermaßen verdaut hatte, ging die Eingangstür auf und ein weiterer Mann betrat das Haus.

„Hallo Fred, du kommst gerade rechtzeitig", begrüßte Mary ihn.

Fred war ganz anders, als Carson ihn sich vorgestellt hatte; durchschnittlich groß, mit schütterem grauem Haar und Nickelbrille. Er hatte keine dominierende Art, sondern schien ein stiller, ernster Typ zu sein, eher wie ein Bankangestellter am Kassenschalter als wie ein Konzernmanager. Er nickte den anderen zu und schenkte sich Kaffee ein, bevor er sich auf den einzigen Stuhl im Raum setzte, der Armlehnen hatte. Carson fragte sich, ob der Stuhl wohl für ihn reserviert war, weil sonst niemand darauf Platz genommen hatte.

„Fred, das ist Carson Stevens", sagte Mary. „Er ist der Mann, der die Insel gekauft hat und dort ein Bed & Breakfast eröffnen will. Carson, das ist Fred Harding."

Fred zog eine Augenbraue hoch. „Freut mich, Sie kennenzulernen, Mr Stevens", sagte er und trank einen Schluck von seinem Kaffee. „Dann sind Sie das also, der aus dem Leuchtturmwärterhaus ein Bed & Breakfast machen will? Ich kann mir vorstellen, dass das ein schönes Stück Arbeit ist."

„Ja, das kann man wohl sagen. Aber ich habe gute Leute auf dem Bau und es geht zügig voran. Solange das Wetter hält, sind wir im Plan."

„Und wann genau wollen Sie eröffnen?" Freds Lächeln wirkte künstlich und seine Augen lächelten nicht mit.

„Ich hoffe, dass es im Juni oder Juli so weit ist."

Fred prustete und tat dann, als hätte er sich verschluckt. „Ach, so bald? Und Sie glauben tatsächlich, dass Sie bis dahin fertig werden?" Fred schaute in die Runde und fragte: „Können Sie sich das vorstellen?"

Die anderen lächelten und schüttelten wie auf Kommando den Kopf.

„Da haben Sie sich auf jeden Fall viel vorgenommen, Mr Stevens", erklärte Fred und klang dabei ein wenig herablassend.

Das Echo der Stimme seines Vaters hallte plötzlich in Carsons Kopf wider. Er war immer negativ und voller Zweifel, und wenn es um Carsons Fähigkeiten ging, stellte er das Urteilsvermögen seines Sohnes schon infrage, solange Carson denken konnte. Doch er wehrte die negativen Schwingungen jetzt ab und wahrte die Fassung.

„Ja, Sir, ich glaube, das schaffe ich."

Da stellte Fred seine Kaffeetasse auf dem schmalen Beistelltisch neben sich ab, beugte sich vor, als wäre Carson ein Kind, das zum Schuldirektor zitiert worden war und fragte: „Haben Sie denn schon jemanden eingestellt, der das Bed & Breakfast für Sie führt?"

„Nein, das mache ich selbst", antwortete er kurz.

Da blickten die Anwesenden in der Runde noch erstaunter drein.

Fred lachte leise. „Also, das ist ja mal interessant."

Au weia, jetzt kommt's.

„Haben Sie denn Erfahrungen mit einem Bed & Breakfast?", stellte Fred jetzt tatsächlich die gefürchtete Frage.

Ob der Mann wohl jeden wie einen totalen Idioten behandelte, oder war das Carson vorbehalten?

„Nein, Sir, noch nicht. Aber ich war schon Gast in etlichen Bed & Breakfasts und weiß, was guter Service ist."

Da wurde aus Freds Lächeln ein Grinsen und er entgegnete süffisant: „Nun ja, Mr Stevens, ich gehe auch in Restaurants, aber das macht mich noch lange nicht zu einem guten Koch." Dann lachte er und ließ seinen Blick, wie eine Aufforderung mitzulachen, erneut über die Gruppe schweifen.

Carson verkniff sich eine Entgegnung. Warum versuchte dieser Mann eigentlich, ihn wie einen dummen Jungen dastehen zu lassen? Behutsam stellte er seine Kaffeetasse auf dem Tisch ab, weil er fürchtete, sie zu zerbrechen, wenn er sie noch fester umklammerte.

Dann stieß er ein ziemlich künstliches Lachen aus und sagte: „Verrückt, was? Also wenn es mir über den Kopf wächst, dann suche ich mir jemanden, der es für mich führt. Aber ich möchte es wenigstens versuchen."

Daraufhin verfinsterte sich Freds Miene und er erklärte: „Ich hoffe, Ihnen ist klar, dass unser Verein sehr hohe Ansprüche stellt. Auch wenn sich Ihr Haus auf einer Insel befindet, erwarten wir, dass Sie dieselbe Qualität bieten wie die Unterkünfte hier auf dem Festland."

Carson merkte, wie sich sein Magen zusammenzog, weil ihn das Gespräch an ein ganz ähnliches erinnerte, das er mit seinem Vater geführt hatte. *Herr, hilf mir bitte zu verhindern, dass meine Wut in meinen Worten zu hören ist.*

„Das erwarte ich auch, und ich versichere Ihnen, dass ich die Absicht habe, Ihre Qualitätsanforderungen nicht nur zu erfüllen, sondern zu übertreffen."

Daraufhin lehnte sich Fred auf seinem Stuhl zurück, rieb sich das Kinn und sagte: „Ach, ist das so? Na, dann haben Sie sich ja wirklich viel vorgenommen."

„Also eigentlich ist das der Grund, weshalb ich Ihrem Verein beitreten wollte. Ich wollte mich ganz genau mit Ihren Qualitätsansprüchen vertraut machen."

„Das halte ich für eine wirklich gute Idee", entgegnete Fred. „Sie können sich ja nach unserem Treffen an Mary wenden. Die klärt sie dann über die Rechte und Pflichten der Vereinsmitglieder auf." Dann schlug er sich mit den flachen Händen auf die Knie und schaute in die Runde. „Können wir jetzt mit dem Geschäftlichen weitermachen?"

Den Rest des Treffens verfolgte Carson nur noch das Gespräch der anderen, in dem es in erster Linie um Verbesserungen für die Saison ging. Carson betete innerlich, dass er nicht rot geworden war vor Wut. Für wen hielt sich dieser Fred Harding eigentlich? Jedenfalls führte er sich auf, als ob ihm die ganze Stadt gehörte. Doch offengestanden war die Tatsache, dass ihm acht der zwölf

Bed & Breakfasts der Stadt gehörten, auch ein guter Grund dafür. Deshalb brauchte er sich allerdings nicht dermaßen von oben herab aufzuführen und Carson wie einen dummen Jungen auszufragen. Carson hatte eigentlich erwartet, dass ihn die Bed & Breakfast-Betreiber der Stadt in ihrem Verein willkommen heißen und ermutigen würden, aber das war definitiv nicht der Fall.

Doch wenn Fred geglaubt hatte, dass seine Spitzen Carson entmutigen würden, dann irrte er sich gewaltig. Carson liebte nämlich Herausforderungen, und wenn es noch nicht Herausforderung genug war, sein Bed & Breakfast rechtzeitig zur Saison fertig zu bekommen, dann verstärkte Fred durch seine Bemerkungen nur noch Carsons Entschlossenheit.

Man sollte Carson Stevens nicht sagen, dass er etwas nicht schaffen konnte. Auch wenn er grade wie der letzte Idiot dastand – er würde Fred Harding zeigen, dass er unrecht hatte, und war jetzt entschlossener denn je zu schaffen, was er sich vorgenommen hatte. Das Leuchtturm-Bed & Breakfast auf Hope Island war mehr als nur eine Geschäftsidee. Es war die Erfüllung eines Traumes, den er schon fast sein Leben lang hatte, und er musste dafür sorgen, dass dieser Traum jetzt in Erfüllung ging – mit oder ohne Fred Hardings Unterstützung.

Carson blickte prüfend hinauf zur Leuchtturmspitze und schaute einem der Bauarbeiter dabei zu, wie er auf einer Leiter hinauf aufs Dach stieg und nach dem Vogelnest dort oben griff.

„Ist es leer?", rief Carson ihm zu.

Der Mann zeigte mit dem Daumen nach oben, entfernte das Nest und stieg wieder herunter. Dann beugte er sich über das Geländer des Rundlaufs. „Wollen Sie es haben?"

„Klar. Werfen Sie es herunter", antwortete Carson.

Als er es aufhob, stellte er fest, dass es von einem ziemlich großen Vogel bewohnt gewesen sein musste, denn es steckten Teile von Federn darin und auch Überreste der Mahlzeiten des Vogels – Fischskelette und kleine Tierknochen. Hoffentlich kam der Vogel nicht zurück.

Heute ging es los. Während die alte Farbe mit einem Sandstrahlgerät vom Leuchtturm entfernt wurde, waren andere Handwerker dabei, alles aus dem Leuchtturmwärterhaus herauszureißen, was erneuert werden sollte, wie zum Beispiel alte Holzvertäfelungen und Teppichböden.

Carson schaute zu, wie die Männer arbeiteten, und fühlte sich unnütz, weil er einfach nur herumstand und nichts tun konnte. Er ging deshalb hinüber zum Leuchtturmwärterhaus, um zu schauen, ob er dort irgendwo mit Hand anlegen konnte. Als er das Haus betrat, traf er Männer mit Mundschutzmasken an, die den alten Teppichboden von dem Holzdielenboden entfernten, und hoffte sehr, dass die Originaldielen noch gut erhalten waren. Als Nick ihn sah, kam er zu ihm herüber.

Er schob seine Maske hoch, damit er sprechen konnte, und fragte: „Kann ich etwas für Sie tun, Mr Stevens?"

„Ach, bitte nennen Sie mich doch Carson, ja?", sagte er, deutete hinüber zu den anderen Handwerkern und fuhr fort: „Ich würde gerne mit anpacken. Was kann ich denn tun?" Er musste sich selbst die Hände schmutzig machen, um den Zweiflern zu beweisen, dass sein Traum in Erfüllung gehen konnte.

„Als Erstes müssen Sie mal eine Maske aufsetzen. Hier drinnen ist nämlich wahrscheinlich Asbest verarbeitet worden, deshalb müssen wir uns unbedingt an alle Sicherheitsvorschriften halten."

Carson nahm die Maske, die Nick ihm hinhielt und legte sich die Schlaufen um die Ohren. Dann bedeutete Nick ihm mit einer Geste, ihm zu folgen, und sie gingen in die Küche.

„Sie können hier helfen, die Unter- und Oberschränke auszubauen." Er reichte Carson einen Hammer und sagte: „Klopfen Sie die Unterschränke von dieser Seite aus los, ich mache das Gleiche am anderen Ende und dann heben wir sie an."

Carson machte sich an die Arbeit und löste dann die Arbeitsplatte vom Korpus des Unterschrankes. Nach einer Weile war es geschafft, Nick und er hoben die aneinander befestigten Unterschränke an und trugen sie aus der Küche. Als Nächstes ging es an die Oberschränke, und als auch die abgebaut waren, machten die Männer erst einmal Mittagspause.

„Wollen Sie hier eine neue, moderne Küche einbauen?", fragte Nick.

„Ja, wir brauchen etwas, das den modernen Standards des 21. Jahrhunderts gerecht wird."

„Dann müssen wir uns auch die Elektro- und Wasserleitungen noch mal ein bisschen genauer anschauen, wenn alles leer geräumt ist. Wahrscheinlich müssen einige der Leitungen erneuert werden."

Carson dachte an die Kosten, aber im Grunde überraschte ihn die Information nicht weiter. Das Haus stand seit 30 Jahren leer, und um es wieder bewohnbar zu machen, musste auch die Haustechnik auf den neuesten Stand gebracht werden. Er war sicher, dass sich die Investition lohnen würde, besonders für die Gäste. Und selbst wenn er der Einzige blieb, der hier wohnte, brauchte er eine moderne, funktionierende Küche.

Er war schon in ein paar anderen Leuchttürmen gewesen, die zu Bed & Breakfasts umgebaut worden waren – zwei in Michigan und einer in Oregon –, und alle waren sehr individuell gestaltet gewesen, mit ganz eigenem, einzigartigem Flair. Von den Eigentümern und Betreibern hatte er erfahren, dass sie so ziemlich das ganze Jahr hindurch ausgebucht waren. Auch sie lagen alle an entlegenen und schwer zugänglichen Orten, allerdings keines auf einer Insel, sondern alle auf dem Festland. Doch Carson empfand es sogar als Standortvorteil, nah am Festland, aber trotzdem auf einer Insel zu sein, obwohl er sich dadurch zusätzlich noch um die Beförderung der Gäste kümmern musste und er keine gastronomische Erfahrung hatte.

Als die Sonne hinter den Bäumen verschwand, räumten die Handwerker noch auf, bevor sie Feierabend machten. Carson tat von der vielen körperlichen Arbeit an diesem Tag der Rücken weh, denn durch seine jahrelange Schreibtischtätigkeit war er für diese Art von Arbeit nicht besonders gut in Form.

Er wanderte zwar wirklich gerne, war aber in letzter Zeit nicht viel dazu gekommen, und seit er nach Maine gezogen war, hatte er auch kein Fitnessstudio mehr von innen gesehen. Bestimmt gab es irgendwo in der Nähe eines, aber alles, was er im Moment gerade wollte, war ein heißes Bad und eine Massage. Leider gab es in der Familienpension, in der er zurzeit wohnte, weder das eine noch das andere.

Aber wenigstens WLAN gab es, sodass er seine Arbeit am Computer erledigen konnte. Er brauchte auf jeden Fall auch auf der Insel einen Anschluss, wenn er weiterhin in seinem anderen Job arbeiten wollte, und das musste er auch, denn er hatte keine Ahnung, wie lange es dauern würde, bis er mit dem Bed & Breakfast Gewinn machte.

Die anderen Unterkünfte in der Stadt waren höchstens sechs Monate im Jahr gebucht, weil die meisten davon in den Wintermonaten geschlossen waren. Er hatte bis jetzt noch nicht entschieden, ob er im Winter schließen oder sein Bed & Breakfast geöffnet lassen wollte. Wie schlimm konnte es schon sein, auch im Winter hierzubleiben?

6

Hast du eigentlich noch irgendwelche alten Möbel von Granny?", fragte Abby und ließ dabei ihren Blick durchs Wohnzimmer ihrer Mutter schweifen.

„Ja, ein paar Sachen schon. Warum fragst du?" Ihre Mutter saß in ihrem Sessel und streichelte Herkules, der zwischen ihr und der Sessellehne klemmte.

„Ich habe mich nur gefragt, wie es im Leuchtturmwärterhaus wohl ausgesehen hat, als du noch dort gewohnt hast."

„Also der Schaukelstuhl da drüben ist von Granny", sagte Grace und deutete mit dem Kopf zu dem Möbelstück hinüber, das Abby schon seit ewigen Zeiten vertraut war.

Sie betrachtete den schlichten hölzernen Schaukelstuhl, von dem sie gedacht hatte, dass er schon immer im Haus ihrer Mutter gestanden hatte, jetzt genauer.

„Ist das derselbe Stuhl, in dem sie dich schon als Baby geschaukelt hat?"

Ihre Mutter nickte. „Ja, genau der. Aber daran kann ich mich natürlich nicht mehr erinnern. Und du bist als Baby auch darin geschaukelt worden."

„Und hast du mich auch darin geschaukelt, als ich ein Baby war, Mama?“, wollte Emma wissen.

„Nein, mein Schatz. Als du ein Baby warst, haben wir gar nicht hier gewohnt.“

Emma schaute zu Boden. „Du hast mich nicht geschaukelt?“

„Doch, natürlich habe ich das, aber nicht in diesem Stuhl.“

„Dann schaukel mich doch jetzt darin!“, verlangte Emma und streckte die Hand nach Abby aus.

Abby lächelte. „Na gut, aber du bist doch gar kein Baby mehr.“ Abby nahm Emma auf den Schoß und fing an zu schaukeln und wie als Beweis für sein fortgeschrittenes Alter fing der Stuhl an zu knarren. „Ich glaube, wir beide sind zu schwer für den Stuhl“, sagte sie und kitzelte Emma, sodass die kicherte und wieder von Abbys Schoß rutschte.

Auch Abby stand auf und erklärte: „So, jetzt kannst du sagen, dass du auch in dem Stuhl geschaukelt worden bist.“

Dann schaute sie sich weiter um. „Ist das alles an Möbeln von Granny? Nur der Stuhl?“

Ihre Mutter zog ein Gesicht und antwortete: „Nein, da ist außerdem noch die große alte Bibel.“ Sie deutete mit dem Kopf auf ein riesiges Buch, das ganz oben auf dem kleinen Bücherregal lag.

Abby ging quer durchs Zimmer, nahm das Buch, das mindestens fünf Kilo wiegen musste, mit beiden Händen hoch und trug es zum Esstisch, während Emma wieder auf den Schaukelstuhl kletterte, zu singen anfing und ihre Bärin schaukelte. Sie setzte sich und schlug die Bibel auf. Auf der vergilbten ersten Seite stand: „Als Geschenk für“ und dann in schnörkeliger Handschrift „Charles und Abigail Martin, 18. Juni 1920 zur Hochzeit von Thomas und Mary Martin“.

Abby blätterte zur Mitte der Bibel, wo einige Seiten aus festerem Papier überschrieben waren mit: „Familiengeschichte“ und dann folgte eine Seite mit Hochzeiten, Geburten und Todesfällen.

Auf der Seite für Geburten fand sie aufgezählt: „Charles Martin II, geboren am 12. Juli 1931, gestorben am 15. Juli 1931."

Darunter: „Thomas Martin, geboren am 8. Oktober 1933, gestorben am 2. November 1933."

Als Nächstes stand da: Tochter Martin, geboren am 10. März 1935, gestorben am 10. März 1935." Das kleine Mädchen hatte offenbar nicht einmal lange genug gelebt, um einen Namen zu bekommen.

Die Einträge berührten Abby und der letzte Eintrag lautete schließlich: „Grace Abigail Martin, geboren am 22. April 1944?"

„Ich hatte ja keine Ahnung, dass Granny so viele Kinder verloren hat, bevor du geboren wurdest. Wie traurig!"

Ihre Mutter nickte. „Sie hat mir erzählt, dass sie sich eigentlich schon damit abgefunden hatte, keine Kinder mehr zu bekommen, und dann kam ich. Die anderen wurden alle zu früh geboren, und weil der Arzt im Notfall aus der Stadt geholt werden musste, war es immer schon zu spät, ihn zu holen, wenn sie ihn gebraucht hätte."

„Du bist ja etliche Jahre nach den anderen geboren worden. Sie muss doch begeistert gewesen sein, endlich ein gesundes Kind zu bekommen. Ich frage mich, warum da ein Fragezeichen hinter dem Geburtsdatum steht. Glaubst du, sie hat es erst später eingetragen und war sich nicht mehr sicher?"

Abbys Mutter lächelte. „Ich glaube eher, dass sie nicht sicher war, ob ich überleben würde. Das Fragezeichen steht wahrscheinlich für ihre Frage, ob sie auch noch selbst das Todesdatum würde eintragen müssen. Sie hat mich immer ihr Überraschungskind genannt. Ich habe ja nicht nur überlebt, sondern es war zudem eine Überraschung, dass sie mich überhaupt noch bekommen hat. Als ich dann selbst auch schon 42 war, als ich dich bekam, schien es so, als ob wir Martin-Frauen unsere Kinder eben später bekämen als andere Frauen – auch wenn du erst 30 warst, als Emma geboren wurde."

Abby schüttelte den Kopf. „Seltsam, dass so viele Jahre zwischen dir und den Babys davor lagen."

„Vielleicht hat meine Mutter ja noch mehr Fehlgeburten gehabt, die gar nicht in die Bibel eingetragen worden sind. Sie hat aber immer gesagt, ich sei ein kräftiges, gesundes Baby gewesen. Schade, dass ich jetzt nicht mehr so stark bin."

„Na ja, jetzt bist du ja schließlich auch viel älter, Mama."

„Ja, aber deine Großmutter ist 90 geworden, und selbst da war sie immer noch bei guter Gesundheit. Ich glaube, das lag unter anderem daran, dass sie nach dem Tod meines Vaters immer viel mit dem Leuchtturm zu tun hatte und ständig die vielen Stufen hinauf- und hinuntersteigen und das Öl für das Leuchtfeuer schleppen musste. Außerdem mussten ja auch die Gartenarbeit und alle Reparaturarbeiten erledigt werden – und sie war für alles alleine verantwortlich. Die Leitung des US-Leuchtturm-Service wollte ihr einen Assistenten zur Seite stellen, aber dagegen hat sie sich heftig gesträubt. Ich glaube, sie wollte beweisen, dass sie es alleine schafft."

„Aber sie war doch vorher die Assistentin deines Vaters, oder nicht?"

„Ja, das stimmt, und das war schließlich der Grund, weshalb sie nach seinem Tod über alles Bescheid wusste und seinen Job alleine weitermachen konnte."

„Aber dann hätte sie sich doch eigentlich einen Assistenten wünschen müssen. Besonders, weil sie zu all dem anderen außerdem noch ein kleines Kind zu versorgen hatte."

„Ja, sollte man doch eigentlich meinen, oder? Aber deine Großmutter hat ihre Selbstständigkeit erbittert verteidigt und hatte absolut kein Interesse daran, ihr Zuhause mit einem Fremden zu teilen. Als ich dann älter wurde, habe ich ihr natürlich geholfen, so viel und so gut ich konnte, aber bis dahin hat sie alles allein gestemmt. Die Küstenwache hat dann auch gar nicht erst versucht, sie zu überreden, denn mein Vater ist ja während des Krieges ums Leben gekommen, als ohnehin ein großer Mangel an arbeitsfähigen Männern herrschte. Die meisten waren irgendwo im Krieg."

Abby blätterte um und die nächste Seite war überschrieben mit „Todesfälle." Der einzige eingetragene Todesfall war der ihres Großvaters – „Charles Martin, ertrunken am 3. März 1945".

„Wahrscheinlich erinnerst du dich nicht mehr an deinen Vater, oder? Du warst ja erst ein Jahr alt, als er gestorben ist."

„Nein, eigentlich nicht, aber ich weiß noch, dass er Pfeife geraucht hat, und wenn ich jetzt in der Nähe von jemandem bin, der Pfeife raucht, dann erinnert der Geruch mich an ihn. Ich glaube, dass er ein tiefes Lachen hatte, aber ich weiß nicht genau, ob ich mich selbst daran erinnere oder ob meine Mutter es mir erzählt hat und ich es mir dann vorgestellt habe."

Abby schaute zu dem gerahmten Schwarz-Weiß-Foto ihrer Großeltern vor dem Leuchtturm, das auf dem Kaminsims ihrer Mutter stand. Ihr Großvater natürlich in seiner Leuchtturmwärteruniform, mit Pfeife im Mund und vor der Brust verschränkten Armen. Ihre Großmutter stolz neben ihm stehend, mit einem angedeuteten Lächeln, so als fände sie etwas erheiternd.

Abby konnte Grannys Augen fast so zwinkern sehen, wie sie es in Erinnerung hatte. Wie hatte ihre Großmutter so glücklich sein können nach allem, was sie durchgemacht hatte? Sie schlug die Bibel wieder zu und legte ihre Hand darauf. Wie sehr sie sich wünschte, jetzt mit Granny reden zu können.

„Du interessierst dich ja heute ganz besonders für deine Großmutter", bemerkte ihre Mutter, hustete ein paar Mal und kam dann wieder zu Atem. „Das liegt wahrscheinlich daran, dass du auf der Insel warst."

Abby nickte. „Ja, das glaube ich auch. Als ich noch klein war und Granny vom Leuchtturm erzählt hat, da fand ich die Geschichten immer unglaublich spannend und irgendwie märchenhaft. Aber jetzt als Erwachsene freue ich mich, dass es sie gegeben hat und ihr Leben für mich jetzt so real wird."

„Vergiss nicht, dass ich auch 17 Jahre meines Lebens als Kind und Jugendliche dort auf der Insel verbracht habe. Ein ganz klein wenig weiß ich also auch über das Leben dort Bescheid." Ihre Mutter hustete wieder, und Abby ging in die Küche, um ihr ein Glas Wasser zu holen.

„Mit wem hast du denn gespielt, als du klein warst, Oma? Hattest du auch so einen Teddy wie ich?", fragte jetzt Emma vom Schaukelstuhl aus.

„Also, so eine Bärin wie du hatte ich nicht, Emma, aber einen Teddybären hatte ich auch, und ein paar Puppen. Andere Kinder zum Spielen gab es auf der Insel aber nicht."

„Und du hattest Herkules", sagte Emma.

Ihre Großmutter lachte leise. „Den hatte ich damals noch nicht, aber wir hatten ein paar andere Katzen."

„Du hattest keine Spielkameraden und Granny hatte niemanden zur Gesellschaft. Ich muss einfach immer wieder daran denken, wie sie es nach dem Tod ihres Mannes bloß dort ausgehalten hat. Wie hat sie es geschafft, da draußen ganz allein ein Kind großzuziehen?", sagte Abby.

„Darüber habe ich mir noch nie Gedanken gemacht", antwortete ihre Mutter. „Meine Mutter war zäh, und sie hat eben getan, was zu tun war. Sie hatte niemanden, auf den sie sich stützen konnte."

Abby schüttelte den Kopf. „Also, ich weiß ja nicht, aber mir kommt sie wie eine Frau mit übernatürlichen Kräften vor. Ich kann mir jedenfalls nicht vorstellen, dass ich mit alldem fertiggeworden wäre."

Ihre Mutter schaute hinüber zu Emma, die immer noch schaukelte und ihrer *Wonder Woman*-Bärin ein Lied vorsang, und dann wieder zu Abby. „Aber die Situation, mit der du fertigwerden musst, ist doch ganz ähnlich, Abby."

„Nein, Mama, verglichen mit Grannys Leben ist meines wirklich einfach, auch wenn es sich für mich schwer anfühlt." Abby erinnerte sich jetzt wieder an ihr Gespräch mit Carson und fragte: „Hast du eigentlich irgendwann mal die Logbücher gesehen, die Granny geführt hat?"

„Ich kann mich zwar daran erinnern, dass sie sie geführt hat, aber mehr auch nicht. Sie musste Temperatur, Windstärken und Niederschläge notieren, also Wetteraufzeichnungen erstellen. Nichts Spannendes jedenfalls."

„Carson hat gesagt, dass einige der Leuchtturmwärterinnen ausführlichere Aufzeichnungen gemacht haben als ihre männlichen Kollegen. Hat Granny vielleicht zufällig eines von ihren alten Logbüchern behalten und dir vermacht?"

Ihre Mutter schüttelte den Kopf. „Nein, nicht dass ich wüsste, aber wenn du möchtest, kannst du gerne mal in der alten Truhe nachschauen. Ich bin davon ausgegangen, dass die offiziellen Unterlagen vollständig der Küstenwache ausgehändigt worden sind. Warum hätte sie davon auch etwas behalten sollen?"

„Nach Carsons Informationen befinden sich viele der alten Logbücher jetzt im Nationalarchiv und die Logbücher von Hope Harbor hat er zur Einsicht angefordert."

„Ich wusste gar nicht, dass das möglich ist. Ich habe ja nicht einmal gewusst, dass die alten Logbücher überhaupt noch existieren. Wenn er sie tatsächlich bekommt, lässt er dich ja vielleicht mal einen Blick hineinwerfen."

„Ja, das hat er mir schon versprochen", erklärte Abby und ging davon aus, dass er sein Wort halten würde.

Aber vielleicht irrte sie sich ja auch, denn schließlich gehörte die Insel mit allem, was sich darauf befand, ja jetzt ihm. Sie hatte extra nicht zu viel Interesse an der Sanierung und Renovierung gezeigt, weil sie nicht ihre eigenen Grenzen überschreiten wollte und weil sie nicht sicher war, ob sie überhaupt etwas damit zu tun haben wollte. Doch sie glaubte, dass er sich ihr Interesse und ihre Anteilnahme an seinem Projekt sehr wünschte. Warum hätte er sie sonst fragen sollen, ob sie auf die Insel mitkommen wollte? Wenn er sich davon allerdings Informationen über den Leuchtturm von ihr versprach, dann war da bei ihr nicht viel zu holen, weil sie einfach nichts wusste.

Aber jetzt, da sie auf der Insel gewesen war und aus der alten Bibel ein wenig mehr über ihre Großmutter erfahren hatte, wollte sie wieder dorthin. Gab es dort etwas, das sie herausfinden musste? Etwas, das ihr einen Hinweis darauf geben konnte, woher ihre Großmutter ihre Stärke genommen hatte? Diese Frage blieb für Abby offen.

Carson hielt den Kaffeebecher in beiden Händen und wärmte sich die Finger daran. Die Arbeiten auf der Insel hatten unterbrochen werden müssen, weil ein Unwetter mit Sturm und Regen aufgezogen war. Völlig durchnässt hatten sie alle zu den Booten gedrängt, und obwohl er mittlerweile trockene Sachen angezogen hatte, fröstelte ihn immer noch. Das Unwetter war wie aus dem Nichts ausgebrochen, und auf der Rückfahrt bei unruhiger See waren die Wellen über die Bordwand geschlagen, sodass selbst erfahrene Seeleute für eine unversehrte Heimkehr gebetet hatten.

Carson war dankbar für das *Mo's*, und er hoffte, dass er dort zumindest einen Teil der Arbeit nachholen konnte, mit der er seinen Lebensunterhalt verdiente. Während er darauf wartete, dass sich in seinem Computer das aufgerufene Dokument öffnete, schaute er zum Fenster hinaus, an dem unablässig der Regen hinunterrann. Als dann aber Abby Baker in das Lokal gestürzt kam, war er so überrascht, dass er aus seiner Trance herausgeholt wurde. Sie trug einen knallgrünen Regenmantel mit Kapuze, die praktisch ihr gesamtes Haar und ihr Gesicht verbarg, aber als sich ihre Blicke begegneten, war ihr Lächeln der Beweis dafür, dass sie ihn sofort erkannt hatte.

Warum sein Herz so raste, als er sie sah, war ihm schleierhaft, aber er konnte nicht leugnen, dass sie ihm ein willkommener Anblick war. Er winkte sie zu sich herüber und fragte: „Wollen Sie sich zu mir setzen?"

„Ja klar. Ich hole mir nur schnell einen Kaffee. Bin gleich wieder da."

Sie zog den Regenmantel aus, hängte ihn über die Lehne des Stuhles, der ihm gegenüberstand, und schüttelte einmal kurz ihr langes Haar, bevor sie zum Tresen ging. Hätte er anbieten sollen, ihr einen Kaffee zu holen? Warum nur hatte er daran nicht gedacht? Gut, dass sie nur Freunde waren – als Date hätte er sich in diesem Moment völlig disqualifiziert.

Sie kam mit einem Becher, der mindestens doppelt so groß war wie seiner, zurück an den Tisch.

„Na, Sie brauchen wohl heute eine ordentliche Dosis, was?", fragte er lächelnd und deutete mit dem Kopf auf ihren Kaffee.

Sie zuckte mit den Schultern. „Regentage machen mich müde. Ich habe Emma direkt nach der Kita bei meiner Mutter abgesetzt und sie ist sogar sofort eingeschlafen. Vielleicht hat dieses Wetter ja auf sie die gleiche Wirkung wie auf mich."

„Also auf mich auf jeden Fall, aber ich muss noch arbeiten."

„Ach so, dann will ich natürlich nicht stören", sagte sie und machte Anstalten aufzustehen.

Doch er legte seine Hand auf ihre und Wärme strömte seinen Arm hinauf. „Nein, bitte bleiben Sie. Das hier kann warten. Ich habe sowieso nur hier gesessen und vor mich hin geträumt."

Sie deutete mit dem Kopf auf sein Laptop und fragte: „Was arbeiten Sie denn?"

„Ach, ich entwerfe Internetseiten. Und außerdem bin ich Administrator von ein paar Firmen-Websites. Das ist eine Arbeit, die ich von überall aus erledigen kann und bei der ich mir die Zeit selbst einteilen kann."

„Dann könnten Sie also auch von der Insel aus arbeiten?"

„Ja, vorausgesetzt es gibt dort WLAN."

Sie schaute zum Fenster hinaus und stellte dann fest: „Sie konnten heute auf der Insel wahrscheinlich nichts machen, oder?"

„Als es heute Morgen nur bedeckt war, haben wir sogar noch angefangen, aber direkt nach dem Mittag ist das Unwetter losgegangen und wir mussten praktisch zu den Booten rennen."

„Na, dann hoffe ich, dass es auf der Baustelle keinen Schaden angerichtet hat – es hat ja schon ziemlich heftig geregnet und gestürmt."

„Ich glaube nicht. Wir haben alles gut abgedeckt und die erste Farbschicht des Leuchtturms war schon getrocknet. Ich bin froh, dass das schon mal erledigt ist. Auf jeden Fall sieht er jetzt viel besser aus." Er konnte sich noch gerade rechtzeitig bremsen, ihr zu sagen, dass sie es sich unbedingt ansehen müsse, denn er wusste ja gar nicht, ob sie überhaupt den Wunsch hatte.

„Das klingt gut. Und wie geht es mit dem Haus voran?"

Er konnte nicht umhin zu lächeln, weil sie echtes Interesse zeigte. „Ich glaube, ganz gut. Weil die Elektroleitungen und auch die Wasserleitung erneuert werden müssen, können die Wände noch nicht verputzt werden. Ich hoffe, der ursprüngliche Holzfußboden ist noch so gut, dass wir ihn nur abschleifen und wachsen müssen. Mir ist wirklich schleierhaft, warum Leute so schöne Holzdielen unter Teppichböden verstecken." Er schaute sie an, um festzustellen, ob sie wieder Interesse zeigte.

„Wahrscheinlich war Teppichboden damals total angesagt, und außerdem dachte man, dass er leichter zu pflegen und einfach praktischer sei als Holz. Vielleicht hat Teppichboden auch dafür gesorgt, dass es im Haus wärmer war. Ich habe an etlichen Häusern gearbeitet, in denen wunderschöne Holzböden unter altem Teppichboden verborgen waren."

„Sie haben an Häusern gearbeitet?", fragte Carson, schaute auf Abbys zarte Hände und staunte, dass sie einmal handwerklich tätig gewesen sein sollten.

„Also, eigentlich habe ich nicht wirklich an Häusern gearbeitet, denn ich habe sie nicht gebaut. Ich bin Innenausstatterin, zumindest war ich das mal."

„Ach, das habe ich ja gar nicht gewusst." Ganz kurz kam ihm der Gedanke, weiter nachzufragen, aber dann ließ er es doch lieber. „Dann arbeiten Sie also nicht mehr in dem Beruf?"

„Nein, seitdem ich wieder hier in Maine lebe, nicht mehr. In Hope Harbor ist da nicht so viel möglich."

Sie schaute hinunter auf ihren Kaffee und strich mit dem Stäbchen zum Umrühren über das hübsche Herz, das die Barista mit Milchschaum gestaltet hatte.

Sie stieß einen Seufzer aus, blickte dann wieder auf und sagte: „Bevor ich wieder hergezogen bin, habe ich in San Diego gelebt und das Leben dort unterscheidet sich schon sehr von dem hier."

„Ja, das kann man wohl sagen", bestätigte er, trank einen Schluck von seinem Kaffee und fuhr fort: „Ich würde sogar sagen, dass das Einzige, was Kalifornien und Maine gemeinsam haben, die Tatsache ist, dass sie am Meer liegen."

Sie lächelte und ihre Schultern entspannten sich ein bisschen. Dann erschien eine winzige Furche auf ihrer Stirn und sie fragte: „Haben Sie schon etwas von den Logbüchern gehört?"

Er schüttelte den Kopf, und es tat ihm leid, dass er keine befriedigendere Antwort für sie hatte. „Nein, noch nicht."

Wie erwartet sah sie enttäuscht aus. „Ich habe meine Mutter gefragt, ob vielleicht so ein Logbuch bei den Sachen meiner Granny war, aber sie sagt Nein. Das sei Regierungseigentum, hat sie gesagt, und meine Granny habe die Logbücher ganz sicher nicht behalten."

„Bis jetzt ist das Interessanteste, was wir gefunden haben, altes Zeitungspapier, das hinter dem Putz steckte."

Da staunte sie nicht schlecht und fragte: „Haben Sie darin gelesen? Wissen Sie, aus welchem Jahr die Zeitung stammt?"

„Ja, ich habe sie mir etwas genauer angesehen. Sie stammte aus den 40er-Jahren, aus dem Zweiten Weltkrieg. Da stand viel über Rationierung und Einsparungen – ziemlich interessant."

„Haben Sie das Zeitungspapier aufbewahrt? Ich muss es unbedingt sehen. Meine Mutter ist 1944, also während des Krieges, geboren."

Abby hatte plötzlich den Drang, auf der Stelle zur Insel zu stürmen.

„Ich bewahre das gesamte Zeitungspapier auf, das noch leserlich ist, und sorge dafür, dass Sie es bekommen", versprach er und fuhr fort: „Tut mir leid, dass ich es nicht mitgebracht habe. Ich habe nicht damit gerechnet, dass Sie daran interessiert sind."

Daraufhin sah sie ihn mit entschlossenem Blick an und sagte: „Ich weiß auch nicht, warum, aber ich habe diesen tiefen Wunsch, so viel wie möglich über meine Großmutter zu erfahren, und seitdem ich auf der Insel gewesen bin, ist dieser Wunsch noch stärker geworden. Deshalb ist alles, wodurch ich mehr über sie und ihr Leben erfahren kann, wichtig für mich – auch alte Zeitungen."

Die Leidenschaft, mit der sie versuchte, mehr über ihre Großmutter zu erfahren, kam für ihn völlig unerwartet. Bisher hatte er kaum erlebt, dass sie Gefühle zeigte, aber diese Begeisterung, die er jetzt bei ihr wahrnahm, fand er spannend und zeigte noch einmal eine ganz andere Seite ihrer Persönlichkeit.

„Gleich morgen früh fahren wir wieder hinüber, vorausgesetzt natürlich, das Unwetter ist vorbei, und dann versuche ich, noch mehr Zeitungsmaterial für Sie zusammenzutragen. Wir wollen natürlich gerne so viel wie möglich von dem alten Dämmmaterial aus den Wänden entfernen, bevor wir dann neue Dämmung hineinblasen. Im Moment weiß ich noch nicht so genau, wie viel Putz wir noch entfernen müssen – das hängt ganz von den Elektro- und Wasserleitungen ab."

„Ich wünschte, ich könnte dabei sein. Ich würde sehr gerne bei der Renovierung helfen."

Da verschluckte er sich beinah an seinem Kaffee. „Wirklich? Also wenn Sie möchten, können Sie natürlich gerne mit rüberkommen."

„Das freut mich, aber ich habe ja einen Job in Emmas Kita. Es wäre nicht richtig, dort abzusagen."

„Das verstehe ich natürlich. Sagen Sie mir doch einfach Bescheid, wenn es passt."

„Das mache ich. Irgendwie bekomme ich das schon hin. Ich würde nämlich wirklich gerne wieder mal mit auf die Insel kommen." Sie schaute erneut hinunter auf ihren Kaffeebecher und blickte dann wieder auf. „Sie finden mich vielleicht merkwürdig, aber ich habe immer noch das Gefühl, dass die Insel mich ruft."

Das Sehnen in ihrem Blick weckte den Wunsch in ihm, alles zu tun, was in seiner Macht stand, um es zu erfüllen. Er legte seine Hand auf ihr Handgelenk und sah in ihr schönes Gesicht.

„Ich finde Sie kein bisschen merkwürdig. Oder vielleicht bin ich auch nur genauso merkwürdig wie Sie, weil ich nämlich gleich empfinde."

Da zog sie eine Augenbraue hoch und lächelte und gegen diese Art von Merkwürdigkeit hatte er wirklich nicht das Geringste einzuwenden.

7

Woher sollte sie bloß die Zeit nehmen, um mit auf die Insel zu fahren? Was hatte sie sich dabei nur gedacht? Sie konnte sich doch nicht einfach abmelden, sodass in der Kita eine Mitarbeiterin zu wenig da war. Solange sie ihre Witwenpension bekam, war sie zwar nicht auf das Geld angewiesen, das sie dort verdiente, aber sie hatte gerne etwas zu tun, und außerdem fühlte es sich so an, als ob sie dadurch gleichzeitig auch noch anderen helfen würde. Sie hätte Carson gar nicht sagen sollen, dass sie gerne auf die Insel mitkommen würde. Wie verantwortungslos von ihr! Er musste sie wirklich für verrückt halten.

Eigentlich konnte sie nach 14:00 Uhr hinüberfahren, wenn sie Feierabend hatte, aber wie sollte sie das anstellen? Sie kannte niemanden, der um die Zeit dorthin fuhr, und die Hummerfischer waren dann bereits mit ihrem Fang wieder im Hafen. Es gab keine andere Möglichkeit, als gleich morgens mit Carson zusammen hinüberzufahren.

Einer der Aspekte an der Arbeit als Innenausstatterin, der ihr besonders gut gefallen hatte, war der Umstand, dass sie sich ihre Arbeitszeit selbst hatte einteilen können und dadurch sehr flexibel war. In der Kita war das anders. Die Arbeitszeit begann und endete dort jeden Tag zur gleichen Zeit.

Nachdem sie das *Mo's* verlassen hatte, fuhr Abby zu ihrer Mutter, um Emma abzuholen. Als sie zur Tür hereinkam, wurde sie von einem himmlischen Duft empfangen.

„Was kochst du denn da, Mama?"

„Dein Lieblingsessen – Hühnchen-Brokkoli-Auflauf."

„Das riecht wirklich köstlich."

Abby konnte sich zwar nicht erinnern, dass sie das Gericht jemals zu ihrem Lieblingsessen erklärt hatte, aber ihre Mutter und Emma mochten es beide gerne, also gab Abby sich zufrieden – denn so brauchte sie wenigstens nicht selbst zu kochen. Sie hatte keine Lust mehr zu kochen, besonders wenn es nur für sie selbst und Emma war.

„Du verwöhnst mich, Mama."

„Dazu bin ich doch da, oder?", sagte ihre Mutter und hustete, während sie in der Küche hin und her schlurfte. „Außerdem ist es ja auch nur ein Auflauf. Der macht so gut wie gar keine Arbeit."

Ihre Mutter hatte schon immer ein Faible für Aufläufe gehabt. Abby glaubte, es hatte damit zu tun, dass Granny immer etwas aus dem gekocht hatte, was gerade da war, und dass das Kindheitserinnerungen bei ihrer Mutter weckte, ein Gefühl von Heimeligkeit. Es wurde einfach alles in eine Auflaufform gefüllt, was der Kühlschrank hergab, und dann mit Käse überbacken. Fertig.

Als Abby etwas größer geworden war, hatte sie gemerkt, dass der Inhalt dieser Gerichte, die immer gleich aussahen, aber nie gleich schmeckten, sie misstrauisch machte. Weil auch ihr Vater gerne Aufläufe gegessen hatte, hatte es in ihrer Erinnerung nichts anderes zu Hause zu essen gegeben, und so kam es, dass Abby glaubte, erst auf dem College zum ersten Mal ein Gericht mit getrennten Komponenten gegessen und auch erst da herausgefunden zu haben, dass das überhaupt möglich war. Doch sie würde sich hüten, sich zu beklagen, denn so ein Auflauf war bestimmt besser als Fast Food. Sie nahm hauptsächlich Kaffee und Salat zu sich, aber es ging eben im Leben nicht nur um ihre eigenen Bedürfnisse. Schon lange nicht mehr.

Emma kam jetzt hereingehüpft. „Hi Mami. Warst du laufen?"

Abby nahm sie hoch auf den Arm. „Nein, heute nicht, mein Schatz. Es regnet ja schon den ganzen Nachmittag."

„Aber wo warst du denn dann? Einkaufen?"

„Ich habe ein paar Besorgungen gemacht und war dann noch im *Mo's*."

„Kaffee hättest du auch hier trinken können", sagte ihre Mutter daraufhin und gab Abby die Teller.

„Das weiß ich, Mama, aber ich hatte Lust auf einen von ihren Spezialkaffees. An Regentagen wie heute tun die richtig gut."

„Ach, dieser Schicki-Micki-Kaffee", sagte ihre Mutter nur und winkte ab.

„Ich habe Carson dort getroffen."

„Carson. Den jungen Mann, der den Leuchtturm gekauft hat? Ein wirklich hübscher Kerl."

Abby errötete, konnte ihrer Mutter aber nicht widersprechen.

„Bei dem Wetter haben sie drüben auf der Insel wahrscheinlich nicht arbeiten können, oder?"

„Nein, sie mussten gegen Mittag aufhören."

„Manchmal ist es sicherer, auf der Insel zu bleiben, als bei Sturm zurück aufs Festland zu fahren. Den Fehler haben schon viele Leute gemacht und ihn bitter bereut", bemerkte ihre Mutter und deutete auf die Auflaufform, die auf dem Herd stand. „Könntest du die bitte herholen und uns auffüllen? Ich glaube, ich muss mich erst mal hinsetzen und wieder zu Atem kommen."

„Ja sicher, Mama." Abby stellte den Auflauf auf den Tisch und füllte jedem eine Portion auf den Teller, während Herkules ihr um die Beine strich und sich in Erinnerung brachte. Dann schenkte sie sich und ihrer Mutter noch Wasser ein, Emma etwas Milch und brachte die Gläser ebenfalls zum Tisch.

„Kannst du bitte noch Gabeln und Servietten holen, Emma?", fragte sie ihre Tochter.

Emma lief los und musste sich auf Zehenspitzen stellen, um an das Besteck heranzureichen. Als sie mit den Gabeln wieder an den Tisch kam, griff sie nach jeweils einer Hand der beiden Erwachsenen und sagte: „Für Speis und Trank dir Gott, sei Dank. Amen."

„Danke, Emma", sagte ihre Mutter und wandte sich dann Abby zu. „Und, hat Carson dir erzählt, wie es auf der Insel läuft?"

„Also, er hat mir erzählt, dass der Leuchtturm schon einen frischen Anstrich bekommen hat."

„Das ist gut und sieht bestimmt schön aus."

Abby legte den Kopf schräg, als sie den fast liebevollen Unterton in der Stimme ihrer Mutter wahrnahm.

„Er hat mir erzählt, dass im Leuchtturmwärterhaus noch nicht so viel passiert ist, abgesehen davon, dass sie die Teppichböden herausgerissen und die Küchenschränke ausgebaut haben. Er hat gesagt, dass sowohl die Stromleitungen als auch die Wasserleitung erneuert werden müssen, bevor die Wände verputzt werden können."

Ihre Mutter nickte. „Das ist bestimmt dringend nötig, nachdem das Haus all die Jahre leer gestanden hat."

„Er hat auch erzählt, dass die Wände mit altem Zeitungspapier beklebt waren. Wusstest du das?"

Sie schüttelte den Kopf. „Nein."

„Er sagt, dass manche der Zeitungen bis auf das Jahr 1945 zurückreichen."

„Du liebe Güte. Da war ich noch ein Kleinkind. Das war ja noch im Krieg."

„Stimmt. Ich wünschte, du könntest mir erzählen, wie es damals auf der Insel war, aber du warst zu klein, um dich zu erinnern."

„Ich erinnere mich nur an das, was mir meine Mutter erzählt hat – von Rationierungen und dass alles aufbewahrt und mit allem gespart wurde. Sie hat das dann ihr ganzes Leben lang weiter so gehandhabt, auch als der Krieg längst zu Ende war. Sie hat nie auch nur ein Fitzelchen Folie weggeworfen."

Abby lächelte, erwähnte aber lieber nicht, dass ihre Mutter diese Angewohnheit offenbar übernommen hatte.

„Hast du gewusst, dass der Leuchtturm während des Krieges genutzt wurde, um nach deutschen U-Booten Ausschau zu halten?"

„Ach wirklich? Unser Leuchtturm?"

Ihre Mutter nickte. „Ja. Die U-Boote der Nazis sind die gesamte Küste abgefahren."

„Das habe ich gar nicht gewusst. Mir war wirklich nicht klar, dass sie so nah waren."

„Doch, und manche haben sogar Spione abgesetzt, die aber gefangen genommen wurden – drüben auf Long Island und vor der Küste von Florida. Aber ich habe auch Geschichten gehört, dass deutsche U-Boote aufgetaucht sind und den einheimischen Fischern ihren Fang abgekauft haben. Die Regierung hat versucht, diese Information vor der Öffentlichkeit geheim zu halten, wahrscheinlich, damit niemand Angst bekam."

„Das ist wirklich erstaunlich. Glaubst du, dass Granny auf der Insel jemals in Gefahr war?"

„Das weiß ich nicht", antwortete ihre Mutter achselzuckend. „Sie hat gesagt, dass die Küstenwache den Leuchtturm als Ausguck benutzt hat, also nehme ich an, dass wir in Sicherheit waren, solange Leute von der Küstenwache da waren. Meine Mutter hat sie immer als meine Onkel bezeichnet, und ich habe erst viel später, als ich dann älter war, erfahren, dass ich gar keine Onkel habe. Damals war es ja noch üblich, dass die Freunde der Eltern Onkel und Tante genannt wurden, und ich erinnere mich noch, wie nett und freundlich die Männer von der Küstenwache waren. Manchmal waren vier oder fünf von ihnen da, manchmal aber auch nur einer, Onkel Michael. Der war der netteste von allen, und mir hat gefallen, dass er so komisch gesprochen hat."

„Aber wenn ihr wirklich in Gefahr gewesen wäret, dann hätten sie doch bestimmt dafür gesorgt, dass ihr aufs Festland zieht, oder?"

„Ja, wahrscheinlich schon. Ich weiß, dass ein paar der Inseln, die sehr weit draußen vor der Küste lagen, vom Militär übernommen wurden und dass es auch Leute gab, die nicht besonders glücklich darüber waren, ihren eigenen Grund und Boden verlassen zu müssen. Aber es war eben Krieg."

„Ich würde zu gerne diese Zeitungen sehen, die an den Wänden gefunden wurden. Vielleicht stehen ja interessante Geschichten über die Gegend während des Krieges darin."

„Wahrscheinlich. Glaubst du, dass Carson sie dir zeigt?"

„Er hat es mir zumindest zugesagt, aber er wusste nicht, ob sie nicht schon entsorgt wurden und, wenn nicht, ob sie noch leserlich sind", antwortete Abby und wippte nervös mit dem Fuß.

„Warum fährst du nicht mal mit rüber und schaust, ob du helfen kannst?"

Abby legte ihre Gabel beiseite und antwortete: „Das haben wir doch schon besprochen, Mama. Ich kann nicht einfach von meinem Job wegbleiben. Ich werde in der Kita gebraucht."

Da deutete ihre Mutter mit der Gabel auf Abby und sagte: „Weißt du was? Als ich gestern beim Friseur war, hat meine Friseurin Ruth mir erzählt, dass ihre Tochter Kristin einen Job sucht. Sie hat ein sechs Monate altes Baby und braucht eine Arbeit, zu der sie das Baby mitnehmen kann. Wäre das in der Kita nicht möglich? Vielleicht könntet ihr beide euch ja eine Stelle teilen – du arbeitest drei Tage in der Woche und sie übernimmt den Rest. Was hältst du davon?"

„Also, ihr Baby könnte sie auf jeden Fall zur Arbeit mitnehmen. Es gibt in der Kita mehrere Mitarbeiterinnen, die ihre kleinen

Kinder mitbringen, aber ich kenne die Frau ja gar nicht, deshalb kann ich sie nicht mit gutem Gewissen empfehlen."

„Sie ist sehr nett. Ihr Mann ist Hummerfischer, und ich bin sicher, dass die Leute in der Kita sie schon kennen, auch wenn du sie nicht kennst. Die meisten Einheimischen kennen hier doch jeden."

„Ja, das stimmt natürlich." Abbys Herz schlug jetzt schon ein bisschen schneller und sie sagte: „Ich spreche morgen mit dem Team in der Kita und höre mal, was die Leitung und die Kolleginnen von der Idee halten."

Hoffentlich ließen sie sich auf den Vorschlag ein. Außerdem wusste man nie so genau, wie verlässlich die Informationen waren, die ihre Mutter beim Friseur aufschnappte.

Carsons Handy vibrierte in seiner Hosentasche. Wer mochte das sein um diese Zeit? Vielleicht ein Baumaterial-Lieferant, um ihm zu sagen, dass irgendetwas von der Bestellung nicht lieferbar war oder viel teurer als angekündigt? Von dieser Art Anrufen hatte er bereits die Nase gestrichen voll.

Bevor er sich mit einem grummeligen Hallo meldete, warf er noch rasch einen Blick auf die Nummer auf dem Display. *Abby?* Sein Herz schlug schneller und alle seine Sinne waren geschärft. Er atmete einmal kräftig aus, versuchte, ruhig zu klingen, und meldete sich: „Hi Abby."

Bevor eine Stimme am anderen Ende der Leitung zu hören war, entstand eine Pause. War sie überrascht, dass er wusste, wer anrief, oder überlegte sie es sich mit dem Anruf doch noch anders?

„Hallo Carson. Ich wollte Ihnen nur sagen, dass ich morgen mit auf die Insel kommen kann. Ich habe da etwas mit einer jungen Frau organisiert, die auch gerne in der Kita arbeiten möchte, sodass ich drei Tage in der Woche frei wäre. Oder ist das jetzt zu kurzfristig?"

Ob das okay war? Er musste sich erst einmal sammeln, damit er gelassen klang, und sagte dann: „Kein Problem. Ab wann könnten Sie denn starten?"

„Ich kann Emma um 7:30 Uhr in die Kita bringen und Sie dann am Anleger treffen. Ist das früh genug?"

„Ja, das passt gut. Dann sehen wir uns also morgen früh."

„Soll ich uns etwas zum Mittag mitbringen?"

„Ja, das wäre großartig. Bis dann." Er beendete das Gespräch und starrte auf sein Handy.

Wow. Was für eine Überraschung. Als sie gesagt hatte, sie werde versuchen, etwas zu organisieren, hatte er eigentlich nicht geglaubt, dass sie es wirklich tun würde. In diesem Fall machte es ihm allerdings nicht das Geringste aus, dass er sich geirrt hatte.

Er ging die Liste der Arbeiten durch, die für den nächsten Tag geplant waren, und überlegte, was davon sie übernehmen konnte. Er kannte sie noch nicht gut, aber sie hatte gesagt, dass sie helfen wolle, und deshalb sollte sie auch eine richtige Aufgabe bekommen. Denn so viel wusste er: Sie wollte sich nützlich machen und nicht nur zuschauen, und schon gar nicht wollte sie im Weg stehen. Sie war keine verhätschelte Prinzessin wie … Er musste diesen Vergleich mit Jennifer wegdrücken.

Was die Arbeiten auf der Insel betraf, war heute wieder ein vertaner Tag gewesen, weil es weiter geregnet hatte, sodass er so schnell wie möglich zur Insel fahren wollte, um sich zu vergewissern, ob durch das schlechte Wetter Schäden entstanden waren. Ganz besonders hoffte er, dass die Zeitungen, die er von der Wand geholt hatte, nicht auf dem großen Haufen mit Bauschutt und Müll gelandet waren, der entsorgt werden sollte. Der Wetterbericht für den nächsten Tag sah bis jetzt gut aus, und mit der Aussicht, dass Abby dabei sein würde, sah der Tag schon viel besser aus.

Als er am nächsten Tag auf den Parkplatz beim Anleger gefahren kam, stand Abbys Wagen schon da. Wenigstens hatte sie es sich nicht doch noch anders überlegt. Sie winkte ihm kurz zu und schenkte ihm beim Aussteigen aus ihrem Wagen ein Lächeln, das es ohne Weiteres mit dem Strahlen der aufgehenden Sonne aufnehmen konnte. Sie holte ihren Rucksack hinter dem Fahrersitz hervor und hängte ihn sich über die Schulter. Sie trug eine Baseballmütze und hatte ihr langes Haar zu einem Pferdeschwanz durch die Öffnung hinten in der Mütze gezogen. Zusammen mit den Skinny Jeans und dem Hoodie passte das perfekt zu ihr.

Er riss sich gerade lange genug von ihrem Anblick los, um aus seinem Kleinlaster auszusteigen und die Tüte mit Material zu schnappen, das er am Vortag noch im Baumarkt besorgt hatte.

„Sind Sie bereit?", fragte er, als er sich zu ihr umdrehte.

„Aber so was von …"

Wie sie da so stand, die Hände in die Hüften gestemmt, die Füße auseinandergestellt mit dem Pferdeschwanz, der im Wind wehte, sah sie wirklich aus, als wäre sie bereit. Woran erinnerte ihn ihr Anblick bloß? Ach, jetzt wusste er es: An *Wonder Woman*. Er sah die Filmfigur vor seinem geistigen Auge, die kampfbereit dastand, und lachte leise.

Da legte sie den Kopf schräg und fragte: „Was ist denn so lustig?"

„Ach nichts." Vielleicht fände sie es ja kein bisschen komisch. „Gehen wir", sagte er und deutete mit einer Geste Richtung Anleger.

Sie zog eine Augenbraue hoch, machte dann kehrt und ging hinunter zum Boot. Er musste sich richtig beeilen, um hinterherzukommen.

„Gott sei Dank ist der Himmel heute klar. Und der Wetterbericht sagt auch keinen Regen voraus, also müssten wir jetzt erst mal ein paar Tage gutes Wetter haben."

Auf dem Weg zur Insel erzählte ihm Abby, wie sie es geschafft hatte, sich freie Zeit zu verschaffen.

„Wie praktisch, dass die andere Frau gerade eine Teilzeitarbeit gesucht hat“, sagte er.

„Ja, wirklich. Meine Mutter behauptet, dass das Gott geregelt hat, weil er möchte, dass ich mit auf die Insel kommen kann.“

Carson zog die Augenbrauen hoch. „Warum sollte er denn wollen, dass Sie mitkommen können?“

„Ich bin noch nicht mal sicher, dass er das geregelt hat. Wie gesagt, das glaubt meine Mutter. Sie sieht in den meisten Dingen göttliche Fügung.“

„Auch in schlimmen Dingen?“

Abby schüttelte den Kopf und schaute weg. „Ich weiß nicht, vielleicht nur bei guten. Aber ich weiß auch nicht, warum Gott manche schlimmen Dinge zulässt.“

„Ich auch nicht, aber ich gehe davon aus, dass ich irgendwann einmal Gelegenheit haben werde, ihn zu fragen.“

Bei ihrer Ankunft auf der Insel machten sie am Anleger das Boot fest, nahmen die Sachen, die sie mitgebracht hatten, und gingen los. Die Boote der anderen Handwerker waren schon da.

„Die Leute sind schon ziemlich früh hier, oder?“, fragte Abby, als sie an den anderen Booten vorbeigingen.

„Sobald es hell genug ist. Es gibt viel zu tun, besonders durch die Regenpause gestern.“

Abby schaute auf dem Fußweg nach oben zum Leuchtturm hinauf. „Ich kann das rote Dach des Leuchtturms schon sehen. Es sieht neu aus.“

Auch Carson blickte jetzt nach oben. „Erstaunlich, was ein bisschen frische Farbe ausmacht, oder? Wir haben auch einige Bäume in unmittelbarer Nähe des Leuchtturms gefällt, sodass man ihn jetzt auch aus der Ferne sehen kann.“

Sie lächelte, so als gefiele ihr die Veränderung. „Schön!“

Da war er ganz ihrer Meinung.

8

Abby liebte den intensiven Duft der Koniferen, die auf der gesamten Insel wuchsen. Sie atmete tief ein und lächelte. Was für ein perfekter Tag. Der Himmel war klar und azurblau, und der Regen des vergangenen Tages hatte das Gras und die Bäume frisch gewässert, sodass sie in der Morgensonne strahlend grün leuchteten. Wie belebend dieser Anblick wirkte. Abby genoss die Freiheit, dass sie in diesem Moment nirgendwo anders sein musste – nur hier.

Während sie weiter den Hügel hinaufkraxelten, waren oberhalb von ihnen jetzt Männerstimmen und Gehämmer zu hören. Oben angekommen, sah Abby, wie viel Arbeit schon geschafft worden war. Alte Bretter und Bauschutt lagen auf einem großen Haufen, und auf dem Dach waren Männer dabei, die uralten verwitterten Schindeln zu entfernen und hinunterzuwerfen, während andere neue Schindeln festnagelten.

Carson blieb neben dem Leuchtturmwärterhaus stehen und schaute zu den Dachdeckern hinauf. „Na, wie läuft's?"

Einer der Männer zeigte mit dem Daumen nach oben. „Wir kommen gut voran. Ein Teil der Schindeln muss neu gemacht werden, aber der Dachstuhl ist in Ordnung. Nichts beschädigt. Um den Schornstein herum bringen wir neue Dichtungsbleche an."

„Hört sich gut an", sagte Carson und zeigte nun seinerseits mit dem Daumen nach oben.

„Dann war also das schadhafte Dach der Grund für die Feuchtigkeit an der Decke", bemerkte Abby, woraufhin Carson sie überrascht ansah und sagte: „Ja, und ich hoffe, dass es nicht noch mehr undichte Stellen gibt."

Die Veränderung im Innern des Hauses war ein richtiger Schock für Abby. Alles war herausgerissen worden und Teile der Wandkonstruktion lagen offen.

„Es sieht ein bisschen anders aus als das letzte Mal, als Sie hier waren, was?", fragte Carson.

„Ja, das kann man wohl sagen." Das Einzige in dem Wohnraum, was unverändert aussah, war der Kamin. „Was haben Sie mit dem Kamin vor?"

„Ich will nur dafür sorgen, dass er wieder funktioniert, und die Risse im Putz flicken, damit kein Rauch ins Haus dringen kann."

„Haben Sie vor, die Steine so zu lassen, oder wollen Sie den Kamin verputzen und streichen?"

Er legte die Stirn in Falten. „Streichen? Auf gar keinen Fall. Mir gefallen die roten Backsteine. Ihnen nicht?"

Sie nickte. „Doch, ich mag sie auch, besonders in einem Haus wie diesem. So ist es authentischer."

Abby betrachtete jetzt den Kamin und stellte sich Grannys Schaukelstuhl daneben vor. Ob er wohl dort gestanden hatte? So hätte sie sich am Feuer wärmen können und außerdem hätte das Feuer etwas Licht gegeben. Sie ließ ihren Blick durch den Raum schweifen und stellte sich an den Fenstern Vorhänge aus dem Stoff vor, den sie in dem Laden bewundert hatte.

Sie schüttelte den Kopf. Warum richtete sie in Gedanken diesen Raum ein, obwohl das gar nicht ihre Angelegenheit war? Doch sie konnte einfach nicht anders. Durch ihren Beruf war ihr Blick so geschult, dass sie sich sofort einen Gesamteindruck verschaffte und dann überlegte, wie man die vorhandene Innenausstattung optimieren konnte. Aber sie würde Carson nicht sagen, welche Ideen sie für dieses Zimmer hatte. Vermutlich hatte er selbst eine Vorstellung, wie er es gestalten wollte.

„Entschuldigen Sie mich bitte einen Moment", sagte Carson in dem Augenblick, „aber ich muss kurz nachschauen, wie es in den anderen Räumen aussieht."

Er verschwand in den Küchenbereich, wo sie ihn dann mit ein paar Handwerkern reden hörte. Über ihr war immer noch gedämpft das Hämmern der Dachdecker auf dem Dach zu hören, obwohl noch die Zimmerdecke zwischen ihnen war. Abby ging zum Kamin hinüber und strich mit der Hand über die rauen Backsteine.

„Ach, wenn du doch sprechen könntest …", sagte sie.

Als Carson kurz darauf zurückkam, sagte er: „Die Klempner und die Elektriker versuchen gerade, ihre Arbeiten irgendwie zu koordinieren, aber das ist ein bisschen so wie mit der Henne und dem Ei", erklärte er lächelnd.

„Sie meinen die Frage, was zuerst da war?" Sie schaute sich um, streckte die Hände aus und fragte: „Also … wo kann ich helfen?"

„Ich hätte da eine Aufgabe für Sie", antwortete er, griff in die Baumarkttüte, die er mitgebracht hatte, und holte einen Spachtel heraus. „Sie könnten die Farbe von den Fenstern und Fensterbänken abkratzen. Wenn Sie damit fertig sind, dann finden Sie in der Tüte Schmirgelpapier, mit dem dann alles gut abgeschmirgelt werden muss." Fast entschuldigend sah er sie an und fragte: „Ist das in Ordnung?"

Aber Abby nahm ihm den Spachtel und die Tüte aus der Hand und antwortete: „Ja sicher. Das mache ich."

„Gut, ich mache dann oben weiter, nur falls Sie mich brauchen."

Abby ging mit dem Spachtel zum Fenster hinüber und ließ ihren Blick noch einmal durch den Raum wandern. Als sie die Stellen an der Wand sah, an denen der Putz fehlte, fiel ihr wieder das Zeitungspapier ein, von dem Carson erzählt hatte. Er hatte es heute nicht mehr erwähnt, und sie hatte ganz vergessen, ihn danach zu fragen. Ob sich dort noch mehr davon befand? Sie ging hinüber zu der Wand und schaute in den dunklen Hohlraum hinein. Sollte sie es wagen, ihre Hand hineinzustecken, ohne zu wissen, auf was sie stoßen würde?

Da erinnerte sie sich, dass ihr Handy ja eine Taschenlampenfunktion hatte. Sie nahm es aus der Hosentasche, schaltete die Lampe ein und hielt es über die Öffnung. Und tatsächlich, da war zerknülltes Zeitungspapier zwischen Wand und Holzrahmen zu sehen. Vorsichtig griff sie nach unten, bekam ein Stück Papier zu fassen und hoffte inständig, dass sie dabei nicht irgendwelches Ungeziefer berührte.

Sie zog das Papier heraus, legte es auf den Fußboden und kniete sich hin, um es glatt zu streichen. Das Datum am oberen Rand war der 10. März 1945. Abby wusste wenig über Rationierungen im Krieg, aber einige Anzeigen, die dazu aufriefen, überraschten sie.

Da gab es zum Beispiel einen Aufruf, Papier zu sparen, indem man es auf beiden Seiten beschrieb, an einer anderen Stelle war ein Cartoon mit einer Frau, die einen Bomber flog, mit der Überschrift: „Hitler wegbomben durch Fett sparen".

Und ein weiterer Aufruf war überschrieben mit: „Einkochen für den Sieg".

Es schien so, als hätte man in jedem Lebensbereich etwas zu den Kriegsbemühungen beitragen können.

In einem Artikel wurde beschrieben, wie man sich bei einem Stromausfall zu verhalten hatte, daneben gab es einen kurzen Beitrag über Personen, die Strafen hatten zahlen müssen oder verwarnt worden waren, weil sie sich nicht an die Verdunkelungsvorschriften gehalten hatten oder die Autoscheinwerfer nicht abgedeckt hatten, und wieder jemand anders hatte Strafe zahlen müssen, weil er im Freien geraucht hatte.

Ihre Großeltern hatten sich um Autoscheinwerfer keine Gedanken zu machen brauchen, aber vielleicht hatte ihr Großvater ja darauf verzichtet, im Freien ein Streichholz anzuzünden, um sich seine Pfeife anzustecken. Und ihre Fenster hatten sie wahrscheinlich auch verdunkeln müssen. Wie dunkel und einsam es hier oben auf der Insel gewesen sein musste, ohne irgendwo ein Licht zu sehen.

Sie schaute noch einmal auf das Datum der Zeitung. 10. März 1945. Eine Woche zuvor war ihr Großvater gestorben, sodass Granny mit einem Baby von nicht einmal einem Jahr allein zurückgeblieben war. Abby kamen die Tränen, als sie sich vorstellte, wie ihre Großmutter getrauert haben musste. Wie war sie mit der Einsamkeit zurechtgekommen? Da waren keine Eltern gewesen, an die sie sich hätte wenden können, es hatte keine Nachbarn als Gesellschaft gegeben und dann hatte auch noch der Krieg seinen Schatten auf das ganze Land geworfen.

Sie ließ ihren Blick noch über die restliche Zeitungsseite schweifen, bevor sie zur nächsten Seite umblätterte, wo sie weitere Aufrufe fand, wie man sich patriotisch verhalten und Rohstoffe einsparen konnte. In einem Artikel wurden vermisste, verwundete oder tote Soldaten aufgelistet. Granny hatte sich zwar keine Gedanken darüber machen müssen, ihren Großvater auf einer dieser Listen wiederzufinden, denn er war ja nicht im Krieg gestorben, aber trotzdem im Dienst für sein Land. Die meisten der anderen Artikel berichteten über verschiedene Vereine, die ehrenamtlich die Kriegsanstrengungen unterstützten, indem sie Verbände wickelten oder sogenannte *Victory Gardens* anlegten und pflegten, in denen Obst und Gemüse für die Bevölkerung angebaut wurde.

Sie merkte gar nicht, dass Carson wieder ins Wohnzimmer zurückgekommen war, bis er sagte: „Wie ich sehe, haben Sie schon Zeitungen gefunden."

Erschrocken blickte sie auf. „Ja, in der Wand da", erklärte sie und zeigte auf die Öffnung mit dem Hohlraum dahinter.

„Ziemlich interessant", sagte Carson, als er sich die Seiten genauer ansah. „Ist alles in Ordnung?"

Sie wischte sich die Augen mit dem Handrücken. „Alles in Ordnung. Ich habe nur gerade gelesen, was hier während des Krieges los war, und die Vorstellung, dass meine Großmutter ganz allein mittendrin gewesen ist, ist ziemlich überwältigend."

„War denn Ihr Großvater damals nicht auch hier?"

„Die längste Zeit des Krieges war er hier, aber er ist ertrunken, kurz bevor diese Zeitung hier erschienen ist. Deshalb war meine Großmutter dann bis zum Ende des Krieges allein."

„Glauben Sie, dass sie hiergeblieben ist und hier gewohnt hat? Ich habe gehört, dass manche Leuchtturmwärter ihre Posten verlassen mussten, weil im Krieg die Küstenwache die Aufsicht über die Leuchttürme übernommen hat."

Abby biss sich auf die Unterlippe und sagte dann: „Meine Mutter hat gesagt, dass sie und meine Granny hiergeblieben sind. Ich weiß auch nicht, wohin sie sonst hätte gehen sollen. Ihre Eltern und Schwiegereltern lebten zu dem Zeitpunkt schon nicht mehr und Geschwister hatte sie auch nicht. Aber sie hat erzählt, dass ab und zu die Küstenwache vorbeikam."

„Hm. Vielleicht könnten wir uns ja mal mit der nächsten Station der Küstenwache in Verbindung setzen und mehr über diese Zeit herausfinden."

„Ja, das würde ich wirklich gerne wissen", sagte Abby, drehte sich um und fuhr fort: „Tut mir leid. Eigentlich bin ich ja zum Helfen mitgekommen. Das eine Fenster habe ich auch fertig bekommen, aber dann habe ich mich durch das hier ablenken lassen."

„Das ist doch völlig okay. Ich bin nur gekommen, um zu fragen, ob Sie jetzt Zeit zum Mittagessen haben."

Abby schaute auf ihr Handy, um zu sehen, wie spät es war. „Was, so spät schon? Das ging aber schnell."

Carson lächelte mit einem Achselzucken. „Ja, das kenne ich. Wenn man hierherkommt, dann fühlt es sich fast an, als wäre man auf einer Zeitreise."

Abby nickte. „Ja wirklich. Ich habe mich gerade eben gefühlt, als wäre ich eine Zeit lang ins Jahr 1945 zurückversetzt worden."

„Dann lassen Sie uns jetzt erst mal eine Pause machen und wieder in die Gegenwart zurückkommen", erklärte er, schaute sich um und fragte dann: „Hatten Sie nicht gesagt, dass Sie etwas zum Mittagessen mitbringen?"

Da sprang sie auf, griff nach ihrem Rucksack und sagte: „Ja, und das habe ich auch."

„Kommen Sie, wir suchen uns draußen einen Platz mit Blick aufs Meer."

„Darf ich einen Vorschlag machen?", fragte sie.

„Ja klar." Dann grinste er. „Ich wette, ich weiß, was Sie denken."

„Ach wirklich? Was denn?"

„Sie denken an den Leuchtturm. Sie wollen ganz oben auf dem Leuchtturm sitzen."

„Erraten! Können wir das machen, oder ist die Farbe noch nicht trocken? Oder möchten Sie es vielleicht nicht?"

„Die Farbe ist schon seit Tagen trocken und im Innern des Leuchtturms haben wir mit dem Streichen noch gar nicht angefangen. Und ja, ich würde wirklich gerne ganz oben auf dem Leuchtturm Mittagspause machen. Das ist der schönste Platz auf der Insel. Wir können uns oben auf den Rundlauf setzen, und wenn es dort zu windig ist, gehen wir ins Lampenhaus."

„Großartig", sagte Abby und ging hinter ihm her.

Sie schaute über die Schulter nach hinten und hätte fast gesagt: „Wir sind gleich wieder da“, aber dann fiel ihr wieder ein, dass ja niemand mehr in dem Raum war. Jedenfalls niemand aus diesem Jahrhundert.

Carson wår froh, dass sich im Leuchtturm gerade keine Handwerker aufhielten, sodass Abby und er dort allein waren. Als sie die Treppe hinaufstiegen, unterdrückte er seine Aufregung darüber, Zeit mit ihr zu verbringen, und hoffte inständig, dass er sich nicht aufführen würde wie ein pubertärer Erstverliebter. Reiß dich zusammen, Carson! Die Tür zum Rundlauf an der Spitze des Leuchtturms war nur angelehnt, sodass frische Luft, Sonne und ein Hauch von Farbgeruch in den Turm zogen. Er folgte Abby ins Freie, wo eine sanfte Brise durch die Bäume strich.

Für einige Augenblicke standen sie einfach nur am Geländer und genossen die Aussicht. Ein paar Hummerboote waren bereits mit dem Tagesfang auf dem Rückweg in den Hafen. Er winkte für den Fall, dass vielleicht einer der Kapitäne gerade hinauf zum Leuchtturm blickte.

„Woher wissen Sie denn, dass sie hier hinaufschauen?“, fragte Abby.

Als Antwort erklang kurz eine Schiffssirene und er schmunzelte. „Wahrscheinlich bewundern die Fischer den frischen Anstrich.“

Abbys süßes Lachen traf ihn mitten ins Herz. „Ich freue mich, dass es ihnen auffällt, und frage mich, ob sie immer zum Leuchtturm schauen oder ob sie es heute wegen der frischen leuchtend roten Farbe getan haben.“

„Wie wäre es denn bei Ihnen?“, fragte er.

„Ich würde jedes Mal hinschauen, wenn ich vorbeiführe. Aber ich bin auch ein bisschen voreingenommen.“

„Ich habe mir sagen lassen, dass die Einheimischen alle ein Auge auf die Insel und den Leuchtturm haben. Was den Leuchtturm angeht, sollen sie ziemlich eigen und besitzergreifend sein. Wenn ihnen irgendetwas auffällt oder komisch vorkommt, melden sie das sofort der Küstenwache, sodass es hier auf der Insel kaum zu mutwilligen Zerstörungen gekommen ist."

„Das ist gut zu wissen. Ich frage mich, ob das schon immer so war", sagte Abby und schaute dabei aufs Wasser.

„Sie meinen, als Ihre Großeltern noch hier gelebt haben? Ich wage mal zu behaupten, dass das damals auch schon so gewesen ist." In diesem Augenblick knurrte Carsons Magen laut. „Also, ich habe jetzt wirklich Hunger. Kommen Sie, wir setzen uns in den Windschatten. Ist Ihnen das recht?"

Abby schaute in die Richtung, in die er zeigte. „Klar." Sie ging hinüber auf die andere Seite des Rundlaufs und setzte sich dort im Schneidersitz hin, den Rücken ans Lampenhaus gelehnt.

Carson setzte sich neben sie und war gespannt, was sie wohl zum Essen mitgebracht hatte. Sie öffnete den Rucksack, nahm mehrere Behälter heraus, stellte sie neben sich und zeigte ihm zwei Plastikbeutel mit Sandwiches.

„Truthahn oder lieber Roastbeef?", fragte sie. „Beides garantiert Bioqualität."

Er schmunzelte und antwortete dann: „Roastbeef."

Sie reichte ihm eines der Sandwiches mit den Worten: „Hab ich mir schon gedacht."

„Warum denn das? Sehe ich aus wie ein Roastbeef-Typ?", fragte er schmunzelnd.

Sie grinste und antwortete: „Sie sehen aus wie ein Kerl und meiner Erfahrung nach mögen die meisten Kerle lieber Roastbeef als Truthahn."

„Na, da bin ich ja froh, dass ich wenigstens wie ein Kerl aussehe. Und ich mag tatsächlich lieber Roastbeef."

Sie zeigte auf die Plastikdosen. „In der einen sind saure Gurken, in einer Möhren- und Selleriesticks und in der da sind Cookies." Dann griff sie noch einmal in ihren Rucksack und holte eine Tüte Chips heraus. „Ach ja, und Chips. Ich hoffe, Sie mögen Mehrkornchips."

„Versuchen Sie etwa, mich auf Gesundheitskost umzustellen?"

„Schaden könnte es sicher nicht", antwortete sie. „Eigentlich habe ich einfach nur Sachen mitgebracht, die ich selbst gerne esse. Was Sie mögen, weiß ich ja nicht, und das mit dem Roastbeef habe ich einfach geschätzt."

Er nahm die Dose mit den Cookies und versuchte, durch den halbdurchsichtigen Behälter hindurchzuschauen. „Gut, dass Sie auch noch Cookies gebacken haben. Ich weiß nämlich nicht so genau, ob mein Stoffwechsel mit so viel gesundem Essen fertigwird."

„Also die gehen nicht auf mein Konto. Die hat meine Mutter gebacken. Sie bäckt für ihr Leben gerne Süßes."

„Das passt gut, denn ich esse für mein Leben gerne Süßes."

„Ach ja, fast hätte ich's vergessen. Ich habe auch Getränke mitgebracht", sagte sie und gab ihm eine Flasche Wasser.

Er biss von seinem Sandwich ab und stöhnte innerlich verzückt auf, weil es so lecker war. „Was für ein Belag!", sagte er und trank einen Schluck Wasser hinterher. „Vielen Dank dafür. Das nächste Mittagessen geht auf mich."

Abby nickte kauend. „Abgemacht", antwortete sie, nachdem sie geschluckt hatte.

In den darauffolgenden Minuten redeten sie beide nicht, sondern konzentrierten sich ganz aufs Essen. Carson konnte sich nicht erinnern, wann er das letzte Mal die Gesellschaft eines Menschen so sehr genossen hatte. Es war so locker und entspannt, mit Abby zusammen zu sein. Sie war bescheiden und anspruchslos und damit so ganz anders als seine anspruchsvolle Ex-Verlobte.

Bei Abby empfand er nicht den Druck, irgendwelche Erwartungen erfüllen zu müssen, sondern konnte einfach er selbst sein. Wenn sie ein Paar wären, kämen vielleicht verstärkt Forderungen von ihr, aber eigentlich glaubte er das nicht. Sie war völlig anders als Jennifer.

„Ach, ich habe ganz vergessen, Ihnen etwas zu erzählen", sagte er, als ihm plötzlich wieder einfiel, dass sie ihn ja um etwas gebeten hatte. „Ich habe Nachricht vom Nationalarchiv bekommen."

Da wandte sie sich ihm mit einem Ruck zu. „Ach wirklich? Und was haben Sie erfahren? Bekommen Sie die Logbücher?"

„Ja und nein. Die Originale werden nicht herausgegeben, aber wenn ich möchte, kann ich Kopien der Seiten bekommen, für die ich mich interessiere." Er zuckte mit den Achseln und sagte: „Besser als nichts, oder?"

„Auf jeden Fall. Ich möchte sie einfach nur lesen, aber es wäre doch schön, auch eines zu besitzen, um es den Gästen Ihres Bed & Breakfasts zeigen zu können, oder?"

„Das stimmt zwar, aber mir bleibt ja nichts anderes übrig, als mich an die Vorgaben zu halten. Das Problem ist, dass ich ganz genau angeben muss, welche Seiten aus welcher Zeit ich gerne kopiert haben möchte. Gibt es etwas Bestimmtes, das Sie gerne sehen möchten?"

Abby starrte vor sich hin, während sie überlegte. „Darüber muss ich ein bisschen nachdenken. Ich gebe Ihnen dann Bescheid. Ist die Menge, die kopiert werden kann, begrenzt?"

„Nein, aber weil der Service nicht kostenlos ist, gibt es vielleicht ein finanzielles Limit."

„Ach so. Ist es denn teuer?"

„Das hängt davon ab, wie viele Seiten man kopiert haben möchte", antwortete Carson und sah sie an. „Es gibt aber auch noch eine andere Option. Wir könnten nach Washington D.C. fahren und uns die Logbücher persönlich ansehen."

Sie verzog den Mund. Ob der Grund dafür war, dass er „wir“ gesagt hatte?

„Ich glaube nicht, dass das geht.“

„Das habe ich mir schon gedacht. Dann lassen Sie uns doch einfach irgendein Jahr heraussuchen, das Sie gerne sehen möchten, und dann nachfragen, ob sie aus dem Jahr Logbücher von diesem Leuchtturm haben. Vielleicht begrenzen sie das dann ja auf Monate und Tage.“

„Gut. Ich würde gerne das Buch sehen, in dem noch Einträge von meinem Großvater und schon Einträge von meiner Großmutter stehen.“

„Gibt es ein Jahr, in dem das so war?“, fragte er nach.

Sie nickte und antwortete: „Ja, 1945.“

9

Als Abby wieder bei ihrer Mutter ankam, war sie müde von der Arbeit, aber voller Elan, weil sie wieder an einem Bauprojekt beteiligt war. Auch wenn es noch so viel zu tun gab, war es spannend, die Fortschritte zu sehen.

Emma kam mit ausgebreiteten Armen auf sie zugerannt. „Mami! Ich hab dich so vermisst!“

Da legte Abby die alte Zeitung auf den Küchentisch, nahm ihre Tochter hoch und drückte sie ganz fest an sich. „Ich habe dich auch vermisst, Emma.“ Dann drehte sie sich zu ihrer Mutter um, die jetzt, gefolgt von Herkules, in die Küche kam.

„Kristin hat sie nach Hause gebracht, sodass ich sie gar nicht abzuholen brauchte. Ist das nicht nett?“

„Ja, sehr!“, bestätigte Abby und erwähnte nicht, dass sie das am Vortag so mit Kristin vereinbart hatte. „Schau mal, Mama, was ich mitgebracht habe.“

Ihre Mutter kam an den Tisch und setzte sich völlig außer Atem auf einen Stuhl, so als wäre sie mehrere Kilometer gegangen. „Was ist denn das?“

Abby zeigte auf den Kopf der Seite. „Schau mal auf das Datum.“

„10. März 1945. Hast du die aus dem Leuchtturmwärterhaus?", wollte ihre Mutter wissen.

„Ja. Sie war in einer der Wände. Erinnerst du dich noch, wie Carson erzählt hat, dass man früher Zeitungspapier als Dämmmaterial verwendet hat?"

Ihre Mutter überflog die Seite. „Du liebe Güte, schau dir mal all die Anzeigen und Beiträge über Rationierung und Einsparen an. Meine Mutter hat mir davon erzählt, als ich schon älter war, aber mir war gar nicht klar, was alles wiederverwertet wurde."

„Was mich wirklich erstaunt, ist die Aufforderung, Fett zu sparen für Bomben. Ich habe nicht gewusst, dass Speisefette zum Bombenbau verwendet werden können", sagte Abby und zeigte auf die Meldung. „Carson hat mir erklärt, dass in Fett Glycerin enthalten ist und Glycerin für den Bombenbau verwendet wurde. Kannst du dir das vorstellen?"

„Ich weiß nicht, wie meine Mutter da hätte mitmachen können, selbst wenn sie gewollt hätte. In der Anzeige steht ja, dass man jedes Pfund Fett, das man eigespart hat, zum Metzger bringen soll. Sie wäre ganz sicher nicht extra aufs Festland gefahren, um dort Fett abzuliefern. Das kann ich mir einfach nicht vorstellen."

„Na ja, sie hat ihren Beitrag zum Krieg schon allein dadurch geleistet, dass sie während der ganzen Zeit weiter als Leuchtturmwärterin gearbeitet hat."

„Also, das finde ich auch. Und sie hat Lebensmittelmarken genutzt wie alle anderen auch. Eines dieser Hefte dafür habe ich sogar noch irgendwo aufbewahrt."

Emma zeigte jetzt auf das Bild in der Zeitung. „Bist du das, Oma?"

Ihre Mutter lachte leise. „Nein, als diese Zeitung gedruckt wurde, war ich noch ein Baby." Dabei stupste sie Emma ganz leicht mit dem Zeigefinger in den Bauch und löste damit einen regelrechten Kicheranfall aus.

Abby ging ins Wohnzimmer, nahm das Foto ihrer Großeltern in die Hand, kam damit wieder in die Küche und betrachtete das Bild genauer. „Weißt du, wann dieses Foto aufgenommen worden ist?"

„Wahrscheinlich steht es hintendrauf", antwortete ihre Mutter.

„Ich nehme an, es ist schon vor deiner Geburt entstanden, denn du bist nicht mit darauf."

„Ja, wahrscheinlich."

Abby entfernte jetzt vorsichtig die Rückwand aus dem Rahmen, sodass die Rückseite des Fotos zu sehen war. In Schreibschrift stand da: „Hope Island-Leuchtturm 5. April 1944".

„Du warst also wirklich noch nicht geboren."

„Nein, ich bin erst am 22. April 1944 geboren worden."

Abby sah sich das Foto noch genauer an und fragte: „Was ist denn das da für ein Gebäude seitlich hinter dem Leuchtturm?"

Ihre Mutter nahm das Bild noch einmal in die Hand, betrachtete es genauer und antwortete dann: „Ach, das war der Stall. Den gibt es nicht mehr."

„Es gab einen Stall? Hattet ihr denn auch Tiere?"

„Ja, wir hatten eine Kuh, und ich glaube, es gab auch ein paar Hühner. Meine Mutter hat aber erzählt, dass ein Marder die armen Tiere immer wieder überfallen und umgebracht hat, sodass sie die Hühnerhaltung irgendwann aufgegeben hat. Es gab auch einen Gemüsegarten, in dem wir Tomaten, Mais, Kartoffeln, Zwiebeln und grüne Bohnen angebaut haben. Wenn man nicht die Möglichkeit hat, zum Einkaufen rasch in den Laden um die Ecke zu gehen, dann sorgt man eben so gut es geht dafür, dass man alles, was man zum Leben braucht, selbst herstellt. Mir kommt es so vor, als hätten wir immer reichlich zu essen gehabt. Meine Mutter hat Gemüse eingekocht und aus wilden Beeren Marmelade selbst gemacht, und auch einen Apfelbaum gab es auf der Insel, sodass wir Apfelscheiben getrocknet oder die Äpfel auf andere Art haltbar gemacht haben."

„Ich frage mich, ob Carson weiß, wo früher der Stall gestanden hat", sagte Abby, hielt das Foto hoch und betrachtete es. Irgendetwas darauf irritierte sie, aber sie wusste nicht, was.

Ihre Mutter lachte und zeigte auf eine Anzeige in der alten Zeitung. „Schau doch mal hier. Vielleicht brauchst du so einen Job. ‚Gesucht: Intelligente Frauen für anspruchsvolle Laborjobs. Jobs für Frauen mit Intelligenz, die einen wichtigen Beitrag zur Unterstützung der Kriegsanstrengungen leisten möchten. Einarbeitung bei hervorragendem Gehalt. Bewerbungen an: Harvey Radio Laboratories, Cambridge, Massachusetts."

„Ob man bei der Bewerbung wohl einen IQ-Test machen musste?", fragte Abby.

Sie mussten beide lachen, was dann aber bei ihrer Mutter wieder einen Hustenanfall mit Atemnot auslöste. Nachdem sie wieder zu Atem gekommen war, zeigte sie auf ein Foto, auf dem zwei Frauen zu sehen waren.

„Wetten, du weißt nicht, was die da machen?"

Abby schaute sich das Foto genauer an. „Sie ziehen eine Linie auf der Rückseite ihrer Beine."

Ihre Mutter lachte. „Ja, genau. Im Krieg wurden die Frauen nämlich aufgefordert, ihre Nylonstrümpfe abzugeben, weil daraus Fallschirme hergestellt werden konnten. Weil sie also keine Strümpfe mehr hatten, zeichneten sie sich solche Linien auf die Beine, damit es aussah wie eine Strumpfnaht."

„Eine Naht?"

„Du kannst froh sein, dass du keine Nylonstrümpfe mehr tragen musstest. Die hatten nämlich eine Naht auf der Rückseite, und es war unglaublich nervig, ständig darauf zu achten, dass diese Naht gerade saß."

„Da bin ich aber wirklich froh, dass man die nicht mehr trägt."

Ihre Mutter blickte von der Zeitung auf und sagte: „Und …? Erzähl doch mal, wie es heute so war."

Daraufhin berichtete Abby von den Ereignissen des Tages auf der Insel, und ihre Mutter nickte immer wieder, aber ihr Blick war irgendwo in die Ferne gerichtet, sodass sie sich fragte, ob sie eigentlich zuhörte. „Mama?"

„Hm? Ich habe mich gerade daran erinnert, wie ich als Kind im Leuchtturm immer bis nach ganz oben gestiegen bin und dann auf dem Rundlauf gestanden habe. Das fühlte sich an, als würde mir die ganze Welt zu Füßen liegen."

„Hast du den Booten zugewinkt?"

„Na klar. Die Hummerboote haben alle laut getutet, wenn sie mich da oben entdeckt haben, und dann hatte ich das Gefühl, etwas ganz Besonderes zu sein. Ich habe so getan, als wäre ich eine Königin, und alle Menschen dort unten wären meine Untertanen und müssten mir gehorchen."

Bei der Vorstellung, wie ihre Mutter als kleines Mädchen dort oben auf dem Rundlauf gestanden und den Booten gewinkt hatte, musste Abby lächeln.

„Ich fand es heute auch schön, dort oben zu stehen."

Ihre Mutter musterte sie und fragte dann: „Und wie war deine Gesellschaft? War die auch schön?"

Abby wurde rot. „Mama! Carson ist ein netter Kerl, und es ist wunderbar unkompliziert, mit ihm zusammen zu sein, aber hör bitte auf, da etwas hineinzuinterpretieren. Wir fangen gerade an, uns ein bisschen anzufreunden, und mehr will ich auch gar nicht."

„Und er will auch nicht mehr?", fragte ihre Mutter und zog dabei eine Augenbraue hoch.

„Ich weiß nur, dass er mit den Renovierungsarbeiten fertig werden will, damit er sein Bed & Breakfast eröffnen kann."

„Na, dann freue ich mich, dass du ihm dabei behilflich sein kannst."

„Ich habe auch ein bisschen mitgearbeitet, habe abgeschliffen und gestrichen, nichts Großartiges."

„Dann fährst du also morgen wieder mit rüber?"

„Nein. Kristin hat donnerstags und freitags frei, also habe ich morgen Dienst in der Kita und kann erst Montag wieder mitkommen." Doch schon während sie das sagte, bekam sie Sehnsucht.

In den darauffolgenden beiden Tagen dachte Abby ständig an die Insel. Sie wollte gerne wissen, wie es dort weiterging und woran gearbeitet wurde in der Zeit, in der sie nicht da war. Ein paar Mal holte sie sogar ihr Handy aus der Tasche und rief Carsons Nummer auf, traute sich dann aber doch nicht, ihn tatsächlich anzurufen. Sie wollte keine Nervensäge sein, und wenn es etwas zu besprechen gab, konnte er ja auch sie anrufen. Aber es machte ihr tatsächlich etwas aus, dass er sich nicht meldete. War ihm denn gar nicht klar, dass es sie interessierte, wie es mit den Arbeiten auf der Insel voranging? Und wie gerne sie dabei gewesen wäre?

Wahrscheinlich kam ihm das gar nicht in den Sinn, aber sie hatte ihn ein paar Mal dabei ertappt, wie er sie auf eine Art angeschaut hatte, dass ihr ganz warm wurde. Ob ihre Mutter tatsächlich recht hatte? Empfand er mehr als nur Sympathie für sie? Sie schüttelte den Kopf. Wie auch immer – ihre Verbindung war rein freundschaftlich, und das sollte auch so bleiben.

Carson hatte sein Handy in der Hand, aber auf halbem Weg zum Aufrufen ihrer Nummer machten seine Finger halt. Er konnte es gar nicht erwarten, wieder mit Abby zu sprechen, aber vielleicht war es ja doch besser, sich zu gedulden, bis sie in der nächsten Woche wieder mit auf die Insel kam. Er hatte den gemeinsamen Tag mit ihr auf der Baustelle sehr genossen, wagte es aber jetzt nicht, sie anzurufen, um einfach nur ein bisschen mit ihr zu plaudern. Doch jetzt gab es etwas, das er ihr erzählen konnte, und zwar etwas, von dem er wusste, dass es sie interessierte.

Er schaute das Paket vom Nationalarchiv an, das neben ihm auf dem Tisch lag. Warum er die Extragebühr für Expressversand bezahlt hatte, wusste er gar nicht so genau, aber wahrscheinlich hatte er die Unterlagen so schnell wie möglich haben wollen, weil Abby sich so sehr dafür interessierte. Er überflog die Dokumente rasch, hoffte aber, dass er sie sich gemeinsam mit Abby noch einmal genauer würde anschauen können. Doch jetzt war erst Freitagnachmittag. Vielleicht hatte sie ja am Abend ein Date oder sie hatte etwas anderes vor. Er glaubte zwar nicht, dass sie einen Freund hatte, aber sicher konnte er natürlich nicht sein. War das jetzt gerade ein passender Zeitpunkt, um sie anzurufen?

Stell dich nicht so an, Angsthase. Los, ruf sie schon an!

Er rief also die Nummer auf und räusperte sich. Was, wenn sie nicht ans Handy ging? Dann würde er wahrscheinlich einfach eine Nachricht hinterlassen.

„Hallo." Nie hatte eine Stimme schöner geklungen.

„Hey, Abby, hier ist Carson. Sind Sie gerade sehr beschäftigt?"

„Hey, Carson, nein, gar nicht. Was gibt's denn?"

Er stieß einen Seufzer der Erleichterung aus. „Die Kopien der Logbücher, die ich bestellt hatte, sind heute angekommen. Ich dachte, dass Sie sie sich vielleicht gerne anschauen möchten."

„Das ging aber schnell. Ja sicher würde ich die gerne anschauen. Wann denn?"

„Äh, haben Sie heute Abend schon was vor?" Ob das jetzt so klang, als würde er sie um ein Date bitten? „Also wahrscheinlich ja, schon, oder? Entschuldigen Sie bitte, dass ich einfach so spontan anrufe, aber ich bin ziemlich gespannt, was in den Büchern steht."

„Nein, ich habe nichts vor. Ich bin mit Emma bei meiner Mutter."

„Hey, dann hätte ich eine Idee. Mögen Sie Pizza? Ich könnte doch Pizza holen, damit zu Ihrer Mutter kommen und dann könnten wir uns die Logbücher gemeinsam ansehen."

Stille. War die Verbindung unterbrochen? Aber dann hörte er sie sagen: „Das klingt gut. Meine Mutter möchte sich die Kopien bestimmt auch gerne anschauen. Wann würden Sie denn kommen?“

Vor Überraschung und Freude hätte er beinah sein Handy fallen lassen. „Ist 19:00 Uhr zu spät? Ich muss noch kurz unter die Dusche, weil ich gerade erst von der Insel nach Hause gekommen bin.“

„Okay. Dann bis später.“

„Moment noch. Welchen Belag möchten Sie denn auf Ihrer Pizza haben?“

„Also ich mag sie gerne mit dünnem Boden und vegetarisch, Emma liebt Peperoni und Käse, also bestelle ich meistens die eine Hälfte so, die andere so. Aber eigentlich ist es egal. Suchen Sie einfach etwas aus. Das passt dann schon. Wir sind flexibel.“

„Emma und ich können uns eine mit Peperoni und Käse teilen. Isst Ihre Mutter auch Pizza?“

„Ja, vielleicht ein Stückchen, und sie mag eigentlich alles.“

„Gut, dann sehen wir uns in ungefähr einer Stunde“, sagte er.

Er beendete das Gespräch und merkte, wie sein Herz klopfte. Er hätte nie gedacht, dass er wegen eines so normalen Abends so aufgeregt sein konnte, aber er wollte ihr unbedingt die Kopien aus den Logbüchern zeigen. Ja klar, die Wahrheit war, dass er unbedingt Abby sehen wollte. Und außerdem mochte er auch ihre Mutter und ihre kleine Tochter. Obwohl er sie gar nicht kannte, fühlten sie sich irgendwie an wie Familie. Im Unterschied zu den Leuten aus der Geschäftswelt, die er kannte, waren sie einfache, authentische Menschen, die nicht darauf aus waren, irgendjemanden zu beeindrucken.

50 Minuten später hielt er auf Grace’ Auffahrt. Er nahm die beiden Pizzaschachteln, die auf dem Beifahrersitz lagen, und den Packen mit Kopien aus dem Logbuch und ging zur Eingangstür. Er wollte gerade klopfen, als die Tür schon aufging.

„Hey, Mr Carson!", sagte Emma und stand mit der schick angezogenen Bärin im Arm in der Tür. Aber da tauchte hinter ihr auch schon Abby auf.

„Hey, Carson", begrüßte sie ihn und hielt ihm die Tür auf. „Kommen Sie doch herein." Sie schnupperte und sagte: „Das riecht aber gut. Bringen Sie die Pizzen doch gleich in die Küche und stellen Sie sie auf dem Tresen ab, ja?", dabei deutete sie mit dem Kopf in die entsprechende Richtung. „Soll ich Ihnen das Paket abnehmen?"

„Hallo, meine Damen", begrüßte er sie und gab ihr den dicken Umschlag, den er in der einen Hand hatte, während er in seiner anderen Hand noch die Pizzakartons balancierte. Ganz in der Nähe saß eine große Katze und beäugte ihn misstrauisch, als er eintrat.

Grace saß bereits am Tisch. „Hallo, Carson, wie schön, Sie wiederzusehen." Ihr Lächeln war genauso echt wie ihre Begrüßung und hellte ihr ansonsten müdes Gesicht auf. „Kannst du vielleicht ein paar Teller für uns holen, Emma?"

„Das ist aber eine große Katze", bemerkte Carson und deutete mit dem Kopf auf das Tier, das ihm in die Küche gefolgt war.

„Das ist Herkules", sagte Emma.

Carson zog eine Augenbraue hoch. „Herkules? Also, das ist ja mal ein passender Name."

Grace schmunzelte. „Als Abby ihn mitgebracht hat, hätten Sie das bestimmt nicht gesagt. Das war eine ihrer ersten Tierrettungsaktionen. Sie hat ihn vor dem sicheren Tod bewahrt, als sie ihn halb erfroren in der Nähe eines Müllcontainers gefunden hat. Er war damals winzig und aus Spaß hat mein Mann ihn deshalb Herkules genannt. Aber für ein so winziges Wesen hatte der Kater eine enorme Kraft und er hat sich dann tatsächlich ins Leben zurückgekämpft. Auf diese Weise hat er dann seinem Namen doch noch alle Ehre gemacht."

„Ja, das sieht ganz so aus“, bemerkte Carson und kraulte den Kater hinter den Ohren. „Hallo Kerlchen.“

Als Antwort maunzte Herkules.

„Ich schenke schon mal Getränke ein“, sagte Abby. „Wir haben Mineralwasser, Carson, möchten Sie etwas?“

„Ja gerne“, antwortete er.

„Magst du auch Root Beer? Das mag ich gerne“, verkündete Emma, die neben ihm stand und zu ihm aufblickte.

„Ich liebe Root Beer. Willst du mir etwas von deinem abgeben?“, fragte er und zwinkerte der Kleinen zu.

„Du kannst dein eigenes haben“, entgegnete sie und rief dann ihrer Mutter zu: „Mr Carson will auch Root Beer, Mama.“

„Kommt sofort.“

Carson öffnete jetzt die Pizzaskartons auf dem Küchentresen, während Abby sich um die Getränke kümmerte.

„Wollen Sie sich hierhersetzen?“, fragte Grace und deutete auf den Stuhl neben sich.

Er nahm Platz, und Abby reichte jedem einen Teller mit Pizza, aber bevor jemand anfangen konnte zu essen, ergriff Emma seine Hand auf der einen und die ihrer Mutter auf der anderen Seite, sodass Carson automatisch Grace' Hand auf seiner anderen Seite in seine nahm, während Emma das „Für Speis und Trank dir Gott sei Dank“-Tischgebet sprach.

Grace und Abby wollten alles über die Fortschritte auf der Insel wissen, also brachte er sie beim Pizzaessen auf den neuesten Stand. Als alle fertig waren, räumte Abby den Tisch ab.

„Dann lassen Sie uns doch mal sehen, was Sie da zugeschickt bekommen haben“, sagte Abby, die Hände in die Hüften gestemmt.

Carson nahm den Stapel Blätter aus dem Umschlag und legte ihn in die Mitte des Tisches.

Abby nahm das obere Blatt und fing an zu lesen: „Aufzeichnung des Leuchtturmwärters. Leuchtturm Hope Island. Charles Martin,

Leuchtturmwärter." Sie las die Seite, die in zwei Spalten unterteilt war. „1. März 1945. Bewölkt. Wind NNW. Temperatur −2 °C, kabbelige See."

Der nächste Eintrag lautete „Leichte Brise aus SO."

Der nächste: „Leichte Brise mit Regen."

Der nächste: „Wartungscrew arbeitet an der Mechanik des Nebelhorns" und der Rest der Seite bestand wieder aus Wetter- und Meeresbeobachtungen.

„Nicht besonders spannend, was?", sagte Grace. „Mein Vater war wirklich kein Mann vieler Worte. "

Carson ging den Stapel durch. „Die Seite hier könnte vielleicht interessanter sein. Sie ist überschrieben mit ‚Aufzeichnungen der Schiffshavarien in der Nähe des Hope Island-Leuchtturms'."

Abby beugte sich vor und berührte dabei mit ihrer Schulter seine, sodass sich wellenartig Wärme in ihm ausbreitete.

„15. September 1940, amerikanischer Schoner läuft bei starkem Sturm auf Felsen auf. Küstenwache aus Bar Harbor zu Hilfe gerufen. Selbst Hilfe geleistet, indem ich das Boot der Leuchtturmstation zu Wasser gelassen habe und nah genug an das Schiff herangefahren bin, um den Mitgliedern der Besatzung Leinen mit Rettungsringen zuzuwerfen. Zwei von ihnen schafften es ins Boot, die anderen wurden von der Küstenwache gerettet. Sechs Besatzungsmitglieder, alle gerettet und ins Leuchtturmwärterhaus gebracht, um einen heißen Kaffee zu trinken und sich aufzuwärmen."

„Wow! Wie spannend!", sagte Carson. „Viel interessanter als das reguläre Logbuch."

„Das hat mein Vater getan? Davon hatte ich ja keine Ahnung", erklärte Grace.

Abby las wie gebannt die restlichen Logbucheinträge über Schiffshavarien in der Umgebung des Leuchtturms. Allein schon zu sehen, wie spannend sie das fand, verstärkte seine eigene Aufregung.

„Vielen, vielen Dank, dass Sie die Seiten besorgt haben, Carson. Ich hätte nie damit gerechnet, dass wir sie so schnell in den Händen halten würden. Wirklich faszinierend, die Handschrift meines Großvaters zu lesen, und jetzt kann ich noch viel mehr würdigen, was er alles durchgemacht hat."

Ihre Reaktion war all die Mühe wert, die es ihn gekostet hatte, die Dokumente so schnell zu besorgen.

„Frühere Aufzeichnungen als die hier habe ich nicht bestellt, aber es gibt welche, die bis ins 19. Jahrhundert zurückreichen. Ich bin sicher, dass die auch interessant sind, aber zu der Zeit waren Ihre Großeltern ja noch gar nicht da."

„Ich glaube, meine Mutter und mein Vater haben gleich nach ihrer Hochzeit im Jahr 1920 die Stelle als Leuchtturmwärter auf Hope Island angetreten, bis meine Mutter dann 1960 die Insel verlassen hat. Das ist eine lange Zeit", sagte Grace.

„Ja, das kann man wohl sagen. Da haben sie wirklich Glück gehabt, dass sie so lange dortbleiben konnten, denn viele andere Leuchtturmwärter wurden entlassen, kurz nachdem die Küstenwache 1939 den Betrieb der Leuchttürme übernommen hatte und dann damit anfing, sie zu automatisieren."

Carson beschäftigte sich schon lange mit den Leuchttürmen und deren Geschichte und wusste deshalb, wie ungewöhnlich es war, dass die Martins ihre Stellen als Leuchtturmwärter so lange behalten hatten, besonders nachdem Mr Martin ums Leben gekommen war.

„Sie müssen wirklich Vertrauen in die Fähigkeiten meiner Mutter gehabt haben", sagte Grace mit einem stolzen Lächeln.

„Ja, das müssen sie wohl", sagte Carson. „Oder sie haben sie sehr gemocht."

„Hat Granny denn auch mal jemanden gerettet?", fragte Abby.

„Ja, das hat sie", antwortete Grace. „Ich erinnere mich, wie sie einmal ein paar Leute mit ins Leuchtturmwärterhaus gebracht hat, damit sie sich trocknen und aufwärmen konnten. Als ich ein Teenager war, hat sie mal ein paar Jungs gerettet, die zum Angeln rausgefahren waren und dann bei unruhiger See mit ihrem Boot gekentert sind. Sie ist damals in das Boot der Leuchtturmstation gesprungen, zu ihnen hinausgerudert und hat sie mit ins Leuchtturmwärterhaus gebracht. Ich erinnere mich noch, wie durcheinander die Jungs waren und wie sie gezittert haben. Meine Mutter und ich haben sie dann mit heißer Schokolade versorgt."

Emma tat so, als ob sie auch zitterte, und drückte ihre Bärin ganz fest an sich.

„Dir ist doch nicht kalt Emma, oder?"

„Doch", sagte sie und nickte heftig. „Kann ich auch heiße Schokolade haben?"

Als die Erwachsenen ihren Trick durchschauten, mussten sie alle lachen.

„Na, du bist mir ja eine", sagte Abby grinsend. Dann schaute sie auf die Wanduhr und fuhr fort: „Ich glaube, für dich ist es jetzt aber Zeit, ins Bett zu gehen, mein Schatz."

„Nein, Mami. Ich will noch mehr Geschichten mit heißer Schokolade hören."

„Ein anderes Mal", vertröstete Abby sie, stand auf und griff nach Emmas Hand. Dann schaute sie über die Schulter nach hinten und sagte: „Entschuldigen Sie uns bitte, Carson, ja?" Und dann an Emma gewandt: „Sag Mr Carson jetzt Gute Nacht, mein Schatz."

Carson schob langsam seinen Stuhl zurück, um aufzustehen. „Fahren Sie jetzt nach Hause? Tut mir leid, wenn ich zu lange geblieben bin."

„Nein, nein, das ist völlig okay. Emma hat hier auch ein Bett. Ich lege sie erst einmal hin und nehme sie dann später mit nach Hause."

Da ließ Emma Abbys Hand los und rannte mit ausgebreiteten Armen zu Carson, der sich vorbeugte und sie umarmte. „Gute Nacht, Emma. Danke fürs Drücken."

Dann ließ er sie wieder los, sie lief zurück zu ihrer Mutter, und er wünschte sich, dass Abby ihn auch umarmen würde, wenn er sich nachher von ihr verabschiedete.

Nachdem die beiden aus dem Zimmer gegangen waren, wandte sich Grace Carson zu und sagte: „Lassen Sie sich von Abby nicht abschrecken, mein Junge. Sie ist noch immer dabei, den Tod ihres Mannes zu verarbeiten."

10

Diese Information traf ihn bis ins Mark, denn er war davon ausgegangen, dass Abby geschieden war. „Das tut mir leid. Wann ist es denn passiert?"

„Vor zwei Jahren. Er war Soldat bei der Marine und ist im Nahen Osten ums Leben gekommen, als sein Hubschrauber abgeschossen wurde."

Carson schüttelte den Kopf. Er hätte sich selbst in den Hintern treten können. Wie egoistisch von ihm zu hoffen, dass Abby Interesse an ihm hatte.

„Das muss schwer sein für Abby."

„Ja, das war es. Inzwischen geht es ihr aber schon viel besser. Ich glaube, es war eine gute Entscheidung, von Kalifornien wieder hierher zurückzuziehen."

„Ich hoffe, dass sie sich wegen der Bauarbeiten auf der Insel nicht von mir bedrängt fühlt."

Grace tätschelte über den Tisch hinweg seinen Arm. „Darüber machen Sie sich mal keine Gedanken. Sie haben ja mit dem, was passiert ist, nicht das Geringste zu tun. Damit muss Abby ganz allein fertigwerden. Aber eines kann ich Ihnen sagen: Sie haben es geschafft, ihr Interesse für das Projekt auf der Insel zu wecken, und dadurch einen Funken in ihr entfacht. Sie interessiert sich dafür mehr als für irgendetwas sonst, seit sie wieder hier ist. Deshalb bin ich wirklich froh, dass Sie sie gefragt haben."

„Danke, dass Sie mir das sagen. Und ich genieße es wirklich, dass Abby bei dem Projekt mitmacht."

„Ich dachte, dass Sie das vielleicht wissen sollten, weil Abby es Ihnen wahrscheinlich nicht selbst sagen wird."

Sie hörten, dass im Haus eine Zimmertür leise geschlossen wurde, und wussten deshalb, dass Abby gleich wieder bei ihnen sein würde.

„Schläft sie schon?", fragte Grace und blickte zu ihrer Tochter auf, als die wieder den Raum betrat.

„Ja. Sie wollte zwar unbedingt, dass ich ihr noch etwas vorlese, aber nach einer Seite war sie schon eingeschlafen."

„Muss schön sein, so leicht einzuschlafen", bemerkte Carson.

„Ja, das kann man wohl sagen", bestätigte Abby, setzte sich wieder mit an den Tisch und sah Carson an.

„Kann ich Ihnen noch irgendetwas anbieten?"

„Nein danke. Ich hätte zwar große Lust auf einen Kaffee, aber dann könnte ich ganz sicher nachher nicht einschlafen."

„Ich möchte Sie noch etwas fragen, Carson", sagte Abby, stand vom Tisch auf und kam mit einem Foto zurück. „Das hier sind meine Großeltern, die Eltern meiner Mutter."

Carson nahm das Foto, sah es sich genau an und sagte: „Also diese Leuchtturmwärteruniformen waren schon heiß." Dabei zeigte er auf den Anzug des Mannes. „Ein schickes doppelreihiges Jackett und schauen Sie mal auf das Rangabzeichen K – für *Keeper* – auf dem Revers."

„Mir gefällt besonders die Mütze", sagte Abby und schaute das Foto an. „Was sind denn das da für Abzeichen vorne auf der Brust?"

„Das ist das Leuchtturmemblem mit dem *United States Coast Guard** darunter. Schauen Sie, und da ist ein Stern an seinem Ärmel. Wofür der wohl steht?“, bemerkte Carson.

„Der steht für 25 Dienstjahre“, erklärte Grace. „Meine Mutter hat mir erzählt, dass dieses Foto unmittelbar nach der Verleihung des Sterns aufgenommen wurde. Er war ziemlich stolz darauf.“

„Sehen Sie den Stall da im Hintergrund, Carson? Als wir auf der Insel waren, habe ich den gar nicht gesehen. Wissen Sie, wo er gestanden haben könnte?“

Mit leicht zusammengekniffenen Augen betrachtete er das Foto. „Hm, ich weiß nicht. Also, jetzt steht er jedenfalls ganz sicher nicht mehr da.“ Er sah Grace an und fragte: „Können Sie sich denn an den Stall erinnern?“

„Ich erinnere mich zwar daran, dass es einen Stall gab, aber ich müsste vor Ort sein, um den genauen Standort wiederzuerkennen. Vielleicht ist das doch noch irgendwann einmal möglich.“

„Ja klar, sobald wir dort fertig sind, bringen wir Sie rüber.“

Grace zwang sich zu einem Lächeln. „Das wäre wirklich schön.“

„Ich würde auch Emma gerne mal mitnehmen, wenn die Baustelle drüben sicher ist und der ganze Bauschutt abtransportiert worden ist“, bemerkte Abby.

„Ein großer Teil davon ist heute schon aufs Festland gebracht worden“, erklärte Carson und fuhr fort: „Es ist viel praktischer, wenn wir den Schutt gleich mit aufs Festland nehmen, als ihn zu sammeln und dann eine Riesenladung abtransportieren zu müssen. Ich glaube, dass es da drüben jetzt schon ziemlich ungefährlich ist, aber das können Sie selbst am besten beurteilen.“

Abby verzog den Mund und warf ihr langes Haar über die Schultern nach hinten. „Also ich weiß nicht. Ich möchte sie auf keinen Fall irgendeiner Gefahr aussetzen.“

---

* US-amerikanische Küstenwache

„Wissen Sie was? Wir könnten doch morgen einen kleinen Bootsauflug mit ihr machen. Wir nehmen ein Picknick mit und fahren so nah an die Insel heran, dass wir sie ihr zeigen können. Mit einem richtigen Besuch auf der Insel können wir ja noch warten, bis alles fertig ist, und den Leuchtturm kann sie auch vom Wasser aus sehen. Okay?"

„Haben Sie denn eine Kinderschwimmweste?"

„Die besorge ich gleich morgen früh."

Abby schaute zu Grace hinüber. „Ich glaube, das könnten wir machen. Oder was meinst du, Mama?"

Grace nickte. „Bei ruhiger See wäre eine Bootsfahrt bestimmt schön. Du musst sie nur gut festhalten, wenn das Boot auf höhere Wellen trifft."

„Okay Carson. Aber nur, wenn das Wetter für eine Bootstour geeignet ist."

„Ich schaue mir noch den Seewetterbericht an, bevor wir starten. Wenn der Wind zu stark ist, fahren wir nicht raus."

Abby nickte. „Ja, so machen wir es. Wenn Sie mir helfen, auf Emma aufzupassen."

„Versprochen." Er würde die Kleine keinen Moment aus den Augen lassen.

Abby saß auf dem Beifahrersitz des Bootes und hatte ihre Arme fest um Emmas Taille geschlungen. Am Anfang hatte Carson hinter dem Lenkrad gestanden, aber Emma wollte, dass er sich neben sie setzte, und so hatte er es getan. Jetzt saßen sie also zu dritt geschützt hinter der Windschutzscheibe. Ganz kurz ging ihr der Gedanke an das Zusammengehörigkeitsgefühl als Familie durch den Kopf, aber sie schob ihn rasch beiseite. Wenn es hier ein Gefühl von Familie gab, dann eher ein geschwisterliches zwischen

Carson und ihr. Ihre Granny hätte gesagt, das sei *Onkel Carson.* Bei diesem Gedanken musste sie lächeln, und sie fragte sich, wie Carson es wohl fände, wenn Emma ihn *Onkel* nennen würde.

Emma gefiel das Bootfahren. Sie kicherte jedes Mal laut, wenn das Boot auf eine Welle traf, hochhüpfte und das Wasser aufspritzte. Der Bootsausflug war für ihre Tochter ganz offensichtlich wie eine Fahrt im Vergnügungspark. Carson hatte, wie versprochen, eine Kinderschwimmweste besorgt, was Abby wirklich nett und umsichtig fand, und sie war dankbar, ihn zum Freund zu haben.

„Halte deine Bärin gut fest", sagte Carson, als sie wieder auf eine Welle trafen.

„Das mache ich ja, aber sie braucht auch eine Schwimmweste", sagte Emma.

„So eine kleine habe ich nicht gefunden, sonst hätte ich sie auf jeden Fall mitgebracht", sagte er darauf.

Es hätte Abby kein bisschen gewundert, wenn er das tatsächlich getan hätte, denn Emma und er schienen ein Herz und eine Seele zu sein.

„Hast du auch ein kleines Mädchen, Carson?", fragte Emma und blickte zu ihm auf.

Mit hochgezogenen Augenbrauchen sah er sie an. „Nein Emma, leider nicht, aber ich habe zwei Neffen, die Kinder von meiner Schwester. Bald bekommen sie noch ein Baby und vielleicht ist das ja dann ein Mädchen."

„Hoffentlich nicht", sagte Emma daraufhin, schaute hinunter auf ihre Bärin und strich deren Rock glatt.

„Emma! Warum sagst du das?", fragte Abby sie.

„Damit ich sein einziges Mädchen bin", antwortete Emma und machte einen Schmollmund.

Abby wurde dunkelrot. Was um Himmels willen sollte das denn?

„Also im Moment bist du ja mein einziges Mädchen", sagte Carson und zwinkerte Emma zu.

„Und auf jeden Fall bist du meine einzige Emma."

Da strahlte die Kleine, offenbar zufrieden mit seiner Antwort. Abby wusste nicht, was sie dazu sagen sollte. Vielleicht würde er am Ende tatsächlich ein *Onkel* werden.

Carson schaute jetzt wieder Emma an und fragte: „Was hat denn deine Bärin da eigentlich an?"

Emma sah ihn mit gerunzelter Stirn an und antwortete: „Das sind *Wonder Woman*-Sachen. Kennst du *Wonder Woman* nicht?"

Er nickte. „Ach so, doch, na klar. Das hätte ich natürlich wissen müssen. Ich habe noch nie eine Teddybärin mit *Wonder Woman*-Sachen gesehen. Ist *Wonder Woman* deine Lieblingsfigur? Hast du ihr deshalb dieses Outfit angezogen?"

Ach du liebe Güte. Abby hatte richtig Angst vor dem, was jetzt kommen würde.

„Die Bärin hat mein Papa mir geschenkt. Er hat zu meiner Mami immer *Wonder Woman* gesagt und deshalb hat er die Sachen für meine Bärin besorgt." Carson zog eine Augenbraue hoch und schaute über Emmas Kopf hinweg zu Abby.

„Ach wirklich …"

Abby konnte sehen, wie es in seinem Kopf arbeitete und er überlegte, warum sie wohl den Spitznamen *Wonder Woman* bekommen hatte. Wahrscheinlich würde sie ihm die bittersüße Geschichte dieses Namens erzählen müssen, sagte aber fürs Erste nur: „Ich erkläre es Ihnen später."

Als sie sich der Insel näherten, zeigte Carson nach vorn und sagte: „Da ist sie, Emma. Das ist die Insel, auf der deine Großmutter und deine Urgroßmutter gewohnt haben."

Mit großen Augen nahm die Kleine alles auf, was sie sah. Carson fuhr jetzt langsamer und setzte zu einer langsamen Rundfahrt um die Insel an. Als sie auf der seewärts gerichteten Seite ankamen, zeigte er auf den Leuchtturm, dessen rotes Dach den höchsten Punkt der Insel markierte.

„Schau mal da oben, Emma, siehst du den Leuchtturm?"

Staunend schaute Emma hinauf und fragte: „Wie kommt man denn da hoch?"

„Es gibt einen Pfad, der ganz nach oben führt."

„Können wir das jetzt machen?"

Carson und Abby wechselten einen Blick, aber Abby schüttelte den Kopf.

„Heute leider nicht", sagte er daraufhin. „Aber sobald dort alles fertig ist, kommen wir wieder her und dann kannst du dir den Leuchtturm anschauen, okay?"

Emma nickte. „Okay."

Abby war ihm dankbar, dass er ihre Entscheidung respektierte. Nachdem sie einmal um die Insel herumgeschippert waren, fuhr Carson in Richtung der anderen Inseln, die er ebenfalls umrundete.

„Also, ich bekomme langsam Hunger", sagte Carson. „Sind Sie bereit für einen kleinen Lunch, meine Damen?" Dabei schaute er zu Abby hinüber.

„Jaaa", rief Emma begeistert.

„Großartig. Ich kenne einen Park am Wasser, wo wir festmachen und aussteigen können."

Carson steuerte also das Boot zu einer der größeren Inseln, wo schon vom Wasser aus in der Nähe des Anlegers Picknicktische und -bänke zu sehen waren. Er vertäute das Boot am Anleger, nahm die Picknicksachen, stellte sie auf den Steg und half dann den anderen beiden aus dem Boot.

Als sie zum Ufer gingen, sagte Abby: „Weißt du was, Emma? Du kannst schon mal vorauslaufen und uns einen Picknicktisch aussuchen, ja?"

Und in dem Moment, in dem sie vom Anleger auf festen Boden traten, rannte Emma auch schon zu einem der Tische und rief: „Wir nehmen den hier!"

Abby und Carson kamen mit dem Essen hinterher. Nachdem sie alles ausgepackt hatten, genossen sie ein leckeres Picknick und beobachteten dabei die vorbeifahrenden Boote. Emma war schnell fertig mit dem Essen und sauste zu den Schaukeln in der Nähe, wo sich auch schon andere Kinder tummelten.

„Kannst du mich bitte anschubsen, Mami?“, rief sie, und Abby stand auf, um ihrem Kind seine Bitte zu erfüllen.

Doch Carson bedeutete ihr mit einer Geste zu bleiben und sagte: „Lassen Sie mich das mal machen.“

Sie zog die Augenbrauen hoch. „Klar. Das gefällt ihr bestimmt. Ich räume dann inzwischen alles zusammen.“

Carson ging also zu Emma und schon bald flog sie auf der Schaukel hoch in die Luft. Abby räumte derweil das Picknick wieder zusammen und hielt dann inne, um den beiden zuzuschauen. Bei der Freude ihrer Tochter ging Abby das Herz auf. *Danke, Gott.* Wenn auch nur für diesen einen Tag, so füllte Carson doch eine Lücke, die Kevin hinterlassen hatte. Aber Abby wollte nicht, dass Emma sich Hoffnungen machte, Carson könnte wirklich ihr Papa werden. Ob sich das Kind auch damit zufriedengeben würde, wenn er nur ein Freund war?

11

Am Montagmorgen wehte ein frischer Wind, der für unruhige See sorgte. Carson betrachtete Abby, die sich in einen Hoodie und noch einen Windbreaker darüber eingemummelt hatte. Sie protestierte nicht, als er ihr vorschlug, sich im Boot neben ihn auf die Bank hinter der Windschutzscheibe zu setzen, damit sie vor dem kalten Wind geschützt war.

Ihr Körper berührte seinen und wärmte ihn wie eine zusätzliche Jacke. Vor der Abfahrt mit dem Boot war sie noch rasch im *Mo's* vorbeigefahren und hatte für jeden von ihnen einen Thermobecher Kaffee gekauft, aber so gerne sie etwas Warmes getrunken hätte, war es bei dem Wellengang so gut wie unmöglich zu trinken, ohne alles zu verschütten.

„Wir werden heute etwas länger für die Fahrt zur Insel brauchen, weil wir Gegenwind haben", sagte er.

Sie nickte. „Wenigstens scheint die Sonne. Bei Nebel und bedecktem Himmel fände ich es gar nicht schön, auf der Insel zu sein."

Carson entspannte sich und fand, dass es keinen Grund zur Eile gab, auch wenn er gerne so schnell wie möglich auf der Insel sein wollte, um mit der Arbeit loszulegen. „Also, was ist das jetzt für eine Geschichte mit der *Wonder Woman*-Teddybärin?“

Abby sah ihn überrascht an.

„Sie haben gesagt, Sie würden es mir später erklären, erinnern Sie sich?“

Sie stieß einen Seufzer aus. „Ja, das habe ich. Wissen Sie, ich habe Emmas Vater, Kevin, bei einem Superhero-Lauf in Kalifornien kennengelernt, an dem wir beide teilgenommen haben. Er war als *Superman* verkleidet, ich als *Wonder Woman*, und der Name ist dann irgendwie hängen geblieben.“

„Und Sie haben ihn *Superman* genannt?“, fragte Carson lächelnd.

„Nicht oft, aber er hat mich eigentlich genauso oft *Wonder Woman* gerufen wie mit meinem richtigen Namen.“ Abbys Miene verriet, dass sie von dem Spitznamen nicht besonders begeistert war.

Carson lachte, aber Abby verzog das Gesicht und sagte: „Wahrscheinlich finden manche Leute das ziemlich komisch.“

„Nein, deshalb lache ich gar nicht. Aber die Haltung, in der sie neulich dagestanden haben, irgendetwas daran hat mich an ein *Wonder Woman*-Poster erinnert, das ich mal gesehen habe.“

„Was habe ich denn da gemacht?“ Sie schien das Gespräch überhaupt nicht belustigend zu finden.

„Eigentlich gar nichts. Es war nur die Art, wie Sie gestanden haben.“ Ob er ihr sagen musste, was er wirklich dachte?

„Ich hoffe, Sie fangen jetzt nicht auch an, mich *Wonder Woman* zu nennen.“

„Nein, ich muss mir wohl einen anderen Spitznamen für Sie überlegen.“

„Glauben Sie denn, dass Sie unbedingt einen für mich brauchen?“

„Vielleicht. Es könnte ja sein, dass mir spontan einer einfällt.“ Er gab sich große Mühe, sie zum Lächeln zu bringen, und wenn sie sogar lachte, wäre das ein Zusatzbonus.

„Also, ich bin mit einfach Abby eigentlich ganz zufrieden“, sagte sie und zupfte sich einen Fussel vom Ärmel.

„Mir gefällt Abby auch. Der Name passt zu Ihnen.“ Eigentlich fand er ihren Namen wirklich schön, aber vielleicht ja auch nur deshalb, weil er die Person, zu der er gehörte, ganz besonders mochte.

Als sie die Insel erreicht und das Boot festgemacht hatten, nahmen sie die Materialien, die sie mitgebracht hatten, und schlossen sich den anderen Handwerkern an, die gleichzeitig mit ihnen eingetroffen waren. Auch an diesem Tag hatte Abby wieder ein Mittagessen für sie beide mitgebracht, und er war schon gespannt, was sie Gesundes eingepackt hatte. Doch das Essen musste noch warten, denn bis dahin gab es noch jede Menge zu tun.

Abby ging wieder an ihre Arbeit von letzter Woche und schmirgelte Holzfenster ab. Wenn alles reibungslos liefe, würde sie damit noch an diesem Tag fertig, sodass sie dann auch anfangen konnte, die Fenster frisch zu streichen. Natürlich wurde ihre Zeit nicht erfasst wie die der anderen Handwerker, sodass sie nicht unbedingt schnell und ohne Pausen arbeiten musste. Wenn sie also noch mehr interessante alte Zeitungen fand, konnte sie diese ohne schlechtes Gewissen lesen.

Mit ihnen kamen zwei Maurer ins Haus, um am Schornstein zu arbeiten. Der untere Teil des Kaminabzugs war in der vergangenen Woche gereinigt und kontrolliert worden. Carson ließ Abby mit den Maurern unten im Wohnzimmer allein und machte sich wieder im Obergeschoss an die Arbeit.

Abby schmirgelte die Fensterrahmen und blendete dabei die beiden Männer völlig aus, die an dem Kamin herumkratzten und -hämmerten. Erinnerungen und Bilder von ihrem Ausflug mit

Carson am Samstag gingen ihr wieder durch den Kopf. Ob ihre Granny und ihr Großvater jemals Picknicks unternommen hatten? Sie versuchte, sich vorzustellen, wie die beiden mit ihrer Mutter als Baby im Sonnenschein auf einer Picknickdecke saßen, ließ die Szene aber dann schnell wieder ziehen, weil ihre Großeltern ja schließlich nicht zu einem Samstagsausflug hier gewesen waren, sondern die Insel war ihr Lebenszentrum und ihr Arbeitsplatz.

Sie hatte noch einmal die Logbuchkopien in der Handschrift ihres Großvaters gelesen. Die geschwungenen Buchstaben waren gleichmäßig und wunderschön geformt, ein Indiz dafür, dass damals noch Schönschrift unterrichtet wurde. Er wäre wahrscheinlich entsetzt gewesen, wenn er ihre Handschrift gesehen hätte, eine Mischung aus Schreib- und Druckschrift, und sie war froh, dass außer ihr niemand sie zu sehen bekam. Hatte Gott nicht zu diesem Zweck Tastaturen erfunden? Sie musste über ihren eigenen Witz schmunzeln.

Wonder Woman, was für ein unpassender Name. Sie war wirklich alles andere als das, und wenn Kevin sie meistens so genannt hatte, dann nur um sich über sie lustig zu machen. Schließlich war *Wonder Woman* ja mutig und stark, couragiert und selbstständig. Sie war selbstbewusst und durchsetzungsfähig und wusste, was sie wollte – alles Eigenschaften, von denen Abby wünschte, dass sie sie gehabt hätte.

Kevin hatte ihr diesen Spitznamen gegeben, um sie zu necken, wenn sie anderen Leuten helfen wollte. Er warf ihr vor, alles und jeden retten zu wollen, Menschen wie Tiere, so als hätte sie ein übersteigertes Gefühl von ihrem eigenen Einfluss und ihrer Bedeutung. Doch das war weit gefehlt – besonders weil Kevin sie so oft damit aufzog.

Abby nahm jetzt wieder bewusst die Männer wahr, die mit ihr im selben Raum arbeiteten. Der Lärm, den sie beim Arbeiten gemacht hatten, war plötzlich verstummt, und sie konnte verstehen, was sie miteinander sprachen. Sie hörte zu und schaute dann zu ihnen hinüber.

„Dieser hier sitzt ganz locker, weil der Mörtel total bröselig ist", sagte der eine und ruckelte an einem der Backsteine in der Kaminwand.

Der andere schaute sich die Stelle genauer an und berührte den Stein daneben. „Der hier ist auch locker."

„Hat es hier mal ein Erdbeben gegeben?", fragte er seinen Kollegen.

„Nicht, dass ich wüsste. Also, ich finde, es sieht so aus, als ob jemand die absichtlich gelockert hat."

„Aber wozu sollte das gut sein?"

Der erste Mann zog jetzt mehrere lockere Backsteine aus der Kaminwand. „Hm." Er ließ seinen Blick über den gesamten Kamin wandern und sagte dann: „Ich frage mich, ob noch mehr Steine so locker sind."

Der andere Mann griff in den Hohlraum hinter dem Loch, das durch die beiden fehlenden Steine entstanden war. „Hey, ich fühle hier etwas. Da ist was drin."

Abby stand auf und ging ein paar Schritte in Richtung des Kamins, um zu sehen, was die Männer gefunden hatten.

„Das fühlt sich an wie ein Buch. Ein ziemlich großes sogar, aber es ist dahinter so eng, dass meine Hände zu groß sind, um ganz hinunterzureichen und es rauszuziehen."

„Komm, lass mich mal versuchen", sagte der andere und griff hinein, nachdem der erste einen Schritt zurückgetreten war. „Ja, ich kann es auch fühlen, aber ich bekomme es nicht heraus."

„Vielleicht kann ich ja helfen", bot Abby an. „Meine Hände sind kleiner als Ihre."

Die beiden drehten sich zu ihr um, traten zur Seite und der eine sagte: „Sie müssen ein ganzes Stück nach unten greifen, und Vorsicht, ich glaube, es ist schwer."

Abby griff in den Hohlraum und tastete herum, bis ihre Hand den Gegenstand berührte, der sich wie ein großes, dickes Buch anfühlte. Sie bekam ihn zu fassen und zog ihn nach oben. Er war klobig und sehr schwer herauszubekommen, und ihr Arm schrammte an den rauen Kanten der Öffnung entlang, als sie es hochzog. Genau in dem Moment, als sie glaubte, es fast geschafft zu haben, blieb es hängen, sie ließ los und es fiel polternd wieder hinunter.

Ihr Herz schlug wie wild, während sie immer wieder versuchte, den Gegenstand herauszubekommen, aber sie gab nicht auf. Was auch immer das für ein Buch sein mochte, sie musste es herausholen. Es musste einen Grund dafür geben, dass es versteckt worden war. Jemand musste es hineingelegt haben. Aber wer? Und warum?

Sie versuchte es noch ein paar Mal mehr, und mittlerweile stand ihr der Schweiß auf der Stirn und ihr zerschrammter Arm brannte, aber sie war fest entschlossen, das Buch herauszuholen – dass es ein Buch war, stand für sie jedenfalls fest. Und dann war Carsons Stimme in der Tür zu hören.

„Was ist denn hier los?“, fragte er.

Die Männer erklärten es ihm und Carson trat neben Abby. „Kann ich irgendwie helfen?“

Abby zog ihren Arm aus der Öffnung im Kamin, klopfte ihn ab und bemerkte die roten Schrammen.

„Nein, ich krieg es raus. Ich weiß, dass ich es schaffe.“ Dann atmete sie noch einmal tief durch, atmete wieder aus und schob den Arm erneut durch die Öffnung in den Hohlraum. Dieses Mal bekam sie das Buch genau richtig zu fassen, hob es ganz langsam an und zog es zu sich hin. Als es aus seinem Versteck hervorkam, half Carson ihr, es ganz herauszubekommen, pustete dann den Staub vom Einband und wischte ihn mit der Hand sauber.

Sie sahen sich den dunklen Ledereinband des alten Buches genauer an und Abby strich mit den Fingern über das geprägte Wappen darauf. „Was ist das?“

Carson ging mit dem Buch ans Fenster. „Es ist das Abzeichen des US-Leuchtturm-Service", sagte er, und sein Blick und Abbys trafen sich.

Ganz vorsichtig schlug er das Buch auf, dessen vergilbte Seiten trocken und brüchig waren, und las vor: „Leuchtturmwärter-Logbuch". Das stand auf der ersten Seite des Buches. Dann sah er wieder Abby an.

„Das ist das, was wir gesucht haben, Abby", sagte er und blätterte um. Auf der nächsten Seite stand am oberen Rand kursiv gedruckt: *Logbuch der Leuchtturmstation Hope Island,* dann in Druckbuchstaben: Name des Leuchtturmwärters, und die Lücke dahinter war ausgefüllt mit „Abigail Martin".

Abby hielt die Luft an. Das war ein Logbuch ihrer Großmutter.

Carson gab es ihr und sagte: „Ich glaube, das gehört Ihnen, Abby."

Sie starrte ihn an. „Wollen Sie es wirklich mir überlassen?"

Er nickte. „Wenn Sie es behalten möchten, dann dürfen Sie das. Wenn nicht, behalte ich es hier. Ich werde es jedenfalls nicht dem Archiv aushändigen. Mir ist klar, dass Sie es lesen möchten, also nehmen Sie es gerne mit."

Ihr kamen die Tränen. „Danke, Carson. Das bedeutet mir unendlich viel."

„Ich weiß. Möchten Sie es sich jetzt gleich anschauen? Es gibt hier allerdings keinen besonders guten Ort dafür – außer am Fenster."

„Wenn es Ihnen nichts ausmacht, würde ich wirklich schrecklich gerne sehen, was drinsteht, aber ich möchte nicht alles auf einmal lesen, sondern jedes Wort genießen, wenn ich Zeit habe."

„Dann nur zu. Sie können mir ja später erzählen, was Sie herausgefunden haben." Er drehte ihren Arm ins Licht, um sich die Schrammen daran genauer anzuschauen, und riet dann: „Sie sollten das abwaschen, damit es sich nicht entzündet. Nehmen Sie dazu am besten Wasser aus der Wasserflasche. In meinem Rucksack habe ich einen Verbandskasten, ich gehe rasch und hole ihn."

Er war schon aus dem Zimmer, bevor sie etwas sagen konnte, und kam dann mit dem Wasser und dem Verbandskasten zurück. „So, wir gehen am besten erst mal nach draußen, um das zu versorgen."

Das alte Buch fest an ihren Körper gepresst, folgte sie ihm ins Freie, wo er es ihr abnahm und es auf einen der Klappstühle legte, die dort standen.

„Strecken Sie mal bitte Ihre Arme aus", forderte er sie auf, und als sie es tat, goss er etwas von dem sauberen Wasser darüber. Es brannte, als das Wasser auf die Schrammen traf, und erst jetzt sah sie, wie zerschürft ihre Arme tatsächlich waren.

Als Nächstes tupfte Carson ein wenig antiseptische Salbe auf die Verletzungen, woraufhin die Reizung etwas nachließ, und sagte dann: „Ich habe kein Pflaster, das groß genug ist. Sorgen Sie einfach dafür, dass Sie mit den Armen nichts berühren."

„Danke, Dr. Stevens", sagte sie und wedelte mit den Armen, um sie zu kühlen.

Carson nahm das Buch, gab es ihr wieder in die Hand und schlug vor: „Ich könnte doch einen der Küchenstühle hier hereinholen und dann können Sie sich ans Fenster setzen und es sich anschauen."

„Ja, das wäre wirklich schön."

Nachdem er ihr den Stuhl ins Wohnzimmer geholt hatte, setzte sich Abby hin, das Logbuch auf dem Schoß.

12

Abby schlug das Buch auf und blätterte vorsichtig die erste Seite um.

10. März 1945

Heute ist mein erster Tag als verantwortliche Leuchtturmwärterin. Mein Ehemann Charles ist letzten Monat ertrunken, als bei stürmischer See sein Boot gekentert ist. Er war auf dem Rückweg zur Insel, nachdem er in der Stadt Vorräte eingekauft hatte. Was für eine Ironie, dass er immer wieder Menschen gerettet hat, sich aber selbst nicht helfen konnte. Letztes Jahr hat er versucht, ein junges Paar zu retten, aber der Mann ist ertrunken bei dem Versuch, seine Frau zu retten, und die Frau ist beinahe ertrunken, als sie versuchte, ihr Baby zu retten. Kurz nachdem Charles sie an Land gebracht hatte, ist sie dann aber doch noch gestorben. Er war völlig aufgelöst darüber, dass er ihr nicht helfen konnte.

Ich bin nicht offiziell von der Küstenwache gebeten worden, die Stelle meines Mannes zu übernehmen, aber erst einmal erledige ich seine Aufgaben so gut ich kann ohne ihn, und wenn es nur ist, um sein Andenken zu ehren. In den 25 Jahren seines Dienstes hier hat Charles als Leuchtturmwärter immer sein Bestes gegeben und ihm wurden in dieser Zeit etliche Ehrungen verliehen.

Am Tag, nachdem er ertrunken ist, habe ich angefangen, das offizielle Logbuch weiterzuführen, aber ich möchte mehr aufschreiben, als es für das offizielle Logbuch passend wäre, persönlichere Gedanken, die niemanden etwas angehen. Deshalb benutze ich dazu dieses zusätzliche Logbuch, das ich an einem Ort verstecken werde, den außer mir – und Gott – niemand kennt.

Es ist schwierig, meinen inneren Schmerz auszudrücken, das Loch zu beschreiben, das der Verlust von Charles gerissen hat. Wir waren 25 Jahre verheiratet, also war er mein Leben, bis Grace dazukam. Ich bin so dankbar für ihre Gesellschaft, aber sie ersetzt natürlich nicht meinen Mann. Ich möchte mich nicht lange bei Charles' Tod aufhalten, aber es quält mich, an seine letzten Lebensmomente zu denken. Ich bin sicher, dass er versucht hat, gegen die Dünung anzukämpfen, aber er hat den Kampf verloren, obwohl er doch so stark war.

Auf der Beerdigung wurde mir immer wieder zugesprochen, dass ich ihn im Himmel wiedersehen werde, und das ist mir zumindest ein kleiner Trost, aber ich fühle mich auch schuldig, weil ich zugeben muss, dass mir dieser Trost im Augenblick nicht genügt. Ich möchte Charles jetzt hier bei mir haben. Ich möchte ihn berühren, möchte, dass seine großen starken Arme mich halten. Ich möchte ihn lachen hören. Manchmal halte ich sogar seine Uniformjacke an mein Gesicht, um den Geruch seines Pfeifentabaks einzuatmen, der immer noch darin hängt. Sein Tod hinterlässt jedenfalls eine gewaltige Lücke in unserem Zuhause und unserem Leben.

Er war ein guter Ehemann – der beste. Er hat mich geliebt und wertgeschätzt, hat mich immer gelobt und mir Komplimente gemacht. Obwohl ich nicht hübsch bin, hat er mir das Gefühl gegeben, schön zu sein, und er war genauso stolz darauf, mein Mann zu sein, wie ich stolz darauf war, seine Frau zu sein. Es gibt niemanden, der seinen Platz einnehmen könnte. Der Gedanke, noch einmal zu heiraten, ist unvorstellbar für mich, obwohl Charles mich bestimmt dazu ermutigen würde. Er war fest davon überzeugt, dass eine Frau einen Mann braucht, an den sie sich anlehnen kann, und er hätte nicht gewollt, dass ich alleine bleibe. Besonders weil ich ein Kind habe.

Grace begreift nicht, dass er nicht mehr da ist. Sie hatten gerade angefangen, sich besser kennenzulernen, und für sie tut es mir deshalb beinah noch mehr leid als für mich. Sie ist ein gescheites Kind, entwickelt sich rasch und hat es immer geliebt, wenn Charles ihr vorlas. Sie hat dann versucht, die Sätze nachzusprechen. Ich glaube, dass sie früh lesen lernen wird, sonst kann sie bald alle Bücher auswendig. Wir haben seit Beginn des Krieges keine Bücher mehr aus der Bibliothek bekommen, und deshalb kennen wir bereits alle Bücher, die hier im Haus sind. Die Küstenwache hat gerade Wichtigeres zu tun, als die Leuchtturmwärter mit frischem Lesestoff zu versorgen.

Apropos Küstenwache, die Leute von der Küstenwache, die jeden Tag ihre Mannschaft hier auf der Insel wechselt, um nach feindlichen U-Booten Ausschau zu halten, sind seit Charles' Tod sehr rücksichtsvoll. Anfangs hat es Charles gar nicht gepasst, dass sie ständig da waren und unser Leben hier auf der Insel störten, aber irgendwann hat er es als seine patriotische Pflicht akzeptiert.

Ich für meinen Teil bin jedenfalls froh, dass er nicht irgendwo im Ausland in diesem langen, furchtbaren Krieg kämpfen musste. Was für eine Ironie! Ich wollte aus Angst um sein Leben nicht, dass er in den Krieg zieht, und jetzt ist er hier zu Hause in Erfüllung seiner ganz alltäglichen Aufgaben und Pflichten ums Leben gekommen.

Darüber rede ich häufig mit Gott. Ich habe meinen Mann zwar nicht im Krieg verloren, aber verloren habe ich ihn trotzdem. Und deshalb geht es mir wie so vielen Hinterbliebenen. Ich möchte wissen, warum. Warum musste das passieren? Warum hier? Warum jetzt? Ich habe Angst einzugestehen, dass ich wütend bin, aber auf wen? Ich möchte wütend sein auf Gott, aber ich weiß, dass das nicht richtig wäre.

Er hat uns reich beschenkt und so viele meiner Gebete erhört. Und er hat mir Grace geschenkt, als ich die Hoffnung auf ein Kind schon aufgegeben hatte. Aber warum hat er dann zugelassen, dass sie ihren Vater verliert, bevor sie überhaupt eine Chance hatte, ihn kennenzulernen? Wahrscheinlich sollte ich Gott nicht fragen, warum ich mit diesem Verlust fertigwerden muss, denn es gibt so vieles, wofür ich dankbar sein kann.

Ich bin so müde, als würde ich eine schwere Last mit mir herumschleppen. Am liebsten würde ich den ganzen Tag im Bett bleiben, dann bräuchte ich nicht daran zu denken, dass ich wieder einen ganzen Tag ohne Charles durchstehen muss. Aber ich habe hier Pflichten und außerdem habe ich ein Kind zu versorgen. Wenn Grace nicht da wäre, gäbe es für mich vielleicht gar keinen Grund weiterzumachen. Jemand hat einmal zu mir gesagt, dass es Gott traurig macht, wenn ich so trübselige Gedanken habe. Wenn das stimmt, tut es mir leid. Gott ist jetzt meine einzige Hoffnung, und da will ich ihm wirklich nicht wehtun.

Ich versuche, mehr in der Bibel zu lesen. Ich möchte Antworten, und der einzige Weg, den ich kenne, Gott zu hören, ist der, ihm Fragen zu stellen. Die Psalmen sind schon immer mein Lieblingsbuch der Bibel gewesen und sie trösten mich schon mein Leben lang. Jetzt brauche ich diese Worte, um in der Finsternis meiner Seele Trost zu finden.

Ich möchte in der Gegenwart anderer Menschen nicht vergrämt sein, besonders nicht der kleinen Grace gegenüber. Deshalb versuche ich, meine Tränen vor ihr zu verbergen und eine gute Fassade zu wahren. Sie ist ein so glückliches und fröhliches Kind, und ich möchte nicht, dass sie meine Niedergeschlagenheit mitbekommt. Ich frage mich, ob sie wohl merkt, dass irgendetwas nicht stimmt. Sie glaubt jedenfalls, dass Charles wieder nach Hause kommt.

Wenn sie die Männer von der Küstenwache sieht, sagt sie: „Papa?" und es versetzt mir jedes Mal einen Stich. Ich weiß, ich sollte ihre Hoffnung, dass er wiederkommt, nicht noch bestärken, aber bisher habe ich einfach noch nicht die richtigen Worte gefunden, es ihr zu sagen. Ist das lügen? Wenn ja, möge Gott mir vergeben, denn ich kann wirklich keine zusätzliche Sünde mehr auf meiner Liste gebrauchen.

Irgendwann, wenn sie älter ist, werde ich es ihr sagen. Aber was weiß ein so kleines Kind schon von diesen Dingen? Eltern sollen ihre Kinder vor solchen Tragödien bewahren und dieses arme Kind hat für sein zartes Alter schon viel zu viel durchgemacht. In Zeiten wie diesen wäre es schön, eine Familie zur Unterstützung zu haben, aber sowohl meine als auch Charles' Eltern sind schon seit Jahren tot. Ich habe keine Geschwister und Charles' Bruder ist schon gleich zu Beginn des Krieges in Italien ums Leben gekommen.

Aber ich bin dankbar für die guten Menschen in Hope Harbor, Menschen wie Mr Reynolds, der mir seit Charles' Tod die Post bringt und mir angeboten hat, mir auch Lebensmittel vom Festland mitzubringen. Ein paar der Hummerfischer, die nicht zum Militär konnten, sind vorbeigekommen, um mir Hummer zu bringen, genau wie zu der Zeit, als Charles noch am Leben war. Er mochte so gerne Hummer und war wirklich dankbar, wenn sie uns welche schenkten.

Und da hier auf der Insel die Männer von der Küstenwache kommen und gehen, sollte ich eigentlich nicht einsam sein. Mit ihnen fühle ich mich sicherer, auch wenn schwer zu glauben ist, dass hier ein Nazi-U-Boot auftauchen könnte. Ich habe aber gehört, dass in anderen Gegenden an der Küste schon welche gesichtet wurden und sogar einige von unseren Schiffen versenkt haben. Deshalb gehe ich davon aus, dass tatsächlich eine Gefahr besteht.

Die Leute von der Küstenwache sind überwiegend höfliche, schüchterne junge Männer. Sie kommen jeweils zu viert für Zwölfstundenschichten herüber. Ihre Sandwiches bringen sie aus der Kantine ihrer Station mit, aber wir haben ihnen immer Kaffee gekocht.

Ihr Vorgesetzter, der Stationskommandeur, schaut hin und wieder vorbei, um nach seinen Leuten zu sehen, aber er bleibt meistens nicht lange, weil er auch noch für andere Mannschaften auf anderen Inseln zuständig ist. Er heißt Michael O'Brian und ist ein ziemlich fröhlicher Mensch. Mit seinem kastanienbraunen Haar und dem rötlichen Teint sieht er richtig gut aus und er begrüßt mich immer mit einem strahlenden Lächeln und bringt dadurch einen kleinen Lichtstrahl in meinen Trübsinn.

Seit Charles' Tod bleibt er länger und besucht mich, um zu schauen, wie ich zurechtkomme. Er ist ein so rücksichtsvoller Mensch, älter als die anderen, wahrscheinlich ungefähr mein Alter. Er hat mir sogar erzählt, dass er eigentlich in den Ruhestand gehen sollte, weil er bereits seine 20 Jahre bei der Armee voll hat, aber wegen des Krieges müsse er weiter im Dienst bleiben.

Wenn er auf die Insel kommt, bringt er Grace immer etwas Süßes mit, normalerweise eine Pfefferminzstange, die ich dann in Stückchen breche und sie ihr für die Woche einteile. Sie freut sich immer sehr, wenn er kommt, aber ich glaube, das ist nur wegen der Süßigkeiten so, vielleicht aber auch, weil sie Aufmerksamkeit von ihm bekommt, er Pferdchen mit ihr spielt und sie auf seinem Knie schuckelt.

Charles mochte ihn auch. Er hat immer gesagt, Mr O'Brian sei ein guter Mann. Mr O'Brian war erst drei oder vier Monate hier, als Charles ums Leben gekommen ist, aber sie waren schon Freunde geworden und Grace sollte ihn sogar Onkel Michael nennen. Er kommt allerdings nicht jeden Tag auf die Insel. Als Charles noch lebte, kam er normalerweise einmal in der Woche, aber seit Charles'

Tod kommt er zweimal und hilft mir, mit meiner Einsamkeit zurechtzukommen.

Wahrscheinlich wird er auf Dauer nicht so häufig kommen können, aber es ist schön, ihn zu sehen und einen Erwachsenen zum Reden zu haben. Der Wunsch, dass er mich öfter besucht, ist wahrscheinlich ziemlich egoistisch, denn er hat sicher weit wichtigere Verpflichtungen. Ich muss lernen, auf eigenen Füßen zu stehen, und ich bete, dass Gott mir dabei hilft.

Die Rolle, hier oberste Leuchtturmwärterin zu sein, ist neu für mich, fast genauso neu, wie in meinem Alter noch Mutter zu werden. Aber irgendwie werde ich einen Weg finden, beides zu sein. Herr, ich brauche deine Kraft.

Abby liefen jetzt Tränen übers Gesicht, die sie sich rasch mit dem Handrücken abwischte, damit sie nicht auf das Logbuch tropften.

Was ihre Granny da geschrieben hatte, riss die innere Wunde des Verlustes von Kevin bei ihr wieder auf. Diesen Schmerz und die Einsamkeit nach dem plötzlichen Verlust des geliebten Menschen hatten ihre Granny und sie gemeinsam.

Carson war wieder nach oben gegangen, damit Abby in Ruhe lesen konnte, aber jetzt kam er zurück und stand neben ihr. Sie schniefte und Carson legte ihr die Hand auf die Schulter.

„Das tut mir leid, Abby. Macht etwas, das in dem Logbuch steht, Sie so traurig?"

Sie blickte zu ihm auf. „Das ist kein Logbuch, sondern eher eine Art privates Tagebuch. Sie hat darin ihre Empfindungen und Gedanken zu bestimmten Situationen und Ereignissen aufgeschrieben, und ich habe gerade gelesen, wie es ihr nach dem Tod meines Großvaters ging. Ich kann ihren Verlust gut nachempfinden."

Sie wollte aber nicht mit Carson darüber sprechen, wie sehr das alles sie an die Zeit nach Kevins Tod erinnerte. Trauer war schwer zu vermitteln, wenn man sie nicht selbst durchlebt hatte. Das war der Grund, weshalb sie so gut verstehen konnte, wie Granny sich gefühlt hatte.

Der Blick von Carsons haselnussbraunen Augen wurde weich und mitfühlend. Er musste den Zusammenhang zwischen dem Tod ihres Großvaters und dem ihres Mannes erkannt haben. Hoffentlich stellte er ihr dazu keine Fragen.

„Dann ist es also kein Leuchtturmwärterlogbuch, sondern eher ein Tagebuch?"

Abby nickte. „Ja, und meine Granny erwähnt, dass während des Krieges die Küstenwache hier auf der Insel war, um mögliche U-Boot-Bewegungen der Nazis zu beobachten. Ich glaube, nach dem Tod meines Großvaters war sie dankbar, die Leute von der Küstenwache hier zu haben, damit sie wenigstens etwas Gesellschaft hatte. Einen der Männer nennt sie mit Namen, Michael O'Brian. Er war der Kommandeur der nächstgelegenen Station der Küstenwache. Anscheinend kannte sie ihn besser als die anderen, weil er sie im Leuchtturmwärterhaus besuchte und sich mit ihr unterhalten hat, wenn er da war."

„Michael O'Brian? Vielleicht können wir uns ja bei der Station erkundigen, um mehr über ihn in Erfahrung zu bringen."

„Das ist eine gute Idee."

„Ich nehme an, von den Männern damals ist niemand mehr da. Wenn ja, dann müssten sie jetzt alle über 90 sein."

„Und ich glaube, Michael O'Brian lebt auch nicht mehr, denn meine Granny hat geschrieben, dass er etwa in ihrem Alter war."

Carson deutete auf das Buch. „Werden Sie das Grace zu lesen geben?"

Abby nickte. „Wahrscheinlich wird sie sogar wollen, dass ich es ihr vorlese, weil sie nicht mehr so gut sehen kann."

„Das wird für sie bestimmt eine Reise in die Vergangenheit."

„Sie war ja 1945 gerade einmal ein Kleinkind, aber an einiges erinnert sie sich. Sie hat schon immer ein gutes Gedächtnis gehabt."

„Dann frage ich mich, ob sie sich wohl an diesen O'Brian erinnern kann."

„Das könnte schon sein. Sie hat mir erzählt, dass es damals bei der Küstenwache einen Mann gab, den sie wirklich gernhatte, und ich wette, das ist genau dieser Mann."

„Wenn Sie heute mit dem Lesen fertig sind, dann packen Sie das Buch bloß richtig gut ein, damit es auf dem Rückweg nicht nass wird. Wollen Sie jetzt noch weiterlesen?"

„Nein, eigentlich möchte ich mir dafür richtig Zeit nehmen und auch meine Mutter dabeihaben."

„Ich kann noch gar nicht glauben, dass wir das Tagebuch gefunden haben, und ich frage mich, warum sie es wohl versteckt hat."

„Ich weiß es nicht. Aber aus irgendeinem Grund wollte sie es wohl für sich behalten. Ich frage mich allerdings auch, warum sie es nicht mitgenommen hat, als sie die Insel verlassen hat."

„Vielleicht hat sie es einfach vergessen."

„Oder sie wollte die Vergangenheit wirklich hinter sich lassen." Abbys Blick schweifte ab, und dann sagte sie: „Und ich glaube, dass ich es finden sollte."

13

Carson konnte immer noch nicht richtig fassen, dass sie tatsächlich Abigail Martins persönliches Tagebuch gefunden hatten. Wie passend, dass sich Abby ausgerechnet in dem Moment im Leuchtturmwärterhaus aufgehalten hatte, als es gefunden wurde. Ob das mehr als ein Zufall war, wie Abby glaubte? Und nach all den Jahren war das Tagebuch immer noch dort versteckt gewesen. Wenn sie es nicht gefunden hätten, wäre es endgültig im Kamin eingemauert worden.

Er bat nicht darum, es lesen zu dürfen, sondern verließ sich einfach auf das, was Abby ihm erzählte. Denn diese Bitte wäre ihm wie eine Einmischung in ihre Familienangelegenheiten vorgekommen, schließlich hatte das Tagebuch einmal ihrer Großmutter gehört.

Wenn sie beschloss, es ihn lesen zu lassen, nachdem sie damit fertig war, dann machte es ihm nichts aus zu warten. Sie so verweint zu sehen, hatte ihn jedoch innerlich förmlich zerrissen. Sie hatte gesagt, der Grund für ihre Tränen sei Mitgefühl mit ihrer Großmutter, aber er nahm an, dass es auch etwas mit dem Tod ihres Mannes zu tun hatte.

Nie hätte er damit gerechnet, ein Mitglied der Familie Martin kennenzulernen, als er die Insel gekauft hatte, und er war begeistert gewesen, als er erfahren hatte, dass Abby dazugehörte. Er hatte sich vom ersten Moment an zu ihr hingezogen gefühlt, als er gesehen hatte, wie sie zusammen mit ihrer kleinen Tochter bei der Ehrungszeremonie auf dem Friedhof angekommen war. Aber es sah so aus, als wäre sie an einer Beziehung mit ihm nicht interessiert, und jetzt, da er vom Tod ihres Mannes erfahren hatte, war er sich dessen ganz sicher. Das musste er einfach als Tatsache akzeptieren und sich mit ihrer Freundschaft zufriedengeben. Das war ein geringer Preis für das Vorrecht, Zeit mit ihr zu verbringen.

Er lachte leise in sich hinein. Wirklich *Wonder Woman*. Für ihn war sie tatsächlich ein Wunder. Nicht wie die Comicfigur, sondern als echte Person – eine fürsorgliche, sensible Person. Nur als er sie heute weinend angetroffen hatte, war sie ihm so verletzlich vorgekommen, so ganz anders als *Wonder Woman*.

Als er am selben Abend von der Arbeit auf der Insel in sein Pensionszimmer kam, fand er ein weiteres Paket vom Nationalarchiv in der Post. Er öffnete es und las die Notiz, die an die Blätter angeheftet war: „Mr Stevens, wir haben noch weitere Logbucheinträge vom Hope Island-Leuchtturm aus dem Jahr 1945 gefunden und dachten, dass Sie daran vielleicht auch Interesse haben."

Carson schaute auf die nächste Seite, die Kopie einer Logbuchseite. Der Name in der Lücke neben der Überschrift „Leuchtturmwärter" war Abigail Martin, und die Einträge auf der Seite ähnelten denen, die ihr Mann geschrieben hatte.

- Schwacher Wind, leicht unruhige See.
- Stürmischer Wind aus Nord, sehr kalt.
- Neblig, Nebelhorn eingeschaltet.
- Ankunft des Versorgungsbootes mit Nachschub und Vorräten.
- Heute Post. Der Postbote hat Zeitungen und Zeitschriften gebracht.

– Commander O'Brian hat heute den Leuchtturm inspiziert. Kommt zu dem Ergebnis, dass alles in hervorragendem Zustand ist.

Abbys Mutter staunte über das Tagebuch und strich mit der Hand über den Einband. „Und das war im Kamin versteckt, sagst du?"

„Ja, ich nehme an, Granny wollte nicht, dass die Leute von der Küstenwache es mit dem offiziellen Logbuch verwechseln und ihre persönlichen Aufzeichnungen lesen."

„Ich habe mein Leben lang gesehen, wie meine Mutter Tagebuch geschrieben hat, weißt du, aber ich habe immer angenommen, dass die Einträge mit dem Leuchtturm zu tun hatten. Ich hatte keine Ahnung, dass sie getrennte Aufzeichnungen in zwei Büchern gemacht hat. Hast du schon etwas davon gelesen?"

„Nur den ersten Eintrag." Abby zeigte auf die Seiten, die sie gelesen hatte. „Möchtest du es auch lesen?"

Ihre Mutter schaute sich das Buch genau an. „Du liebe Güte, das kann ich gar nicht entziffern. Meine Mutter hatte eine schöne Handschrift, aber es verschwimmt alles vor meinen Augen. Du wirst es mir wohl vorlesen müssen."

Abby las ihr den Abschnitt vor, den sie selbst schon gelesen hatte, und als sie damit fertig war, hatte ihre Mutter Tränen in den Augen. „Die Gute. Ich kann mir genau vorstellen, wie schwer es gewesen sein muss, den Posten als Leuchtturmwärterin zu übernehmen, nachdem mein Vater gestorben war. Es ist ja schon schlimm genug, jemanden zu verlieren, den man liebt, wenn man nicht auch noch dessen Aufgaben übernehmen muss. Ich glaube, du und ich können ihre Trauer verstehen, nicht wahr?"

Ihre Mutter sah Abby mitfühlend in die Augen und tätschelte ihre Hand.

Abby versuchte, sich zusammenzureißen, konnte aber nicht verhindern, dass ihr eine Träne übers Gesicht lief. „Ja, das können wir." Sie schniefte und nahm sich ein Taschentuch vom Küchentresen.

„Sind wir Martin-Frauen dazu verdammt, ohne unsere Ehemänner zu leben?", fragte sie.

„Nein, mein Schatz. Meine Eltern waren 25 Jahre verheiratet, bevor mein Vater starb, und dein Vater und ich sogar 50 Jahre. Leider war das Kevin und dir nicht vergönnt."

„Aber es tut immer weh, den eigenen Mann zu verlieren, egal wie lange man zusammen gewesen ist."

„Ja, das stimmt. Es ist, als würde man einen Teil von sich selbst verlieren."

Abby nickte nur stumm und war froh, dass Emma im Nebenzimmer war und ihren Lieblingsfilm *Die Eiskönigin* schaute.

„Soll ich dir noch mehr vorlesen, Mama?"

„Nein, ich bin müde und möchte ins Bett. Nimm es ruhig mit nach Hause. Du kannst mir ein anderes Mal erzählen, was drinsteht."

Abby und ihre Mutter hatten nie darüber gesprochen, wie Grace den Verlust ihres Mannes empfunden hatte, weil keine von ihnen traurige Erinnerungen heraufbeschwören wollte. Aber es gab diese Verbindung zwischen ihnen, und darüber zu reden, hatte ihre Beziehung gestärkt.

Abby nahm das Tagebuch und holte Emma, die gegen die Unterbrechung protestierte, obwohl sie den Film bestimmt schon 50 Mal gesehen hatte. Sie hatte sogar ein Elsakostüm für ihre Bärin, aber das zog sie ihr nur zu besonderen Anlässen an, zum Beispiel zur Kirche.

Als sie wieder zu Hause waren, ließ Abby Emma ihr Bad ein und las ihr vor dem Einschlafen noch ein Buch vor. Dann beteten sie, Abby gab Emma einen Gutenachtkuss, machte das Licht aus und schon war Emma eingeschlafen.

Das Tagebuch rief und Abby konnte es gar nicht erwarten weiterzulesen. Sie kochte sich also noch einen koffeinfreien Kaffee, ließ sich auf ihrem gemütlichen Sessel nieder und schlug das Buch auf.

20. März 1945

Mr Reynolds, der Postbote für die Inseln, hat heute Zeitungen und die neueste Ausgabe des Life Magazine *gebracht. Er ist eine ganze Weile geblieben und hat einen Kaffee getrunken. Wir haben über den Krieg gesprochen, was wo los ist und was es in der Stadt Neues gibt. Es scheint so, als ob jeder einen Verwandten hat, der im Krieg ist, und die Leute in der Stadt warten jeden Tag auf Nachricht von ihren Liebsten und beten, dass sie nicht unter den Opfern sind. Mr Reynolds sagt, dass der Krieg in Europa eigentlich bald zu Ende sein müsste und dass wir die Nazis in die Flucht schlagen. Gott sei Dank.*

Die Neuigkeiten aus dem Pazifik sind allerdings nicht so gut. Wer weiß, wann es dort enden wird? In den Nachrichten gibt es Berichte darüber, wie furchtbar unsere Soldaten in Kriegsgefangenenlagern dort drüben behandelt werden, und ich kann hier nicht mehr tun, als für die armen Männer zu beten. Ich frage mich daher, was es ihnen nützt, dass wir Zucker rationieren, wenn sie gar nichts zu essen bekommen.

Ich habe kein Auto, also spare ich kein Benzin, und ich habe auch kein Altgummi oder Altmetall, das ich spenden könnte. Es scheint also, dass ich kaum etwas tue, um unseren Soldaten zu helfen. Wir haben jedoch immer einen Garten gehabt, also ist das nichts Neues für uns, aber jetzt nennen wir ihn eben unseren Victory Garden. Und ich habe schon immer eingekocht, was wir geerntet haben, sodass wir damit über den Winter kommen, weil wir uns nicht immer darauf verlassen können, dass das Boot mit Nachschub uns auch unsere Lebensmittel mitbringt, wenn das Wetter es nicht zulässt.

Ehrlich gesagt glaube ich, dass wir hier auf der Insel besser dran sind als die Leute auf dem Festland. Die Küstenwache gibt uns etwas von ihren Fleischlieferungen ab, weil die Männer wissen, wie schwer es für uns ist, an Fleisch zu kommen. Charles liebte Schmorbraten, deshalb bringt Mr O'Brian uns manchmal einen mit. Ansonsten haben wir Fisch und Hummer. Gott sei Dank haben wir ja auch noch unsere Kuh Angel, sodass immer Milch für die kleine Grace da ist.

Ich muss lachen, wenn ich daran denke, wie wir Angel hier heraufgeschafft haben, als Charles den Stall fertiggestellt hatte. Wir haben sie in einem Boot auf die Insel geholt, aber sie wollte partout nicht aus dem Boot steigen, weil sie solche Angst hatte. Deshalb mussten wir uns schließlich einen Flaschenzug zurechtbasteln, um sie herauszuheben. Ich habe noch nie erlebt, dass eine Kuh so viel Lärm machen kann! Charles hat sie Angel genannt, weil sie zum höchsten Punkt der Insel geflogen ist. Und ein Engel ist sie immer noch, weil sie uns mit Milch versorgt und wir dadurch auch Butter haben.

Apropos Rationierungen, ich frage mich, ob die Filmstars, die so glücklich aussehen, wenn sie Werbung fürs Rationieren machen, es auch selbst tun. Üben auch sie – so wie der Rest des Landes – Verzicht? Es fällt mir schwer, das zu glauben. Ich bin aber überzeugt, dass es für uns leichter ist, beim Rationieren und Einsparen zu bleiben, weil wir noch nie viel gehabt haben und immer mit dem zurechtkommen mussten, was da war. Trotzdem bin ich sehr dankbar, wenn ich aus dem Laden ein paar Dosen Pfirsiche für meine Vorräte bekommen kann, weil Grace sie so sehr mag.

Gerade als ich dachte, dass es jetzt Frühling wird, ist es hier noch einmal richtig kalt geworden. Das fing gestern Nacht mit einem Sturm an, der so heftig geweht hat, dass man kaum vom Haus zur Scheune oder zum Leuchtturm gehen konnte. Ich habe mich gefragt, ob ich vielleicht sogar von der Insel geweht würde, wovor mich der Himmel bewahren möge.

Hier im Haus habe ich alte Zeitungen in die Fensterritzen gestopft, weil ich gespürt habe, wie die kalte Luft geradewegs ins Haus gepfiffen kam. Es ist schwer, das Haus warm zu halten, und ich packe Grace immer dick ein, damit das arme kleine Ding nicht friert. Ich stricke ihr gerade noch einen Pullover und eine Mütze, weil sie aus den Sachen, die ich ihr als Baby gestrickt habe, herausgewachsen ist.

Gott sei Dank kam heute Morgen Mr O'Brian vorbei und hat nachgeschaut, ob wir noch genug Holz und ein ordentliches Feuer im Kamin haben. Ich muss gestehen, dass ich mich immer schon auf seine Gesellschaft freue. Natürlich freue ich mich über jeden Besuch vom Festland, aber seine Besuche sind wirklich etwas Besonderes. Er hat so eine Art, mich zum Lachen zu bringen, und das tut auch Grace gut.

Heute hat er sie auf seine Schultern gesetzt und ist mit ihr im Wohnzimmer herumgetanzt. Dazu hat er gesungen: „When Irish Eyes Are Smiling". Und was er für eine gute Stimme hat! Grace war entzückt und hat so gekichert! Seit er wieder weg ist, versucht sie jetzt, selbst das Lied zu singen. Ich muss ihn bitten, es ihr beizubringen.

Er hat mir erzählt, dass er aus Michigan kommt, irgendwo aus der Nähe der großen Seen. Ich bin noch nie dort gewesen, aber nach dem, was er erzählt, müssen die Seen aussehen wie das Meer, weil sie so groß sind, dass man das andere Ufer nicht erblicken kann. Das stelle man sich mal vor!

Er hat mir auch erzählt, dass seine Frau in Michigan geblieben ist, als er den Stellungsbefehl für Maine bekommen hat, weil diese Leuchtturmstation eine sogenannte Stag Station ist – das heißt nur für Männer erlaubt. Bestimmt vermisst sie ihn sehr. Außerdem hat er mir erzählt, dass er zwei erwachsene Söhne hat, die beide bei der Navy sind. Der eine von ihnen ist in Pearl Harbor gefallen. Ich habe den Schmerz in seinem Blick gesehen, als er seinen toten Sohn erwähnt hat, und ich fühlte mit ihm.

Im Gegensatz zu Mr Reynolds spricht er nicht viel über den Krieg. Ich glaube, dass Mr O'Brian mir nicht viel erzählen darf. Nun ist es ja nicht so, dass ich eine Bedrohung darstelle oder eine Spionin bin, aber es ist nun mal Krieg, und alles, was mit dem Militär zu tun hat, muss beim Militär bleiben.

Ich habe ihn gefragt, ob er in der Gegend schon einmal deutsche U-Boote gesehen hat, aber darauf hat er mir keine richtige Antwort gegeben. Doch er hat gesagt, dass die eher von den etwas weiter entfernten Inseln gesichtet werden könnten. Mr Reynolds hat mir erzählt, dass deutsche U-Boote in der Nähe von West Quoddy aufgetaucht sind und ein paar Fischer in der Nähe erschreckt haben. Sie hätten sogar angeboten, ihnen Fisch abzukaufen. Allem Anschein nach waren die Fischer zu Tode erschrocken und hätten ihnen den gesamten Tagesfang überlassen.

Ich frage mich, ob sie wohl amerikanisches Geld zum Bezahlen hatten. Und wenn ja, woher hatten sie es? Ich habe Mr O'Brien auf die U-Boot-Geschichte angesprochen, woraufhin er aber nur gelacht und gesagt hat, dass die Geschichten, die er so höre, alle ziemlich amüsant wären. Er benahm sich so, als wäre das mit den Fischern nicht wahr. Aber was, wenn es doch stimmt? Wenn die Deutschen so dreist waren, ganz normale Fischer anzusprechen, warum sollten sie nicht auch auf einer Insel wie unserer haltmachen? Wenn ich solche Geschichten höre, dann bin ich so dankbar, dass ich die Männer von der Küstenwache hier habe.

So, ich muss jetzt aufhören damit. Ich muss Grace' Kleider flicken. Sie hat einen Riss in ihrem Mantel und ich muss ihr auch noch ein wärmeres Kleid nähen. Ihre alten Kleider sind abgetragen und zu dünn für den Winter. Ich habe noch etwas Stoff übrig von dem letzten Rock, den ich mir genäht habe. Der sollte eigentlich dafür reichen, ihr etwas daraus zu nähen. Ich wünschte, ich könnte ihr ein hübsches Kleidchen aus dem Laden kaufen, aber wann und wo sollte sie es tragen?

Wir werden die Insel nicht verlassen, bevor ich nicht weiß, dass es wirklich wieder wärmer wird. Ich muss mit ihr in die Kirche, damit sie endlich getauft wird, aber damit warte ich lieber noch, bis sie ein bisschen vernünftiger ist. Ich möchte nicht das Boot nehmen und nur mit Grace allein aufs Festland fahren, jedenfalls jetzt noch nicht.

Ich könnte wahrscheinlich Mr Reynolds bitten oder sogar die Männer von der Küstenwache, mich mitzunehmen, aber ich will ihnen nicht zur Last fallen. Vielleicht habe ich auch längst vergessen, wie man sich in der Stadt unter Menschen benimmt, wenn ich wieder dort hinkomme. Wenn nicht Leute hier auf die Inseln kämen, wäre ich eine absolute Einsiedlerin.

Eine Einsiedlerin? Abby hatte sich selbst schon als eine Art Einsiedlerin betrachtet, als sie wieder nach Maine gezogen war. Auch wenn sie jeden Tag mit ein paar wenigen Menschen zusammen war, hatte sie hier nicht annähernd so viele Kontakte wie in Kalifornien. Ihre alten Freunde dort hatten sie für verrückt gehalten, als sie ihnen ihren Entschluss mitgeteilt hatte, wieder nach Maine zu ziehen, und gingen davon aus, dass ihr bald langweilig werden und sie dann zurückkommen würde.

Aber sie kannten die Abby aus Maine nicht, die Abby, die aus einer Kleinstadt kam und damit zufrieden war, nur als Grace' Tochter bekannt zu sein und nicht als Karrierefrau. Hier war sie nur Tochter und Mutter.

Abby schaute sich nach etwas um, das sie als Lesezeichen benutzen konnte, und sah ihren Skizzenblock in der Nähe liegen. Sie konnte von einem der Blätter eine Ecke abreißen, aber als sie ihn in die Hand nahm, erschrak sie, als sie die Skizze sah, die sie vor über einer Woche gezeichnet hatte.

Es war ein Entwurf für die Innenausstattung und Einrichtung des Leuchtturmwärterhauses. Sie konnte sich nicht einmal mehr daran erinnern, dass sie so eine Zeichnung gemacht hatte, aber als sie sie sich jetzt ansah, konnte sie sich diese Dinge für das Haus gut vorstellen. Sie fragte sich, ob ihre Ideen Granny wohl gefallen hätten. Vielleicht würde sie sie ihrer Mutter zeigen und sie fragen, was sie davon hielt.

Ob der Entwurf Carson wohl gefallen würde? Aber wenn sie ihn ihm zeigte, dann könnte er das vielleicht als Einmischung betrachten. War sie gerade wieder dabei zu versuchen, jemandem zu helfen, der sie nicht darum gebeten hatte?

14

Carson stand früh auf und fuhr noch in den Baumarkt, bevor er sich mit Abby traf. Nick hatte ihn angerufen und ihm gesagt, dass dem Klempner zwei Schraubenschlüssel fehlten und Carson deshalb für Ersatz sorgen müsse, zumindest so lange, bis die anderen beiden wieder auftauchten. Es kam Carson so vor, als ob jeden Tag irgendetwas verloren ging. Entweder hatte er sehr vergessliche Handwerker oder einer von ihnen war ein Dieb. Aber Nick sagte, dass die meisten der Männer Freunde von ihm seien und er auch schon zuvor mit ihnen zusammengearbeitet habe. Doch wer sonst hätte die Werkzeuge nehmen sollen?

Im Baumarkt angekommen, zeigte ein Mitarbeiter Carson, in welchem Gang es Schraubenschlüssel gab. Carson bog in den Gang ein und schaute auf den Zettel, auf dem er notiert hatte, in welchen Größen er Schraubenschlüssel kaufen sollte, und wäre beinahe mit einem Mann zusammengestoßen, der mit dem Rücken zu ihm stand.

„Oh, Entschuldigung."

Als der Mann sich mit finsterem Blick umdrehte, war es Fred Harding – so ziemlich die letzte Person, der Carson begegnen wollte.

„Na, in Eile, Mr Stevens?“ Harding schaute zu dem anderen Mann, in dem er den Baumarktleiter erkannte, und griente. „Wahrscheinlich müssen Sie die Flut noch erreichen, damit Sie überhaupt auf Ihre Insel kommen, oder?“

Carson verkniff sich eine heftige Erwiderung, täuschte ein Lachen vor und sagte: „Der war gut, Mr Harding. Ich besorge nur noch rasch ein paar Werkzeuge, damit ich möglichst früh anfangen kann.“ Dabei griff Carson nach einem Schraubenschlüssel, der an einem Aufsteller hing.

„Sie wissen aber schon, an welcher Seite man das Ding festhält, oder?“, fragte Harding grinsend und der andere Mann grinste mit.

„Nicht so richtig, aber wissen Sie, ich habe ein paar hervorragende Handwerker, die das wissen. Gut, was?“

Harding verschränkte die Arme vor der Brust. „Also, gute Handwerker werden Sie auch brauchen, wenn Sie dieses Jahr noch fertig werden wollen.“

War er rot geworden? Carson konnte zwar seine Zunge im Zaum halten, aber nicht seine körperlichen Reaktionen kontrollieren.

„Ja, ich bin wirklich dankbar, dass ich eine so fähige Crew habe.“ Und damit richtete er seine Aufmerksamkeit erneut ganz auf die Schraubenschlüssel, nahm sich die, die er brauchte, und sagte dann: „Wenn Sie mich jetzt bitte entschuldigen würden, meine Herren, ich muss los.“

Er hätte gerne noch etwas darüber gesagt, dass er keine Zeit habe herumzustehen und zu quatschen wie sie, aber auch das verkniff er sich.

Als er den Gang wieder verließ, sagte er nur noch: „Einen schönen Tag noch, die Herren.“

Harding nickte und erwiderte: „Passen Sie gut auf sich auf da draußen, Mr Stevens.“

Carson zahlte noch rasch und verließ dann eilig den Laden. Bis jetzt war sein Start in den Tag noch nicht besonders gelungen.

Und was hatte Mr Harding bloß mit „passen Sie gut auf sich auf“ gemeint?

Abby erzählte Carson auf der Überfahrt zur Insel von dem Tagebuch und wäre gar nicht auf die Idee gekommen, dass er vielleicht nicht zuhörte. Doch bei ihrer Ankunft kam er ihr dann doch ziemlich abwesend vor. Hatte sie etwa ein Selbstgespräch geführt? Sie hatte gedacht, dass er sich ganz auf das Lenken des Bootes konzentrierte, aber jetzt fragte sie sich, ob sein Schweigen zu bedeuten hatte, dass ihn das, was sie erzählte, gar nicht interessierte. Langweilte ihn ihr Bericht über das Tagebuch? Sie war wirklich keine Plaudertasche, sodass er vielleicht abgeschaltet hatte, weil sie ununterbrochen redete. Jedenfalls kämpfte sie jetzt mit so etwas wie Beschämung, als sie bemerkte, dass er gar nicht reagierte.

Wie die anderen Male half er ihr aus dem Boot auf den Anleger, und sie stiegen den Hügel hinauf, im Unterschied zu den anderen Malen schweigend, weil sie jetzt lieber nichts mehr sagte. Aber merkte er es überhaupt? Was, wenn sie es war, die ihn langweilte, und nicht ihre Besessenheit von diesen Tage- und Logbüchern? Doch sie schüttelte diese Gedanken ab. Was spielte es denn auch für eine Rolle? Sie arbeiteten schließlich nur zusammen an einem Projekt.

Als sie oben bei der Baustelle ankamen, standen die Männer herum und unterhielten sich, statt zu arbeiten.

„Was ist denn hier los?“, fragte Carson und ließ seinen Blick über die Gesichter wandern.

„Ein paar der Jungs sind heute nicht gekommen. Sie haben gesagt, dass sie auf eine andere Baustelle mussten.“

„Eine andere Baustelle? Ich dachte, das hier wäre ihr Job“, sagte Carson und stemmte die Hände in die Hüften.

„Nein, so ist das nicht. Sie arbeiten auch noch für andere Bauunternehmer und der andere Auftrag hatte Vorrang."

„Na gut. Und warum steht ihr hier herum?"

„Wir warten auf Material, das eigentlich schon längst da sein müsste."

Abby hatte Carson noch nie mit so hochrotem Kopf gesehen. Er war ganz offensichtlich wütend, wahrte aber die Fassung. Als Geräusche aus der Küche kamen, ein Hinweis darauf, dass auf der Baustelle doch irgendwo gearbeitet wurde, ging Carson dorthin und traf den Klempner an.

Er gab ihm die fehlenden Schraubenschlüssel und fragte: „Ist hier sonst alles in Ordnung?"

„Ja, läuft, aber ich könnte gut ein bisschen Hilfe gebrauchen. Mein Gehilfe war heute nicht fit."

„Ja klar", murmelte Carson vor sich hin und rief dann über die Schulter nach hinten: „Hat einer von euch Erfahrung mit Klempnerarbeiten oder ist bereit, hier auszuhelfen?"

Zwei der Männer meldeten sich. „Klar, Chef. Was sollen wir machen?"

„Ihm helfen", antwortete Carson, deutete auf den Klempner und zu den anderen sagte er: „Schaut euch um und guckt, was ihr noch tun könnt, bevor das Material kommt. Ich bezahle euch nicht fürs Rumstehen."

Wer war dieser Carson? So streng hatte Abby ihn noch nie erlebt. Aber es ging ja auch wirklich vieles schief an diesem Tag. Konnte es sein, dass er wegen irgendetwas, das vor ihrer Abfahrt passiert war, so aufgebracht war?

„Soll ich da weitermachen, wo ich letztes Mal aufgehört habe?", fragte sie ihn jetzt.

Überrascht schaute Carson zu ihr hin, so als hätte er völlig vergessen, dass sie da war.

„Ja klar. Tut mir leid, ich war ein bisschen abgelenkt."

„Schon gut. Es sieht ja ganz so aus, als hätten sie gerade alle Hände voll zu tun."

„Hm."

„Carson? Ist irgendetwas? Sie wirken so abwesend."

Aber er zuckte nur mit den Schultern, steckte die Hände in die Hosentaschen und antwortete: „Ach, es ist nichts. Kümmern Sie sich einfach weiter um die Fenster. Ich gehe mit einigen Männern runter zum Anleger und warte auf das Material."

„Ja klar. Lassen Sie sich von mir nicht aufhalten." Nicht, dass er das getan hätte, aber irgendwie wusste sie, dass „nichts" sehr wohl etwas war, und zwar nichts Gutes.

15

Er hätte damit rechnen müssen, dass es irgendwann Probleme geben würde. Auf welcher Baustelle war das nicht so? Hatte er überreagiert, weil er immer noch angefressen war wegen der Kommentare von Fred Harding? Es stimmte, dass es jedes Mal wieder in ihm zu brodeln begann, wenn er an die Anspielungen dachte, die der Mann über seine Unfähigkeit – nein, über seine Naivität – gemacht hatte. Trotzdem hätte er nicht so kurz angebunden zu Abby zu sein brauchen. Aber er wollte ihr nichts von der unschönen Szene erzählen, denn er fühlte sich auch so schon dumm und unfähig genug.

Er versuchte, ununterbrochen beschäftigt zu sein, damit er nicht immer wieder daran denken musste und ins Grübeln kam, und dabei vergaß er völlig, dass Abby ja auch da war. Wie konnte das sein? Und als er dann irgendwann sah, dass sie ganz allein draußen im Gras saß und ihr Mittagessen verzehrte, bekam er heftige Schuldgefühle. Sie hatte eine Entschuldigung verdient, also atmete er einmal tief durch und ging zu der Stelle, wo sie saß und in einer alten Zeitung las, die sie neben sich ausgebreitet hatte.

Carson räusperte sich. „Steht etwas Interessantes darin?"

Sie blickte zu ihm hoch und schirmte dabei mit den Händen ihre Augen vor dem blendenden Licht ab.

„Tut mir leid, dass ich das Mittagessen vergessen habe", sagte er.

„Sie hatten ja zu tun. Außerdem macht es mir nichts aus, allein zu essen", entgegnete sie.

Carson schluckte.

Meinte sie, dass das so war, seitdem sie Witwe war, oder wollte sie damit sagen, dass sie auf seine Gesellschaft verzichten konnte?

„Das mag stimmen, aber ich hatte wirklich vor, mit Ihnen zusammen zu essen. Wahrscheinlich hatte ich einfach keinen Hunger. Das ist bei mir nämlich so, wenn ich Stress habe."

Abby deutete mit einer Geste auf den Platz neben sich. „Aber es ist ja noch nicht zu spät fürs Mittagessen, oder? Ich habe genug für uns beide."

Er setzte sich neben sie auf den Boden und nahm das Sandwich, das sie ihm gab. „Danke."

„Ist das Baumaterial inzwischen angekommen?", fragte sie.

„Nein, aber ich habe mit dem Baustoffhändler gesprochen. Er hat sich entschuldigt und gesagt, dass es eine Verwechslung gegeben hat und die Sachen gleich morgen früh geliefert werden."

„Das ist doch gut."

„Ja, so etwas kann passieren."

Sie warf ihm eine kleine Wasserflasche zu, die er aufschraubte, um ein paar tiefe Züge daraus zu trinken.

„Und was ist mit den Handwerkern?"

„Ich habe mich mit dem Bauunternehmer in Verbindung gesetzt, und er hat mir versichert, dass morgen wieder alle zugesagten Leute kommen."

„Das freut mich. Ich habe mir schon gedacht, dass Sie sich darüber geärgert haben."

Er trank noch ein paar Schluck Wasser. „Sie haben recht. Es gibt wirklich etwas, das mich ziemlich beschäftigt."

Den Ellbogen aufs Knie gestützt, sah er sie mit so sorgenvoller Miene an, dass sie sagte: „Wenn Sie nicht möchten, brauchen wir darüber nicht zu reden. Ich muss nicht alles wissen."

„Nein, das ist schon in Ordnung. Ich war letzte Woche bei einem Treffen des Bed-&-Breakfast-Vereins von Hope Harbor und sagen wir mal so: Ich habe mich dort nicht so willkommen gefühlt, wie ich gehofft hatte, besonders von einem Mann."

Abby runzelte die Stirn. „Die Leute dort waren also unfreundlich zu Ihnen?"

Carson schüttelte den Kopf. „Nein, nicht alle, sondern in erster Linie dieser eine Mann. Er war ziemlich herablassend, und ich glaube, das hat an meinem Ego gekratzt. Und ausgerechnet dieser Mann ist mir heute Morgen im Baumarkt wieder über den Weg gelaufen."

„Wer ist es denn?", fragte sie erstaunt. „Ich kenne ihn zwar höchstwahrscheinlich nicht, aber meine Mutter weiß bestimmt etwas über ihn."

„Sie brauchen wirklich nicht mit ihr darüber zu reden. Er heißt Fred Harding und ist der Eigentümer der meisten Bed & Breakfasts in der Stadt. Ich nehme also an, dass er ziemlich wichtig ist. Zumindest glaubt er das."

Sie warf ihren Pferdeschwanz über die Schulter nach hinten und fragte: „Sie glauben also, er fürchtet Sie als Konkurrenten?"

„Das kann ich mir kaum vorstellen, denn warum sollte er mich fürchten, wenn er meine Fähigkeiten, ein Bed & Breakfast zu führen, dermaßen infrage stellt? Ich glaube, er ist nur ein Wichtigtuer, der sich aufspielt, um andere zu beeindrucken. Und es ist ihm durch seine Art ja immerhin schon gelungen, mich zu irritieren. Wenn ich kein Christ wäre, hätte ich vielleicht etwas nicht besonders Nettes entgegnet."

„Ich bin froh, dass Sie es nicht getan haben, denn das hätte Ihnen ja in der Situation kein bisschen weitergeholfen. Das tut es nie."

Wie seltsam, dass ausgerechnet sie das sagte, denn sie sprach dabei bestimmt nicht aus eigener Erfahrung. Er konnte sich nicht vorstellen, dass sie überhaupt dermaßen die Beherrschung verlieren könnte.

„Ja, ich bin auch froh, dass ich ruhig geblieben bin."

Einen Moment lang sah sie ihn aufmerksam an. „Dann nehme ich also an, dass die schlechten Nachrichten heute Morgen ihren Frust nur noch verstärkt haben, oder?"

„Ja, das kann man wohl sagen. Es war, als ob diese Begegnung der Grund dafür war, dass alles immer schlimmer zu werden schien – was natürlich Unsinn ist."

„Ich weiß, wie Sie sich fühlen. Wie heißt es doch so schön? Schlechte Nachrichten kommen immer zu dritt. Und dann wären ja jetzt eigentlich erst mal wieder gute Nachrichten an der Reihe."

„Stimmt. Also, keine schlechten Nachrichten mehr." Und dann aß Carson einfach sein Sandwich auf und trank das restliche Wasser aus. Mit Abby zu reden, hatte ihm wirklich geholfen.

Er sprang auf und fragte: „Sind Sie fertig?"

„Ja", antwortete sie, woraufhin er sie ein bisschen zu heftig hochzog, sodass sie beinah gegen ihn gefallen wäre. Als sie wieder sicheren Stand hatte, lächelte sie. „Na, müssen Sie immer noch Frust abbauen?"

Er wurde rot. „Tut mir leid."

Sie lachte. „Das macht doch nichts."

Dann sammelte sie ihre Zeitung zusammen und räumte all die anderen Sachen wieder in ihren Rucksack, bevor sie aufstand. „Ich bin im Wohnzimmer fertig. Soll ich in einem anderen Raum mit den Fenstern weitermachen?"

„Das wäre großartig. Wie wäre es mit den Schlafzimmerfenstern oben? Ich glaube, in der Küche arbeiten gerade zu viele Leute, um dort weiterzumachen."

„Mach ich."

„Ach ja, ich habe ganz vergessen, Ihnen zu sagen, dass ich noch ein paar weitere Logbuchkopien aus dem Nationalarchiv bekommen habe. Sie sind aus der Zeit, als Ihre Großmutter Leuchtturmwärterin war."

„Das ist ja großartig. Wann haben Sie sie bekommen?"

„Gestern. Tut mir leid, ich hätte es Ihnen schon längst sagen sollen, aber dann bin ich von all dem Durcheinander abgelenkt worden. Wann möchten Sie sie denn sehen?"

„Rufen Sie mich doch an, wenn Sie morgen nach Hause kommen. Wenn es dann noch nicht so spät ist, können Sie sie gerne vorbeibringen."

Erst da wurde ihm bewusst, dass sie am nächsten Tag gar nicht mit auf die Insel kommen würde, und das Gefühl von Leere, das sich bei dem Gedanken einstellte, gefiel ihm gar nicht.

Ihre Mutter war müde, deshalb blieb Abby nicht lange, als sie Emma abholte, sondern machte sich rasch auf den Heimweg. So gerne sie die Kopien, die sie von Carson erhalten hatte, auch sehen wollte, sie brauchte jetzt ein bisschen Zeit für sich allein. Sie verbrachte wirklich gerne Zeit mit ihm, aber vielleicht war es im Moment zu viel Zeit.

Sein Verhalten am Morgen hatte ihre Gefühle für ihn ein bisschen strapaziert und sie hatte innerlich die rote Flagge gehisst. Auch wenn es natürlich töricht war, sich davon irritieren zu lassen, dass er abwesend und unaufmerksam gewesen war. Warum hätte er ihr auch sagen sollen, was los war?

Sie musste gestehen, dass sie doch erleichtert gewesen war, als er ihr schließlich gesagt hatte, was mit ihm los war, aber sie wollte auf keinen Fall, dass er glaubte, ihr irgendwelche Erklärungen schuldig zu sein. Er schuldete ihr gar nichts und sie durfte auch nichts erwarten. Vielleicht musste sie für sich selbst noch einmal definieren, was es bedeutete, nur miteinander befreundet zu sein.

Bisher war sie nur mit Frauen befreundet gewesen, Männer hatte sie immer nur gedatet und einen dann geheiratet. Und sollte eine Ehe nicht so etwas wie die ultimative Freundschaft sein? Sie war sich allerdings nicht sicher, ob sie sagen konnte, dass Kevin ihr bester Freund gewesen war. Nein, die Beziehung zwischen ihr und Carson war ganz und gar nicht so, wie die zwischen ihr und Kevin gewesen war, und das wollte sie auch gar nicht.

Als sie nach Hause kamen, wollte Emma auf dem Rasen spielen, der wie eine Art Innenhof zwischen vier Apartmenthäusern lag, also spielte Abby mit ihr Fangen, bis es dunkel wurde. Sie hatte keine Zeit mehr gehabt, laufen zu gehen. So bekam sie auf diese Weise gleich noch ein bisschen Bewegung und Emma konnte sich noch austoben, nachdem sie den Nachmittag bei ihrer Oma verbracht hatte.

Während des Spiels winkte Abby irgendwann einer Nachbarin zu, die draußen auf ihrem Balkon saß. Sie kannte die Frau nicht mit Namen, wusste aber, dass sie Inhaberin eines der Andenkenläden in der Innenstadt war. Abby hatte noch niemanden aus der Apartmentanlage persönlich kennengelernt, aber die meisten der Mieter kannte sie mittlerweile vom Sehen.

Das war einer der Vorteile, in einer Kleinstadt wie Hope Harbor zu leben. Im Gegensatz zum Großstadtleben war sie hier sicher und ihre Tochter auch. Seltsam, dass sie sich in der Großstadt in Kalifornien zu Kevins Lebzeiten auch sicher gefühlt hatte, selbst wenn er irgendwo weit weg im Einsatz gewesen war. Einfach nur zu wissen, dass er sie beschützen konnte, oder vielleicht auch die Tatsache, dass andere wussten, dass sie seine Frau war, gab ihr ein Gefühl von Sicherheit.

Seit seinem Tod war dieses Sicherheitsgefühl – oder vielleicht auch nur die Illusion von Sicherheit – weg. Und die Erfahrung mit einem Stalker hatte sie überängstlich gemacht, besonders wenn irgendwelche Fremden wiederholt in ihrer oder Emmas Nähe auftauchten. Nachdem sie in Kalifornien auch noch von Kindesentführungen gelesen hatte, war sie sogar noch misstrauischer und ängstlicher geworden. Ein Besuch in Maine hatte dann zusätzlich deutlich gemacht, wie sehr es mit der Gesundheit ihrer Mutter bergab ging, und sie hatte beschlossen, aus Kalifornien weg- und wieder zurück in ihren Heimatort nach Maine zu ziehen. Zurück dorthin, wo das Leben sicher war.

Nach dem Spiel im Freien bereitete Abby für Emma und sich selbst einen Salat mit gegrilltem Hähnchen zu, das sie unterwegs noch rasch im Supermarkt gekauft hatte. Zum Glück mochte Emma gerne Salat. Die Stadt, in der sie jetzt zu Hause waren, war so klein, dass es dort keine Filialen der bekannten Fast-Food-Ketten gab, was aber auch den Vorteil hatte, dass Emma so etwas gar nicht vermisste. Nach dem Abendessen badete Abby Emma und las ihr vor, bis sie eingeschlafen war.

Dann bekam auch Abby selbst endlich die dringend nötige Dusche. Anschließend zog sie eine Relaxhose und ein T-Shirt an und öffnete die Balkontür, um sich hinzusetzen und endlich abzuschalten. Ein kühler Luftzug kam ihr entgegen und erinnerte sie wieder daran, dass es in Maine noch nicht Sommer war. Sie bekam Lust auf ein heißes Getränk und entschied sich für einen Becher Kräutertee. Als der Tee aufgebrüht war und sie sich noch einen Kapuzenpulli angezogen hatte, setzte sie sich nach draußen und legte ihre Füße auf die Balkonbrüstung. Sie hielt den Becher in beiden Händen, ließ ihren Blick über die Umgebung schweifen und bemerkte all die erleuchteten Fenster der anderen Wohnungen, die sie daran erinnerten, dass sie nicht allein war.

Ihre Mutter glaubte, dass Abby sich in einer eigenen Wohnung einsam fühlen würde, aber das Merkwürdige war, dass sie sich in einem Raum voller Menschen manchmal viel einsamer gefühlt hatte. Hier in Hope Harbor fing sie an, richtig gerne allein zu sein und trotzdem ein Teil einer Gemeinschaft. Es klang merkwürdig, war aber tatsächlich so.

Abbys Gedanken wanderten zurück zur Insel und zu ihrer Großmutter, die dort draußen nicht das Beruhigende einer Gemeinschaft gehabt hatte. Ob sie jemals den Wunsch verspürt hatte, alles hinzuschmeißen und in die Stadt zu ziehen? Abby ging wieder hinein, setzte sich auf einen der Barhocker am Küchentresen und schlug das Tagebuch auf.

15. April 1945

Die vergangenen beiden Wochen waren trostlos. Jeden Tag Nebel, als ob das Land um unseren Präsidenten Franklin Roosevelt trauert, der vor drei Tagen gestorben ist. Einen schlechteren Zeitpunkt hätte es dafür kaum geben können, denn wir befinden uns ja immer noch im Krieg. Sein Vizepräsident Harry Truman hat das Amt jetzt übernommen. In was für riesige Fußstapfen er da treten muss, nachdem sein Vorgänger vier Amtszeiten Präsident war. Ich möchte jedenfalls nicht mit ihm tauschen. Mrs Roosevelt steht bestimmt noch unter Schock darüber, dass ihr Mann so plötzlich von ihr gegangen ist – wie ich aus eigener Erfahrung weiß.

Der schwermütige Ton des Nebelhorns, der in die Nebelschwaden hinausgeht, klingt unheilvoll. Ich bin dankbar, dass die Küstenwache sich um das Nebelhorn kümmert und ich nichts mehr damit zu tun habe. Sogar die kleine Grace hat sich die Ohren zugehalten und gesagt: „Stopp.“ Ich habe versucht, ihr zu erklären, was für ein Geräusch das ist, aber ich glaube nicht, dass sie es verstanden hat. Ich habe ihr dann ein bisschen Watte in die Ohren gesteckt, und ich glaube, das hat geholfen, denn danach hat sie die Hände von den Ohren genommen.

Was ist an Nebel nur so deprimierend? Eigentlich sollte ja „dunkel" das Gegenteil von „hell" sein, aber ich glaube, dass das Gegenteil in Wirklichkeit „nebelig" ist. Wenigstens ist es das Gegenteil von Sonnenschein. Ich weiß nicht, warum ich so viel glücklicher bin, wenn die Sonne scheint. Vielleicht liegt es daran, dass ich dann besser sehen kann. Ich kann Farben erkennen – das Dunkelblau des Meeres, das Grün der Bäume und das leuchtende Blau des Himmels. Ich kann das rote Dach des Leuchtturms sehen und den weißen Turm darunter, was beides bei Nebel verschwindet, obwohl der Leuchtturm nur wenige Meter entfernt steht. Es ist irgendwie unheimlich, dass wir in unserer ganz eigenen Welt sind, abgeschnitten von der übrigen Zivilisation. Selbst wenn ich hinunter zum Anleger gehen würde, könnte ich von dort aus nicht das Festland sehen. Wie alles andere um uns her, wäre es weg, so als hätte es nie existiert.

Ich kann mir nicht vorstellen, dass die Männer von der Küstenwache im Nebel von der Leuchtturmspitze aus etwas sehen können, nicht einmal mit ihren Ferngläsern. Wie sollten sie in einer solchen Suppe ein feindliches U-Boot aufhalten? Ein U-Boot könnte sich direkt vor ihrer Nase befinden und sie könnten es nicht sehen. Mich schaudert, wenn ich nur daran denke, dass ein U-Boot so nah sein könnte, aber Mr Reynolds sagt, dass es so ist und dass wir sogenannte U-Boot-Jäger haben, die versuchen, sie aufzustöbern.

Es ist schwer, sich vorzustellen, dass diese Art von Kriegsgeschehen sich in unserer unmittelbaren Nähe abspielt. Ich muss gestehen, dass ich immer ein bisschen Angst bekomme, wenn ich Männer von der Küstenwache aus dem Nebel auftauchen sehe, als ob sie sich gerade wie Geister materialisieren. Oder sollte ich sagen wie Engel? Vielleicht hätte ich weniger Angst, wenn ich sie mir als Engel vorstelle und daran erinnert werde, dass Gott auf uns aufpasst.

Nicht nur ich brauche dringend Sonne, sondern auch Grace. Sie kommt mir nicht so glücklich und fröhlich vor wie sonst, aber vielleicht spiegelt sie auch nur meine eigene Stimmung wider, obwohl ich so tue, als ob es mir gut geht und ich versuche, sie zum Lachen zu bringen. Aber ich glaube, dass sie wirklich frische Luft braucht statt der Dunkelheit in unserem Haus.

Heute habe ich ihr sogar Cookies gebacken, um sie aufzumuntern. Natürlich habe ich auch den Männern von der Küstenwache welche gebracht und sie haben sich wirklich darüber gefreut. Wegen der Zuckerrationierung backe ich nicht oft, aber die Männer haben gesagt, dass sie zusätzlichen Zucker mitbringen, wenn ich ihnen verspreche, wieder Cookies zu backen. Die Jungs vermissen bestimmt ihre Mütter. Sie kommen mir zu jung vor, um schon verheiratet zu sein.

Es ist schön, überhaupt Gesellschaft zu haben hier auf der Insel, auch wenn wir nicht viel miteinander reden. Ihre Anwesenheit ist mir jedenfalls eine große Hilfe, nicht ständig daran zu denken, dass ich alleine bin.

So gerne ich hierbleiben und mich um das Leuchtfeuer kümmern möchte, wie es Charles getan hat, gibt es auch Tage, an denen ich gerne Nachbarn hätte, besonders andere Frauen, mit denen ich „Gespräche über den Zaun" führen könnte, wie es so schön heißt. Ich frage mich, wie es wohl wäre, Nachbarn zu haben. Ich lese immer wieder in der Bibel und wiederhole Verse wie: „Du bist nicht allein. Der Herr ist bei dir." Und ich weiß, dass das wahr ist, auch wenn es sich manchmal nicht so anfühlt. Ich glaube, Frauen sind vielleicht melancholischer als Männer. Jedenfalls hat Charles das immer gesagt und vielleicht hatte er recht.

Ich muss hier unterbrechen, weil jemand an der Tür ist.

Also, gerade als ich darüber geschrieben habe, wie allein ich bin … wer kommt da zur Tür herein? Michael O'Brien! Grace hat sich so gefreut, ihn zu sehen. Sie stand gerade am Sofa und hielt sich daran fest, als er mit seinem breiten Lächeln hereinkam und sie wie immer mit den Worten: „Wie geht es denn meinem kleinen Schatz?" begrüßte. Da hat sie das Sofa losgelassen und hat versucht, zu ihm hinzulaufen. Sie hat sogar ein paar selbstständige Schritte geschafft, bevor sie wieder auf ihren Po plumpste und ihre Ärmchen nach ihm ausstreckte.

Ihre ersten Schritte! Es tut mir so leid, dass Charles das nicht mehr erlebt hat. Aber immerhin hat Michael es gesehen und wir haben das Ereignis mit viel Applaus und Umarmungen gefeiert. Ich bin froh, dass er bei diesem Meilenstein dabei war. Es ist, als hätte Gott gewusst, wie einsam ich war, und uns deshalb Michael zur Gesellschaft geschickt.

Und um dem Ganzen die Krone aufzusetzen, hat Michael uns auch noch Erdbeeren mitgebracht! Er sagte, es seien die ersten der Saison. Grace hat zum ersten Mal eine Erdbeere probiert und sie hat ihr geschmeckt. Ich werde ihr später Erdbeeren mit Sahne machen und vielleicht sogar einen kleinen Kuchen backen und mit Erdbeeren belegen.

Als ich mit Kaffee für uns beide aus der Küche zurückkam, traf ich Michael dabei an, wie er Grace ganz genau anschaute. Immer wieder sah er abwechselnd ihr und mir ins Gesicht, und ich fragte mich, was er wohl dachte.

Als er schließlich sagte: „Grace muss nach ihrem Vater kommen", wusste ich, dass er nach einer Familienähnlichkeit suchte, aber keine feststellen konnte. Nun gibt es ja viele Kinder, die ihren Eltern nicht ähnlich sehen. Nicht einmal Geschwister ähneln sich ja immer.

Natürlich ist Grace klein und zierlich und ich bin eher groß, so wie es auch Charles war. Ich hatte allerdings einen Cousin, der ebenfalls klein und zierlich war. Vielleicht hätte mich Michaels Bemerkung nicht so durcheinanderzubringen brauchen, aber es war so, und ich wusste nicht, was ich sagen sollte. Also log ich und sagte: „Ja, so ist es."

Michael hat Charles gekannt und wusste deshalb, wie er ausgesehen hatte. Aber da er jetzt nicht mehr die Gesichter vergleichen kann, glaubt er meine Lüge vielleicht einfach. Fange ich an, mir das

Lügen anzugewöhnen? In der Bibel steht, dass Gott die Lüge hasst. Vergib mir, Herr.

Michael hat ein ganz besonderes Geschenk für Grace mitgebracht, ein Buch mit dem Titel „Der winzig kleine Hund". Grace griff sofort danach, als er es aus seiner Manteltasche holte, und bedeutete Michael, sich zu setzen. Als er das getan hatte, kletterte Grace auf seinen Schoß und verlangte von ihm, das Buch aufzuschlagen und es ihr vorzulesen. Also dieses Kind bekommt wirklich für sein Leben gerne etwas vorgelesen.

Michael und ich mussten lachen, wie sie ihn richtig herumkommandiert hat. Ich bin sicher, dass er sich von niemand anderem hätte herumkommandieren lassen, denn sonst ist er es ja, der die Kommandos gibt.

Er hat heute viel von seiner Heimat Irland erzählt und gesagt, dass viele unserer Soldaten dort stationiert sind. Er hofft, dass er nach dem Krieg eines Tages noch einmal dorthin kommt. Ich glaube, es tat ihm leid, dass er nicht ins Ausland abkommandiert worden ist, aber die Leute von der Küstenwache sind alle hiergeblieben, weil sie unsere eigenen Küsten schützen müssen.

Ich habe ihm gesagt, dass ich auch sehr gerne irgendwann nach Irland reisen würde, und einen kurzen Moment lang habe ich mich gefragt, wie es wohl wäre, mit ihm zusammen dorthin zu reisen. Aber dann war ich selbst von diesem Gedanken erschrocken. Schließlich ist er verheiratet. Wahrscheinlich habe ich das für einen kurzen Moment einfach vergessen und nur daran gedacht, wie viel Spaß so eine gemeinsame Reise machen würde.

Herr, es tut mir so leid, dass ich solche ehebrecherischen Gedanken habe. Offenbar vermisse ich Charles doch mehr, als ich gedacht habe. Ich hoffe, dass Michael meine Gedanken nicht erraten hat. Das wäre mir unendlich peinlich.

Es ist so unkompliziert mit ihm, und manchmal vergesse ich völlig, dass er hier eine offizielle Funktion hat und nicht einfach nur so zu Besuch ist. Es fühlt sich an, als wäre er ein guter Freund, und ich bin dankbar, ihn zu haben. Ich habe ihm gesagt, dass wenn Grace jetzt wirklich zu laufen anfängt, ich Angst habe, sie könnte weglaufen.

Als ich sagte: „Wenn ich nur einen Zaum ums Haus hätte, damit sie nicht weglaufen kann", hat er versprochen, einen zu bauen, ich müsse einfach nur sagen, wie ich ihn haben wolle.

Ich konnte dieses großzügige Angebot gar nicht fassen und sagte, mir würde ein weißer Staketenzaun gefallen und dass es schon immer mein Traum gewesen sei, irgendwann so einen zu haben.

Er werde dafür sorgen, dass ich genau so einen Zaun bekäme, wie ich ihn haben wolle, versprach er daraufhin. Und als ich ihn noch fragte, ob es denn auch rechtens und in Ordnung sei, wenn mir seine Leute den Zaun bauten, da lachte er nur sein warmes und freundliches Lachen und sagte, das gesamte Leuchtturmanwesen sei Regierungsbesitz und seine Männer arbeiteten für die Regierung. Ich glaube, Michael verwöhnt Grace und mich, aber das ist mir in dieser Lebensphase ein solcher Trost.

Ehrlich gesagt denke ich, dass Michael ein Geschenk Gottes ist, genau wie Grace. Sie sind beide zu mir gekommen, als ich sie ganz besonders dringend nötig hatte. Nach so vielen Jahren, in denen wir versucht haben, ein Kind zu bekommen, hat Gott mir Grace geschenkt. Ich hatte die Hoffnung auf ein Kind längst aufgegeben, so wie Hannah und Sarah in der Bibel, die ja beide noch viel älter waren, als sie ihr lang ersehntes Kind bekamen.

Manchmal frage ich mich, ob ich zu alt bin, um ein Kind großzuziehen, aber wenigstens bin ich noch nicht 90, so wie damals Sarah! Ich habe versprochen, sie so gut ich kann zu einem gottesfürchtigen Menschen zu erziehen, und ich bete, dass ich ihr darin ein Vorbild sein kann.

Deshalb bin ich so dankbar, dass auch Michael ein gottesfürchtiger Mann ist. Ich habe ihn noch nie fluchen gehört oder erlebt, dass er seinen Männern gegenüber die Beherrschung verloren hat, selbst wenn sie etwas getan haben, was seinen Zorn gerechtfertigt hätte. Ich glaube, dass er freundlich wie ein Vater zu ihnen ist, weil sie alle noch so jung sind. Und sie blicken wirklich zu ihm auf, genau so, wie es sein soll.

In mancherlei Hinsicht ist er genau wie Charles. Er ist genauso gewissenhaft in seinem Beruf, hat die gleiche innere Verpflichtung, seine Arbeit gut zu machen, und hat einen genauso guten Charakter. Aber Michael ist fröhlicher, ist von seiner Persönlichkeit her jemand, der einem das Gefühl gibt, dass das Leben gar nicht so ernst und schwer ist, wie es scheint.

Ich bin sicher, er weiß sehr viel mehr darüber, was in diesem Krieg und in unserer unmittelbaren Umgebung vor sich geht, als er uns sagen kann. Beispielsweise hat Mr Reynolds mir von den Minen erzählt, die sie in Casco Bay gelegt haben, um die deutschen U-Boote aufzuhalten. Ich habe Michael gefragt, ob das stimmt, aber er hat nur mit den Achseln gezuckt und gesagt, die Gegend sei nicht in seinem Zuständigkeitsbereich, und da habe ich ihn dann auch nicht mehr weiter bedrängt.

Ich möchte ihm nur zeigen, dass er mit mir reden kann wie mit einem Freund, wenn er es braucht, genauso wie ich gerne wie mit einem Freund mit ihm reden können möchte. Aber ich glaube, das geht nicht.

Ich frage mich, ob er mit seiner Frau telefonieren kann. Sie ist bestimmt einsam ohne ihn. Aber er hat gesagt, dass sie Verwandte in der Nähe hat, also ist sie vielleicht nicht ganz so einsam wie ich. Wahrscheinlich sollte ich mir nicht so viele Gedanken über seine Angelegenheiten machen.

Charles hat immer gesagt, ich solle mein Hirn nicht mit Dingen belasten, die mich gar nichts angehen. Weil ich so viel allein bin, habe ich zu viel Zeit zum Nachdenken. Ich würde ja gerne ein Buch lesen, wenn ich eines hätte. Ich werde deshalb Mr Reynolds bitten, mir nächstes Mal, wenn er kommt, eines aus der Bibliothek in der Stadt mitzubringen.

Ich muss mich darauf vorbereiten, selbstständig zu leben, wenn der Krieg zu Ende ist und die Küstenwache nicht mehr ständig hier auf der Insel ist. Was Gesellschaft und Trost angeht, kann ich mich auf niemanden außer Gott – und bis zu einem gewissen Grad auch auf Grace – verlassen. Ich muss um Kraft bitten und weitermachen.

Für Grace muss ich stark sein. Wenn sie und ich wieder alleine sind, dann bleibt nur Gott, um uns zu beschützen und sich um unsere Bedürfnisse zu kümmern. Das hat er schon immer getan und wird es bestimmt auch weiterhin tun.

16

Als Abby Emma am nächsten Morgen in ihren Kindersitz im Auto setzte, kam die Nachbarin, der sie am Abend zuvor zugewinkt hatte, zu ihr herüber.

„Guten Morgen", sagte sie. „Ich bin Robin Fletcher aus Apartment 4d."

„Guten Morgen", antwortete Abby, richtete sich auf und drehte sich zu der Frau um. „Ich bin Abby Baker aus 3c."

„Ja, ich habe Ihre kleine Tochter und Sie schon gesehen." Sie beugte sich ein bisschen nach unten, lächelte Emma an und richtete sich dann wieder auf. „Ich leite das *Brass Lobster*. Die Touristensaison beginnt ja bald und ich könnte gut eine Hilfe in Teilzeit gebrauchen. Hätten Sie Interesse?"

„Vielen Dank, aber ich habe schon einen Job in Emmas Kita."

„Ja, das weiß ich, aber ich dachte, dass Sie vielleicht ein bisschen zusätzlichen Verdienst gut gebrauchen könnten, und ich bräuchte wirklich unbedingt jemanden." Sie hielt eine Hand hoch, und Abby sah, dass die Frau eine medizinische Handmanschette trug. „Ich habe eine Sehnenscheidenentzündung und ich muss die neue Ware auspacken, auszeichnen und einräumen."

„Das tut mir wirklich leid, und ich wünschte, ich könnte Ihnen helfen, aber ich habe momentan leider keine Zeit."

„Nichts für ungut. Ich hatte es gehofft und es hätte ja sein können. Es ist so schwer, für den Sommer Arbeitskräfte zu finden. Die jungen Leute wollen lieber in aufregenderen Touristenorten wie Bar Harbor arbeiten oder im Wassersport als in einem Andenken- und Geschenkeshop."

„Ich halte gerne die Augen offen und melde mich, wenn mir jemand einfällt oder ich jemanden treffe", bot Abby an, schloss dann die Wagentür und ging auf die Fahrerseite.

„Danke", sagte Robin und winkte kurz zum Abschied, bevor sie zu ihrem eigenen Auto ging.

Die arme Frau. Wirklich schade, dass sie keine Hilfe fand, aber Abby hatte mit der Arbeit in der Kita und am Leuchtturm schon genug zu tun. Wobei sie beim Leuchtturm ja eigentlich gar nicht dringend gebraucht wurde, sondern einfach nur gerne da sein wollte. Die Arbeit dort wurde auch dann getan, wenn sie nicht mithalf. Vielleicht konnte sie ja doch einen Tag in der Woche abknapsen, um im Andenkenladen auszuhelfen. Es würde Carson sicher nichts ausmachen, oder?

Carson schloss die Tür seines Pensionszimmers und ging zu seinem Kleinlaster auf dem Parkplatz, als ihn der Inhaber der Pension aufhielt.

„Mr Stevens, gut, dass ich Sie treffe", sagte der ältere Mann.

„Ja?"

„Haben Sie kurz Zeit? Ich müsste etwas mit Ihnen besprechen. Also, als Sie das Zimmer bei uns gemietet haben, wussten wir ja noch nicht, wie lange Sie bleiben würden. Es gab aber bereits Reservierungen für das Zimmer, denn wir haben ein paar

Stammgäste, die es jedes Jahr mieten." Der Mann war ganz außer Atem, als er mit seiner Erklärung fertig war.

„Wollen Sie damit sagen, dass ich das Zimmer räumen muss?" Er wurde rausgeworfen?

„Ja, so könnte man sagen. Die Leute kommen seit Jahren jeden Sommer, und Sie wissen ja, dass es so eine Pension wie unsere in der Stadt nicht noch mal gibt. Tut mir leid."

„Können Sie mir denn eine andere Unterkunft in der Stadt empfehlen? Ich werde noch eine ganze Weile hier sein, zumindest so lange, bis das Haus auf der Insel fertig ist."

„Vielleicht gibt ja irgendwo in der Stadt ein freies Apartment oder Sie mieten sich bei jemandem privat ein. Da müssten Sie allerdings schnell sein, denn manche Leute vermieten während der Saison sogar ihr Privathaus und bekommen dafür ziemlich hohe Mieten."

„Bis wann muss ich denn das Zimmer geräumt haben?"

„Bis zum Ende des Monats, bitte."

Carsons Magen zog sich zusammen. „Aber das sind ja nur noch zwei Wochen."

„Ja, das ist richtig, Sir. Bitte nehmen Sie es mir nicht übel. Sie sind wirklich ein guter Gast."

„Keine Sorge. Ich weiß, Geschäft ist nun mal Geschäft, und bis Ihre Stammgäste kommen, bin ich weg. Versprochen."

Carson ging weiter zu seinem Wagen und versuchte seinen Ärger zu unterdrücken. Er stieg ein, startete den Motor und atmete einmal tief durch. Natürlich verstand er es. Die Stammgäste für die Saison, die wahrscheinlich bereit waren, etliche Dollars extra zu bezahlen, um immer dasselbe Zimmer zu bekommen, waren natürlich wichtiger als die geringen Einnahmen durch ihn. Aber ein bisschen mehr Vorlaufzeit wäre wirklich nett gewesen. Wo sollte er denn jetzt hin? Er musste sofort anfangen, sich nach einer neuen Bleibe umzuschauen.

Vielleicht wussten die Arbeiter auf der Insel ja etwas. Doch nach dem, was er mitbekommen hatte, wohnten die meisten von ihnen gar nicht in Hope Harbor, sondern in anderen Orten in der Gegend. Carson wurde gerade bewusst, dass er wegen der demnächst beginnenden Touristensaison direkt in der Stadt vielleicht gar nichts mehr finden würde.

Wenn doch nur das Leuchtturmwärterhaus schon bewohnbar wäre. Aber er musste auch so schon richtig Druck machen, damit es noch im Laufe des Sommers fertig wurde. Wenn dann noch mehr Probleme wie gestern dazwischenkamen, konnte das seinen Terminplan völlig über den Haufen werfen.

Kam es ihm nur so vor oder hatte sich tatsächlich alles gegen ihn verschworen? Bis jetzt war doch alles glattgegangen. Hätte er an Flüche geglaubt, wäre der Gedanke, dass Harding ihn mit einem belegt hatte, gar nicht so abwegig gewesen. Carson fuhr jetzt erst einmal zum *Mo's*, um sich einen Kaffee zu holen. Vielleicht wusste ja dort jemand etwas von einer freien Unterkunft.

Er parkte seinen Truck vor dem Coffeeshop, ging hinein und stellte sich hinten an der Schlange an. Hinter dem Tresen huschten der Mann mit dem Dutt und das tätowierte Mädchen hin und her, um sowohl die Kunden im Shop als auch am Drive-in-Schalter zu bedienen. Seit wann war denn im *Mo's* so viel los? Als Carson auf die Uhr schaute, stellte er fest, dass er später dran war als sonst, weil er durch das Gespräch mit dem Pensionsinhaber aufgehalten worden war. Er verschränkte die Arme vor der Brust und versuchte, geduldig zu sein. Vielleicht konnte er den gewohnten Kaffee ja heute auch mal ausfallen lassen – aber nein, gerade heute war das unmöglich.

In dem Moment hörte er eine Kinderstimme rufen: „Hallo Mr Carson!"

Er sah sich suchend nach dem Kind um, zu dem die Stimme gehörte, konnte es aber nirgends entdecken.

„Hier bin ich. Hier drüben."

Die Frau, die in der Schlange vor ihm stand, zeigte hinüber zum Fenster des Drive-in-Schalters, und er sah, wie Abby und Emma ihm von dort aus zuwinkten. Das war ein willkommener Anblick genau im richtigen Moment. Lächelnd winkte er zurück, und erst da erinnerte er sich wieder, dass Abby ja an diesem Tag gar nicht mit auf die Insel kommen würde. Schade, dass sie ihren Kaffee am Drive-in-Schalter holte und ihn nicht hier trank, dann hätten sie noch reden können, doch offensichtlich waren sie beide in Eile. Er hielt sein Handy hoch und zeigte darauf, woraufhin sie nickte und lächelte, während ihr der Barista den Kaffee gab. Dann fuhr sie davon.

Er schrieb ihr eine Nachricht: *Ich komme heute Abend mit den Logbuchkopien vorbei. Okay?*

Als er seinen bestellten Kaffee bekam, vibrierte sein Handy und er las: *Okay. Rufen Sie aber vorher an, damit Sie wissen, wo ich bin.*

Wenigstens hatte er jetzt etwas, worauf er sich freuen konnte.

„Robin Fletcher? Ja, ich weiß, wer das ist. Sie hat den Andenkenladen im Stadtzentrum, *Gold Lobster* oder so heißt der." Ihre Mutter gab Abby den Einkaufszettel für die Sachen, die sie nach der Arbeit noch besorgen sollte.

„*Brass Lobster*, korrigierte Abby und ging die Einkaufsliste durch. „Ist das alles, was du brauchst?"

„Ach ja, da sind noch zwei Medikamente, für die ich Rezepte habe. Ich habe schon in der Apotheke angerufen. Die Sachen müssten dort bereitliegen."

Brauchte ihre Mutter wirklich so viele verschiedene Medikamente? Abby hinterfragte oft das Vorgehen der Ärzte in Bezug auf Medikamente, weil sie Angst hatte, dass es für eine so alte Frau zu viele waren, und weil sie Wechselwirkungen fürchtete. Bei Abby reichten zwei Ibuprofen aus, um sie völlig lahmzulegen, und sie war sehr viel robuster als ihre Mutter.

„Warum fragst du nach Robin Fletcher?“

„Sie wohnt bei mir nebenan und hat mich heute Morgen gefragt, ob ich Interesse an einem Teilzeitjob in ihrem Laden hätte. Sie ist durch eine Sehnenscheidenentzündung ziemlich eingeschränkt und braucht jetzt zu Beginn der Touristensaison Unterstützung im Laden. Ich wünschte, ich könnte ihr helfen.“

„Was hast du denn gesagt?“

„Du weißt doch, dass ich keine Zeit habe, Mama. Ein paar meiner Stunden in der Kita habe ich schon an Kristin abgetreten, damit ich auf der Insel helfen kann.“

„Bezahlt Carson dich dafür eigentlich?“

„Natürlich nicht. Ich wollte einfach nur helfen.“

„Also, wie ich das sehe, braucht er deine Hilfe nicht so dringend wie Robin“, sagte ihre Mutter achselzuckend. „Vielleicht ist es ja nicht so unbedingt nötig, dass du so oft mit auf die Insel fährst, und wenn du im Laden arbeitest, könntest du sogar noch ein bisschen Geld verdienen.“

Ihre Mutter hatte recht und auch sie selbst hatte diesen Gedanken schon gehabt. „Einmal in der Woche könnte ich vermutlich schon in dem Laden arbeiten. Es ist zurzeit anscheinend sehr schwierig, jemanden für den Job zu finden.“

„Vielleicht könnte auch ich dorthin und wieder aushelfen“, sagte ihre Mutter daraufhin und musste danach erneut husten. „Wenn die Saison beginnt, wird in der Stadt jede Hand gebraucht und dann werden sogar so alte Leute wie ich eingestellt.“

„Ist das dein Ernst, Mama?“ Sie war zwar nicht zu alt für die Arbeit in einem Souvenirladen, aber war sie dazu wirklich noch imstande?

„Wenn es mir besser ginge, könnte ich das auf jeden Fall.“

Abby lächelte. „Ich wünschte auch, dass du es könntest, denn der Kontakt mit Menschen würde dir bestimmt Spaß machen."

„Ja, das glaube ich auch", bestätigte ihre Mutter und schüttelte entmutigt den Kopf. „Ich würde mich so gerne nützlich machen."

Abby beugte sich hinunter und umarmte ihre Mutter. „Du hilfst mir so viel mit Emma und ich bin dir dafür unendlich dankbar."

„Aber das ist doch keine Arbeit. Das ist ein Segen für mich."

„Und du bist ein Segen für uns."

„Ich liebe meine Mädels eben", erklärte ihre Mutter und schaute hinüber ins angrenzende Wohnzimmer. „Lässt du sie hier, solange du die Besorgungen machst?"

Abbys Blick folgte dem ihrer Mutter dorthin, wo Emma auf dem Fußboden vor dem Fernseher saß. „Ja. Ich bin bestimmt schon zurück, bevor sie überhaupt bemerkt hat, dass ich weg war."

Trotzdem ging Abby noch zu ihrer Tochter, um sich zu verabschieden und ihr ein Küsschen zu geben. Sie wollte nie wieder weggehen, ohne ihren Liebsten zu sagen, dass sie sie lieb hatte, nur für den Fall, dass sie sie das letzte Mal sah. Jemanden völlig unerwartet zu verlieren, führte zu bestimmten Ängsten.

„Tschüss, mein Schatz. Ich bin gleich wieder da, ja? Ich muss nur ein paar Sachen für Oma besorgen. Hab dich lieb!"

Emma drückte ihre Bärin an sich und erwiderte: „Ich hab dich auch lieb, Mami", aber Abby hatte den Eindruck, dass sie dabei den Blick nicht einen Moment vom Bildschirm abgewandt hatte.

Während Abby die Einkäufe erledigte, dachte sie über das nach, was ihre Mutter gesagt hatte – nämlich, dass sie ein Segen füreinander seien. Ihre Granny hatte geschrieben, dass Grace und Michael ein Geschenk für sie gewesen seien – Grace, das lang ersehnte Kind, und Michael, der Offizier der Küstenwache, der ganz besonderes Interesse an ihr und Grace gehabt hatte. Das musste ihr nach dem Tod ihres Mannes ein großer Trost gewesen sein.

Aber wie schwer es wohl für sie gewesen war, wieder allein auf der Insel zu sein, nachdem die Küstenwache abgezogen worden war. Das musste sich wie ein weiterer schwerer, aber ganz anderer Verlust angefühlt haben.

Abbys Handy klingelte und Carsons Name tauchte auf dem Display auf. „Hallo?"

„Hi Abby, hier ist Carson. Ich komme gerade von der Insel zurück. Sind Sie zu Hause?"

„Nein, ich bin im Supermarkt und besorge ein paar Sachen für meine Mutter. Wenn ich fertig bin, bringe ich sie ihr noch und hole Emma dort ab, aber in einer halben Stunde müsste ich eigentlich zu Hause sein."

„Das klingt gut. Dann habe ich noch Zeit zu duschen und mir etwas zu essen zu besorgen. Hey, haben Sie eigentlich schon gegessen?"

„Nein, noch nicht. Ich wollte uns etwas machen, wenn wir wieder zu Hause sind."

„Ich könnte doch etwas für uns besorgen. Soll ich Pizza holen oder etwas anderes?"

„Mögen Sie Sandwiches mit Bacon, Salat und Tomate? Ich habe richtig Lust auf eins noch mit Avocado obendrauf. Soll ich Ihnen auch so eins machen?"

„Ja gerne, wenn es Ihnen nichts ausmacht. Aber die Avocado können Sie bei meinem weglassen. Das hört sich einfach zu gesund an."

Abby lachte. Sie kannte nicht viele Männer, denen Avocado schmeckte, aber dafür kross gebratener Bacon umso besser."

„Also gut, dann lasse ich bei Ihnen die Avocado weg. Aber Sie wissen ja gar nicht, was Ihnen da entgeht!"

„Dann müssten Sie mir jetzt nur noch sagen, wo Sie wohnen."

„Spruce Hill Apartments, Apartment 3c. Sie fahren einfach die Seaview Street stadtauswärts und biegen dann links ab in die

Church Street. Dann sehen Sie die Apartments schon auf der rechten Seite. Wir wohnen in Haus drei, zweite Etage.

„Gut, dann sehen wir uns in einer halben Stunde."

Carson fuhr auf den Parkplatz, der zu Abbys Apartment gehörte, und blieb noch ein paar Minuten in seinem Kleinlaster sitzen, um sich einen Eindruck von der Umgebung zu verschaffen. Die Apartments trugen ihren Namen zu Recht, denn der gesamte Wohnkomplex, der aus Altbauten mit Fensterläden aus den 50er-Jahren bestand, war von Fichten umgeben, und auch auf den gepflegten Rasenflächen zwischen den Gebäuden standen verstreut einzelne Bäume. Hier gab es bestimmt keine freien Wohnungen.

Schließlich nahm er die kopierten Logbuchseiten, stieg aus seinem Truck und ging hinüber zu der Treppe zwischen den Gebäuden, die in die zweite Etage führte. Vor der Tür von Apartment 3c waberte ihm der Duft von gebratenem Bacon entgegen und bestätigte ihm, dass er richtig war. Er klopfte an und freute sich, dass Abby hübscher denn je aussah, als sie die Tür öffnete. Wie schaffte sie es bloß, so umwerfend und dabei auch so natürlich auszusehen? Ihr langes, seidiges, braunes Haar fiel ihr offen über die Schultern auf den Rücken und er verspürte den heftigen Drang, es zu berühren, um sich zu überzeugen, ob es sich so weich anfühlte, wie es aussah. Der warme Blick ihrer grünen Augen war einladend und schien sogar auszudrücken, dass sie sich freute, ihn zu sehen.

„Kommen Sie doch herein", sagte sie und trat beiseite, als im selben Moment Emma von hinten angerannt kam.

„Hallo, Mr Carson", sagte die Kleine mit einem breiten Grinsen.

„Hi Emma und Abby", erwiderte Carson und betrat den geschmackvoll gestalteten Raum, in dem bunte Farben mit Pastelltönen kombiniert waren.

„Sie haben es aber schön hier!"

„Danke, uns gefällt es hier auch sehr."

„Das verstehe ich. Und Sie haben sogar einen Balkon?"

„Ja. Er ist zwar nicht besonders groß, aber doch groß genug, dass man zu zweit draußen sitzen und Kaffee trinken kann."

„Das sieht sehr einladend aus."

Sie bedeutete ihm mit einer Geste, ihr zu folgen, und sagte: „Kommen Sie, ich zeig es Ihnen."

Beide traten durch die Schiebetür ins Freie auf den kleinen Balkon, von dem aus man einen Blick auf die Rasenfläche zwischen den einzelnen Gebäuden der Anlage hatte. Der Rasen wurde von einer Gruppe Fichten beschattet, und in der Mitte eines kleinen gepflasterten Quadrates, an dessen Seiten Bänke aufgestellt waren, plätscherte ein Springbrunnen.

„Wirklich hübsch hier."

„Ja, das finde ich auch. Und Emma hat Platz, auch mal draußen herumzutoben."

Carson stützte sich mit den Unterarmen auf der Balkonbrüstung ab. „Kennen Sie Ihre Nachbarn?"

„Nicht persönlich, aber vom Sehen kenne ich eigentlich alle."

„Und ziemlich ruhig ist es auch, oder?"

„Ja, das ist es. Viele der Mieter wohnen schon sehr lange hier und haben gerne ihre Ruhe."

„Gibt es in der Stadt eigentlich noch mehr solche Apartmentanlagen wie diese?", fragte er und sah sie hoffnungsvoll an.

„Nein, nur die hier. Hope Harbor ist im Laufe der Zeit nicht gewachsen, und ich glaube, dass die meisten Bewohner auch gerne möchten, dass es so bleibt. Sie mögen die Touristen zwar wegen des zusätzlichen Geldes, das diese in die Stadt bringen, aber sie möchten nicht, dass sie bleiben."

„Es sieht nämlich ganz so aus, als ob ich mir eine neue Bleibe suchen muss", erklärte Carson jetzt. „Die Pension, in der ich wohne, schmeißt mich raus." Er richtete sich auf und stand ihr jetzt gegenüber.

„Ach wirklich? Was haben Sie denn ausgefressen? Wilde Partys gefeiert?" Dabei zwinkerte sie ihm so verschmitzt zu, dass er innerlich zerschmolz.

„Anscheinend habe ich die Gastfreundschaft überstrapaziert. Die Pension hat im Sommer Stammgäste, die schon lange im Voraus die Unterkunft reserviert haben, und da bin ich jetzt offenbar im Weg."

„Ach, das tut mir aber wirklich leid. Was machen Sie denn jetzt? Haben Sie schon eine Idee?"

Er schüttelte den Kopf. „Ich habe erst heute Morgen erfahren, dass ich ausziehen muss, und hatte noch keine Zeit, mich um etwas anderes zu kümmern."

„Ich hab Hunger, Mami", sagte Emma in dem Moment und zog an Abbys Shirt.

„Ja, Schätzchen, dann wasch dir doch schon mal die Hände und deck den Tisch für uns, ja?", antwortete Abby, woraufhin Emma losrannte und Abby und Carson wieder in die Wohnung kamen.

„Sie haben es sich hier wirklich gemütlich gemacht", sagte Carson. „Man merkt, dass Sie ein Händchen fürs Einrichten haben."

„Danke. Ich bin da eher Minimalistin und finde, dass weniger mehr ist."

„Aber es ist genau das richtige Maß."

Carson bemerkte, wie sie leicht errötete, und folgte ihr in die kleine Küche. „Kann ich irgendwie helfen?"

„Ich hoffe, Sie mögen Muschelcremesuppe. In der Feinkostabteilung im Supermarkt gibt es eine richtig leckere, und ich hab gedacht, dass die gut zu den Sandwiches passt", sagte sie und rührte in der Suppe, die auf dem Herd stand.

„Soll ich die schon mal auf den Tisch stellen?", fragte Carson und nahm die Teller mit den Sandwiches.

„Ja gerne, danke." Abby füllte die Suppe in die Teller und brachte sie an den Tisch, wo Emma akribisch an jeden Platz Besteck legte.

Als sie damit fertig war, stieg sie auf ihren Kinderstuhl.

„Setzen Sie sich doch, Carson", sagte Abby, aber er wartete, bis sie sich gesetzt hatte, und nahm erst dann selbst Platz.

Emma griff nach den Händen zu beiden Seiten, senkte den Kopf und sprach ihr „Für Speis und Trank dir Gott sei Dank"-Tischgebet.

„Mhmm, das Sandwich ist richtig lecker." Carson konnte sich nicht erinnern, wann er zum letzten Mal ein solches selbst gemachtes Sandwich gegessen hatte.

„Freut mich, dass es Ihnen schmeckt, wobei es aber mit Avocado noch besser ist", neckte Abby ihn mit blitzenden Augen. „Und wie schmeckt Ihnen die Suppe?"

Carson aß einen Löffel und nickte. „Perfekt. Ich habe keine Muschelcremesuppe mehr gegessen, seitdem ich das letzte Mal in Boston war."

Ihm wurde ganz warm, und zwar nicht nur von der Suppe, sondern auch von ihrer Gesellschaft. Er konnte kaum glauben, dass er Abby erst seit Kurzem kannte, so offen und familiär kam ihm die Atmosphäre vor. Aber eigentlich kannte er sie ja auch noch gar nicht richtig. Er war einfach nur gerne mit ihr zusammen und hoffte, dass es ihr genauso ging.

Obwohl sie ihn zu sich eingeladen hatte, machte er sich über den Grund dafür keine Illusionen. Sie wollte die Kopien aus dem Logbuch sehen. Natürlich hätte sie ihm kein Essen anzubieten brauchen, aber wahrscheinlich hatte sie das Gefühl, sich irgendwie bei ihm revanchieren zu müssen.

Nach einem Essen in angenehmer Atmosphäre und bei netten Gesprächen mit Abby und Emma half Carson beim Abräumen.

„Kaffee?", fragte Abby und hielt einen Becher hoch.

„Ja gerne, wenn Sie welchen dahaben."

Abby kochte ihnen also Kaffee, und dann gingen sie wieder zurück an den Esstisch, auf den er die Kopien legte. Abby holte noch ein Malbuch und eine Schachtel mit Buntstiften, damit Emma beschäftigt war, während sie und Carson sich die Logbuchseiten ansahen.

Carson hatte sich die Kopien bereits flüchtig angesehen, sodass er seinen Kaffee trank, während Abby las.

„Die sind aber nicht besonders interessant, oder?", fragte sie, als sie aufblickte.

Carson zuckte mit den Schultern. „Ich würde sagen, die Wetterbeobachtungen sind etwas ausführlicher als die Ihres Großvaters."

„Ja, da haben Sie wahrscheinlich recht. Ich bin so froh, dass wir das Tagebuch gefunden haben, um die ganze Geschichte zu erfahren."

„Interessant, oder?", fragte Carson und stellte seinen Becher ab.

„Es ist wirklich erstaunlich, dass sie so viel über ihre Gefühle schreibt. Ich habe meine Granny immer für eine Frau mit fast übermenschlichen Eigenschaften gehalten. Das Tagebuch macht sie jetzt irgendwie realer, menschlicher."

„Also letztendlich doch keine *Wonder Woman*?"

„War deine Granny denn auch eine *Wonder Woman*, Mami?"

Carson lachte und Abby lachte errötend mit.

„Ja Emma, irgendwie war sie das, aber nicht so wie die *Wonder Woman*, die du kennst. Sie war einfach eine starke und mutige Frau. Erinnerst du dich daran, dass sie Leuchtturmwärterin war?"

Emma nickte und vertiefte sich dann wieder ganz ins Malen.

Abby schaute zu Emma hinüber, dann wieder zu Carson und versuchte, ihm mit einem Blick zu signalisieren, dass sie aufpassen mussten, worüber sie in Emmas Anwesenheit sprachen.

„Sie hatte ihre Zweifel, aber sie hat durchgehalten. Ich glaube, sie war stärker, als sie selbst geglaubt hat."

„Aber das ist doch oft so, oder? Sind Sie nicht auch manchmal von etwas überrascht, das sie geschafft haben?"

Abby sah ihn einen Moment lang an. „Nein, so etwas habe ich eigentlich noch nie gedacht."

„Aber ich wette, dass andere Leute schon so über Sie gedacht haben."

Überrascht sah sie ihn an. „Ja, das ist wohl so, doch ich habe noch nie etwas so Schwieriges bewältigt wie meine Granny."

Er zog seine Augenbrauen hoch. „Ach ja? Vielleicht empfinden Sie es nicht so, aber glauben Sie mir, das haben Sie. Ich weiß ja nicht viel über Sie, doch genug, um beeindruckt zu sein."

Jetzt wurde sie richtig rot und wechselte abrupt das Thema: „Sie haben mir noch gar nicht erzählt, wie es heute auf der Insel gelaufen ist. Irgendwelche neuen Probleme?"

Er verstand den Hinweis und berichtete von dem, was er den Tag über gemacht hatte: „Das Baumaterial ist geliefert worden, und es waren sogar alle Handwerker da. Der Klempner hat gesagt, dass ihm Sachen fehlten, aber dann ist ihm eingefallen, dass er sie in seinem Truck auf dem Festland vergessen hatte."

„Also keine unangenehmen Überraschungen?"

„Nein, außer der, dass ich obdachlos bin, keine."

„Ach, das hatte ich schon wieder ganz vergessen. Wo wollen Sie denn jetzt hin?"

„Ich habe keine Ahnung. Ich hatte gehofft, dass Sie vielleicht etwas wissen. Ich würde wirklich gerne eine Wohnung wie diese hier finden", sagte er und schaute sich wieder in dem Raum um.

„Leider gibt es nicht noch mehr solcher Wohnungen in der Stadt. Ich habe mit dem Apartment wirklich Glück gehabt."

„Und es zieht hier wahrscheinlich auch in nächster Zeit niemand aus, oder?"

Sie schüttelte den Kopf. „Nicht, dass ist wüsste, aber ich kann mich ja noch mal umhören."

„Danke, wenn das Leuchtturmwärterhaus schon fertig wäre, würde ich dort hinziehen, aber es wird noch eine Weile dauern, bis es bewohnbar ist."

„Haben Sie denn eine Ahnung, wann es fertig sein wird?"

„Wenn es keine weiteren Verzögerungen gibt, könnte es in ungefähr zwei Monaten so weit sein."

„Also mitten in der Saison."

„Genau. Das ist zwar nicht das günstigste Timing, aber vielleicht könnten wir ja Besichtigungstouren anbieten, wenn es für Buchungen dann schon zu spät ist."

„Das ist eine großartige Idee."

„Wenn wir uns richtig ranhalten, dann könnten wir vielleicht sogar früher fertig werden." Er zwinkerte ihr zu.

Sie sah betroffen aus.

„Was ist los? Sie wissen schon, dass ich nur Spaß mache, oder?"

„Nein, das ist es nicht. Ich muss Ihnen aber leider sagen, dass ich doch nicht drei Tage in der Woche mit auf die Insel kommen kann. Ich bin nämlich gefragt worden, ob ich in einem der Andenkenläden in der Stadt aushelfen kann. Dort herrscht richtig schlimme Personalnot. Also werde ich das Angebot annehmen und mindestens einen Tag pro Woche dort arbeiten, vielleicht auch noch etwas mehr, wenn die Saison angefangen hat. Kristin kann ihre Arbeitstage in der Kita behalten und ich arbeite einen Tag in der Woche im Laden. Wie ich gehört habe, wird die Arbeit dort auch ganz gut bezahlt."

Natürlich war es absolut sinnvoll, wenn Abby in dem Andenkenladen arbeitete und Geld verdiente. Er bezahlte sie nicht für ihre Arbeit auf der Baustelle, und das hätte er sich auch gar nicht leisten können. Aber warum hatte er gerade das Gefühl, den dritten herben Schlag an diesem Tag einstecken zu müssen?

17

Abby wollte Carson helfen. Wirklich. Aber sie konnte ihm doch nicht ihre Couch zum Übernachten anbieten. Na ja, vielleicht hätte sie es tun können, wenn die Lage wirklich verzweifelt gewesen wäre, aber so wäre es irgendwie seltsam gewesen und die Leute hätten falsche Schlüsse gezogen. Zur Not könnte ihre Mutter ihn wahrscheinlich aufnehmen, denn sie hatte immerhin ein Gästezimmer, aber auch diese Möglichkeit fühlte sich irgendwie seltsam an. Hoffentlich fand er bald etwas Passendes, sodass nicht am Ende sie ihm eine Unterkunft organisieren musste.

Warum hatte sie nur immer wieder diesen Drang, anderen zu helfen? Kevin hatte sich darüber ständig lustig gemacht und bei der Erinnerung daran wand sie sich innerlich. Warum hatte er sich eigentlich immer so verhalten, dass sie sich richtig schlecht dabei fühlte, wenn sie anderen Gutes tat? Ständig hatte er sie damit aufgezogen, dass sie gerne andere rettete, und zwar Menschen wie Tiere gleichermaßen. Er hatte sogar ihre Motive fürs Helfen infrage gestellt, und ehrlich gesagt war das nicht das Einzige, was er an ihr infrage gestellt hatte. Sie hatte nie verstanden, warum es ihm offenbar richtig Spaß machte, sie kleinzumachen. Und wenn sie ihn danach fragte, dann lachte er nur und sagte, er mache doch nur Spaß. Sie hatte seine Bemerkungen allerdings nie lustig gefunden, weil sie sie in ihrem Inneren trafen und ihren Selbstzweifeln immer wieder neue Nahrung gaben. Abby schüttelte den Kopf und versuchte, diese Gedanken abzuschütteln. Und außerdem brauchte sie jetzt Kevins Zustimmung nicht mehr.

Am nächsten Morgen auf dem Weg zum Auto traf sie Robin wieder und sagte ihr, dass sie einen Tag in der Woche bei ihr im Laden arbeiten könne.

Robin strahlte und antwortete: „Jede Hilfe ist besser als gar keine, meine Liebe. Vielleicht schaffen wir ja an dem einen Tag, an dem Sie da sind, so viel, dass die Arbeit den Rest der Woche allein zu schaffen ist."

„Das hoffe ich. Welcher Tag würde denn am besten passen? Ich könnte Montag, Dienstag und Mittwoch anbieten."

„Montags wäre großartig. Dann können wir die Ware auspacken, einpreisen und einräumen, die am Wochenende geliefert wurde. Könnten Sie schon nächste Woche anfangen?"

„Ja sicher. Ich kann kommen, nachdem ich meine Tochter in die Kita gebracht habe, sagen wir gegen 8:00 Uhr? Oder ist das zu früh?"

„Nein, das wäre perfekt. Wir öffnen erst um 10:00, sodass wir dann noch Zeit haben, bevor Kunden kommen."

„Okay, dann also bis Montag."

Bei Robins Lächeln ging Abby das Herz auf. Vielleicht war das der Grund, weshalb sie so gern half. Es machte die anderen glücklich und das wiederum machte sie selbst glücklich. Was sollte denn daran falsch sein?

Leider machte diese Neuigkeit wiederum Carson nicht besonders glücklich, als sie sie ihm mitteilte – zumindest seiner Miene nach zu urteilen. Sie konnte sich nicht vorstellen, dass ihre Arbeit am Leuchtturmwärterhaus dermaßen wichtig war, aber vielleicht war ihre Absage für ihn jetzt noch ein weiteres Problem. Das nächste Mal, wenn sie mit auf die Insel kam, würde sie sich noch nützlicher machen und keine Zeit mehr mit Tagträumen verschwenden.

Am Montag wanderte Abbys Blick an den Auslageregalen des *Brass Lobster* entlang, als sie von Robin in ihre neue Tätigkeit eingewiesen wurde.

„Sie geben den Produktcode, die Artikelbezeichnung und den auf der Rechnung angegebenen Preis ein und dann zeichnet der Computer den Ladenpreis aus. Die Preisschilder werden dann auf einer Folie ausgedruckt."

„Das klingt einfach", sagte Abby und zählte die Messingflaschenöffner in Hummerform in dem Karton neben sich. „Darf ich es mal versuchen?"

„Nur zu", sagte Robin und trat vom Computer weg, damit Abby daran arbeiten konnte.

Nachdem sie all die Nummern eingegeben hatte, wurden die Preisschilder ausgedruckt, sie nahm sie aus dem Drucker und zeigte sie Robin.

„Sieht das richtig aus?"

„Perfekt. Sie lernen schnell."

„Ich gebe mir jedenfalls Mühe."

„Okay, jetzt kommt der Teil, der Spaß macht. Sie ziehen für jeden der Flaschenöffner ein Preisschild von der Folie ab und kleben es auf die Unterseite des Griffes."

Als Abby mit den Flaschenöffnern fertig war, machte sie mit den Kühlschrankmagneten in Hummerform weiter. Als Nächstes war ein Karton mit Hummer-Ohrringen in unterschiedlichster Gestaltung an der Reihe. Nachdem sie sie mit Preisen versehen hatte, arrangierte Robin sie auf den Regalen und zeigte ihr, wo Nachschub gelagert wurde.

„Sie haben auf jeden Fall viel Ware bestellt", bemerkte Abby.

„Ja, aber wenn die Saison in vollem Gang ist, sind die Sachen, die gerade ausgezeichnet worden sind, auch schon wieder weg!"

„Ich habe gar nicht gewusst, dass es so viele Gebrauchsgegenstände in Hummerform gibt."

Robin lachte. „Und dabei haben wir gerade erst angefangen. Das Lager ist bis zur Decke gefüllt." Sie tätschelte Abbys Arm und sagte: „Ich bin so froh, dass Sie mir helfen. Sie sehen ja, wie sehr ich durch die Sehnenscheidenentzündung eingeschränkt bin."

„Ich freue mich auch, dass ich es noch einschieben konnte."

In dem Moment bemerkte Abby draußen vor dem Schaufenster ein Ehepaar, das in den Laden spähte. Robin folgte ihrem Blick und schaute dann auf die Uhr.

„Es wird Zeit, den Laden aufzusperren. Machen Sie doch einfach hier weiter, und könnten Sie vielleicht noch die Kartons mit Ware aus dem Gang räumen, damit die Kunden hier entlanggehen können?"

Robin schloss den Laden auf und Abby räumte den Bereich um sich herum auf. Die beiden Kunden waren ganz offensichtlich Touristen, denn sie kamen ihr nicht bekannt vor, und sie schauten sich die gesamte Ware an. Die Frau stieß immer wieder Ahs und Ohs aus, der Mann dagegen schien weniger begeistert.

Robin stand hinter dem Ladentisch ganz in der Nähe der Computerkasse, bereit, die Einkäufe der beiden einzugeben, und als der Mann einen ganzen Stapel von Sachen zum Kassentresen brachte, die seine Frau ausgesucht hatte, fragte Robin: „Darf ich fragen, woher Sie kommen?"

„Aus South Carolina", antwortete die Frau mit reizendem Südstaatenakzent."

„Ach, und wo sind Sie untergebracht?"

„Wir sind mit dem Wohnmobil unterwegs und stehen damit auf einem Campingplatz etwas außerhalb der Stadt", antwortete der Mann.

„Es ist so schön hier", sagte seine Frau strahlend. „Auch wenn es hier doch deutlich kälter ist, als ich gedacht hätte. Sind solche Temperaturen hier bei Ihnen normal?"

„Ja, das ist ganz normal. Wir haben auch Sweatshirts, falls Sie sie sich anschauen möchten …", sagte Robin und deutete mit dem Kopf in die entsprechende Ecke. „Ich zeige sie Ihnen gerne. Welche Größe bräuchten Sie denn?"

Die Frau ließ die anderen Sachen auf dem Kassentresen liegen und kam zu Abby geeilt. „Schau doch mal, John. Ich glaube, die könnten wir abends und nachts gut gebrauchen."

Den Rest des Tages ging es dann ganz ähnlich weiter. Robin und Abby bedienten entweder Kunden oder räumten Ware ein. Als es zwischen den Kunden einmal eine Pause gab, sagte Abby: „Und ich habe gedacht, in der Kita hätte ich viel zu tun."

Robin lachte leise. „Und das ist erst der Anfang. Wenn die Sommerferien anfangen, stelle ich zusätzlich stundenweise auch noch ein paar Teenager ein. Die haben mehr Kondition als ich."

In dem Moment ging die Ladentür auf und es kam wieder ein Paar hereingeschlendert, das sich Elch-Schlüsselanhänger anschaute. Abby fiel die Designerhandtasche der Frau auf, der klobige Ring, den sie trug, und die teure Sonnenbrille des Mannes, die er auf sein perfekt geschnittenes Haar hochgeschoben hatte. Sie bezweifelte, dass die beiden etwas finden würden, was ihrem erlesenen Geschmack entsprach. Sie trugen Leinenkleidung – er weiße Shorts und ein weißes Hemd und sie eine weiße Caprihose und ein braunes Shirt mit hochgeschlagenem Kragen.

Abby schaute zu Robin, die tonlos sagte: „Das sind Leute von einer Motorjacht."

„Kann ich Ihnen helfen?", fragte sie die Kunden und ging zu ihnen hin.

Die Frau lächelte. „Haben Sie etwas … äh … etwas, was ein bisschen hübscher ist als das hier?"

„Ja, ich habe auch Gold- und Edelsteinschmuck in der Vitrine dort. Möchten Sie ihn sehen?"

„Ja, bitte." Die Frau folgte Robin zu der Vitrine und Abby ging weiter Ware auszeichnen, während der Mann hinter ihnen herschlenderte, dann neben seiner Frau stehen blieb und ebenfalls in die Vitrine schaute. Die Frau bat Robin, ihr mehrere Teile zu zeigen, und fragte sie nach der Qualität der Sachen.

Abby kannte diesen Typ von Menschen. Sie hatte in Kalifornien solche Kunden gehabt. Mittlerweile war sie dabei, einen kleinen Karton voller Halsketten mit verschiedenen maritimen Motiven zu öffnen, um sie auszuzeichnen. Die Qualität des Goldschmucks war wundervoll, und ganz besonders gut gefiel ihr ein Leuchtturmanhänger, mit einem Diamanten als Leuchtfeuer. Vielleicht gefiel dieser Schmuck ja auch den beiden anspruchsvollen Kunden. Abby nahm also ein paar besonders schöne Stücke aus dem Karton und wandte sich an Robin.

„Die hier sind gerade hereingekommen. Vielleicht möchten Sie sich die ja auch einmal anschauen", sagte sie, brachte die Sachen an den Kassentresen und gab sie Robin, die sie dem Paar hinlegte.

Die Frau blickte kurz zu Abby auf und dann wieder hinunter auf den Schmuck, aber der Mann sah sie einen sehr langen Moment mit erstaunter Miene an, bevor auch er wieder hinunter auf den Tresen schaute.

Ein wenig beunruhigt wegen der Reaktion des Mannes ging Abby zurück in den Teil des Ladens, wo sie gerade beschäftigt war. Einen Moment lang hatte sie das Gefühl gehabt, er hätte sie wiedererkannt. War er ihr schon einmal begegnet? Sie überlegte angestrengt, konnte sich aber weder an ihn noch an seine Frau erinnern. Er hatte ihr keine Frage gestellt, also war er offenbar zu dem Schluss gelangt, dass er sie nicht kannte.

Dem Gespräch der beiden mit Robin entnahm sie, dass sie auf ihrer Motorjacht von Bar Harbor hergefahren und an diesem Morgen in Hope Harbor angekommen waren. Sie wollten nur ein paar Tage in der Stadt bleiben und dann weiterreisen nach Nova Scotia, der nächsten Station ihrer Reise. Sie erkundigten sich nach dem besten Restaurant in der Stadt und nach Sehenswürdigkeiten oder Attraktionen, aber weil es in Hope Harbor weder das eine noch das andere gab, bezweifelte Abby, dass sie lange bleiben würden.

„Ich glaube, diese hier würde Lily gefallen. Sie mag Leuchttürme", sagte die Frau und hielt die Kette mit dem Leuchtturmanhänger hoch.

„Wäre das alles?", fragte Robin.

„Möchtest du auch eine haben?", fragte der Mann und nahm eine andere Kette in die Hand.

„Mir gefällt die da", antwortete sie und zeigte auf die Kette in seiner Hand, deren Anhänger die Form eines Steuerruders mit einem Diamanten in der Mitte hatte.

„Also gut, dann nehmen wir die beiden." Er holte sein Portemonnaie heraus und kaufte die beiden Schmuckstücke.

Als sie den Laden verließen, drehte sich der Mann noch einmal um und sah Abby mit fragendem Blick an. Warum tat er das?

Als die beiden weg waren, ging sie zu Robin und fragte: „Wissen Sie, wer die beiden waren?"

Robin schaute auf den Kreditkartenbeleg und antwortete: „K. E. Lawrence. Warum?"

„Ich weiß nicht, er hat mich irgendwie so merkwürdig angesehen. Ich dachte, dass wir uns vielleicht schon einmal begegnet sind, aber ich kenne niemanden, der Lawrence heißt."

„Sie sind eine attraktive Frau. Vielleicht hat er Sie einfach nur bewundert."

Abby schüttelte den Kopf. „Nein, so ein Blick war das nicht. Aber egal, ist nicht so wichtig."

„Nach dem, was sie gesagt haben, leben sie südlich von Bar Harbor."

„Ich frage mal meine Mutter, ob sie jemanden mit dem Namen kennt."

Doch auch ihrer Mutter sagte der Name nichts. „Ich glaube, dass du überreagierst, Abby. Dass der Mann dich so neugierig angeschaut hat, hatte bestimmt nichts zu bedeuten."

„Ja, vielleicht hast du recht", meinte Abby und ließ sich auf einen Küchenstuhl plumpsen. „Ich bin völlig erledigt. Ich hätte nicht gedacht, dass in dem kleinen Laden so viel los sein kann."

„Und die Saison ist noch nicht einmal richtig angelaufen. Stell dir vor, wie es in ein paar Wochen sein wird."

„Das kann ich mir nicht vorstellen."

„Ich habe mir schon gedacht, dass du müde sein würdest, deshalb habe ich für dich und Emma mitgekocht."

Abby schaute hinüber zum Küchentresen, auf dem der Slow Cooker stand. „Schmorbraten?"

„Ja, füll euch ruhig schon auf", antwortete ihre Mutter und ihre Worte mündeten in einen Hustenanfall.

Abby machte sich jedes Mal Sorgen, wenn Grace nach Luft rang. „Danke. Ich mach dir auch einen Teller zurecht, ja?"

Doch ihre Mutter seufzte nur, winkte ab und sagte: „Ich habe gar keinen Hunger."

„Aber du musst doch etwas essen. Es ist so wichtig, dass du dich gut ernährst."

„Also gut, aber nur ganz wenig."

Doch dann stocherte ihre Mutter wieder nur in ihrem Essen herum. Der ständige Husten war so anstrengend, dass sie einfach keine Kraft mehr zum Essen hatte. Der Arzt hatte gesagt, dass sie zusätzlich Sauerstoff benötigte, und zwar aus einer Sauerstoffflasche, die sie ständig bei sich hatte. Doch das wollte sie nicht, weil es teuer war und ihre Krankenversicherung die Kosten dafür nicht vollständig übernahm. Irgendwie musste Abby es hinbekommen, dass sie diese Sauerstoffflasche bekam, denn das Atmen fiel ihrer Mutter immer schwerer.

„Hast du etwas von Carson gehört?", fragte Grace jetzt.

„Nein, seit er neulich hier war nicht mehr." Dann richtete sich Abby auf ihrem Stuhl auf und sagte: „Ach ja, Mama, fast hätte ich's vergessen. Carson muss aus seinem Zimmer in der Pension ausziehen und braucht vorübergehend eine Unterkunft, bis er auf die Insel ziehen kann. Weißt du von einem Zimmer oder einem kleinen Apartment, das er mieten könnte?"

Ihre Mutter schaute eine Weile nachdenklich auf den Tisch. „Vielleicht ist ja das Apartment über Mrs Nortons Garage frei. Frag doch mal nach." Dann schüttelte sie den Kopf und fuhr fort: „Jeder versucht, alles, was geht, an Touristen zu vermieten und möglichst viel Geld dafür zu bekommen. Ich wünsche ihm jedenfalls viel Glück bei der Suche."

„Ich auch. Wer weiß, wann er auf die Insel ziehen kann? Es hat in letzter Zeit einige Probleme auf der Baustelle gegeben, und zwar seitdem er an einem Treffen des Bed & Breakfast-Vereins teilgenommen hat."

„Also, ich kenne die Leute alle, und sie sind ziemlich nett, die meisten jedenfalls."

„Er hat gesagt, dass die Begegnung mit Mr Hardy ziemlich unangenehm war."

„Fred?" Ihre Mutter runzelte die Stirn. „Ja, der führt sich manchmal wirklich wie der große Zampano auf und kann dann ein echtes Ekelpaket sein."

„Carson sagt, dass ihm die meisten Bed & Breakfasts der Stadt gehören, also muss er doch ziemlich einflussreich sein, oder?"

„Ja, wahrscheinlich ist er das schon irgendwie; was für Probleme hat Carson denn konkret?"

„Ach, einfach Verzögerungen beim Bau und Probleme mit Materiallieferungen, und einige der Handwerker, die für ihn arbeiten, mussten plötzlich auf eine andere Baustelle."

„Hm, das ist ja übel. Ich hoffe, dass sich das alles irgendwie auflöst."

„Ja, das hoffe ich auch. Ich habe versucht, ihm eine Hilfe zu sein, aber ich fürchte, viel konnte ich nicht tun."

Ihre Mutter griff über den Tisch hinweg nach Abbys Hand und sagte: „Ich bin ganz sicher, dass du ihm eine große Hilfe warst."

„Wenn ich wenigstens eine neue Unterkunft für ihn finden könnte, aber in meinem Apartmenthaus ist momentan nichts frei."

„Dann sag ihm doch, er soll mal bei Mrs Norton nachfragen. Vielleicht kannst du das sogar für ihn erledigen, denn er ist doch den ganzen Tag auf der Insel."

„Ja, das mache ich."

Ihre Mutter fing wieder an zu husten und zu keuchen.

„Ich rufe gleich morgen früh beim Arzt an, Mama. Dein Husten wird ja überhaupt nicht besser."

Zu erschöpft, um zu protestieren, nickte ihre Mutter nur, während sie versuchte, wieder zu Atem zu kommen.

„Leg dich doch hin, Mama. Brauchst du Hilfe, um ins Bett zu kommen?"

Doch ihre Mutter winkte ab und sagte: „Nein, mach du einfach hier weiter."

Dann erhob sie sich mühsam von ihrem Stuhl. Abby ging trotzdem zu ihr hin und half ihr nach oben ins Schlafzimmer. Anschließend sagte sie: „Ich bringe noch die Küche in Ordnung, bevor wir gehen."

Ihre Mutter legte sich hin und schloss die Augen, während Herkules zu ihr aufs Bett sprang und seinen Platz am Fußende einnahm. Abby zog ihrer Mutter die Schuhe aus und deckte sie dann zu. Was konnte sie sonst auch tun, um ihr zu helfen?

Als Abby mit der Küche fertig war, schaute sie noch einmal nach ihrer Mutter und fand sie tief und fest schlafend vor. Ihr Atem klang normal. Als sie das Haus verließ, hatte Abby heftige Schuldgefühle. War es falsch, ihre Mutter jetzt allein zu lassen? Sollte sie wieder zu ihr ziehen? *Herr, was soll ich bloß tun?*

Carson gab Abbys Nummer in sein Handy ein. Er wollte sich vergewissern, ob sie am nächsten Tag mit auf die Insel kommen würde. Das war doch eine gute Ausrede für einen Anruf, oder?

„Hi Carson", meldete sie sich, und zwar so unerwartet schnell, dass er sich kurz sammeln musste, bevor er antwortete.

„Hi Abby. Wie ist es denn heute im Laden gelaufen?"

„Es war viel mehr los, als ich gedacht habe, aber wir haben einiges geschafft."

„Haben Sie immer noch vor, morgen mit auf die Insel zu kommen?" Warum hielt er eigentlich die Luft an, während er auf ihre Antwort wartete?

„Ja, das würde ich gerne, aber ich muss morgen früh als Erstes nach meiner Mutter sehen und dann noch Emma in die Kita bringen. Und ich muss vorher auch noch den Arzt meiner Mutter anrufen, solange ich ein Handynetz habe. Ich möchte aber nicht, dass es meinetwegen schon wieder zu Verzögerungen kommt."

„Kein Problem. Ich muss sowieso noch in den Baumarkt, bevor wir starten können. Wollen Sie mich anrufen, wenn Sie mit allem fertig sind, was Sie zu erledigen haben?"

„Ja, wenn es Ihnen recht ist? Und, wie ist es heute gelaufen? Haben Sie auf der Baustelle Fortschritte gemacht?"

„Ja, heute lief es richtig gut. Wir haben den Schornstein und den Kamin fertig geflickt und die Trockenbauwände für das neue Bad unten aufgestellt, sodass man es bald benutzen kann."

Den Teil mit dem verschwundenen Druckluftkompressor, dessentwegen sie erst mal nichts weiter tun konnten, bis ein neuer geschickt würde, ließ er lieber aus. Sie brauchte sich zurzeit nicht auch noch mit seinen Problemen zu belasten.

„Das sind ja gute Nachrichten."

„Ja, aber Sie haben gerade gesagt, dass Sie gleich morgen früh als Erstes nach Ihrer Mutter schauen müssen. Geht es ihr nicht gut?"

„Ich weiß es nicht so genau. Ich habe den Eindruck, dass sie immer schwächer wird, und ich möchte, dass der Arzt es erfährt. Vielleicht kann er sie nun überzeugen, dass sie unbedingt Sauerstoff braucht. Bisher hat sie das immer abgelehnt."

Er sah vor seinem geistigen Auge, wie sie beim Telefonieren an einer Haarsträhne zwirbelte.

„Okay. Hören Sie, wenn Sie lieber hierbleiben möchten, dann ist das natürlich völlig in Ordnung."

„Nein, nein, ich sage Ihnen Bescheid, wenn es Ihnen nichts ausmacht, auf mich zu warten. Ich hoffe, dass es nicht so lange dauert."

„Rufen Sie mich einfach an, wenn Sie so weit sind, ja?"

„Okay, das mache ich."

War es egoistisch von ihm, sich zu wünschen, dass sie mit auf die Insel kam, obwohl es ihrer Mutter nicht gut ging? Wahrscheinlich hätte er einfach sagen sollen, dass sie dableiben und sich um alles Notwendige kümmern solle. In letzter Zeit hinterfragte und bezweifelte er so ziemlich alles, was er tat.

Vielleicht hätte er Hope Island doch nicht kaufen sollen. Vielleicht hatte er sich bei seinen geringen Kenntnissen in Sachen Bau und Gastronomie mit diesem Projekt doch überschätzt. Vielleicht hätte er ein fertiges Leuchtturm-Bed & Breakfast kaufen sollen. Vielleicht sollte er Abby einfach in Ruhe lassen, denn sie hatte wirklich Wichtigeres zu tun, als ihm auf dem Bau zu helfen, zum Beispiel, sich um ihre Tochter und Mutter zu kümmern.

Warum nur hatte er jetzt so viele Zweifel? Er war so begeistert gewesen von dem Projekt, dass er Probleme gar nicht einkalkuliert hatte. Es war, als hätte ihn Fred Harding mit einem Fluch belegt. Alles, was nicht nach Plan lief, erinnerte ihn jetzt an das, was der Mann über seine Fähigkeiten gesagt oder angedeutet hatte.

Doch dann schüttelte Carson entschlossen den Kopf. Er musste diese Gedanken wegschieben. Es war albern und lächerlich, seine Probleme auf Harding zu schieben. Auch wenn er die Kontrolle über die anderen Bed & Breakfasts in der Stadt hatte, konnte der Mann nicht über sein Leben bestimmen.

18

Am nächsten Morgen holte Kristin Emma ab, um sie in die Kita mitzunehmen. Sie war froh, dass sie sich Abby auf diese Weise für die Jobvermittlung erkenntlich zeigen konnte. Als Emma weg war, packte Abby ihren Rucksack für den Tag und warf noch eine Shorts mit hinein für den Fall, dass sie vielleicht Zeit haben würde, joggen zu gehen.

Sie hatte am Abend zuvor in der Arztpraxis eine Nachricht hinterlassen, rechnete allerdings nicht damit, dass der Anrufbeantworter vor Praxisöffnung abgehört werden würde. Nachdem sie ihre Sachen im Auto verstaut hatte, fuhr sie zu ihrer Mutter. Abby hatte immer noch einen Schlüssel für das Haus, sodass sie selbst aufschloss und überrascht war, als sie ihre Mutter zeitunglesend bei einer Tasse Kaffee am Esstisch antraf.

„Du bist ja auf."

„Ja natürlich. Es ist schließlich schon halb acht."

Ihre Mutter war zwar schon aufgestanden, aber sie sah müde und blass aus, als sie jetzt mühsam die Antwort herausbrachte.

„Ich habe mir gestern Sorgen um dich gemacht, Mama. Hast du gut geschlafen?"

„Soweit ich weiß, ja. Solltest du nicht gerade ganz woanders sein?"

Das Sprechen strengte ihre Mutter so sehr an, dass Abby schon Schuldgefühle hatte, ihr überhaupt Fragen zu stellen.

„Ich treffe mich in einer Stunde mit Carson am Anleger." Abby überlegte, ob sie ihrer Mutter überhaupt sagen sollte, dass sie noch auf den Rückruf des Arztes wartete, weil sie wusste, wie stur sie war.

„Hast du Mrs Norton schon wegen des Apartments gefragt?"

„Nein, noch nicht. Gestern Abend habe ich es vergessen. Ich rufe sie heute Vormittag noch an."

„Vielleicht wäre es besser, sie persönlich zu fragen. Sie wohnt doch nur eine Straße weiter."

„Das ist eine gute Idee. Ich kann ohnehin ein bisschen Bewegung gebrauchen, oder findest du, dass es noch zu früh ist?"

Ihre Mutter zuckte nur mit den Achseln, entweder, weil sie zu müde war, um darüber zu diskutieren, oder weil es ihr einfach egal war.

„Weißt du was? Ich laufe eine Runde um die Stadt und schaue auf dem Rückweg bei ihr vorbei. Wenn ich dort vorbeikomme, ist es auf jeden Fall schon acht Uhr."

„Und Carson?"

Abby wusste, was ihre Mutter fragen wollte, und sagte: „Das ist schon in Ordnung. Er muss sowieso noch ein paar Besorgungen machen, bevor er rüber auf die Insel fährt."

Abby zog sich also ihre Laufshorts an und trank noch ein paar Schluck Wasser, bevor sie loslief.

„Soll ich dir irgendetwas mitbringen?", fragte sie noch, aber ihre Mutter schüttelte nur den Kopf.

„Okay. Dann bin ich gleich wieder da", sagte sie, gab ihrer Mutter einen Kuss auf die Wange und lief los.

In Richtung Stadt sprintete sie eher, als dass sie trabte. Für die übliche lange Strecke hatte sie heute keine Zeit, also kürzte sie die

Route ab, und da die Stadt klein war, dauerte es nicht lange, das Stadtzentrum zu umrunden. Anstatt die Straße zu überqueren und in den Park zu laufen, blieb sie auf dem Gehweg der Mainstreet, der an den Geschäften entlangführte. Als sie am *Brass Lobster* vorbeikam, bemerkte sie, dass es im Laden noch dunkel war, aber Robin würde sicher bald kommen und alles für den Tag vorbereiten.

Abby rannte bis zur nächsten Straße und bog dort nach rechts ab auf den Seaview Drive. An der nächsten Straßenecke war im *Bagels & Breakfast* schon viel Betrieb. Als sie kurz einen Blick in das Lokal warf, erkannte sie Mr und Mrs Lawrence, die gerade herauskamen. Bevor sie wegschauen konnte, hatte Mr Lawrence schon Blickkontakt mit ihr aufgenommen und nickte ihr zu. Abby lächelte gezwungen zurück und wandte sich ab. Sie spürte, dass er ihr nachsah, weil ihr Rücken unter seinem Blick kribbelte. Warum mussten ihr die Lawrences ausgerechnet heute über den Weg laufen?

Sie lief weiter und bog dann bei der katholischen Kirche wieder ab, sodass sie für Mr Lawrence nicht mehr zu sehen war. Als ihr Handy vibrierte, war es die Arztpraxis. Sie verlangsamte ihr Tempo, damit sie nicht so atemlos war, und nachdem Abby ihre Sorge über den Zustand ihrer Mutter geäußert hatte, sagte der Arzt, sie solle so schnell wie möglich mit ihr in die Praxis kommen. Abby stimmte zu und beendete das Gespräch.

Als Nächstes musste sie Carson anrufen, um ihm zu sagen, dass sie an diesem Tag doch nicht mit auf die Insel fahren konnte, doch zuvor wollte sie sich noch nach dem Apartment erkundigen. Vielleicht hatte sie dann wenigstens eine gute Nachricht für ihn.

Sie rannte also weiter zu der Adresse, die ihre Mutter ihr genannt hatte. Das alte Haus und der kleine Garten waren von einem weiß gestrichenen Holzzaun umgeben, der sie an den erinnerte, den sich ihre Großmutter auf der Insel gewünscht hatte. Sie musste ihre Mutter unbedingt fragen, ob sie sich an den Zaun noch erinnern konnte. Seitlich vom Haus befand sich vor der zweigeschossigen Garage eine Treppe ins Obergeschoss.

Abby ging die Zementtreppe zur Veranda des Wohnhauses hinauf und klopfte an die Tür, hörte aber von innen keinen Laut. Sie klopfte noch einmal. Wieder nichts.

„Suchen Sie mich?“, hörte sie hinter sich eine Stimme, und als sie sich umdrehte, stand sie einer kleinen Frau gegenüber, die zu ihr aufblickte. Unter ihrem Strohhut lugten ein paar graue Strähnen hervor, die sich aus ihrer Frisur gelöst hatten. Sie trug Gartenhandschuhe und über dem einen Arm hing ein Korb mit geschnittenen Blumen.

„Wenn Sie Mrs Norton sind, dann ja.“

„Die bin ich. Und Sie sind …“

„Ich bin Abby Baker, Grace Pearsons Tochter. Ich wollte fragen, ob das Apartment über Ihrer Garage gerade frei ist.“

„Grace’ Tochter, ja sicher, ich kenne dich. Aber wohnst du nicht in den Spruce Hill Apartments?“

„Doch, das ist richtig, aber ich suche auch gar nicht für mich selbst eine Wohnung, sondern für Carson Stevens, einen Freund. Er hat bis jetzt in einer Pension gewohnt, muss dort aber ausziehen, weil sein Zimmer schon für Stammgäste reserviert war.“

„Ist er dein Freund? Ich will hier nämlich kein Techtelmechtel haben.“

„Du liebe Güte, nein. Er ist nicht *mein* Freund, sondern *ein* Freund. Er renoviert gerade den Leuchtturm und das Leuchtturmwärterhaus auf Hope Island. Die Insel ist das Einzige, was wir gemeinsam haben.“ Stimmte das wirklich? Die Aussage fühlte sich irgendwie falsch an.

„Ich habe schon von ihm gehört, aber das Apartment ist zurzeit leider vermietet“, sagte Mrs Norton.

Abby sank der Mut um Carsons willen.

Doch dann fuhr die alte Dame fort: „Aber der Mieter zieht in zwei Wochen aus und dann wäre das Apartment frei. Sag deinem Freund, er soll vorbeikommen, um den Mietvertrag zu unterschreiben und die Kaution zu hinterlegen, dann halte ich es für ihn frei. Freie Apartments sind hier in der Gegend so rar wie Hühnerzähne."

„Ja, das kann man wohl sagen. Ich sag's ihm. Vielen Dank."

Abby lief zurück zum Haus ihrer Mutter und drückte im Laufen Carsons Nummer.

„Hi Carson. Ich habe eine gute und eine schlechte Nachricht für Sie."

„Die schlechte ist, dass Sie heute nicht mit auf die Insel kommen können, stimmt's? Also, dann jetzt die gute."

„Ich glaube, ich habe eine Wohnung für Sie gefunden."

„Das ist wirklich eine gute Nachricht. Wo denn?"

„Es ist ein Apartment über einer Garage, ganz in der Nähe der Wohnung meiner Mutter. Es ist zwar noch vermietet, wird aber in zwei Wochen frei. Sie müssten nur dort vorbeigehen und die Kaution hinterlegen, dann reserviert die Vermieterin es für Sie."

„Das klingt doch gut. Das mache ich, wenn Sie mir die Adresse geben. Es tut mir trotzdem leid, dass Sie heute nicht mit auf die Insel kommen können. Es ist wegen Ihrer Mutter, oder?"

„Ja. Ihr Arzt möchte, dass sie so schnell wie möglich in die Praxis kommt, deshalb muss ich sie hinbringen."

„Das verstehe ich. Machen Sie sich keine Gedanken. Natürlich ist es wichtiger, dass Sie sich jetzt erst mal um Ihre Mutter kümmern, aber ich werde Sie vermissen."

„Ich hoffe, dass ich morgen mitkommen kann."

„Das klingt doch gut."

Abby gab ihm noch Mrs Nortons Adresse und verabschiedete sich dann. Sie hoffte wirklich, dass mit der Wohnung alles glattging. Als Abby wieder bei ihrer Mutter ankam, lag sie auf dem Sofa.

„Ich weiß, dass du müde bist, Mama“, sagte sie, „aber dein Arzt möchte dich sehen. Komm, ich helfe dir auf.“

Ihre Mutter ergriff die Hand ihrer Tochter und ließ sich ohne Protest von ihr aufhelfen. Abby stützte sie auf dem Weg zum Auto, half ihr hinein und fuhr sie zum Arzt. Dabei machte sie sich die ganze Zeit Sorgen, weil ihre Mutter so schwach war.

„Fährst du heute noch auf die Insel?“

„Nein. Ich habe Carson schon abgesagt.“

„Tut mir leid. Das ist meine Schuld.“

„Nein, ist es nicht. Die Insel läuft mir ja nicht weg.“

Daraufhin tätschelte ihre Mutter Abbys Arm.

Der Arzt sagte Abbys Mutter genau das, was sich Abby schon gedacht hatte, nämlich dass sie zusätzlichen Sauerstoff bräuchte. Doch ihre Mutter schüttelte den Kopf.

Während sie sich wieder anzog, erklärte der Arzt Abby, dass wenn sie zu Hause nicht die notwendige technische Ausstattung hätten, ihre Mutter demnächst stationär im Krankenhaus behandelt werden müsse.

Nachdem Abby sie wieder nach Hause gebracht hatte, ließ sich ihre Mutter auf ihren Liegesessel sinken und schlief sofort ein. Abby blieb noch eine Weile und wartete, bis es Zeit war, Emma aus der Kita abzuholen. Sie lauschte dem Atem ihrer Mutter und betete um eine Möglichkeit, irgendwie doch noch die so dringend benötigte Sauerstoffbehandlung zu ermöglichen.

Als Grace nach ungefähr 20 Minuten wieder aufwachte, fragte sie: „Und, was hat Mrs Norton gesagt?“

Abby zuckte erschrocken zusammen. „Sie hat gesagt, dass das Apartment in zwei Wochen frei ist und Carson vorbeikommen und eine Kaution hinterlegen kann. Geht es dir jetzt besser?“

Ihre Mutter nickte. „Viel besser. Da bin ich aber froh, dass er wieder eine Bleibe hat. Ich hatte schon daran gedacht, ihm mein Gästezimmer anzubieten."

Das Haus ihrer Mutter war zwar klein, aber gemütlich, und für ihre Eltern hatte es gereicht. Aber sollte sie Carson aufnehmen? Sie wusste nicht, ob sie ihn so nah an ihrem Privatleben dran haben wollte.

„Ich bin froh, dass das nicht nötig ist, aber es ist wirklich nett von dir, dass du es überhaupt in Erwägung gezogen hast. In der anderen Wohnung hat er bestimmt mehr Privatsphäre."

„Ja, wahrscheinlich hast du recht."

Abby musste noch einmal an das heimelige Haus von Mrs Norton denken und fragte: „Gab es eigentlich irgendwann mal einen weißen Staketenzaun um das Leuchtturmwärterhaus auf der Insel, Mama?"

Da leuchteten die Augen ihrer Mutter auf und sie lächelte. „Ja, den gab es. Meine Mutter nannte den eingezäunten Bereich mein Gehege, und ich bin sicher, dass er sehr praktisch war, solange ich noch nicht wusste, wie man den Zaun überwinden konnte."

„Wusstest du, dass die Leute von der Küstenwache den für sie gebaut haben?"

„Nein, das habe ich nicht gewusst. Hast du das in ihrem Tagebuch gelesen?"

„Ja, es scheint so, dass Mr O'Brian ihr sehr geholfen hat."

„Auf jeden Fall. Ich weiß noch, dass wir uns auf seine Besuche immer sehr gefreut haben."

„Den Zaun gibt es leider nicht mehr, Mama."

„Ja, ich weiß. Der war schon nicht mehr da, als ich das letzte Mal auf der Insel war. Glaubst du, dass Carson wieder einen baut?"

„Ich weiß es nicht. Vielleicht weiß er ja nicht einmal, dass es einen gegeben hat."

„Der Zaun hat das Haus damals richtig gemütlich gemacht, und ich wusste, wo meine Grenze war. Außerdem war er sehr beruhigend für meine Mutter, denn sie brauchte sich nicht mehr ständig Sorgen um meine Sicherheit zu machen."

„Wenn ich dort allein mit Emma wohnen würde, würde ich auf jeden Fall auch einen Zaun wollen."

Ihre Mutter schaute jetzt auf die Uhr, die auf dem Kaminsims stand. „Apropos Emma, müsstest du sie nicht eigentlich abholen?"

Abby schaute ebenfalls auf die Uhr und sprang auf, als sie sah, wie spät es schon war. „Ja, ich muss los. Hast du etwas zum Abendessen da?"

„Ja, es sind noch Reste da, und ich habe auch noch Dosensuppen, aber ich habe sowieso keinen Appetit."

„Ich kann dir auch noch schnell was machen, bevor ich gehe." Abby hatte nämlich das ungute Gefühl, dass ihre Mutter gar nichts mehr essen würde, wenn sie erst einmal weg war.

Doch ihre Mutter schüttelte den Kopf. „Nein, es geht mir jetzt viel besser und ich komme schon alleine zurecht. Geh ruhig."

„Also gut." Abby gab ihrer Mutter noch einen Kuss auf die Stirn und sagte: „Ich rufe dich später noch mal an, oder du rufst mich an, wenn du etwas brauchst, ja?"

„Ja, Schwester Abby, mache ich."

In der Kita wurde Abby von Kristin begrüßt. „Wie geht es deiner Mutter?", fragte sie.

„Besser, danke. Und danke auch, dass du Emma abgeholt hast."

„Das ist doch nicht der Rede wert. Du kannst dich jederzeit bei mir melden, wenn du Hilfe brauchst."

„Danke, das mache ich. Bist du fertig, Emma? Können wir gehen?"

Emma rannte los, um ihren Rucksack zu holen, und Abby half ihr, ihn aufzusetzen. Auf dem Heimweg musste sie noch kurz in den Supermarkt, wo ihr mehr unbekannte Gesichter als sonst auffielen. *Wahrscheinlich sind mittlerweile schon eine ganze Reihe Touristen da,* dachte sie. Wieder zu Hause angekommen, stieg sie gerade aus dem Auto, als auch Robin angefahren kam.

„Wie ist es denn heute gelaufen?“, fragte Abby und hob zwei große Einkaufstüten aus dem Kofferraum.

„Sie haben mir gefehlt. Meine andere Aushilfe war heute da, aber sie ist etwas langsamer als Sie. Eigentlich ist sie schon Rentnerin, aber sie arbeitet gerne und kann mir während der Saison helfen, deshalb habe ich überhaupt Ja gesagt. Sie kann allerdings nur halbtags arbeiten und darf nicht über eine bestimmte Stundenzahl kommen, weil ihr Verdienst sonst auf ihre Rente angerechnet wird.“

Emma rannte schon voraus, während Abby und Robin langsamer zu ihrer jeweiligen Wohnung gingen. „Meine Mutter hat zwar angeboten, dass sie ja vielleicht ein bisschen im Laden aushelfen könnte, aber dazu ist sie gesundheitlich zurzeit gar nicht in der Lage.“

„Tut mir leid, dass es ihr nicht gut geht“, sagte Robin und fuhr dann fort: „Ach, fast hätte ich's vergessen. Dieser Mann von gestern war heute noch mal im Laden, dieser Mr Lawrence.“

Abbys Herz setzte kurz aus. „Ach wirklich? Hat er noch mehr Schmuck gekauft?“

„Nein, er hat sich umgeschaut und gesagt, seine Frau lasse sich gerade die Nägel machen und er wolle sich nur ein bisschen die Zeit vertreiben. Aber das wirklich Seltsame war, dass er sich nach Ihnen erkundigt hat.“

„Nach mir?“ Abby wurde es ganz eng in der Kehle. „Warum denn das?“

„Er hat gesagt, Sie würden ihn an jemanden erinnern, und gefragt, ob Ihre Familie von hier stammt. Ich habe ihm gesagt, ja, soweit ich wüsste schon", antwortete Robin mit einem Achselzucken.

„Das ist wahrscheinlich auch der Grund, weshalb er mich so seltsam angeschaut hat."

„Wo haben Sie ihn denn sonst noch gesehen?"

„Heute Morgen beim Joggen bin ich am *Bagels & Breakfast* vorbeigekommen und in dem Moment kam er gerade mit seiner Frau dort heraus. Wir hatten kurz Blickkontakt, und ich hatte das Gefühl, dass er mir noch nachgeschaut hat, nachdem ich an ihm vorbeigelaufen war. Das hat mir richtig Angst gemacht."

„Ach, machen Sie sich mal keine Gedanken. Ich glaube, die Person, die er kannte, war gar nicht von hier. Das war bestimmt reiner Zufall."

„Ja, wahrscheinlich haben Sie recht."

Abby ging hinter Emma die Treppe hinauf zu ihrer Wohnung und ermahnte sich selbst, sich zu entspannen, aber sie konnte die Angst einfach nicht abschütteln. Natürlich war die ganze Sache reiner Zufall, aber sie machte sich trotzdem Gedanken darüber, dass ein Fremder nach ihr gefragt hatte. An wen sie ihn wohl erinnern mochte?

Sie betraten die Wohnung und sie schloss sofort die Eingangstür wieder hinter sich ab. Wahrscheinlich war das albern, denn der Mann würde ihr bestimmt nicht nach Hause folgen, wo er doch jetzt wusste, dass sie nicht die Person sein konnte, nach der er suchte. Sie schaute hinüber zum Balkonfenster und zur Balkontür und zog rasch die offenen Vorhänge zu. Dass das albern wirkte, war ihr völlig egal. Sie wollte jede Möglichkeit ausschließen, dass jemand durchs Fenster in ihre Wohnung hineinschauen konnte.

Genau in dem Moment, in dem sie endlich das Gefühl gehabt hatte, in Hope Harbor sicher zu sein, wurde ihr Sicherheitsgefühl wieder erschüttert. In ihrer Erinnerung war sie plötzlich wieder in der Zeit, in der sie gestalkt worden war. Das war gewesen, als sie ehrenamtlich in einer Obdachlosenunterkunft mitgeholfen hatte und einer der Männer dort angefangen hatte, sie zu verfolgen.

Kevin hatte sie heruntergeputzt, als er es erfahren hatte, und ihr gesagt, wie idiotisch es von ihr sei, sich selbst und ihre Tochter durch Kontakte mit Obdachlosen in Gefahr zu bringen. Vielleicht hatte er recht gehabt. Womöglich hätte sie dort wirklich nicht mitarbeiten sollen. Und jetzt hatte ihr neuer Schutzpanzer schon wieder einen Riss bekommen, weil sie Robin ihre Hilfe angeboten hatte. Gab es denn keinen Ort, an dem sie sicher war?

19

Bevor Carson die Veranda des älteren Hauses betrat, sah er sich das Haus und die Garage mit dem ausgebauten Obergeschoss am Ende der Auffahrt etwas genauer an. Er hatte schon seit Jahren kein Garagenapartment mehr gesehen, und wie es aussah, waren Haus und Garage auch schon einige Jahre alt. Er hoffte, dass das Apartment sauber und zweckmäßig war, aber in welchem Zustand auch immer es sich befand, er musste es dort für eine gewisse Zeit aushalten, weil er gar keine andere Wahl hatte.

Nachdem er ein paar Mal an die Tür geklopft hatte, öffnete ihm eine winzig kleine Frau.

„Entschuldigen Sie, sind Sie Mrs Norton? Ich bin Carson Stevens. Sie haben mit Abby Baker über Ihr Garagenapartment gesprochen und dass Sie es eventuell an mich vermieten würden."

Mit leicht zusammengekniffenen Augen blickte die Frau zu ihm hoch. „Dann sind Sie also der junge Mann, der auf Hope Island renoviert? Ich habe schon von Ihnen gehört."

Carson lächelte gezwungen und antwortete: „Ich hoffe, nur Gutes. Ja, ich bin derjenige, der das Leuchtturmwärterhaus zu einem Bed & Breakfast umbaut."

Da öffnete die Frau die Fliegengittertür, hinter der sie bis dahin gestanden hatte, bat ihn aber nicht herein.

„Hm. Glauben Sie wirklich, dass Leute ganz da rausfahren, um irgendwo unterzukommen?"

Notiz an mich selbst: Transport für Gäste organisieren. „Ja, Ma'am, das glaube ich. Ich bin schon selbst in mehreren Leuchtturm-Bed & Breakfasts gewesen und es hat mir immer sehr gut gefallen."

„Sagen Sie bloß! Wann soll es denn fertig sein?"

„Ich habe mal den ersten Juli angepeilt – wenn alles gut läuft."

„Und Sie wollen auch selbst dort hinziehen, wenn es fertig ist?"

„Ja, Ma'am, das habe ich vor. Ich muss ja für die Gäste da sein. Vielleicht können Sie ja auch einmal mein Gast sein", fuhr er fort und hoffte, dass diese Charmeoffensive helfen würde, das Apartment zu bekommen.

Die Frau kicherte und winkte ab. „Nein, vielen Dank. Ich fühle mich hier sehr wohl. Aber ich nehme an, das bedeutet, dass Sie keinen Einjahresmietvertrag für das Apartment unterschreiben können."

„Das stimmt, Ma'am, aber ich hatte gehofft, dass Sie mir einen Mietvertrag mit monatlicher Kündigung anbieten können."

„Hm, wenn Sie im Voraus bezahlen, können wir das wohl so machen. Kommen Sie doch herein, dann setzen wir gleich den Vertrag auf." Mit diesen Worten öffnete sie die Tür ganz und ließ ihn herein.

Nachdem er bezahlt hatte und der Mietvertrag unterschrieben war, machte er noch einen kleinen Abstecher ins *Mo's*. Er hatte an diesem Abend noch viel zu tun und brauchte deshalb einen kleinen Koffeinkick. Als er das Lokal betrat, hoffte er insgeheim, dort wieder zufällig Abby zu begegnen, denn er hatte sie heute vermisst, fühlte sich dafür aber sofort schuldig, als er an den Grund dachte, weshalb sie nicht mitgekommen war. Wie es Grace wohl ging?

Er rief ihren Namen in der Kontaktliste seines Handys auf, während er in der Schlange wartete.

„Hi Carson."

„Hi Abby, wie geht es Ihrer Mutter?"

„Etwas besser. Der Arzt besteht immer noch darauf, dass Sie wegen der COPD-Erkrankung Sauerstoff braucht, aber wir wissen einfach nicht, wie wir die nötige Ausrüstung dafür bezahlen sollen. Aber danke, dass Sie nachfragen."

„Freut mich, dass es ihr besser geht."

„Sind Sie gerade im *Mo's*? Die Jazzmusik im Hintergrund kommt mir so bekannt vor."

„Erwischt. Ich bin von der Insel zurück und brauche jetzt erst mal einen Kaffee, denn ich habe heute Abend noch viel zu tun."

„Ich kann den Kaffee beinah riechen. Ich liebe den Duft von dem frisch aufgebrühten Kaffee dort", sagte sie schwärmerisch.

„Soll ich Ihnen einen Becher vorbeibringen?"

„Wie bitte? Ich dachte, Sie hätten viel zu tun."

„Das stimmt, aber um Ihnen rasch einen Kaffee vorbeizubringen, reicht es allemal. Ich bleibe auch nicht lange."

„Sind Sie sicher? Ich will Sie wirklich nicht aufhalten."

„Jetzt mal im Ernst, Abby. Sie sind keine anderthalb Kilometer von hier entfernt. Möchten Sie einen normalen Kaffee oder lieber koffeinfrei?"

„Ich glaube, ich nehme lieber koffeinfreien, sonst kann ich heute Abend bestimmt nicht einschlafen."

„Okay. Dann bis gleich."

Er beendete das Gespräch und dachte darüber nach, was sie gesagt hatte. Warum sollte sie nicht einschlafen können? Aus Sorge um ihre Mutter?

Als er ein paar Minuten später mit dem Kaffee bei ihrem Apartment ankam und an die Tür klopfte, sagte eine Stimme auf der anderen Seite: „Wer ist denn da?"

Erwartete sie außer ihm sonst noch jemanden?

„Ihr Kaffeebote, Carson."

Da ging die Tür auf und sie lächelte ihn ein ganz klein wenig an, als sie ihn hereinließ. In Vorfreude auf den schönen Ausblick schaute er hinüber zu ihrem Balkon, aber alle Vorhänge waren zugezogen, woraufhin er mit dem Kopf zum Balkon deutete und fragte: „Wollen Sie heute Abend nicht den Sonnenuntergang sehen?"

Sie folgte seinem Blick und sah ihn dann mit ängstlicher Miene an. „Ich ... äh ... ich wollte nicht, dass jemand hereinschauen kann."

Was für eine merkwürdige Antwort. Bei seinem letzten Besuch waren die Vorhänge doch zurückgezogen gewesen.

Er zog eine Augenbraue hoch und fragte: „Gibt es denn hier einen Voyeur?"

„Nein, also, vielleicht. Ich will nur ganz sichergehen."

Sie verhielt sich wirklich sonderbar – irgendwie nervös.

Als sie sich abwenden wollte, griff er nach ihrem Arm und fragte: „Was ist denn los, Abby?"

Ihr Blick huschte nervös im Raum umher, während sie rasch die Tür schloss. Sie sah aus, als wollte sie ihm gerade antworten, aber in diesem Moment kam Emma ins Zimmer gerannt.

„Hi, Mr Carson!", rief sie und breitete die Arme aus, um ihn zu umarmen.

Carson beugte sich vor und drückte sie. „Hi, Emma. Na, wie war dein Tag?"

„Schön, hat Spaß gemacht", antwortete die Kleine.

„Na, super! Vielleicht sollte ich auch in die Kita gehen, das klingt jedenfalls lustig."

Da runzelte Emma die Stirn und sagte: „Aber dafür bist du doch schon viel zu groß."

„Wirklich? Also, das finde ich aber unfair."

„Wenn du willst, kannst du ja mal mit mir mitkommen."

„Danke, Emma. Vielleicht mache ich das wirklich."

„So, mein Schatz, wäschst du dir jetzt bitte die Hände? Wir essen gleich." Und schon flitzte Emma los.

Als sie außer Sichtweite war, sagte Carson: „Verraten Sie mir, was los ist?"

Worauf sie mit gesenkter Stimme antwortete: „Wahrscheinlich ist das albern, aber gestern ist ein Mann in den Laden gekommen, der mich seltsam angeschaut hat, und heute war er wieder da und hat Robin nach mir gefragt."

„Haben Sie denn irgendeine Ahnung, wer das sein könnte?"

„Ja, er heißt K. E. Lawrence und seine Frau und er sind als Touristen in der Stadt. Ihre Motorjacht liegt im Hafen. Er hat Robin gesagt, ich würde ihn an eine Frau erinnern, die er kennt, und er hat nach meiner Familie gefragt."

„Aber Sie glauben doch nicht, dass er Sie verfolgt, oder? Es könnte doch auch einfach ein Zufall sein, und Sie sehen einer Frau ähnlich, die er kennt. So etwas passiert doch häufig."

„Ja, da haben Sie wahrscheinlich recht, aber ist es nicht seltsam, dass er extra noch einmal in den Laden zurückgekommen ist, um nach mir zu fragen?"

„Vielleicht hat er gedacht, Sie wären immer da, und er wollte Ihnen eine Frage stellen. Wie hätte er wissen sollen, dass Sie nicht jeden Tag dort arbeiten?"

Abby zwirbelte eine Haarsträhne und schien über das nachzudenken, was er gerade gesagt hatte. „Sie haben natürlich recht. Wahrscheinlich bin ich einfach ein bisschen paranoid."

Carson zog wieder eine Augenbraue hoch. „Gibt es dafür denn einen Grund?" Mit Furcht in den Augen blickte sie zu ihm auf, sodass er beschwichtigend fortfuhr: „Ach, vergessen Sie's. Sie brauchen es mir nicht zu sagen."

In dem Moment kam Emma aus dem Bad zurück und Carson wechselte lieber das Thema.

„Also, ich habe jetzt eine Wohnung beziehungsweise werde eine haben, wenn ich aus der Pension ausziehe. Danke für Ihre Hilfe."

„Dann waren Sie also bei Mrs Norton?"

„Ja. Wir sind jetzt *best buddies*", antwortete er und fuhr fort: „Na ja, nicht ganz, aber sie hat sich auf eine monatliche Kündigung eingelassen, und darüber bin ich sehr froh."

„Das ist gut. Freut mich, dass es geklappt hat."

„Ich hab Hunger, Mama", sagte Emma jetzt und zupfte Abby am Ärmel.

Carson erinnerte sich wieder daran, dass er versprochen hatte, nicht lange zu bleiben, obwohl er eigentlich gerne noch ein bisschen geplaudert hätte, aber er hatte wirklich noch viel zu tun.

„So, dann lass ich Sie beide jetzt mal lieber essen", sagte er, und als er sich zum Gehen wandte, sah er einen Skizzenblock auf dem Küchentresen liegen.

Seine Neugier trieb ihn, sich die Zeichnung darauf genauer anzuschauen, also nahm er sie in die Hand und betrachtete sie. Es war das Leuchtturmwärterhaus mit einer Außen- und einer Innenansicht und alle Räume waren beschriftet und möbliert.

Er sah Abby an und fragte: „Was ist denn das?"

Da wurde sie rot, kam zu ihm herübergeeilt, griff nach dem Block und sagte: „Ich habe nur mit ein paar Ideen herumgespielt. Das mache ich oft ganz unbewusst."

„Das sieht gut aus. Darf ich auf diese Vorschläge zurückkommen, wenn es ans Einrichten und Dekorieren geht?"

„Ja klar, wenn Ihnen meine Ideen gefallen …"

„Soll das ein Scherz sein? Einrichten und Dekorieren sind absolut nicht mein Ding, und ich fände es großartig, wenn Sie mein Haus von innen gestalten."

Abby lächelte. „Und ich fände es großartig, wenn ich das dürfte."

„Aber Moment mal, wie viel würde das denn kosten? Ich weiß nicht, ob ich es mir leisten kann, die Innengestaltung in Auftrag zu geben."

Sie lachte auf ihre unvergleichliche Art und antwortete: „Ach, darüber lässt sich reden. Vielleicht können wir ja einen Tauschhandel vereinbaren und Sie laden uns zum Essen ein."

„Ja, das könnte ich mir vielleicht leisten. Und jetzt noch kurz zu morgen. Können Sie mit mir auf die Insel kommen oder müssen Sie bei Ihrer Mutter bleiben?"

„Ich glaube, dass ich mitkommen kann, aber ich würde morgen früh gerne erst noch einmal nach ihr schauen und Sie dann anrufen. Wäre das okay für Sie?"

In dem Moment wurden sie durch Lärm aus der Küche abgelenkt. Emma war dabei, einen Stuhl an den Küchentresen zu ziehen, und Abby eilte zu ihr und fragte: „Was machst du denn da, Emma?"

„Ich mache Abendessen."

„Ich finde schon allein hinaus. Gute Nacht", sagte Carson daraufhin nur, entriegelte die Tür und drehte sich noch einmal winkend um. „Vergessen Sie nicht, hinter mir wieder abzuschließen."

Nachdem Abby Emma ins Bett gebracht hatte, wärmte sie sich ihren Kaffee noch einmal in der Mikrowelle auf, setzte sich mit dem Skizzenblock aufs Sofa und schaute sich noch einmal den Entwurf an. Sie hatte ganz vergessen, dass es diese Zeichnung gab, denn eigentlich war sie mit völlig anderen Dingen beschäftigt gewesen, als sie sie gemacht hatte. Jetzt griff sie nach einem Stift und nahm an dem Entwurf ein paar Änderungen vor. Carson wollte also tatsächlich, dass sie das Leuchtturmwärterhaus einrichtete. Dieser Gedanke ließ ihr Herz höherschlagen.

Es würde bestimmt großen Spaß machen und in Gedanken beschaffte sie schon Möbel, Stoffe und Accessoires. Aber dann setzte die Realität wieder ein, als sie an die Kosten für das alles dachte. Sie konnte das nötige Material nicht selbst finanzieren, sodass sie Carson um mehr würde bitten müssen als um eine Einladung zum Essen. Sie schüttelte den Kopf. Warum hatte sie bloß diesen Vorschlag gemacht? Flirtete sie etwa mit ihm? Allein der Gedanke daran, was sie zu ihm gesagt hatte, trieb ihr die Röte ins Gesicht.

Er war ein netter, unkomplizierter Kerl, mit dem man gut zusammen sein konnte, allerdings nur freundschaftlich. Er hatte sie zwar wegen ihrer Angst, beschattet oder verfolgt zu werden, nicht aufgezogen, aber er dachte bestimmt, dass ihre Ängste völlig irrational waren. So etwas wollte sie auf keinen Fall noch einmal durchmachen. Andererseits war es schön, Carson in der Nähe zu haben, sollte sie sich doch nicht irren und tatsächlich verfolgt werden. Wenn das für sie allerdings der einzige Grund war, mit ihm zusammen zu sein, dann nutzte sie ihn aus, und das wollte sie auf gar keinen Fall. Außerdem hatte er vermutlich ohnehin recht mit dem, was er über ihre Sorge gesagt hatte. Abby atmete einmal tief durch. Sie würde damit fertigwerden, oder?

Was Granny wohl an ihrer Stelle getan hätte? Abby nahm das Tagebuch und fing an, dort weiterzulesen, wo sie aufgehört hatte.

30. April 1945

Mr Reynolds hat mir heute meine Lebensmitteleinkäufe gebracht und eine Ausgabe der Tageszeitung Portland News. *Auf der Titelseite stand ein trauriger Artikel darüber, dass eines unserer Schiffe unmittelbar vor der Küste explodiert ist und dabei alle Menschen, die an Bord waren, ums Leben gekommen sind. Was für eine Tragödie! Mr Reynolds sagt, dass das Kriegsschiff torpediert worden ist, aber in der Zeitung steht davon nichts, sondern nur, dass ein Feuer an Bord zu einer Explosion geführt hat. Warum sollte dort nicht stehen, dass es ein Torpedo war, wenn es doch stimmt? Er glaubt, die Regierung will die Bevölkerung durch die Vorstellung, dass die Nazis so nah sind, nicht beunruhigen.*

Aber Mr Reynolds sagt auch, dass wir den Krieg in Europa gewinnen. Die russische Armee kommt von der einen Seite, sagt er, und unsere Streitkräfte von der anderen, sodass die Deutschen Angst bekommen und Reißaus nehmen. Wann also werden die U-Boote der Nazis von unseren Küsten verschwinden? Das werde ich auf jeden Fall Michael fragen, wenn ich ihn wiedersehe. Ich weiß allerdings nicht, wann das sein wird.

Seit zwei Wochen war er schon nicht mehr hier, und ich fürchte, es hat mit der Schiffskatstrophe zu tun, von der ich in der Zeitung gelesen habe. Wahrscheinlich sollte ich nicht so empfinden, aber ich vermisse ihn. Ich weiß nie genau, wann er hier auftaucht, aber es fühlt sich so an, als wäre es schon ewig lange her, dass er das letzte Mal hier war, obwohl das eigentlich gar nicht stimmt.

So oft fällt mir etwas ein, was ich unbedingt jemandem erzählen möchte, aber Charles ist tot und Grace versteht es noch nicht. Ich bin dankbar für Mr Reynolds' wöchentliche Besuche, aber es gibt auch Dinge, über die ich nicht mit ihm rede. Denn ich weiß von ihm, dass alles, was ich ihm erzähle, ebenso gut auf der Titelseite der Zeitung stehen könnte, weil er Klatsch und Tratsch weitererzählt, und wahrscheinlich auch alles, was er von mir erfährt.

Er hat mir Sämereien mitgebracht, sodass ich angefangen habe, den Garten zu bestellen. Ich bereite den Boden für die Aussaat vor, aber er ist voller Steine. Gott sei Dank war das Wetter schön genug, um draußen zu arbeiten. Ich habe Grace am Zaun angebunden, damit sie nicht weglaufen konnte, während ich arbeitete.

Michael hat nämlich Wort gehalten und die Männer von der Küstenwache damit beauftragt, meinen weißen Staketenzaun zu ziehen.

Der ist zwar noch nicht gestrichen, aber wenn die Männer nicht mehr dazu kommen, kann ich es ja auch selbst tun. Vermutlich kann ich dafür auch die weiße Farbe nehmen, die wir für den Leuchtturm verwenden. Der Garten liegt direkt außerhalb des Zaunes, sodass Grace nicht hineinkann, so gerne sie dort wahrscheinlich in der Erde wühlen würde. Aber ich muss die Aussaat ohne ihre „Hilfe" erledigen.

Bevor ich aus einem von Charles' Gürteln eine Schlinge geformt und sie an einem langen Seil befestigt habe, um Grace damit am Zaun anzubinden, habe ich beinah einen Herzinfarkt bekommen. Sie war mir hinterhergelaufen, als ich das Haus verlassen hatte, und weil ich beide Hände voll hatte, konnte ich das Tor in dem Zaun nicht schließen. Ich hatte es gar nicht bemerkt, bis ich sie kichern hörte, aufblickte und sah, wie sie einem Schmetterling hinterherrannte. Wenn ich sie nicht sofort zu fassen bekommen hätte, wäre sie wahrscheinlich abgestürzt. Ich habe mich jedenfalls zu Tode erschrocken!

Die Leute in der Stadt würden mich wahrscheinlich dafür auslachen, dass ich mein Kind anbinde wie einen Hund, aber es ist die einzige Art, wie ich sie im Auge behalten und ihr gleichzeitig genügend Bewegungsfreiheit geben kann.

Grace wächst so schnell und sie lernt so viel Neues. Sie hat jetzt schon ein paar Wörter mehr aufgeschnappt, und wenn sie ein Wort für einen Gegenstand nicht kennt, dann erfindet sie es in ihrer eigenen Sprache. Normalerweise verstehe ich jedoch, was sie sagen will. Komisch, dass das funktioniert.

Das kleine „Schlaumeierchen" hat sogar schon gelernt, wie es den Fußhocker zum Küchentresen ziehen kann, wenn es an etwas herankommen möchte. Ich mache mir Sorgen, dass sie das vielleicht auch einmal tun könnte, wenn ich gerade nicht in der Nähe bin, und dass sie dann fällt. Ich möchte aber auch nicht zu viel mit ihr schimpfen, denn ich erlaube ihr ja auch, darauf zu stehen, wenn ich Cookies backe, damit sie zuschauen oder sogar selbst Teig ausrollen kann. Nicht mehr lange, und sie ist groß genug, um allein Cookies zu backen.

Du liebe Zeit, ich mag gar nicht daran denken, wie schnell sie größer wird. Aber natürlich möchte ich auch, dass sie normal aufwächst. Ich frage mich manchmal, wie groß sie wohl wird. Charles war groß und schlaksig, und ich bin auch ziemlich groß und war eigentlich immer recht schlank, wenn auch nicht mehr so schlank wie früher. Wenn Grace groß wird, wird sie uns bestimmt mehr ähneln, aber momentan ist sie eher klein und stämmig. Ich glaube aber nicht, dass ich ihr zu viel zu essen gebe.

Sie bekommt frische Milch von der Kuh, und da sie mittlerweile schon ein paar Zähne hat, isst sie das Gleiche wie ich, nur als Brei. Ich habe auch schon versucht, ihr fertigen Brei zu geben, den Mr Reynolds gekauft hat, aber den mochte sie gar nicht! Das kann ich gut verstehen, denn ich habe den Brei probiert und fand ihn auch scheußlich.

Um Gottes willen! Im Radio ist gerade gemeldet worden, dass Hitler Selbstmord begangen hat. Die laufende Sendung wurde unterbrochen, genau wie damals beim Angriff auf Pearl Harbor. Was für ein schlimmer Tag das war. Gott sei Dank ist dieser furchtbare Hitler tot. Ich frage mich, ob Deutschland jetzt wohl kapituliert. Ohne Führer wird es bestimmt dazu kommen.

Ob der Krieg bald zu Ende ist? Kommen unsere Jungs jetzt nach Hause oder werden sie gleich weiter in den Pazifik geschickt? Ob die Küstenwache wohl jetzt von der Insel abgezogen wird? Ich habe mich im Laufe des letzten Jahres sehr daran gewöhnt, dass die Männer da sind.

Seit Beginn des Krieges hat sich so viel verändert. Vorher hatte ich einen Mann und kein Kind, jetzt habe ich ein Kind, aber keinen Mann mehr. Das finde ich nicht gerade fair, aber das Leben ist nun einmal nicht fair.

Eigentlich sollte ich mich schämen, so egoistisch zu denken, wo doch so viele Leute aus der Stadt Ehemänner, Väter, Söhne und Brüder im Krieg verloren haben. Ich habe ein gutes Leben, und ich habe die Chance, diesem Kind auch ein gutes Leben zu ermöglichen. Natürlich hoffe ich, dass mir das gelingt und sie auch ohne Vater ein glückliches Leben hat. Wenn ich wegen irgendetwas rumgejammert habe, hat meine Mutter immer gesagt, dass ich lieber auf all das Gute schauen soll, das mir geschenkt wird. Das versuche ich jetzt immer, wenn ich mich wegen irgendetwas selbst bemitleide.

Na, dann schauen wir doch mal, was alles gut ist. Also:

Ich habe kein perfektes Haar wie ein Model oder ein Filmstar, aber so schlecht sieht mein Haar auch nicht aus, und ich habe gelernt, wie man mit den Fingern Wellen hineinmachen kann, wenn ich mal besonders schick aussehen möchte.

Ich habe keine Sanduhrfigur, aber meine Figur ist ganz in Ordnung. Ich bin nicht dick, und ich bin gesund, und das sind die beiden Dinge, die Charles an mir gefallen haben.

Ich bin nicht immer modisch gekleidet, aber hier auf der Insel ist das auch gar nicht wichtig.

Ich habe keine Freundschaften mit Frauen, aber Mr Reynolds und Michael sind mir gute Freunde.

Ich habe nicht die Möglichkeit, ins Kino zu gehen, aber das Radio tut es (meistens jedenfalls) auch. Da kann ich mir Sendungen anhören.

Ich habe niemanden, der mich ab und zu in die Arme nimmt oder mit mir tanzt, aber ich kann Grace umarmen und mit ihr tanzen.

Ich komme nicht oft in die Kirche, aber ich kann mir Radiogottesdienste anhören und in der Bibel lesen.

Ich habe kein Auto, aber ich habe ein Boot. Na ja, es ist eigentlich nicht meins, es gehört zur Leuchtturmstation, aber ich darf es benutzen und kann damit umgehen.

Ich kann nicht im Restaurant essen gehen, aber ich habe hier auf der Insel genug zu essen.

Ich habe keinen von diesen neumodischen Geschirrspülern, aber Grace und ich haben zusammen auch gar nicht so viel Geschirr, dass sich das lohnen würde.

Wir haben nicht viel von allem, aber genug.

Ich glaube, was meine Mama gesagt hat, stimmt. Dadurch, dass ich all das Gute in meinem Leben angeschaut und aufgezählt habe, geht es mir jetzt schon viel besser. Ich hoffe, dass ich Grace beibringen kann, es auch so zu machen.

20

Carson lachte leise vor sich hin. Abby hatte sich also Gedanken über die Ausgestaltung des Leuchtturmwärterhauses gemacht. Wie cool. Und jetzt hatte sie sich sogar bereit erklärt, diese Ideen auch umzusetzen. Was für eine Entlastung, dass er sich um ein Thema weniger Gedanken zu machen brauchte. Er konnte es gar nicht erwarten, in diese Phase der Renovierung einzutreten, denn dann wären die Bauarbeiten am Haus schon beendet. Aber vielleicht war es ja sinnvoll, mit ihr auch über den Fliesenspiegel in der Küche und über die Arbeitsplatten dort zu sprechen, bevor er sie bestellte.

In dem Augenblick vibrierte sein Handy.

„Carson? Ich kann heute mitkommen. Soll ich zum Anleger kommen oder möchten Sie bei meiner Mutter vorbeikommen und mich abholen?“

„Sie sind bei Grace? Dann komme ich vorbei und sage ihr noch kurz Hallo. Bis gleich.“

Carson war überrascht, als er sah, wie kraftlos Grace war. Ihren normalerweise lebhaften Augen fehlte der Glanz und sogar ihre Haut hatte sich verändert. Auf jeden Fall sah sie schlechter aus, als er sie zuletzt gesehen hatte. Er lächelte sie an und umarmte sie, um sie aufzumuntern, und er hoffte wirklich, dass es zu verantworten war, sie den ganzen Tag allein zu lassen.

„Sie machen aber keinen Unsinn, während wir weg sind, ja?“, sagte Carson zu ihr, worauf sie aber nur mit einem matten Lächeln reagierte.

„Vielleicht mache ich Unsinn, vielleicht auch nicht. Man kann nie wissen.“

„Du bist unmöglich, Mama“, sagte Abby und drückte ihre Mutter kurz.

Grace verscheuchte die beiden mit einer wedelnden Geste und sagte: „So, und jetzt geht an eure Arbeit und lasst mich in Ruhe.“

„Na, dann machen wir uns mal lieber auf den Weg. Wahrscheinlich wartet Ihr Hausfreund schon, dass wir endlich weg sind, damit er reinkommen kann“, sagte Carson und zwinkerte Grace zu, woraufhin die nur den Kopf schüttelte.

Als sie in Carsons Truck saßen, äußerte er sich lieber nicht weiter dazu, wie schlecht Grace aussah, denn er wollte Abby nicht noch mehr beunruhigen.

„Ich versuche, die Arbeit heute so zu organisieren, dass wir rechtzeitig Feierabend machen können, damit Sie dann gleich nach ihr schauen können.“

„Danke. Es ist gar nicht so einfach zu erkennen, was man für sie tun kann. Sie will jedenfalls nicht betüddelt werden. Das regt sie richtig auf.“

Um Abby irgendwie abzulenken, wechselte Carson das Thema.

„Also, da Sie ja jetzt offiziell meine Innenausstatterin sind, brauche ich noch Ihre Meinung zu ein paar Fragen.“

„Meine Meinung? Finden Sie nicht, dass es dazu noch ein bisschen zu früh ist?“

„Nein, das ist gar nicht zu früh, denn ich muss die Fliesen für den Fliesenspiegel in der Küche, die Arbeitsplatten und noch andere Sachen für die Küche bestellen. Der Klempner ist fast fertig und dann sind auch schon die Fußbodenbeläge an der Reihe."

„Möchten Sie in der Küche auch Holzboden haben?"

„Ja, eigentlich schon. Als wir das alte Linoleum herausgerissen haben, sah der Holzboden darunter noch ziemlich gut aus. Wir müssen ihn nur abschleifen und versiegeln. Haben Sie sonst noch irgendwelche Vorschläge für die Küche?"

Sie kamen jetzt beim Anleger an, und Abby dachte über seine Frage nach, während sie zum Boot gingen. „Was würden Sie denn von weißen Fliesen im Metro-Style für den Fliesenspiegel in der Küche halten? Das ist zeitlos und man sieht sich nicht so schnell leid daran."

„Stimmt. An so etwas in der Art hatte ich auch gedacht."

„Finden Sie für die Arbeitsplatten Granit oder Marmor besser?"

„Ich weiß es nicht. Ich habe auch schon an Holz oder Beton gedacht."

„Ich schau es mir noch mal an, wenn wir da sind. Maine ist ja auch bekannt für seinen schönen Schiefer. In den 20er-Jahren hat man sogar die Spülbecken aus Schiefer hergestellt. Man bekommt ihn in den unterschiedlichsten Farbtönen. Dazu würde ich bronzefarbene statt Edelstahl-Küchenarmaturen empfehlen."

„Okay. Das klingt gut. Ich erkundige mich danach. Danke."

Sie stiegen ins Boot, Carson startete den Motor und auf dem Weg aus dem Hafen heraus schaute sich Abby nervös um.

„Stimmt etwas nicht?", fragte Carson, als er sah, wie angespannt sie plötzlich war.

„Ach, mir fällt nur auf, dass mehr Boote unterwegs sind als sonst, und zwar Freizeitboote und nicht Hummerfischer."

„Wahrscheinlich sind die ersten Touristen der Saison da. Keine Sorge, wir stoßen mit keinem davon zusammen", erklärte er und lächelte sie übermütig an. „Wow, schauen Sie sich die Motorjacht da mal an!"

Das schnittige Boot war strahlend weiß, mindestens 15 Meter lang und ein starker Kontrast zu allen anderen Booten im Hafen. Genau in dem Moment, als Abby sich umdrehte, um hinzuschauen, betrat ein Mann das Achterdeck, reckte und streckte sich und schaute sich um. Sie atmete hastig ein und packte Carson am Arm.

„Abby? Was ist denn los?"

„Da, das ist der Mann. Das ist dieser Mr Lawrence."

„Wer? Ach so, der Mann, von dem Sie glauben, dass er sie verfolgt?"

Sie nickte, duckte sich, zog sich die Baseballmütze tiefer ins Gesicht und setzte auch noch die Kapuze ihres Hoodies auf. „Glauben Sie, er hat mich gesehen?"

„Nein, das glaube ich nicht. Von seinem Boot aus konnte er Sie gar nicht sehen. Er hat nicht einmal in unsere Richtung geschaut."

„Aber was, wenn er mich doch gesehen hat?"

„Was dann ist? In dem Boot da verfolgt er Sie ganz bestimmt nicht. Das wäre viel zu auffällig." Er tätschelte ihre Hand, mit der sie sich immer noch an seinen Arm klammerte. „Wirklich Abby. Sie brauchen sich seinetwegen heute wirklich keine Sorgen zu machen. Er wird nicht auf die Insel kommen. Er weiß doch nicht einmal, dass Sie dort sind. So beruhigen Sie sich doch."

Als sie dann etwas Abstand zu dem Segelboot hatten, sagte er: „Sie brauchen sich jetzt nicht mehr zu verstecken. Wir sind schon ein ganzes Stück an seinem Boot vorbei und er hat noch nicht einmal die Anker gelichtet."

Ganz langsam hob sie den Kopf und drehte sich noch einmal um, um sich zu vergewissern, und als der Hafen hinter ihnen immer kleiner wurde, entspannten sich ihre Schultern.

„Sie finden, dass ich mich albern benehme, oder?"

„Nein, das habe ich keinen Augenblick gedacht. Ich sehe ja, dass der Typ Sie in Panik versetzt." Er würde nicht so weit gehen, ihr Verhalten als albern zu bezeichnen. Vielleicht eher als etwas paranoid, aber wer war er denn, dass er sich darüber ein Urteil erlauben konnte?

„Es ist nur einfach merkwürdig, wie dieser Mann immer wieder auftaucht", erklärte sie.

„Na ja Abby, Hope Harbor ist eine kleine Stadt, da erkennt man schnell die Leute, die nicht von hier sind. Also, ich lebe jetzt erst seit ein paar Monaten hier und kann schon die Einheimischen von den Touristen unterscheiden. Außerdem gibt es auch gar nicht so viele Orte, wo sie sich aufhalten können, oder?"

Abby nickte. „Da haben Sie natürlich recht."

„Der Typ hat jedenfalls offensichtlich Geld."

„Ich hatte in Kalifornien ein paar Kunden, die in diese Einkommensgruppe gehörten, aber an ihn oder seine Frau kann ich mich nicht erinnern. Vielleicht kennt er mich ja von dort, ohne dass ich es mitbekommen habe."

„Sicher, das wäre doch möglich. Und vielleicht ist er nur neugierig geworden, weil Sie sich jetzt am anderen Ende des Landes wieder begegnen."

„Ja, da haben Sie sicher recht."

Carson sagte nichts weiter, aber er fragte sich schon, warum sie vor dem Mann solche Angst hatte. Ihm kam er nämlich eigentlich nicht besonders bedrohlich vor. Er betrachtete einen Moment lang ihre Miene und schaute dann wieder geradeaus.

„Also gut. Sie fragen sich bestimmt, warum ich mich so seltsam benehme, oder? Ich habe in Kalifornien eine Zeit lang ehrenamtlich in einer Suppenküche für Bedürftige und Obdachlose mitgeholfen und mich dabei bemüht, jeden dort freundlich und respektvoll zu behandeln, einfach nett zu sein, wissen Sie? Na ja, und dann war da dieser eine Mann, der das falsch verstanden hat und völlig auf mich fixiert war. Er hat dann angefangen, mich überallhin zu verfolgen, und irgendwie herausbekommen, wo ich wohnte. Am Ende hat er sogar in meinem Garten übernachtet.

Ich habe versucht, ihn zu überreden, wieder in die Obdachlosenunterkunft zu gehen, aber er hat sich geweigert. Weil Kevin zu der Zeit im Auslandseinsatz war, sodass Emma und ich allein zu Hause waren, und weil ich seinetwegen nicht die Polizei rufen wollte, habe ich schließlich in der Obdachlosenunterkunft angerufen und von dort ist dann jemand gekommen und hat ihn abgeholt. Von da an hatte ich ihn ständig im Nacken, und als Kevin wieder nach Hause kam, war er deshalb richtig wütend."

„Wahrscheinlich wäre er mit dem Kerl fertiggeworden, wenn er zu Hause gewesen wäre, oder?"

Abby schaute kurz weg, sah ihn dann wieder an und erklärte: „Er war eher auf mich wütend als auf den Mann. Er hat gesagt, ich hätte ihn ermutigt, indem ich übertrieben nett gewesen sei."

Carson schüttelte den Kopf. „Wie bitte? Sie meinen, er hat geglaubt, dass Sie bewusst einen obdachlosen Mann ermutigt hätten? Das ist doch absurd. Der Mann hatte doch ganz offensichtlich psychische Probleme."

Abby zuckte mit den Schultern. „Ich weiß es nicht. Aber vielleicht habe ich ihn ja auch wirklich unbewusst ermutigt."

Da sah Carson sie an und entgegnete: „Also, ich kenne Sie ja vielleicht nicht besonders gut, Abby, aber eines weiß ich über Sie, Sie sind aufrichtig, und Sie würden nichts tun, was jemand anderen auf falsche Gedanken bringen könnte. Es war nicht Ihre Schuld, dass der Mann Sie gestalkt hat. Es gibt nun mal Menschen, die Probleme haben, und ich würde sagen, dass dieser Typ dazugehört hat."

Verwundert sah sie ihn daraufhin an und sagte: „Danke, dass Sie das sagen."

„Hey, das sage ich nicht nur, das meine ich auch so. Und wenn ich eines von mir behaupten kann, dann dass ich ehrlich bin."

In dem Moment vibrierte das Handy in seiner Hosentasche. Er holte es heraus und stellte es auf laut. „Hey, Nick, ich bin unterwegs. Was gibt es denn?"

Was der Bauunternehmer als Nächstes sagte, traf ihn wie ein Keulenschlag.

„Wir haben ein Problem. Der Keller des Hauses ist voller Wasser."

Carson musste die Information erst einmal verdauen und versuchte, ruhig zu bleiben. *Lieber Gott, was jetzt?* „Soll ich umkehren und Sachen besorgen, um es zu reparieren?"

„Nein kommen Sie erst mal her, schauen Sie es sich selbst an, und dann überlegen wir, was zu tun ist."

Carson sah aus, als würde er sich gleich übergeben. Als er das Gespräch beendete, hatte sich seine gesamte Haltung verändert und sein Gesicht war von Furcht überschattet.

Fast hatte sie Angst, die Frage zu stellen, tat es dann aber doch: „Was ist denn los?"

Wegen des Lärms des Bootsmotors hatte sie von dem Gespräch nichts mitbekommen, aber es war nicht zu übersehen, dass es keine guten Nachrichten gewesen waren.

Er musste schlucken und antwortete dann: „Der Keller vom Leuchtturmwärterhaus steht unter Wasser."

Es war sinnlos, noch weitere Fragen zu stellen, denn Carson konnte ja noch gar nicht wissen, was passiert war. Der arme Kerl. Jetzt hatte er noch ein Problem mehr. Und sie hatte keine Ahnung, was sie tun konnte, um ihm zu helfen.

Er tat ihr unendlich leid, denn er war so ein netter Kerl und eigentlich immer positiv und optimistisch. Noch vor ein paar Minuten hatte er ihr gesagt, sie solle sich keine Sorgen machen wegen des Typen, und sogar Mitgefühl mit ihr gehabt. Im Gegensatz zu Kevin hatte Carson sich weder über ihre Panik lustig gemacht noch sie als dumm bezeichnet, und er hatte sich auch kein bisschen gewundert über das, was ihr da passiert war, sondern ihr eindeutig zu verstehen gegeben, dass er auf ihrer Seite war. Und jetzt war es eben andersherum, und sie wollte ihm helfen, so gut sie konnte.

Als sie am Anleger der Insel ankamen, wartete Nick dort bereits auf sie. Sie beeilten sich, das Boot zu vertäuen, stiegen dann gemeinsam den Hügel hinauf und gingen zur Rückseite des Leuchtturmwärterhauses. Eine Tür im unteren Teil des Hauses stand offen, und erst jetzt stellte Abby fest, dass sie auf dieser Seite des Gebäudes noch nie gewesen war und deshalb auch gar nicht gewusst hatte, dass es einen Keller gab.

„Wie schlimm ist es denn?“, fragte Carson, die Hände in die Hüften gestemmt.

„Das Wasser steht ungefähr einen halben Meter hoch. Wir müssen so schnell wie möglich auf dem Festland eine Pumpe besorgen und das Wasser abpumpen, bevor es noch mehr Schaden anrichtet.“

„Woher kommt denn das Wasser überhaupt? Wir hatten doch in letzter Zeit gar keinen starken Regen, oder?“

Nick schüttelte den Kopf. „Nein, die Ursache ist ein Wasserrohrbruch. Wir haben das Rohr zwar provisorisch geflickt, aber wir brauchen ein neues Stück Rohr und Schellen, um es richtig zu reparieren.“

„Und wie schlimm ist der Schaden?“

Nick rieb sich das Gesicht und antwortete: „Das kann ich noch nicht sagen. Es hängt ganz davon ab, wie hoch das Wasser gestiegen ist, denn da unten sind auch Sicherungskästen und Verteiler. Es könnte ziemlich übel sein.“

„Dann sollten wir jetzt wirklich möglichst schnell eine Pumpe herschaffen. Haben Sie schon etwas unternommen, eine aufzutreiben?“

Der Bauunternehmer nickte. „Die nächste ist etwa eine Stunde Wasserweg entfernt. Ich glaube, es würde länger dauern, mit dem Boot zurück nach Hope Harbor zu fahren und von dort aus das Auto zu nehmen. Vielleicht können wir ja mit dem Verleiher verhandeln, dass er sie uns zum Anleger bringt. Und lassen Sie uns vor allem dafür beten, dass es in den nächsten ein, zwei Tagen nicht regnet."

„Dann legen wir am besten gleich los. Sie rufen den Maschinen- und Geräteverleih wegen der Pumpe an und ich kümmere mich um ein Ersatzrohrstück und Schellen. Bekomme ich das in der Stadt?"

„Möglich. Ich rufe beim Baumarkt an und frage nach", sagte Nick und zog sein Handy aus der Tasche.

„Entschuldigung, aber wo finde ich Carson Stevens?", war jetzt eine Stimme hinter ihnen zu hören.

Mit einem Ruck drehte er sich um und sah hinter sich einen Mann mit einem Klemmbrett in der Hand.

Nick stöhnte leise auf, aber Abby hörte es trotzdem.

„Ich bin Carson Stevens", sagte Carson und ging mit ausgestreckter Hand auf den Mann zu.

„Kann ich Ihnen helfen?"

„Ja, ich bin Tom Wilson von der Bauaufsichtsbehörde." Carson wurde blass. „Ach, ich habe heute gar nicht mit Ihnen gerechnet. Ich dachte, Sie würden einen Termin vereinbaren."

„Dann passt es also heute nicht gut?", fragte Mr Wilson und ließ seinen Blick zum Haus hinüber und zu der offenen Kellertür schweifen. „Gibt es ein Problem?"

„Ja, Sir, das kann man wohl sagen. Wir haben einen Rohrbruch im Keller. Aber wir haben das unter Kontrolle."

„Sie wissen aber schon, dass dabei Steckdosen und Anschlussdosen in Mitleidenschaft gezogen werden können, oder? Außerdem bildet sich dort unten höchstwahrscheinlich Schimmel, wenn es zu lange feucht ist, und so etwas kann zu Verzögerungen bei der Bauabnahme führen."

„Das verstehe ich. Wir sorgen dafür, dass alles so schnell wie möglich trocken wird und keine Gefahr mehr für die Bauarbeiten darstellt. Ich sage dem Elektriker sofort, dass er aus dem Keller herauskommen soll."

„Tun Sie das. Ich hoffe, die Sache wird für Sie nicht so langwierig, wie ich es auf anderen Baustellen schon erlebt habe. Das könnte eine Verzögerung von bis zu zwei Monaten bedeuten."

Carson musste schwer schlucken. „Zwei …"

„Ja. Wasser im Keller ist keine Kleinigkeit."

Carson richtete sich auf. „Wir tun alles, was erforderlich ist. Wann kommen Sie denn wieder? Oder soll ich einen Termin vereinbaren?"

„Sie können mich anrufen, und dann schaue ich, ob ich einen weiteren Besuch hier einschieben kann. Ich habe um diese Zeit im Jahr immer sehr viel zu tun, weil die Leute mit dem Bauen und Umbauen für die Saison fertig werden wollen."

„Ja, das verstehe ich. Vielen Dank, dass Sie heute extra hier herausgekommen sind. Wollten Sie sich noch etwas anderes anschauen?"

„Nein, das bringt nichts, weil ich ja keine vollständige Abnahme durchführen kann, bevor der Wasserschaden nicht behoben ist." Er klemmte sich das Klemmbrett unter den Arm und verabschiedete sich: „Na gut, dann werde ich mich mal wieder auf den Weg machen. Viel Glück, dass Sie noch rechtzeitig eröffnen können."

Und damit machte Mr Wilson kehrt und ging davon. Carson und Abby sahen ihm nur fassungslos hinterher. Als er außer Sichtweite war, drehte sich Carson mit einem Ruck um und fragte: „Haben Sie gewusst, dass er heute kommt, Nick?"

Doch der schüttelte den Kopf. „Nee. Ich war auch überrascht. Echt mieses Timing."

„Das kann man wohl sagen."

In dem Moment kam ein Bauarbeiter in Gummistiefeln aus dem Keller, sah Nick an und sagte: „Kann ich Sie mal kurz sprechen, Chef?“

„Klar“, antwortete Nick und ging rasch hinüber zu dem Mann. Die beiden sprachen leise miteinander, während Carson und Abby warteten.

Als die beiden Männer fertig waren, kam Nick mit gerunzelter Stirn wieder zu ihnen zurück.

Carson ging ihm entgegen und fragte: „Was ist denn los?“

Da schaute Nick sich um und sagte mit gesenkter Stimme. „Der Rohrbruch war kein Zufall. Mein Handwerker sagt, dass das Rohr nicht von selbst gebrochen ist, sondern angesägt wurde.“

Carson wurde rot. „Angesägt? Aber wer macht denn so was? Glauben Sie, es war einer von unseren Leuten?“

„Nein, auf keinen Fall. Ich kenne die Männer alle schon sehr lange, und ich kann mir nicht vorstellen, dass einer von ihnen so etwas tun würde. Wenn ich herausfinde, dass es einer von meinen Leuten war, dann kriegt er es aber mit mir zu tun.“

Bei diesen Worten schlug er sich mit der rechten Faust in die linke Hand.

„Gehen Sie jetzt am besten und rufen Sie wegen der Pumpe beim Maschinen- und Geräteverleih auf dem Festland an. Fahren Sie auch selbst rüber, um sie zu holen?“

Nick bejahte, während er schon dabei war, die Nummer einzugeben.

Als Nächstes ging Carson zu dem Mann, der mit Nick gesprochen hatte, und fragte: „Können Sie mir das Maß für das Rohr geben und mir sagen, was genau ich besorgen soll?“

Der Mann nickte und stapfte wieder in den überschwemmten Keller, während Carson mit einem kleinlauten Grinsen zu Abby hinüberschaute und sagte: „Willkommen in meiner Welt.“

„Es tut mir so leid, dass Sie so viele Probleme haben, Carson.“

„Ja, mir auch. Und dabei konnte ich Überraschungen noch nie leiden. Ganz besonders keine schlechten."

„Ich wünschte, ich könnte Ihnen helfen", sagte sie.

„Da es heute keinen Sinn mehr hat, mit irgendwelchen anderen Arbeiten weiterzumachen, können Sie mir auf der Rückfahrt in die Stadt Gesellschaft leisten. Ich fahre dann in den Baumarkt und Sie können gleich dableiben und nach Ihrer Mutter schauen. Die wird sich sicher wundern, dass Sie schon so früh wieder zurück sind. Es ist wirklich nicht nötig, dass Sie heute noch mal wieder mit auf die Insel kommen."

Der Handwerker kam jetzt mit den Maßen für das Ersatzrohr und die Schellen zurück und Carson notierte sie sich. Nick beendete sein Telefongespräch, bestätigte die Maße und sagte dann: „So, ich bin jetzt weg, um die Pumpe zu holen."

„Wir machen uns auch auf den Weg."

Carson und Abby gingen ebenfalls hinunter zum Boot. Nick fuhr los in Richtung Osten, während die Furchen zwischen Carsons Augenbrauen noch tiefer wurden und er anscheinend tief in Gedanken war.

„Carson? Wer, glauben Sie, könnte das Rohr angesägt haben? Und vor allem warum?"

Carson schüttelte den Kopf. „Ich weiß es wirklich nicht, Abby. Ich wüsste nicht, dass ich hier irgendwelche Feinde habe."

„Können Sie sich vorstellen, dass es ein misslungener Streich war?"

„Ich wünschte fast, es wäre so, aber ich habe einen anderen Verdacht."

„Jemanden, der nicht möchte, dass Sie hier auf der Insel fertig werden?"

„Scheint fast so, wenn man all das zusammen betrachtet, was in letzter Zeit hier auf der Baustelle passiert ist. Es sei denn, ich bin einfach ein ausgesprochener Pechvogel."

„Aber warum sollte jemand verhindern wollen, dass Sie fertig werden?"

„Konkurrenz? Jemand, der nicht will, dass ich als Zugezogener in sein Revier eindringe?"

„Oder einfach pure Gemeinheit, wie Granny zu sagen pflegte. Ich hätte gedacht, dass die Leute hier in der Gegend netter wären."

„Ich nehme an, dass verzweifelte Menschen für Geld alles tun."

„Dann glauben Sie also, dass jemand dafür bezahlt wurde, das Rohr anzusägen?"

„Genau weiß ich das natürlich nicht. Ich versuche nur, alle Möglichkeiten in Betracht zu ziehen."

In dem Moment prallte das Boot gegen die Bugwelle eines etwas größeren Bootes, sodass das Wasser hoch aufspritzte und sie beide nass wurden. Wasser tropfte ihnen von der Nase und sie mussten beide lachen. Abby war dankbar, dass Carsons Anspannung ein wenig nachließ.

„Was für ein Zufall, dass ausgerechnet heute, und zwar im schlimmstmöglichen Moment, der Mann von der Baubehörde hier auftaucht", sagte Abby.

Carson reagierte darauf mit einem Stirnrunzeln und entgegnete: „Ich glaube, auch das war kein Zufall."

„Nein?"

„Nee. Die meisten Beamten von der Baubehörde vereinbaren ihre Inspektionstermine mit dem Bauherrn oder dem Eigentümer und kommen nicht einfach so vorbei, besonders wenn die Baustelle auf einer Insel liegt."

„Sie glauben also, dass er von derselben Person bestochen worden sein könnte, die auch das Rohr angesägt hat?"

„Von derselben Person, die er dafür bezahlt hat, das Rohr anzusägen."

„Wer auch immer das sein mag, muss jedenfalls haufenweise Geld haben."

„Genau. Wen kennen wir denn, der viel Geld hat?"

Abby dachte sofort wieder an die Motorjacht, die sie im Hafen gesehen hatten. „Sie meinen aber nicht diesen Lawrence, oder?"

Irritiert sah Carson sie daraufhin an. „Nein, an den habe ich nicht gedacht, sondern eher an einen Einheimischen, an jemanden, der nicht möchte, dass ich ein Bed & Breakfast eröffne.

„Mr Harding? Ganz bestimmt nicht."

„Also, ich weiß nicht, wer hier in der Gegend sonst so viel Macht und Geld hat."

„Vielleicht gibt es ja noch jemanden, den Sie gar nicht kennen."

Mit einem Ruck wandte er sich ihr wieder zu. „Aber wer sonst könnte denn etwas gegen mich haben?"

„Das weiß ich nicht. Vielleicht ist es ja jemand, der gar nicht in Hope Harbor lebt. Zum Beispiel könnte es doch auch eine Gruppe von Denkmalschützern sein, die dagegen sind, dass hier am Leuchtturm und dem Leuchtturmwärterhaus etwas verändert wird."

„Das wäre natürlich auch eine Möglichkeit, aber ich weiß von keiner solchen Gruppe hier in der Gegend. Und die hätte sich doch sicher mit mir in Verbindung gesetzt, wenn es Probleme wegen meiner Pläne gäbe."

„Es will also jemand, dass Sie aufgeben und Ihre Pläne nicht weiterverfolgen. Würden Sie das tun?"

Carson sah sie entgeistert an und antwortete dann: „Von dem, was ich hier mache, träume ich schon mein ganzes Leben. Seit Jahren spare ich dafür und studiere die Listen der Regierung von günstigen stillgelegten Leuchttürmen. Ich werde auf gar keinen Fall aufgeben, solange die besagte Person sich nur an Material vergreift und keine Menschen zu Schaden kommen. Und dass jemand so skrupellos wäre, kann ich mir wirklich nicht vorstellen."

21

Als sie wieder in den Hafen fuhren, hielt Abby Ausschau nach der Motorjacht der Lawrences.

„Ich kann sie nirgends entdecken."

„Ich auch nicht. Bestimmt haben sie genug gesehen von unserer kleinen Stadt und sind abgereist."

„Wahrscheinlich haben Sie recht. Man braucht keine zwei Tage, um in Hope Harbor alles Sehenswerte zu besichtigen. Wenn sie sich die Hummerstatue auf dem Marktplatz angeschaut haben, dann gibt es ja kaum noch eine weitere Sehenswürdigkeit."

„Dann können Sie ja jetzt beruhigt sein. Kein Stalker mehr", sagte Carson mit einem aufrichtigen Lächeln.

„Gott sei Dank."

„Also, demnächst werden sehr viel mehr Touristen hier sein. Ich hoffe, dass die Sie nicht auch beunruhigen."

„Ich habe nicht generell Angst vor Menschen, Carson, nur vor den unheimlichen."

„Na, dann bin ich ja froh, dass ich nicht in diese Kategorie gehöre", entgegnete er und verzog dabei gruselig das Gesicht, sodass sie beide lachen mussten.

Sie erreichten den Anleger, vertäuten das Boot und stiegen aus.

„Tut mir leid, dass Sie jetzt ganz umsonst mit zur Insel gekommen sind“, sagte Carson.

„Das braucht Ihnen nicht leidzutun. Mir tut es leid, dass Sie so viele Probleme haben. Ich wünschte, ich könnte Ihnen irgendwie helfen.“

„Beten Sie, dass das Haus ohne weitere Komplikationen fertig wird und dass wir die Probleme, die wir gerade auf der Baustelle haben, schnell und gut lösen können.“

„Das mache ich gerne. Und vielleicht arbeite ich auch noch ein wenig am Innenausbau des Hauses mit.“

„Danke, das freut mich und ich bin sehr dankbar für Ihren Optimismus.“

Carson fuhr Abby wieder zum Haus ihrer Mutter, entschied sich aber dagegen, noch mit hineinzukommen und Grace zu begrüßen, falls sie vielleicht schlief.

„Rufen Sie an, wenn Sie etwas brauchen“, bot Abby ihm noch an, als sie sich von ihm verabschiedete.

Abby traf ihre Mutter mit Töpfen klappernd in der Küche an und stellte erleichtert fest, dass sie eine etwas rosigere Gesichtsfarbe hatte.

Abby schnupperte und atmete dann tief den Duft der Cookies ein, die gerade im Backofen waren. Es ging ihrer Mutter also allem Anschein nach besser.

„Du backst Cookies, Mama?“

Grace blickte auf. „Abby, was schleichst du dich denn so an? Ich habe mich zu Tode erschreckt.“

„Tut mir leid, Mama, ich war extra leise, um dich nicht zu stören, falls du geschlafen hättest.“

„Ich habe heute schon genug geschlafen. Ich kann nicht den ganzen Tag nur herumliegen. Ab und zu muss ich auch mal etwas tun." Und mit den Worten zog sie das Backblech mit frischen Cookies aus dem Ofen. „Warum bist du denn schon so früh wieder zurück?"

„Ach, es gibt Probleme beim Leuchtturmwärterhaus. Carson musste noch mal zurück in die Stadt fahren, um Material zu besorgen."

„Probleme? Was denn für Probleme?"

„Der Keller des Leuchtturmwärterhauses steht unter Wasser, und es sieht ganz so aus, als ob jemand absichtlich ein Wasserrohr angesägt hat."

„Du lieber Himmel, wer macht denn so was?"

„Das wüsste Carson auch gerne", antwortete Abby, die Hände in die Hüften gestemmt. „Kannst du dir vorstellen, dass Mr Harding so tief sinken könnte, so etwas zu tun?"

„Du glaubst, Fred Harding ist auf die Insel gefahren, um sich dort im Keller des Leuchtturmwärterhauses zu schaffen zu machen?"

„Nein, Mama, das glaube ich nicht, aber vielleicht hat er ja jemanden dafür bezahlt, es zu tun."

„Hm. Also, ich weiß, dass er hier in der Gegend ziemlich wichtig ist und viel zu sagen hat, aber ich kann mir wirklich nicht vorstellen, dass er so niederträchtig ist."

„Hast du denn eine Ahnung, wer sonst noch Interesse haben könnte, Carson Ärger zu machen?"

„Bist du denn sicher, dass es ein und dieselbe Person ist, die für all diese Probleme verantwortlich ist, die Carson gerade hat? Könnte es nicht auch einfach eine Pechsträhne sein? So etwas kommt doch vor."

„Das würde ich ja auch denken, wenn das Rohr dort im Keller nicht angesägt worden wäre. Es ist nicht einfach so gebrochen."

Ihre Mutter lachte leise und sagte: „Vielleicht war es ja ein Geist."

„Also wirklich, Mama, das ist nicht dein Ernst, oder?"

„Hast du denn noch nichts von dem Geist von Hope Island gehört?"

Abby kramte in ihrem Gedächtnis. „Ach so, das meinst du. Über den Geist haben wir gesprochen, als ich in der Grundschule war. Die große Liebe eines Indianerhelden stürzte von der Klippe und starb, und deshalb sprang er hinterher, um wieder mit ihr vereint zu sein."

„Und der Geist der beiden streift jetzt gemeinsam auf der Insel umher."

„Aber du glaubst doch nicht wirklich an so etwas, Mama, oder?"

„Nein, aber als ich noch zur Schule ging, habe ich mir immer Geschichten ausgedacht über Geister, die angeblich auf der Insel gesichtet wurden, und die anderen Kinder waren begeistert."

Die Augen ihrer Mutter blitzten spitzbübisch.

„So etwas hast du gemacht? Schäm dich!"

Da lachte ihre Mutter noch einmal leise, aber dieses Mal mündete das Lachen in einen Hustenanfall, und als der zu Ende war, fuhr sie fort: „Doch, das habe ich gemacht und es hat sogar richtig Spaß gemacht. Aber dann hat meine Mutter es erfahren und hat mit mir geschimpft. Sie sagte, dass sei Lügen und Gott hasse Lügen, aber für mich war es kein Lügen, sondern einfach nur Geschichtenerzählen."

Abby schüttelte den Kopf und sagte: „Hm, ich erfahre immer noch Neues über dich." Dann stibitzte sie einen Cookie und schwelgte in der klebrigen Süße."

„Lass noch ein paar für Emma übrig, ja?", ermahnte ihre Mutter sie.

Abby verdrehte die Augen – als ob sie die alle essen würde – und sagte: „Jetzt setz dich aber erst mal hin und ruh dich aus. Ich lege die Cookies aufs Abkühlgitter."

Sie löste die Köstlichkeiten vom Blech und sagte: „Weißt du was? Ich habe bis heute gar nicht gewusst, dass das Leuchtturmwärterhaus auf der Insel einen Keller hat. Carson hat ihn mir beim ersten Besuch nicht gezeigt und ich bin noch nie auf der Rückseite des Hauses gewesen."

„Also, ich kann mich auf jeden Fall an den Keller erinnern, das kannst du mir glauben. Und ich habe mich davor zu Tode gefürchtet."

„Aber warum denn?"

„Ich weiß es gar nicht so genau, aber meine Mutter hat mir immer verboten, ihn zu betreten, weil es zu gefährlich sei. Ich habe damals richtige Albträume von diesem Keller gehabt."

„Gefährlich? Aber warum denn?"

Grace schüttelte sich schaudernd und antwortete: „Das weiß ich auch nicht, aber ich erinnere mich, dass der Keller dunkel und unheimlich war und dass ich damals geglaubt habe, dass dort Kobolde wohnen würden."

„Das ist nicht dein Ernst, oder?"

Ihre Mutter nickte. „Doch, wirklich. Immer wenn ich Geräusche von dort unten gehört habe, dachte ich, dass es Kobolde wären, aber meine Mutter hat dann immer gesagt, das seien nur Ratten oder anderes Getier."

„Dann ist sie also auch nie in den Keller gegangen?"

„Doch, das ist sie. Ich glaube, dass sie damals die Weckgläser dort unten aufbewahrt hat. Was dort sonst noch war, weiß ich nicht. Jedenfalls hat sie immer gesagt, dass niemand außer ihr den Keller betreten dürfe."

„Das ist ja merkwürdig."

„Ja, wenn ich jetzt daran denke, kommt es mir auch seltsam vor, aber aus irgendeinem Grund habe ich das nie hinterfragt."

Abby hatte keine Vorstellung, wie es in dem Keller aussah, weil sie ja nicht hineingegangen war.

„Dann hat also ein Kobold das Wasserrohr angesägt. Ich frage mich, wie der Kobold wohl heißt“, sagte sie.

Ihre Mutter zuckte mit den Schultern und hob in einer ratlosen Geste die Hände.

„Apropos schlechtes Timing: Unmittelbar nachdem wir auf der Insel angekommen waren und von dem Wasserschaden erfahren hatten, tauchte unangemeldet der Mann von der Baubehörde auf!“

„Ach du lieber Himmel. Der arme Carson, der hat ja wirklich gerade einiges um die Ohren, was? Na ja, wir müssen einfach für ihn beten.“

„Darum hat er mich sogar gebeten.“

„Na, dann machen wir das natürlich, oder?“

Abby nickte und lächelte ihre Mutter an, während sie gleichzeitig ihren Blick durch die kleine Küche schweifen ließ. Die Ober- und Unterschränke hatten schon seit sie denken konnte dieselben goldgelben Fronten, die zu der Tapete mit dem Obstkorbmotiv passten. Dazu passend hatte ihre Mutter oben auf den Oberschränken unterschiedliche Bastkörbchen aufgereiht. Über der kleinen Kochinsel war ein Topfgitter aus Metall angebracht, an dem Töpfe mit Kupferboden hingen.

„Carson hat mich gebeten, ihm beim Einrichten und der Innengestaltung des Hauses zu helfen“, erzählte Abby jetzt ihrer Mutter.

„Wie schön! Das machst du bestimmt ganz wunderbar.“

„Heute hat er mich gefragt, ob ich ihn auch schon bei der Auswahl der Küchenausstattung beraten kann. Und weißt du was? Eigentlich müsste ich erst einmal dir beim Renovieren und Umgestalten deiner Küche helfen.“

Ihre Mutter schaute sich in der Küche um und fragte erstaunt: „Aber warum denn? Mir gefällt es so. So habe ich es mir ausgesucht, als wir vor 40 Jahren hier eingezogen sind, und solange alles noch funktioniert, besteht doch gar kein Grund, etwas zu verändern.“

Mit ihrer ganz und gar praktischen Art hätte ihre Mutter sicher nicht geglaubt, dass ehemalige Kunden von Abby Haushaltsgeräte und ganze Küchen einfach entsorgten, nur weil sie nicht mehr *modern* waren. Aber genau das war natürlich auch der Lebensstil, der dafür sorgte, dass ihr Geschäft lief.

„So, es wird langsam Zeit, Emma aus der Kita abzuholen. Soll ich hinterher noch einmal vorbeikommen?"

„Nein, ich bin schon ziemlich müde und werde früh ins Bett gehen. Aber nimm eine Dose mit Cookies für Emma mit. Die habe ich nämlich eigentlich für euch gebacken, also nimm, so viele du möchtest, ja?"

Abby öffnete den Schrank, in dem ihre Mutter eine Unmenge von Plastikdosen aufbewahrte, und eine ebensolche Unmenge von Deckeln, die zu keiner der Dosen passten. Ihre Mutter konnte einfach nichts wegwerfen, auch wenn sie die Sachen gar nicht brauchte, weil sie glaubte, dass der passende Deckel oder die passende Dose eines Tages auf wundersame Weise wieder auftauchen würde. Nachdem Abby eine Dose mit passendem Deckel gefunden hatte, befüllte sie sie mit Cookies und drückte den Deckel darauf.

Dann gab sie ihrer Mutter noch einen Kuss auf die Wange und sagte: „Tschüss, Mama. Ich hab dich lieb. Ruf an, wenn du mich brauchst, ja?"

7. Mai 1945

So, endlich ist es passiert. Ich war gerade draußen und habe im Garten Unkraut gezupft, als ich die Jungs von der Küstenwache oben auf dem Rundlauf des Leuchtturms jubeln hörte. Ich ging ums Haus herum, um zu sehen, was der Lärm zu bedeuten hatte, und sah, dass sie ihre Mützen in die Luft warfen und herumsprangen wie glückliche Schuljungen am letzten Schultag.

Ich rief ihnen zu, was denn los sei, und sie erzählten mir, dass Deutschland gerade kapituliert habe und der Krieg jetzt vorbei wäre. Sie hatten es in ihrem Radio gehört. Ich hatte es gar nicht mitbekommen, weil ich draußen im Garten war.

Gott sei Dank ist es endlich vorbei. Unsere Männer kommen wieder nach Hause und sie selbst sind darüber sicher genauso froh wie ihre Familien. Als ich wieder zurück auf die Vorderseite des Hauses ging, konnte ich die Kirchenglocken vom Festland hören. Jetzt gibt es bestimmt im ganzen Land Paraden und Siegesfeiern. Vielleicht kann ich demnächst einmal aufs Festland fahren, um mir so eine Parade anzuschauen. Mr Reynolds weiß bestimmt, wann eine veranstaltet wird. Aber vielleicht warten sie damit auch bis zum 4. Juli und legen sie mit den Feiern zum Unabhängigkeitstag zusammen. Ich hatte mir sowieso schon überlegt, am Unabhängigkeitstag mit Grace aufs Festland zu fahren. Ich bin gespannt, wie ihr der Festumzug gefällt.

Ich erinnere mich, dass ich in den Fenstern einiger Häuser auf dem Festland Flaggen mit blauen Sternen gesehen habe. Diese Flaggen bedeuten, dass ein Familienmitglied als Soldat im Krieg ist. Wenn der betreffende Soldat im Kampf gefallen ist, werden die blauen Sterne manchmal mit goldenen Sternen überklebt. Wie traurig solche Familien jetzt sein müssen, dass sie nicht die Heimkehr ihres Soldaten feiern können. Ob es wohl ein Trost für sie ist zu wissen, dass der Kampf nicht umsonst war? Ich hoffe es. So wie es auch für mich ein Trost war zu wissen, dass Charles in Erfüllung seiner Pflicht ums Leben gekommen ist, auch wenn niemand auf ihn geschossen hat. Ob ich wohl auch einen goldenen Stern in meinem Fenster haben sollte?

Ich frage mich, wie lange die Männer von der Küstenwache wohl jetzt noch hier auf der Insel bleiben. Michael habe ich schon seit ein paar Wochen nicht mehr gesehen. Vielleicht ist er auch gar nicht mehr in der Gegend, sondern längst an einen anderen Standort versetzt worden. Falls das so ist, schmerzt es mich, dass ich keine

Gelegenheit hatte, mich von ihm zu verabschieden. Aber vielleicht hat er einfach nur sehr viel zu tun. Ich bin mir jedenfalls sicher, dass er bei anderen Leuchtturmwärtern nicht so viel Zeit verbracht hat wie bei mir. Aber es kann natürlich sein, dass er wegen Charles' Tod öfter und länger hier war und jetzt das Gefühl hat, dass er nicht mehr so unbedingt „meine Hand halten" muss.

Ich habe ihm einen Schal gestrickt für das kalte Wetter hier, und den wollte ich ihm eigentlich noch gerne schenken, bevor er geht. Ich hatte gehofft, er würde ihm gute Dienste tun, besonders auf dem Boot, wo es so kalt ist. Ich habe marineblaues Garn verwendet, wie das für den Schal, den ich für Charles gestrickt hatte, weil ich finde, dass die Farbe am besten zur Uniform passt.

Sollte Michael nicht noch einmal auf die Insel kommen, dann schenke ich den Schal Mr Reynolds, glaube ich. Der arme Postbote kann auf jeden Fall gut einen neuen Schal gebrauchen. Der, den ich ihm vor zwei Jahren gestrickt habe, ist praktisch aufgetragen. Charles hat mich immer damit aufgezogen, dass ich jeden im Umkreis von 50 Kilometern bestricke, aber mir macht es Spaß, besonders wenn der Empfänger sich darüber freut. Im Sommer stricke ich jedoch gar nicht so viel, weil dann draußen so viel zu tun ist.

Vielleicht sollte ich den Männern von der Küstenwache zur Feier des Kriegsendes etwas Gutes tun. Ich glaube, ich backe ihnen einen Kuchen. Ich habe noch genügend Mehl und Eier, und sie freuen sich immer sehr, wenn ich etwas für sie backe. Ich schätze, das ist das Mindeste, was ich tun kann, um ihnen ein bisschen das Gefühl von „Zuhause" zu geben.

Oje, erst jetzt wird mir bewusst, dass der Krieg noch gar nicht vollständig vorbei ist, weil er im Pazifik ja noch weitergeht. Ich frage mich, ob sie nach der Kapitulation Deutschlands jetzt auch dort kapitulieren. Das hoffe ich jedenfalls sehr. Ich muss weiter für das endgültige Ende des Krieges beten!

Nick kam aus dem Keller. „So, wir haben ihn jetzt leer gepumpt. Die Tür müssen wir offen lassen, damit die Räume gut gelüftet werden und alles schneller trocknet."

„Wäre es nicht möglich, ein paar Trockengeräte hineinzustellen?", fragte Carson und betrachtete seinen Bauleiter, dessen Kleidung mit Schlamm völlig verdreckt war.

Nick rieb sich das Gesicht. „Erst müssen wir die Steckdosen prüfen. Ich weiß nicht, wie groß der Schaden da ist. Kommt morgen der Elektriker?"

„Ja, jedenfalls hat er das zugesagt."

„Dann beten Sie, dass nicht die gesamte Elektrik hinüber ist, sonst müssen Sie noch sehr viel mehr erneuern, denn einen Kurzschluss im Verteilerkasten wollen Sie bestimmt nicht."

„Ich bete nonstop, Nick", sagte Carson, schaute sich um und sagte dann: „War diese Tür gestern Nacht eigentlich verschlossen?"

„Das weiß ich nicht. Ich habe sie nicht kontrolliert, bevor ich gegangen bin."

„Na gut, aber heute Abend schließen wir sie auf jeden Fall ab. Das Haus und den Leuchtturm hatte ich jedenfalls abgeschlossen, da bin ich ganz sicher. Derjenige, der das hier getan hat, muss also nach einer anderen Möglichkeit gesucht haben, hineinzugelangen und Zerstörungen anzurichten."

„Sie glauben also, dass jemand hier war, bevor wir heute Morgen gekommen sind?"

„Oder nachdem wir gestern weg waren. Es sei denn, es ist einer von unseren Handwerkern."

„Nein, für meine Leute lege ich die Hand ins Feuer. Von denen war es mit Sicherheit keiner."

„Von jetzt an müssen wir immer, wenn wir kommen, genau darauf achten, ob in unserer Abwesenheit jemand hier war. Ich wünschte, ich könnte einen Wachmann einstellen."

„Das verstehe ich, aber vielleicht könnten Sie den Wachdienst ja auch selbst übernehmen und hier auf der Insel übernachten."

Daraufhin schaute Carson sehr nachdenklich drein und erklärte: „Daran habe ich auch schon gedacht. Ich könnte einfach im Haus schlafen, auch wenn die Versorgungsleitungen gerade nicht angeschlossen sind. Ich muss mir nur noch einen Schlafsack besorgen und ihn das nächste Mal, wenn ich herkomme, mitbringen. Wissen Sie, wo ich in Hope Harbor einen bekomme?"

„Ja, ein bisschen außerhalb der Stadt gibt es einen Laden für Outdoorausrüstungen. Ich würde Ihnen ja gerne meinen leihen, aber den haben meine Kinder ziemlich ruiniert."

„Trotzdem vielen Dank. Wenn ich wieder drüben in der Stadt bin, besorge ich mir selbst einen, und vielleicht auch noch ein paar andere Campingsachen."

„Haben Sie eine Waffe?"

Carson wich zurück. „Nur ein Luftgewehr für Zielübungen. Glauben Sie wirklich, dass ich eine Waffe brauche, um mich zu schützen? Wer auch immer sich hier herumtreibt und am Haus zu schaffen macht, richtet doch nur Sachschaden an. Ich kann mir nicht vorstellen, dass er auch Menschen angreifen würde."

„Aber es war niemand hier, als der Täter gekommen ist. Was, wenn Sie ihn überraschen und er auf jeden Fall verhindern will, erkannt zu werden? Ich würde schon sagen, dass es gefährlich werden könnte."

„Ich überlege es mir, aber ich habe nicht vor, hier eine Schießerei zu veranstalten."

Carson konnte sich nicht vorstellen, dass die Situation eskalieren könnte. Er wollte doch einfach nur einen schönen friedvollen Ort schaffen, an dem sich Gäste wohlfühlten. Aber wo war denn hier und jetzt gerade Frieden?

22

Hallo Abby? Hier ist Carson.“

Abby erkannte die Stimme auch, ohne auf das Display ihres Handys zu schauen. Sie drehte die Musik leiser und setzte sich aufs Sofa. Carson klang müde. „Hi Carson. Haben Sie das Problem dort drüben lösen können?“

„Ja, zumindest teilweise. Das Wasser aus dem Keller ist jetzt abgepumpt, aber ich weiß erst morgen, wenn der Elektriker da gewesen ist, wie groß der Schaden ist.“

„Ich hoffe, die Elektrik ist durch das Wasser nicht beschädigt worden.“

„Das hoffe ich auch. Bis jetzt habe ich mir nur wegen des Zeitplans Sorgen gemacht, aber wenn weiter so viel schiefläuft, könnte mir auch noch das Geld ausgehen.“

„Ach du liebe Zeit, das wollen wir mal nicht hoffen.“

„Aber das ist ja nicht Ihr Problem, und es tut mir wirklich leid, dass Sie da so in mein Chaos mit hineingezogen werden.“

„Aber ich wünsche mir doch, dass Sie es schaffen, und deshalb interessieren mich natürlich auch die Probleme, mit denen Sie es zu tun haben. Ich hoffe sehr, dass es nicht noch mehr werden.“

„Also, das ist einer der Gründe, weshalb ich anrufe. Ich habe vor, eine Weile hier auf der Insel zu bleiben, um die Baustelle im Auge zu behalten. Deshalb werden wir uns voraussichtlich ein paar Tage nicht sehen. Ich versuche, am Sonntag zur Kirche zu kommen, aber ich kann es nicht versprechen. Es gibt ja momentan im Leuchtturmwärterhaus keinen Wasseranschluss und damit auch keine Dusche, weshalb ich sicher nicht besonders gut duften würde."

„Wollen Sie denn im Leuchtturmwärterhaus bleiben?", fragte Abby überrascht.

„Ja. Ich habe mir heute nach der Arbeit einen Schlafsack und eine kleine Campingausrüstung besorgt, sodass ich im Haus mein Lager aufschlagen kann."

„Und was machen Sie, wenn jemand auf die Insel kommt? Haben Sie keine Angst?"

„Also, ich habe eher Wut im Bauch als Angst, aber ich werde bereit sein. Und ich bete, dass Gott mich beschützt."

Abby musste darüber lächeln, wie er bei all dem, was er gerade durchmachte, nicht den Humor verlor.

„Ich bete auch für Ihre Sicherheit. Gibt es sonst noch etwas, was ich tun kann?"

„Mir einen Kaffee aus dem *Mo's* bringen? Nein, Spaß beiseite. Ich habe mir sogar einen Campingkocher besorgt, sodass ich einen guten, altmodischen Kaffee brauen kann. Das wird bestimmt interessant. Kaffee und Wiener Würstchen – was will man mehr?"

„Also gut, halten Sie mich auf dem Laufenden, ja?"

„Das mache ich, solange mein Handyakku es zulässt. Ah – gut, dass wir darüber reden. Es erinnert mich daran, dass ich mein Ladegerät mitnehmen muss."

„Na, dann haben Sie ja ein richtiges Naturburschenleben."

„Aber hallo! Ich war mal Pfadfinder und wir haben damals so etwas sogar zum Spaß gemacht!"

Abby lachte. „Ihre und meine Vorstellung von Spaß gehen da aber doch ziemlich weit auseinander. Für mich bedeutet Campen ein schönes Wohnmobil mit allem Komfort."

„Daran habe ich auch gedacht, aber ich wüsste nicht, wie ich es auf die Insel bekommen sollte. Keine Sorge, ich komme schon zurecht. Übrigens … wie geht es denn Grace?"

„Ganz gut. Sie hat heute Schoko-Cookies gebacken. Die wären doch was für Ihren Aufenthalt auf der Insel."

„Mhmm lecker. Kaffee, Wiener Würstchen und Schoko-Cookies. Klingt himmlisch."

„Wann wollen Sie sich denn auf den Weg machen? Ich habe nämlich einige Cookies mit nach Hause genommen und würde Ihnen sehr gerne welche abgeben."

„Das wäre wirklich toll. Haben Sie denn genug zum Teilen?"

„Klar. Ich kann doch einen Mann nicht hungern lassen."

„Haha. Aber wenn Sie darauf bestehen, komme ich gleich noch vorbei und hole mir ein paar von Ihnen ab. Ich muss mich beeilen, denn ich will vor Einbruch der Dunkelheit wieder auf der Insel sein, damit die Baustelle nicht unbeaufsichtigt ist."

„Das kann ich gut verstehen."

„Ich nehme auch mein Laptop mit und hoffe, dass ich dort Empfang habe, damit ich ein wenig arbeiten kann, solange ich dort drüben bin."

„Das ist gut. Dann haben Sie wenigstens etwas, um sich zu beschäftigen."

„Genau. So, dann mache ich mich jetzt mal auf den Weg. Bis gleich."

Abby beendete das Gespräch und machte sich Gedanken über Carsons Situation. War es möglich, dass er tatsächlich in Gefahr war? Es war eine Sache, ein Wasserrohr anzusägen, aber würde jemand, der so etwas tat, ihn angreifen, wenn er merkte, dass jemand auf der Insel war? *Herr, bitte beschütze ihn.*

Dann nahm sie einen kleinen Stoffbeutel, legte die Dose mit Cookies hinein und schaute sich um, ob sie sonst noch etwas hatte, das sie ihm einpacken konnte. Er brauchte auf jeden Fall mehr zu essen. Sie legte also noch einige Müsliriegel dazu und ein paar Äpfel und füllte eine kleine Kühlbox mit Wasser- und Kräuterteeflaschen. Das war das Mindeste, was sie für ihn tun konnte.

Sie konnte einfach nicht glauben, dass es Mr Harding war, der hinter all den Problemen steckte, aber vielleicht war sie Menschen gegenüber einfach zu vertrauensselig, wie Kevin immer behauptet hatte. Bei der Erinnerung an seine Beurteilungen wand sie sich innerlich. Ob sie die wohl bis in alle Ewigkeit im Kopf haben würde? Warum konnte sie sich nicht an die netten Sachen erinnern, die er gesagt hatte? Oder war es normal, dass Menschen sich eher an die negativen als an die positiven Aussagen über sie erinnern? Sie versuchte, positive Erinnerungen hervorzukramen, aber jede Szene, die dabei aufblitzte, erinnerte sie auch an etwas, das sie verletzt hatte, und solche Gedanken musste sie auf jeden Fall von sich fernhalten.

Als es an der Tür klopfte, schreckte Abby aus ihren Gedanken auf. So schnell konnte Carson es unmöglich zu ihrer Wohnung geschafft haben.

Sie öffnete die Tür und begrüßte ihre Nachbarin und Chefin: „Hallo Robin."

„Hi Abby. Ich störe wirklich ungern, aber könnten Sie am Montag im Laden aushelfen? Ich brauche Sie wirklich dringend."

„Ja, gerne, kein Problem."

„Ach, da bin ich aber erleichtert. Es sind nämlich diese Woche schon deutlich mehr Touristen in der Stadt."

Aber mindestens zwei von ihnen waren – zum Glück – auch schon wieder abgereist.

Als Carson wieder auf der Insel ankam, verschmolz die untergehende Sonne gerade mit dem Meer und färbte das Wasser orangefarben, golden und rot. Er vertäute das Boot und hoffte, dass wenn jemand auf die Insel käme, um Schaden anzurichten, er oder sie nicht mit seiner Anwesenheit rechnete. Er schwang sich seinen Rucksack mit Abbys Proviant und seinem Laptop auf den Rücken und klemmte sich den Schlafsack unter den Arm, dann nahm er die Kühltasche und den Campingkocher in beide Hände, schaute sich noch einmal in der Gegend um und machte sich auf den Weg hinauf zum Leuchtturm.

Nachdem er seine Ausrüstung im Leuchtturmwärterhaus untergebracht hatte, kontrollierte Carson noch einmal alle Türen und überprüfte das Vorhängeschloss am Leuchtturm, das Schloss der Kellertür und sogar das an dem kleinen Häuschen mit dem Nebelhorn, bevor er wieder ins Leuchtturmwärterhaus zurückging und die Tür hinter sich verriegelte. Die Abenddämmerung lag schon über der Insel, als er noch einmal einen Kontrollgang durch das Leuchtturmwärterhaus machte.

Ohne die gewohnten Hintergrundgeräusche von Hämmern, Bohrern und Nagelpistolen herrschte ungewohnte Stille. Carson ging von Raum zu Raum und vergewisserte sich, dass nicht nur die Hintertür, sondern auch alle Fenster geschlossen und verriegelt waren.

Als er die Treppe in die obere Etage hinaufging, knarrten die Stufen bei jedem Schritt und durchbrachen die Stille. Er schaute in jedes der Schlafzimmer, in jeden begehbaren Schrank, in jedes Bad und hielt dabei Augen und Ohren offen, um auf jeden Fall zu bemerken, wenn irgendetwas anders war als sonst. Hätte ihn in dem Moment jemand angesprochen, wäre er zu Tode erschrocken. Wie seltsam es doch war, sich ganz allein in dem Haus aufzuhalten. Er hatte nicht damit gerechnet, dass es so unheimlich sein würde.

Wenn das Haus erst einmal fertiggestellt war, würde die Atmosphäre bestimmt sehr viel freundlicher und einladender sein. So, jetzt reiß dich aber mal zusammen, Carson. Du benimmst dich wie ein Kind, das Angst hat, jeden Moment von einem Geist angesprungen zu werden.

Nachdem er sich davon überzeugt hatte, dass die Räume allesamt frei von jedweder Anwesenheit – und zwar sowohl menschlicher als auch geisterhafter Natur – waren, ging er wieder hinunter ins Erdgeschoss. Auf der Treppe stellte er fest, dass er auf Zehenspitzen ging, so als wollte er keinen Lärm machen. Am liebsten hätte er auf seinem Handy Musik eingeschaltet, um die Stille und seine Angst zu vertreiben, aber das ging nicht, weil es den potenziellen Eindringling gewarnt hätte.

Wieder im Wohnzimmer angekommen, ließ er sich in einer Ecke auf seinem Schlafplatz nieder. Möglichst weit weg von den Fenstern saß er mit dem Rücken an die Wand gelehnt da, zog sein Laptop aus dem Rucksack, stellte es so hin, dass das Licht des Bildschirms von draußen nicht zu sehen war, und fing an, für den Job zu arbeiten, mit dem er seinen Lebensunterhalt verdiente. Indem er sein Handy als Hotspot benutzte, konnte er ins Internet gehen, aber ihm war auch klar, dass sich der Akku seines Handys rasant leeren würde. Er beschloss deshalb, lieber an ein paar heruntergeladenen Dokumenten zu arbeiten. Nach einer Weile begann sein Magen zu knurren und lenkte ihn von der Arbeit ab.

Carson blickte vom Computer auf und war erschrocken, wie viel Zeit schon vergangen war, denn als er auf die Uhr schaute, war es bereits nach 22:00 Uhr, obwohl es draußen noch gar nicht richtig dunkel war. Er stellte das Laptop beiseite, griff in den Rucksack und holte einen Müsliriegel heraus. Woran mochte es wohl liegen, dass es draußen gar nicht richtig dunkel wurde? Als er ans Fenster trat, bekam er die Antwort. Es war der Vollmond, der hell schien wie ein Leuchtfeuer.

Irgendwie war es auch beruhigend zu wissen, dass er draußen etwas sehen konnte, aber würde das Mondlicht Eindringlinge eher fernhalten oder sogar einladen? Wenigstens würde er keine Taschenlampe brauchen. Von einem der Fenster aus konnte er ein kleines Stück Wasser sehen, auf dem sich der Mondschein spiegelte. Was für ein wunderschöner Anblick! Wie gerne hätte er die Freude darüber mit einem anderen Menschen geteilt. Nein, nicht mit irgendeinem Menschen, sondern mit Abby. Er konnte sich ihre Reaktion auf diese Schönheit genau vorstellen. Sie wäre ebenso fasziniert wie er. Wie schön es wäre, so etwas tatsächlich gemeinsam zu erleben!

Er schaute eine Weile aus dem Fenster, während er in Gedanken noch einmal die letzten paar Wochen in Hope Harbor Revue passieren ließ und überlegte, wie sehr sich sein Leben hier und jetzt von dem in der Welt der Großkonzerne unterschied. Der ewige Kampf mit dem Berufsverkehr und den Menschenmassen, die Tage an seinem Schreibtisch im Großraumbüro, das sich in einem sterilen Bürogebäude befand, und wie er von einem Meeting zum nächsten gehetzt war – all das lag jetzt hinter ihm. Er hatte aufgehört, die Karriereleiter zu erklimmen, immer weiter zur nächsten Ebene, indem er einen lukrativen Job freiwillig aufgegeben hatte.

Noch einmal musste er leise lachen über die geschockte Miene seines Arbeitgebers, als er die Kündigung eingereicht hatte. Niemand hatte es verstanden, besonders Jennifer nicht, die die Aufregung und Hektik der Stadt liebte und der es gefiel, wenn immer etwas los war. Und sein Vater hatte gesagt, er sei verrückt, seine Karriere einfach *wegzuwerfen*.

Aber er war nun mal nicht glücklich gewesen und außerdem hatte der berufliche Stress sich in Form von hohem Blutdruck und ständiger Anspannung auf seine Gesundheit ausgewirkt. Er konnte nicht schlafen und nicht essen, und eigentlich ging es ihm nur am Wochenende gut, wenn er hinaus aufs Land fuhr und in den Wäldern wanderte. Die frische Luft und die Geräusche der Natur riefen ihm etwas zu, luden ihn ein, sich zu ihnen zu gesellen. Und dann waren da die Bilder von Leuchttürmen gewesen, die er sich an die Pinnwand an seinem Schreibtisch gehängt hatte. Manche dieser oft sehr alten Bauwerke hatte er schon besichtigt und das hatte seinen Traum vom eigenen Leuchtturm noch verstärkt.

Und jetzt hatte er dieses Ziel beinah erreicht. Bald war es so weit. Von seinem Gehalt hatte er alles, was er nicht für seinen Lebensunterhalt brauchte beiseitegelegt, bis er auf einen der ausgemusterten Leuchttürme in Regierungsbesitz hatte bieten können. Er hatte nicht im Voraus gewusst, wo sein eigener Leuchtturm einmal stehen würde, aber er war begeistert, als dann irgendwann Hope Island zum Verkauf gestanden hatte. Während eines Urlaubs in Maine hatte er sich in all die kleinen Inseln und Leuchttürme verliebt, die es dort gab, und jetzt gehörte einer davon ihm. Die Freude, die er bei diesem Gedanken empfand, zauberte ihm jedes Mal ein Lächeln aufs Gesicht. Er war der Erfüllung seines Traumes jetzt ganz nah.

Aber er hatte nicht mit all den Problemen gerechnet, vor denen er jetzt stand. Er schloss die Augen und betete im Stillen: *Herr, du hast mir geschenkt, was mein Herz sich wünscht, und mich hierhergeführt. Bitte hilf mir, all die Hindernisse zu überwinden und herauszufinden, wer mich aufhalten will – und vor allem, warum.*

In dem Augenblick wurde er von einem Geräusch draußen abgelenkt. Jemand ging um das Haus herum. Carson duckte sich und versuchte, von dort aus etwas zu sehen. Das Geräusch kam ganz aus der Nähe, und er hatte das Gefühl, dass jemand von Fenster zu Fenster ging und hineinspähte. Carson presste sich so eng wie möglich an die Wand und hielt die Luft an. Sein Rucksack mit der Waffe lag am anderen Ende des Raumes, sodass er nicht an sie herankam, ohne dass ihn der Eindringling bemerkte.

Carsons Herz raste, während er fieberhaft überlegte, was er jetzt tun sollte. In dem Moment bewegte sich eine dunkle Gestalt am Fenster vorbei zur Vorderseite des Hauses. Die Gelegenheit nutzte Carson, um blitzschnell zu seinem Rucksack zu stürzen und die Waffe herauszuholen. Dann wartete er ab. Er hörte, wie der Eindringling an der Eingangstür rüttelte und danach weiter um das Haus herumschlich. Carson stand jetzt dicht an die Wand gepresst und so weit wie möglich von den Fenstern entfernt, als die Person vorbeiging. Wenigstens schlug der Eindringling kein Fenster ein.

Dann hörte Carson, wie am Türknauf der Hintertür gerüttelt wurde. Offenbar wollte der Kerl wirklich ins Haus gelangen. Aber warum? Und welchen Schaden wollte er wohl anrichten, wenn es ihm gelang einzudringen? Das Geräusch verstummte. Hatte er aufgegeben? Doch dann hörte Carson ein anderes Geräusch. Es kam von der Kellertür. Zum Glück hatte er auch die verriegelt, denn er hatte nicht die Absicht, sich noch einmal mit einem angesägten Wasserrohr zu befassen.

Jetzt war der Augenblick gekommen, um den Mann zu stellen, bevor er sich wieder aus dem Staub machte. Carson nahm also seine Waffe und ging rasch durch den Vordereingang hinaus ins Freie, von wo aus er sich leise zur Rückseite des Hauses und zum Kellereingang schlich.

Als er um die Ecke schaute, sah er, wie sich die Gestalt an der Kellertür zu schaffen machte.

„Suchen Sie etwas?", fragte Carson und zog seine Waffe. Der Mann wirbelte herum und nach einer Schrecksekunde rannte er davon.

„Stehen bleiben oder ich schieße!" Das sagte doch die Polizei in solchen Situationen, oder? Die Polizei meinte das natürlich auch so, aber Carson wollte nicht schießen, sondern dem Kerl bloß Angst machen und herausfinden, was er beim Leuchtturmwärterhaus zu suchen hatte.

Aber seine Aufforderung bewirkte rein gar nichts, denn der Mann rannte einfach weiter in den Wald hinein. Carson wollte hinterher, aber er hatte keine Ahnung, was ihn dort erwartete, und außerdem würde er nicht die eigene Hand vor Augen sehen können, wenn die Bäume das Mondlicht schluckten.

Carson schoss nicht, wie er es angedroht hatte, denn was hätte das gebracht? Der Mann war offenbar aus Angst davongerannt. Carson lauschte auf ein Motorengeräusch unten vom Anleger, aber es kam keines. Kein Laut war zu hören außer den nächtlichen Geräuschen der Natur. Wie konnte der Eindringling also die Insel verlassen? War es möglich, dass er irgendwo anders an Land gekommen war? Soweit Carson die Insel kannte, gab es keine andere Stelle, an der man sie ungehindert betreten konnte, weil sich überall an den Ufern Felsen befanden.

Er schüttelte den Kopf. Hatte er durch diese Aktion jetzt irgendetwas erreicht? Vielleicht. Vielleicht hatte er weitere sinnlose Zerstörungen verhindert, aber es blieben viele offene Fragen. Doch er würde bis zum nächsten Morgen warten müssen, um sich im Wald umzuschauen und herauszufinden, ob es eine Spur gab, die ihm Antworten brachte.

Eines wusste er jetzt allerdings: Der Kerl war nicht bewaffnet, und wenn er es doch war, wollte er es nicht auf eine Konfrontation ankommen lassen, und dafür war Carson Gott dankbar, denn er selbst wollte es auch nicht.

23

Abby starrte in ihren Kaffeebecher, als ob sie eine Vision heraufbeschwören wollte. Was wohl gerade bei Carson los war? Ob er jemanden gesehen hatte? War er vielleicht in Gefahr? Was, wenn er verletzt war? Bei dem Gedanken lief es ihr eiskalt den Rücken hinunter, und zum x-ten Mal nahm sie ihr Handy in die Hand, um zu schauen, ob er sich gemeldet hatte – aber kein Anruf von ihm und auch keine Nachricht. War vielleicht sein Handyakku leer? Oder war etwas Schlimmes passiert?

Am Morgen im Gottesdienst hatte sie die Hand gehoben, als der Pfarrer gefragt hatte, ob jemand ein stilles Gebetsanliegen habe und Unterstützung von anderen Betern bräuchte. Sie konnte selbst kaum glauben, dass sie sich solche Sorgen um ihn gemacht hatte, aber er war ein Freund, und sie wollte nicht, dass ihm etwas zustieß. Ihre Mutter hatte sich nicht gut genug gefühlt, um mit in den Gottesdienst zu kommen, also hatten Emma und sie sich allein auf den Weg gemacht. Abby konnte nicht anders, als sich umzuschauen, um festzustellen, ob Carson es nicht doch auf wundersame Weise rechtzeitig zum Gottesdienst geschafft hatte, auch wenn er gesagt hatte, dass er wahrscheinlich nicht da sein werde.

Sie wäre nach dem Gottesdienst unglaublich gerne joggen gegangen, aber ihr war nicht wohl dabei, Emma bei ihrer Mutter zu lassen, wenn es der nicht gut ging.

„Komm Emma, wir machen ein Picknick im Park", sagte Abby deshalb und stellte ihren Kaffeebecher ab.

„Jippiiee!", rief Emma und tanzte umher, während Abby sich einen Rucksack schnappte und Käse, Cracker, Obst und Wasserflaschen einpackte. Dann machten sie sich auf den Weg in den Stadtpark, wo Abby eine Decke auf dem Rasen ausbreitete. Emma und sie teilten sich ihren Proviant, bevor Emma dann fragte, ob sie auf den Spielplatz dürfe. Abby nickte und musste darüber lächeln, wie sehr sich ihr Kind freute.

Jedes Mal, wenn Abby aufs Wasser schaute, wünschte sie sich, Super-Sehkräfte zu haben, um bis zur Insel schauen zu können und kurz nach Carson zu sehen. Wenn sie ein Boot gehabt hätte, wäre sie vielleicht sogar selbst hinübergefahren, aber wahrscheinlich war es besser, wenn sie das nicht tat. Machte sie sich zu viele Sorgen?

In der Predigt heute war es genau um dieses Thema gegangen. Was hatte der Pfarrer noch mal gesagt? „Sorgt euch um nichts." Das Zitat war noch weitergegangen, aber an den Rest konnte sie sich nicht mehr erinnern. Sie war an diesen Worten hängen geblieben und fragte sich, wie um alles in der Welt das gehen sollte.

Emma tollte mit anderen Kindern herum, während Abby mit der *Wonder Woman*-Bärin auf der Decke sitzen geblieben war. Sie schaute zu, wie Touristen vor der Hummerstatue Selfies machten und sah dann hinaus aufs Meer. Es waren jetzt schon deutlich mehr Boote im Hafen. Sie ließ ihren Blick an ihnen entlang wandern und hoffte, dass sie dabei nicht noch einmal die Jacht der Lawrences entdecken würde. Das war eine weitere Sache, über die sie sich keine Sorgen mehr machen sollte. Die Leute und das Boot waren nicht mehr da, und es gab keinen Grund, weshalb sie noch einmal in das kleine Hope Harbor hätten kommen sollen, das es absolut nicht mit Bar Harbor aufnehmen konnte.

Als Abby wieder zum Spielplatz hinüberschaute, konnte sie Emma nirgends entdecken. Sie stand deshalb auf und ging zu den Spielgeräten. Wahrscheinlich war ihre Tochter auf der anderen Seite, aber auch dort war sie nirgends zu sehen. Abby spürte, wie sich Panik in ihr breitmachte. Ihr Herz schlug jetzt bis zum Hals, als sie Emmas Namen rief.

„Emma! Emma! Wo bist du?"

Sie umrundete einmal den gesamten Spielplatz, schaute unter der Brücke, im Tunnel und auf dem Hügel mit der kleinen Ritterburg. Keine Emma. Mittlerweile kämpfte sie mit den Tränen. Sie hätte ihre Tochter keinen Moment aus den Augen lassen dürfen. Bei all den Touristen, die jetzt in der Stadt waren, konnte man doch gar nicht wissen, ob nicht auch schlechte Menschen dabei waren.

Oh Gott, bitte hilf mir, mein Kind zu finden.

Als Abby ein paar andere Mütter sah, die in der Nähe standen und plauderten, ging sie zu ihnen hin, beschrieb Emma und fragte, ob sie sie gesehen hätten. Doch alle verneinten, begannen aber, sich an der Suche nach Emma zu beteiligen. Panik drückte Abby die Luft ab und sie stellte sich alle möglichen Schreckensszenarien vor, eines gruseliger als das andere. Was für eine Mutter war sie bloß, dass ihr einfach so ihr Kind abhandenkam? Sie konnte sich genau vorstellen, was Kevin gesagt hätte, wenn er jetzt da gewesen wäre.

„Mami!"

Abby wirbelte herum und sah, wie Emma mit einer Hundeleine in der Hand, an der ein schwarzer Neufundländer ging, der mindestens doppelt so groß war wie sie, über den Rasen auf sie zukam.

„Guck mal, das ist Posey, mein neuer Freund."

„Emma!“ Abby rannte zu ihrer Tochter, um sie in die Arme zu schließen, blickte dann auf und sah einen Mann und eine Frau, die strahlend lächelnd auf sie zukamen.

„Wo warst du denn?“, fragte sie Emma.

Der Mann sagte: „Wir waren mit Poseidon spazieren, und Emma hat uns gefragt, ob sie die Leine mal halten könnte. Wir haben sie gefragt, wo denn ihre Mama sei, und sie hat auf Sie gezeigt. Wir haben Ihnen zugewinkt, aber wahrscheinlich haben Sie das nicht mitbekommen. Wir sind einfach nur ein bisschen im Park herumgeschlendert. Tut mir leid, wenn Sie beunruhigt waren.“

Abby kämpfte mit widerstreitenden Gefühlen von Ärger und Erleichterung. „Ist schon gut. Emma hätte nur erst zu mir kommen und fragen müssen.“ Dann sah sie ihre Tochter an. „Das haben wir doch so vereinbart, oder Emma?“

Emma nickte betreten. „Ja, ich weiß, Mami.“

„Okay, Emma, und jetzt gibst du die Hundeleine den Besitzern zurück, ja?“

Emma tat, was Abby gesagt hatte, und dann stellte das Paar sich vor. Sie seien Touristen und gerade erst in der Stadt angekommen. Gott sei Dank waren sie nett, aber was wäre passiert, wenn das nicht so gewesen wäre? Abby würde Emma jedenfalls nie wieder aus den Augen lassen.

Durch diesen Zwischenfall mit den Nerven ziemlich am Ende, packte Abby die Picknickutensilien zusammen und ging mit Emma nach Hause. Sie hatte in letzter Zeit zu viele Sorgen gehabt. Nachdem sie noch kurz bei ihrer Mutter vorbeigeschaut hatte, fuhr Abby dann nach Hause und kochte sich einen Becher Kräutertee in der Hoffnung, dass der ihre Nerven ein wenig beruhigen würde. Sie ging mit dem Teebecher hinaus auf ihren Balkon, ließ sich auf einem der Gartenstühle nieder und legte die Füße auf die Balkonbrüstung, während Emma sich eine Folge von *Barney,* dem lila Dinosaurier, anschaute.

Als sie sich gerade hingesetzt hatte, ging ihr Handy, und wie sie Carsons Namen auf dem Display aufleuchten sah, nahm sie den Anruf sofort an.

Sie stieß einen Seufzer der Erleichterung aus und meldete sich. „Hallo? “

„Hi Abby, hier ist Carson. Ich wollte Ihnen nur Bescheid geben, dass ich wieder zurück bin, wenigstens für ein paar Stunden. Ich fühle mich ziemlich ekelig und brauche erst mal eine Dusche. Dann muss ich mein Handy und mein Laptop aufladen.“

Abby stellte fest, dass sie sich Carson absolut nicht ekelig vorstellen konnte.

„Ich habe mir Sorgen um Sie gemacht“, sagte sie. „Haben Sie jemanden gesehen?“

„Ja und nein. Es war jemand da, aber ich konnte ihn nicht erkennen.“

„Was ist denn passiert. Hat er Sie bemerkt?“

„Ja, aber es ist nichts passiert. Er ist weggelaufen und verschwunden.“

„Verschwunden?“ Abby erstarrte und umfasste das Handy fester.

„Er ist in den Wald gerannt, und das Merkwürdige ist, dass ich nicht weiß, wie er auf die Insel gelangt ist. Ich habe nämlich kein Boot gehört. Und als ich mich heute Morgen beim Anleger umgeschaut habe, konnte ich keine Spur und keinen Hinweis entdecken, dass jemand dort gewesen ist.“

„Das ist ja wirklich merkwürdig. Aber ich bin froh, dass Sie nicht in Gefahr geraten sind.“

„Ich auch. Ein paar von den Männern waren gestern da, um zu arbeiten, sodass ich mich von der Baustelle entfernen und ein bisschen auf der Insel herumlaufen konnte. Ich dachte, ich finde vielleicht eine Stelle, wo jemand ein Boot an Land gezogen hat, aber ich habe nirgends einen Hinweis darauf gefunden. Der Wald ist dicht und voller Mücken, die ein Festmahl an mir gehalten haben – ach ja, ich muss dran denken, Mückenspray mitzunehmen."

„Ich bin jedenfalls froh, dass es Ihnen gut geht. Danke, dass Sie mich angerufen haben."

Abby lehnte sich auf ihrem Sofa zurück, auf das sie mittlerweile umgezogen war. „Übernachten Sie heute wieder auf der Insel?"

„Ja. Ich glaube, momentan ist das am besten so. Arbeiten Sie morgen wieder im *Brass Lobster*?"

„Ja. Die Touristen kommen jetzt in Scharen, sodass ich dort dringend gebraucht werde."

„Das habe ich auch bemerkt, als ich durch den Hafen gefahren bin. Ach ja, fast hätte ich's vergessen. Wie geht es Grace?"

„Sie fühlt sich immer noch nicht gut, aber danke, dass Sie nachfragen. Sie konnte heute nicht einmal mit in den Gottesdienst kommen."

„Das tut mir leid. Bitte grüßen Sie sie von mir, ja?"

„Das mache ich."

Dann folgte Schweigen und Abby überlegte, ob sie ihm von dem Zwischenfall mit Emma erzählen sollte, entschied sich dann aber dagegen. Wahrscheinlich würde er sie nur für eine leichtsinnige Mutter halten.

„So, ich glaube, ich muss mich jetzt mal fertig machen und mich wieder auf den Weg zur Insel begeben. Ich wollte mich nur kurz bei Ihnen melden und hören, wie es Ihnen geht."

„Danke dafür. Tschüss."

Beruhigt durch den Anruf und die Gewissheit, dass es Carson gut ging, legte Abby das Handy wieder hin. Doch wer war die Person, die er auf der Insel gesehen hatte? Und wohin war sie wieder verschwunden? Ein beunruhigender Gedanke löste erneut eine Welle von Sorge bei ihr aus: Was, wenn der Mann immer noch auf der Insel war und nur darauf wartete, Carson zu überraschen? Stopp, Abby!

Es war genau, wie der Pfarrer es gesagt hatte: „Das meiste, worüber wir uns Sorgen machen, tritt gar nicht ein."

Am Montagmorgen betrat Abby den *Brass Lobster*-Andenkenladen und war überrascht, dass die Regale zum Teil wie leer gefegt waren.

„Es scheint ja viel zu tun zu geben", sagte sie zu Robin.

„Das Wochenende war der Wahnsinn. Ich wünschte, Sie hätten samstags Zeit."

„Die hätte ich, wenn es eine Betreuungsmöglichkeit für meine Tochter gäbe. Manchmal kann ich sie bei meiner Mutter lassen, aber die ist zurzeit gesundheitlich ziemlich angeschlagen, sodass ich ihr nicht zumuten kann, sich den ganzen Tag um Emma zu kümmern."

„Tut mir leid, dass es Ihrer Mutter nicht gut geht."

„Ja, mir auch." Abby ließ ihren Blick durch den Laden wandern und fragte dann: „Soll ich Ware nachlegen?"

„Das wäre großartig, danke. Montags ist im Laden meistens nicht so viel los, aber bei Touristen kann man nie wissen."

Um die Mittagszeit ging Robin in das Büro hinter dem Laden, um etwas zu essen, während Abby sich um das Geschäft kümmerte. Robin hatte ihr die Kasse erklärt, sodass sie jetzt auch Kunden bedienen und selbst kassieren konnte. Ein Mann in einem Oberhemd mit aufgekrempelten Ärmeln und einer langen Kakihose kam herein und schaute sich um.

„Kann ich Ihnen helfen?", fragte Abby.

Der Mann hatte eine Golfkappe tief ins Gesicht gezogen und seine Sonnenbrille obendrauf gesetzt.

Er sah sie einen Moment lang an und antwortete dann: „Nein danke. Ich schaue mich nur um."

„Gerne. Sagen Sie einfach Bescheid, wenn ich etwas für Sie tun kann."

Daraufhin nickte er nur und ging langsam von einer Auslage zur anderen, nahm Dinge in die Hand, schaute sich Preise an und legte die Gegenstände wieder zurück. Abby behielt ihn im Blick, versuchte aber, nicht zu auffällig hinzuschauen. Irgendetwas an ihm war merkwürdig.

Sie machte dann weiter mit dem Auszeichnen und Einräumen von neuer Ware und blickt dabei hin und wieder auf, um nachzuschauen, ob der Mann noch da war. Robin hatte ihr nämlich auch gesagt, sie solle auf mögliche Ladendiebe achten. Jedes Mal, wenn sie zu dem Mann hinüberschaute, stellte sie fest, dass er sie anstarrte. *Nein, nicht schon wieder so etwas.*

Als Robin aus der Mittagspause zurückkam, war der Typ immer noch da.

„Sie können jetzt Pause machen", sagte Robin zu Abby.

Diese deutete unauffällig mit dem Kopf zu dem Mann und entfernte sich dann rasch ins Büro, um etwas zu essen. Sie hatte den Eindruck, dass sich der Typ eigentlich gar nicht für das Angebot im Laden interessierte. Er schien nicht wirklich einen Einkaufsbummel zu machen, sondern nur so zu tun – aber warum? War er ein Ladendieb, der auf eine gute Gelegenheit wartete, etwas mitgehen zu lassen, oder hatte er vielleicht sogar schon etwas eingesteckt? Du liebe Güte, sie hoffte, dass das nicht der Fall war.

Als sie wieder zurück in den Laden kam, war der Mann weg. „Hat der Kunde etwas gekauft?", fragte sie Robin.

„Nein, nichts", antwortete diese.

„Hoffentlich hat er nichts gestohlen. Ich finde, er hat sich irgendwie verdächtig benommen."

„Ich schau mal nach, ob etwas fehlt", sagte Robin und zeigte dann auf die andere Seite des Ladens. „Sie können ja dort drüben schauen."

Nachdem sie sich gründlich umgeschaut hatten, stellten sie übereinstimmend fest, dass noch alles an seinem Platz war.

„Vielleicht bin ich einfach zu misstrauisch."

„Das ist doch völlig in Ordnung, und im Grunde muss man auch misstrauisch sein, sonst wird man hemmungslos beklaut", sagte Robin darauf nur, während sie weiter eine Auslage umdekorierte.

„Ich glaube, dass er sich eigentlich gar nicht für die Waren interessiert hat, und frage mich, warum er dann in den Laden gekommen ist."

„Wer weiß? Das tun viele Leute", sagte Robin achselzuckend. „Sie wollen nur sehen, was wir im Angebot haben. Vielleicht hatte seine Frau ja irgendwo anders zu tun und er musste sich die Zeit vertreiben."

„Haben Sie denn einen Ehering gesehen?"

„Nein, jetzt wo Sie's sagen, ich glaube, er hatte keinen. Aber vielleicht ist er mit einer Freundin in der Stadt. Es gibt nicht viele männliche Touristen, die allein unterwegs sind."

„Da haben Sie recht. Und es kauft schließlich nicht jeder etwas, der den Laden betritt", sagte Abby und drängte ihre Angst beiseite.

„Auch wenn ich wünschte, es wäre so", erklärte Robin. „Vielleicht muss ich etwas Attraktiveres im Schaufenster präsentieren, das die Leute zum Kaufen verlockt. Hätten Sie da nicht eine Idee?"

„Wie wäre es mit dem Buch des Schriftstellers, der draußen auf einer der Inseln gelebt hat? Es gibt viele Leute, die etwas über die Gegend erfahren möchten."

„Das ist eine sehr gute Idee", sagte Robin, nahm eines der Bücher in die Hand, blätterte darin und bemerkte: „Ich finde es wirklich sehr interessant. Ich habe den Autor kennengelernt, als er hier in der Gegend gelebt hat, und wir haben sogar eine Signierstunde im Laden veranstaltet, als das Buch erschienen ist. Ich würde nicht so leben wollen wie er. Ohne jegliche Annehmlichkeiten einfach so in der Wildnis zu kampieren, ist wirklich nicht meins."

Abby stellte sich Carson dort draußen auf Hope Island vor, wie auch er ohne jeden Komfort auskommen musste, und ein romantisches Bild blitzte in ihrem Kopf auf, wie sie dort draußen bei ihm war, und sie spürte, wie sie rot wurde. Was waren denn das bloß für Gedanken? Carson war ein Freund, mehr nicht. Und warum war es plötzlich so warm hier drinnen? Sie nahm eine Postkarte aus dem Ständer, der in ihrer Nähe stand, und fächelte sich damit kühle Luft zu.

Als Robin es bemerkte, fragte sie: „Finden Sie es zu heiß hier drin? Ich glaube, ich mache mal die Ladentür auf und lasse ein bisschen frische Seeluft herein."

Den Rest des Tages sorgte Abby dafür, dass sie ununterbrochen zu tun hatte, indem sie Ware nachräumte und Robin beim Bedienen der Kunden half. Der seltsame Mann kam nicht wieder, also verbuchte sie ihn als Tourist, denn er war nicht die einzige seltsame Person, die den Laden betrat. Auch andere Touristen wirkten zwielichtig, wenn auch nicht auf bedrohliche Art. Ihr Benehmen war jedoch ganz allgemein eher zum Lachen, wenn sie mit viel Aaah und Ohhh kleine Souvenirs aussuchten. Robin wusste allem Anschein nach genau, was sich gut verkaufte, und hatte davon große Mengen vorrätig.

Irgendwann kam ein gut gekleideter Mann in den Laden und führte mit Robin ein kurzes Gespräch unter vier Augen. Er kam Abby zwar irgendwie bekannt vor, aber sie konnte ihn nicht richtig einordnen, weil ihr sein Name nicht einfiel.

Als das Gespräch zu Ende war, schaute Robin zu Abby hinüber, winkte sie zu sich und sagte: „Abby, ich möchte Ihnen gerne Mr Harding vorstellen."

Ach, dann war das also der Mann, der Carson so zusetzte. Er sah gar nicht so beeindruckend aus, wie sie sich ihn vorgestellt hatte. Sie ging zu den beiden hinüber, um ihn zu begrüßen. „Hallo, ich bin Abby Baker."

Er zog die Augenbrauen hoch und sagte: „Ach, dann müssen Sie Grace' Tochter sein. Wie geht es ihr denn?"

„Es geht ihr ganz gut. Danke der Nachfrage."

„Ich habe gehört, dass sie gesundheitlich nicht ganz auf der Höhe ist, umso mehr freut es mich natürlich, dass alles in Ordnung ist. Grüßen Sie sie herzlich von Fred."

„Das mache ich." Er schien doch eigentlich ganz nett zu sein. Jedenfalls war er nicht der Typ, der absichtlich irgendjemandem Ärger machte. Wahrscheinlich schätzte Carson den Mann falsch ein.

Als Mr Harding gegangen war, wandte sie sich an Robin: „Ich habe schon von ihm gehört. Ihm gehören mehrere Bed & Breakfasts in der Stadt, oder?"

Da lachte Robin und sagte: „Fred Harding gehört praktisch die ganze Stadt. Auch dieses Gebäude mit dem Laden. Ich bin hier nur Mieterin."

„Dann hat er wahrscheinlich ziemlich viel Macht hier, oder?"

„Auf jeden Fall. Sehr viel Macht."

„Aber ich finde, dass man ihm das an seinem Verhalten gar nicht so sehr angemerkt hat. Ich fand ihn sogar ganz angenehm."

„Oh ja, er kann ein richtiger Gentleman sein, aber wehe, man kommt ihm irgendwie in die Quere."

„Ihm in die Quere kommen? Wie meinen Sie das?"

Robin schaute sich im Raum um, als hätten die Waren in den Regalen Ohren und würden lauschen. „Also, man muss sich gut mit ihm stellen. Ich kenne Leute, die sich bei ihm beklagt haben über etwas, das er getan beziehungsweise unterlassen hat, und ehe sie sichs versahen, hatte er ihnen den Mietvertrag gekündigt. Und es gibt in der Gegend nun mal kaum Ladenlokale, in die man ausweichen könnte."

Also war er doch ein Mensch, der durchaus fähig war, anderen zu drohen – genau wie Carson vermutete. Aber dieser Mann würde ganz sicher nicht bei Nacht und Nebel auf der Insel umherstreifen.

Als Abby Feierabend hatte, holte sie Emma aus der Kita ab und kaufte dann an der Frischetheke im Supermarkt noch etwas zum Abendessen ein. Sie war sicher, dass ihre Mutter nicht gekocht hatte, weil ihr dazu einfach die Kraft fehlte.

Und sie hatte recht. Als sie das Haus betrat, döste ihre Mutter in ihrem Liegesessel. Abby legte den Zeigefinger auf den Mund, damit Emma leise war, und brachte das Essen in die Küche. Kurz darauf kam Emma in die Küche gerannt, griff nach ihrer Hand und sagte in dringlichem Ton: „Komm schnell, Mami. Oma hat einen schlimmen Traum."

Und tatsächlich, ihre Mutter wand sich und stöhnte, obwohl sie noch tief und fest schlief.

„Mama?", sagte Abby leise und tippte ihrer Mutter an die Schulter. „Ich habe uns etwas zu essen mitgebracht."

Grace hatte richtig zu kämpfen, wach zu werden und die Augen zu öffnen. Als sich ihr Blick endlich fokussierte und sie Abby erkannte, sagte sie: „Hallo Abby."

„Du hast anscheinend schlecht geträumt."

Ihre Mutter nickte und so etwas wie Furcht lag in ihrem Blick. „Ja, das habe ich."

„Weißt du noch, was es war?"

„Ja, weil ich diesen Traum öfter habe."

„Ach ja? Worum geht es denn darin?"

„Ich bin noch ein kleines Kind und ich bin an einem dunklen, nassen Ort. Ich rufe weinend nach meiner Mutter, aber sie kommt nicht, und das Wasser geht mir bis zum Hals."

„Weißt du denn, wo du in diesem Traum bist?“

Wieder ein Nicken. „Ja, im Keller des Leuchtturmwärterhauses.“

Abby schaute zu dem Foto von ihrer Granny und ihrem Großvater. Sosehr sie das Bild mochte, irgendetwas stimmte daran nicht, aber Abby kam einfach nicht darauf, was es war.

Ihre Mutter nahm jetzt ihre Hand und blickte zu ihr hoch. „Wo ist denn Carson?“

„Er bleibt für ein paar Tage auf der Insel, um aufzupassen, dass es nicht noch einmal zu mutwilligen Zerstörungen kommt.“

„Hat er denn jemanden gesehen?“

Abby berichtete ihr, was Carson ihr erzählt hatte. „Carson hat gesagt, dass er dann bei Tag die Insel nach Spuren abgesucht hat, aber keinen Hinweis auf den Mann finden konnte. Ist das nicht seltsam?“

„Ja, das kann man wohl sagen. Damit kommt Fred Harding wohl nicht mehr infrage. So etwas würde Fred niemals tun.“

„Da hast du wahrscheinlich recht. Aber wer könnte es denn sonst sein? Und vor allem, warum?“

„Ich weiß es auch nicht“, sagte ihre Mutter achselzuckend.

„Ich habe uns etwas zu essen mitgebracht. Fühlst du dich gut genug, um in die Küche zu kommen und mit Emma und mir zusammen zu essen?“

„Ach, eigentlich habe ich gar keinen Hunger. Aber da du dir jetzt die Mühe gemacht hast, werde ich versuchen, einen Happen zu essen.“

Abby half ihr aus dem Sessel und in die Küche, aber ihre Mutter stocherte nur in ihrem Essen herum. Abby machte sich Sorgen, dass sie nicht genug aß, aber sie konnte sie ja nicht zum Essen zwingen.

„Warum hast du schlecht geträumt, Oma? Hast du Angst gehabt?“, fragte Emma.

„Ich weiß auch nicht, warum ich immer wieder diesen Traum habe. Hast du auch manchmal schlechte Träume?"

Emma nickte. „Gestern Nacht habe ich geträumt, dass jemand hinter mir her war. Der wollte mir meine Bärin wegnehmen."

„Also, das ist ja richtig gruselig!", sagte ihre Großmutter. „Gut, dass es nur ein Traum war. Du weißt ja, dass Träume gar nicht echt sind, oder? Wir brauchen also keine Angst vor ihnen zu haben. Okay?"

„Okay."

Nach dem Essen räumten Abby und Emma noch die Küche auf, vergewisserten sich, dass Grace alles hatte, was sie brauchte, und fuhren dann wieder nach Hause in ihre Wohnung.

Als Abby ihren Wagen auf dem Parkplatz abstellte, bemerkte sie ein schwarzes Auto, das sie dort zuvor noch nie gesehen hatte. Es war ein BMW mit einem Kennzeichen des Bundesstaates Maine, also gehörte es wahrscheinlich jemand anderem aus dem Apartmenthauskomplex. Sie hatte das Gefühl, beobachtet zu werden, als sie die Treppe zu ihrer Wohnung hinaufgingen, aber als sie sich umschaute, konnte sie niemanden entdecken. Auf dem Weg zu ihrer Wohnung sah sie, dass sich in dem schwarzen Auto etwas bewegte. Es saß jemand darin.

Daraufhin hastete sie die Treppe hinauf, betrat das Apartment und verriegelte sofort die Tür von innen. Beruhige dich, Abby. Du brauchst keine Angst zu haben. Ach, wenn doch ihre Ängste auch nur ein schlechter Traum wären.

24

15. Mai 1945

Heute habe ich den größten Schreck meines Lebens erlebt.

Der Tag fing eigentlich ganz normal an. Es war klar und schön, der Himmel blau und das Wasser glitzerte im Sonnenschein. Es war ein Tag, der einen geradezu anfleht, ihn im Freien zu verbringen, die frische Luft einzuatmen und das Leben zu feiern. Es war ein bisschen windig, aber nicht zu kalt, und ich entschied deshalb, dass es der perfekte Tag zum Wäschewaschen war, denn ich wusste, dass an der Wäscheleine im Wind alles gut trocknen würde. Ich gebe es nur ungern zu, aber ich war ein bisschen niedergeschlagen, weil ich Michael jetzt schon seit mehreren Wochen nicht mehr gesehen habe und Angst habe, ihn vielleicht nie mehr wiederzusehen. Doch der Tag heute war so angenehm, dass er mich richtig aufgemuntert hat.

Also habe ich unsere Kleidung gewaschen und die Bettwäsche, und dann habe ich Grace ihren kleinen Pullover über die Bluse gezogen und darüber dann noch einen Overall, damit sie mit mir zusammen das schöne Wetter draußen genießen konnte. Ich habe sie wie immer am Zaun angebunden, während ich mit der Wäsche beschäftigt war, und sie hat sich in den Klee gesetzt und ihn mit beiden Händen abgepflückt, fasziniert von den anderen kleinen Blumen, die dazwischen blühten. Ich musste sie ein paar Mal ermahnen, die Blüten nicht in den Mund zu stecken, und sie hörte auch sofort damit auf, nachdem ich ihr ein paar Wäscheklammern zum Spielen gegeben habe.

Ich sang ein Lied, das ich am Morgen im Radio gehört hatte, „Denk ans Positive“, und dadurch wurde meine Laune noch besser. Als alle Kleider und die Bettwäsche an der Leine im Wind flatterten, bin ich dann zurück ums Haus gegangen, um Grace zu holen, aber als ich dort ankam, wo ich sie zurückgelassen hatte, war sie weg. Der Gürtel, an dem die Leine befestigt gewesen war, die sie sichern sollte, war zwar noch da, aber irgendwie hatte sie sich offenbar losgemacht. Ich geriet richtig in Panik, als ich jeden Zentimeter des Gartens absuchte, und dann sah ich das offene Gartentor. Ich wusste genau, dass ich es geschlossen hatte, aber der Wind musste es wieder aufgeweht haben.

Ich rannte aus dem Garten, lief ums Haus und rief die ganze Zeit nach ihr. Wo war das Kind bloß? Was mochte passiert sein? Mir war klar, dass ich eben doch keine gute Mutter bin, wenn ich es nicht einmal schaffe, mein Kind im Auge zu behalten. Ich bin den Pfad einmal hin und zurück gerannt und habe gesucht und die ganze Zeit liefen mir die Tränen übers Gesicht. Die Vorstellung, dass sie den Hügel hinunter ins Meer gestürzt sein könnte, war unendlich qualvoll.

Ich habe sogar zu den Männern von der Küstenwache hinaufgerufen, und sie kamen herunter und fragten, was los sei. Seit der Kapitulation der Deutschen, und nachdem sich vier deutsche U-Boote beim Portsmouth Naval Shipyard ergeben hatten, ist der Leuchtturm nur noch mit zwei Männern vom Küstenschutz besetzt, die sich jetzt beide an der Suche nach Grace beteiligten. Ich war vor Angst und Sorge völlig außer mir und habe laut zu Gott gebetet, mir zu helfen, sie zu finden, und dass ihr bitte nichts passiert sein möge.

Und wer kam ausgerechnet in dieser verzweifelten Situation auf die Insel? Michael! Ich muss wie der Schreck in Person ausgesehen haben, aber als ich es geschafft hatte, ihm zu erklären, dass Grace weg war, legte er seinen Arm um mich und hielt mich kurz fest. Es war, als ob die Arme von Gott selbst mich hielten, denn ich wurde sofort ruhiger. Michael ging mit mir zurück zum Haus und fragte, wo ich sie zuletzt gesehen hätte und so weiter, wie ein Ermittler von der Polizei. Ich erinnere mich, dass er dastand, die Hände in die Hüften gestemmt hatte und seinen Blick durch die Gegend schweifen ließ.

Dann fragte er mich, ob ich schon im Keller nachgeschaut hätte. Das hatte ich nicht, weil ich sicher war, dass Grace durch das offene Gartentor weggelaufen sein musste. Dann erinnerte ich mich wieder, dass ich die Kellertür nur angelehnt hatte, als ich früh am Morgen dort gewesen war. Ich hatte nämlich beide Hände voll gehabt und die Tür deshalb nicht schließen können. Ich ging hinter Michael her die fünf Stufen zur Kellertür hinunter, die jetzt geschlossen war. Der Wind musste sie zugeschlagen haben. Michael zog die Tür auf, und ich hörte Grace schon weinen, bevor ich sie in der dunklen Ecke kauern sah. Ich rannte hin, nahm sie auf den Arm und war nur unendlich erleichtert, dass wir sie gefunden hatten. Das arme Kind musste in dem dunklen, feuchten Keller Todesängste ausgestanden haben. Aber jetzt war sie Gott sei Dank in Sicherheit.

Ich weiß nicht, warum ich nicht schon vorher im Keller nach ihr gesucht hatte, aber ich glaube, Gott hat Michael als Engel geschickt, um mir heute zu helfen, sie zu finden. Ich hatte angenommen, ihn wiederzusehen, würde das Beste sein, was je passieren konnte, aber Grace wiederzufinden, war noch besser.

Als wir uns beide wieder ein bisschen beruhigt hatten, gingen wir ins Haus und machten Grace sauber. Wir zogen ihr die schmutzigen Sachen aus, wuschen ihr die Hände, und Michael kochte uns sogar eine Kanne Kaffee, während ich mich um mein Töchterchen kümmerte. Er ist so hilfsbereit. Man stelle sich vor, dass ein Mann so etwas tut! Aber er erzählte mir dann, dass er in der Leuchtturmstation ziemlich oft Kaffee kocht. Schließlich gab ich Grace noch ein Fläschchen und legte sie dann hin, denn nach dem schlimmen Erlebnis war sie sehr müde.

Ich war auch müde und sehr erschöpft von all der Angst und Sorge. Michael blieb dieses Mal sehr viel länger als sonst. Er schien froh zu sein, hier zu sein, aber wahrscheinlich nicht so froh, wie ich war, ihn bei mir zu haben. Er erzählte mir, dass er unten in Portsmouth gewesen sei, als sich die deutschen U-Boote ergeben hätten, und berichtete ausführlich, wie es vonstatten gegangen war, wie die deutschen Matrosen ins Marinegefängnis nach Portsmouth überstellt worden waren, und er war richtig aufgeregt, als er mir alles über U-Boote und die technischen Fortschritte in der Konstruktion erklärte. Ich muss aber gestehen, dass ich von all dem, was er mir da erklärt hat, nicht viel verstanden habe.

Was mich wirklich interessierte, war das, was man an Bord der deutschen U-Boote gefunden hat, unter anderem ein in seine Einzelteile zerlegtes Flugzeug. Ich habe mich gefragt, wann und wo sie das Flugzeug wohl hätten zusammenbauen wollen. Michael erzählte mir, die deutschen Offiziere hätten weiße Handschuhe und blitzblank geputzte Stiefel getragen und um den Hals stolz das Eiserne Kreuz. Er meinte, das Ereignis habe einen ziemlichen Wirbel gemacht, weshalb es von Zeitungsreportern nur so gewimmelt habe, die um die besten Plätze für Fotos gestritten hätten.

Ich habe nicht schlecht gestaunt, als ich erfuhr, dass die U-Boote in Gruppen von jeweils vier Booten vor unseren Küsten auf und ab gefahren sind. Michael sagte, dass mehr Menschen durch deutsche U-Boote ums Leben gekommen seien als alle, die beim Angriff auf Pearl Harbor gestorben sind. Das stelle man sich nur mal vor! Mir wird ganz anders, wenn ich daran denke, dass diese Dinger so nah an unserem Land waren, besonders hier an der Küste, und ich bin froh, dass ich das erst nach dem Ende des Krieges erfahren habe, sonst wäre ich vielleicht gar nicht hier auf der Insel geblieben.

Ich habe Michael gefragt, ob er weiß, wie lange er noch in der Gegend bleibt, aber das konnte er nicht sagen. Er meint, dass japanische U-Boote an der Westküste immer noch eine Bedrohung darstellen und dass er deshalb vielleicht dorthin versetzt würde. Ich finde den Gedanken, dass er wieder fortgeht, schrecklich, aber die vergangenen paar Wochen ohne ihn haben mich gelehrt, nicht mehr mit ihm zu rechnen. Ich habe ihn gebeten, sich bitte von mir zu verabschieden, wenn er erfährt, dass er geht, und er hat es mir versprochen.

Bevor er heute gefahren ist, habe ich ihn gefragt, ob er seinen Namen nach dem Erzengel Michael hat, aber da hat er nur gelacht und gesagt, nein, er heiße Michael nach seinem Vater. Daraufhin habe ich ihm erklärt, ich sei überzeugt, dass Gott ihn mir als seinen Engel geschickt habe. Die Vorstellung fand er anscheinend lustig und meinte, er sei absolut kein Engel.

Ich hoffe, es war nicht unschicklich, ihm das zu sagen, denn eigentlich ist er ja ausschließlich aus militärischen Gründen hier, und nicht, um eine Witwe und ihr Kind zu beschützen. Aber ich glaube trotzdem, dass Gott mir in Michael meinen persönlichen Engel geschickt hat, solange ich ihn brauche. Es fällt mir ziemlich schwer zu akzeptieren, dass ich ihn jetzt wohl nicht mehr brauche. Vielleicht verwechsele ich ja meine persönlichen Wünsche mit Notwendigkeit. Herr, vergib mir jeden falschen Gedanken, den ich im Zusammenhang mit Michael habe.

Abby legte das Tagebuch hin und wischte sich die Augen. Zu lesen, wie ihre Granny die kleine Grace aus den Augen verloren hatte, war so, als würde sie das, was sich gestern im Park ereignet hatte, noch einmal durchleben. Wie gut sie sich die Angst, die

Verzweiflung und die Hilflosigkeit ihrer Großmutter vorstellen konnte. Und auch das Gefühl, sich Vorwürfe dafür zu machen, dem Kind gegenüber versagt zu haben und eine schlechte Mutter zu sein, konnte sie nachempfinden. Was für eine furchtbare Angst sie gehabt haben musste, dass ihr Kind ins Meer gestürzt sein könnte. Sie konnte sich ganz genau – beinah bildhaft – vorstellen, wie ihre Granny das Gelände abgesucht und vor lauter Verzweiflung geweint hatte.

Was für ein glücklicher Zufall, dass genau in dem Moment Michael gekommen war. Nein, das war kein Zufall gewesen, sondern ein Segen, ja ein Wunder. Vielleicht war Michael tatsächlich von Gott gesandt worden. Er war wirklich ein besonderer Mensch, und Abby war dankbar, dass er Grannys Freund gewesen war. Etwas daran, wie Granny über ihn schrieb, gab Abby das Gefühl, dass ihre Großmutter sich insgeheim gewünscht hatte, er könne mehr sein als nur ein Freund, aber es bestand kein Zweifel, dass die Beziehung rein freundschaftlich gewesen war.

Als Abby den Vorfall in Gedanken noch einmal durchging, wurde ihr plötzlich klar, warum ihre Mutter immer wieder diesen einen Albtraum hatte. Offenbar hatte er damit zu tun, dass sie in dem Keller eingesperrt gewesen war – auch wenn dabei Wasser keine Rolle gespielt hatte. Was für eine Angst sie gehabt haben musste! So sehr, dass diese Angst nach so vielen Jahren immer noch nachwirkte und ihr ganzes Leben lang geblieben war. Wenn Abby das nächste Mal bei ihrer Mutter war, würde sie ihr erzählen, was sie in dem Tagebuch gelesen hatte. Vielleicht würde ihr das helfen, mit der Angst fertigzuwerden, und die Albträume würden aufhören. Das hoffte sie sehr, damit ihre Mutter zur Ruhe kam.

Carson reckte und streckte sich und ihm tat alles weh von der Nacht auf dem harten Fußboden. Er vermisste sein Bett. Da er keinen Fremden mehr gesehen hatte, ging er davon aus, dass dieser die Insel verlassen hatte, nachdem er entdeckt hatte, dass sich jemand im Leuchtturmwärterhaus aufhielt.

Carson hätte gerne wenigstens eine Nacht in der Stadt übernachtet, aber er konnte nicht riskieren, dass noch einmal jemand willkürlich Schaden auf der Baustelle anrichtete. Auf jeden Fall freute er sich schon jetzt darauf, zu Hause heiß zu duschen und sich frische Sachen anzuziehen.

Im Augenblick wusste er gar nicht so genau, wo eigentlich sein Zuhause war. Aus dem Zimmer, in dem er gerade wohnte, musste er bald in eine vorübergehende Wohnung umziehen, aber das Leuchtturmwärterhaus war der Ort, an dem er bleiben würde, wenn es fertig war. Ob er es irgendwann leid sein würde, hier zu leben?

Eins stand jedenfalls fest. Er wollte nicht für immer allein bleiben. Obwohl er seit dem College allein wohnte, fühlte er sich immer noch mit der Welt verbunden, aber hier draußen auf der Insel war die Zivilisation noch nicht im 21. Jahrhundert angekommen. Er konnte es gar nicht erwarten, dass sein Bed & Breakfast fertig wurde. Hoffentlich würden überhaupt Gäste kommen. Er vermisste es, mit Abby zusammen zu sein. Es war zwar schön, ihre Stimme zu hören, wenn sie telefonierten, aber es war nicht dasselbe, wie sich tatsächlich zu begegnen. Ob es ihr wohl gefallen hätte, hier draußen mit ihm zu kampieren? Carson schüttelte den Kopf. Abby hatte Verpflichtungen, und die Vorstellung, Zeit zu zweit mit ihr zu verbringen, war einfach unrealistisch. Es sei denn … aber noch einmal zu heiraten, war sicher nicht auf ihrem Radar. Er musste sich weiter ganz und gar auf die gerade bestehende Situation konzentrieren.

Carson war froh, dass am Montagmorgen die Bauleute vollzählig erschienen, nachdem die Arbeit auf der Baustelle am Sonntag geruht hatte. Zum Glück war die Elektrik durch das Wasser nicht beschädigt worden. Er hatte online den Bodenbelag für die Küche und die Fliesen für den Fliesenspiegel bestellt und hoffte, dass bis zum Ende der Woche alles geliefert sein würde und verbaut werden konnte. In der Zwischenzeit hatten sie die Türen der Ober- und Unterschränke in der Küche ausgebaut, abgeschliffen und frisch gestrichen.

Auch im Wohnzimmer ging es gut voran. Der Raum war neu gedämmt worden, und jetzt wartete Carson auf den Handwerker, der die Wände frisch verputzen sollte. Wenn das erledigt war, konnte dort ebenfalls gestrichen werden. Auch die Bäder sollten diese Woche fertig werden, und er hoffte, dass es dabei blieb. Wenn das Wetter hielt und es keine neuen Probleme gab, konnten sie es schaffen, so weit aufzuholen, dass sie wieder im Plan waren.

Als die Handwerker alle mit Dingen beschäftigt waren, bei denen er nicht helfen konnte, beschloss Carson, noch einmal die Insel zu erkunden. Es gab bestimmt immer noch Stellen, an denen er bisher nicht gewesen war. Als er den Wald betrat, setzte er sich die Kapuze seines Hoodies auf, um die Mücken von seinem Kopf fernzuhalten. Gesicht und Hände hatte er mit einem starken Mückenspray behandelt und hoffte, dass die Plagegeister ihn nicht durch seine Kleider hindurch stechen würden.

Die Temperatur in dem Fichtenwald war mindestens zehn Grad niedriger als in der Sonne, und Carson atmete tief den Fichtennadelduft ein, der ihn an Weihnachten erinnerte. Seine Stiefel sanken in den mit Tannennadeln bedeckten Waldboden ein. Es war offensichtlich, dass die Insel nur ein Haufen Felsen mit Bäumen und Tannennadeln darauf war. Seine Wanderung war beschwerlich, denn hier gab es keinen ausgetretenen oder gar ebenen Trampelpfad.

Es dauerte gar nicht lange, da hatte er die Orientierung verloren. Er hatte hinter dem Leuchtturm den Wald betreten und war dann bergauf gegangen, aber weil er sich immer wieder einen Weg zwischen den Bäumen hindurch suchen musste, hatte er ein paar Mal die Richtung gewechselt, und jetzt wusste er nicht mehr so genau, in welche Richtung er gerade ging. Er versuchte, möglichst viel bergauf zu gehen, weil er davon ausging, dass er dann irgendwann am höchsten Punkt der Insel herauskommen würde, vielleicht sogar mit Blick aufs Meer. Im dämmrigen Licht des Waldes war schwer zu sagen, wie spät es war. Zum Glück funktionierte seine Uhr, und als er schließlich den höchsten Punkt der Insel erreicht hatte, war er seit einer Stunde unterwegs. Ganz oben standen die Bäume nicht mehr so dicht, sodass er mit dem Leuchtturm als Bezugspunkt sehen und einschätzen konnte, wo er sich befand.

Die Stelle lag höher als der Leuchtturm, der ganz an einem anderen Ende der Insel stand, und er hatte auch hier einen Blick aufs Meer. Als Carson sich einmal um die eigene Achse drehte, um sich zu orientieren, kam er zu dem Schluss, dass er sich etwa in der Mitte der Insel befinden musste.

Ein Schrei in der Nähe sagte ihm, dass sich ganz in seiner Nähe ein Weißkopfseeadler aufhalten musste. Als Antwort auf diesen ersten Schrei kam ein weiterer, etwas höherer, der Beweis, dass der Seeadler mindestens ein Junges hatte. Carson blickte nach oben. Es musste in unmittelbarer Nähe einen Seeadlerhorst geben. Er folgte dem Geräusch und schaute dabei immer wieder nach oben, während er versuchte, den Standort des Horstes auszumachen. Als er schließlich zu einem Baumstamm kam, in dessen Nähe alle möglichen Tierknochen lagen, war das Geräusch am lautesten und er blieb stehen. Oben in dem Baum befand sich das größte Nest, das er je gesehen hatte. Von der Stelle aus, wo er stand, war das Adlerjunge nicht zu sehen, aber es bestand kein Zweifel, dass es da war. Und es bestand auch kein Zweifel, dass diese Vögel einen gesegneten Appetit hatten.

Carson ging weiter, bis er einen Felsvorsprung erreichte, der in Richtung Meer lag. Als er näher herantrat, nahm er den Geruch von verbranntem Holz wahr. Es roch wie ein gelöschtes Lagerfeuer. Langsam ging er am Rand des Vorsprungs entlang und der Geruch wurde immer intensiver, bis er schließlich eine Öffnung im Gestein fand, die wie ein Höhleneingang aussah. Ob sich jemand dort drinnen aufhielt? Carsons Herz raste, als er in die Öffnung hineinlugte.

Es war zu dunkel, um ohne Taschenlampe etwas sehen zu können, und er wollte nicht so viel Akku für die Lampe seines Handys verschwenden, also hielt er sich zurück und beschloss, nicht hineinzugehen. Ein Gefühl von Furcht überfiel ihn, als ihm bewusstwurde, dass er die Waffe im Haus gelassen hatte und er jetzt bei einem Angriff ziemlich wehrlos sein würde. Wenn hier jemand in der Nähe war, musste diese Person dann nicht auch wissen, dass er da war?

Ganz leise entfernte er sich wieder von der Öffnung und versuchte, sich den Weg zu merken, auf dem er hergelangt war. Er würde zurück zum Haus gehen und irgendwann noch einmal zu dieser Stelle kommen, dann aber gut vorbereitet auf alles, was ihn möglicherweise erwartete. Er hoffte, dass er die Höhle dann wiederfinden würde, und vielleicht konnte er Nick dazu überreden, ihn zu begleiten.

Als er wieder zurück zum Leuchtturmwärterhaus wanderte, grübelte er darüber nach, was wohl hinter seiner Entdeckung stecken mochte. Lebte hier jemand als eine Art Einsiedler und hatte gar nicht gemerkt, dass sich auf der Leuchtturmseite der Insel etwas tat? Oder war es jemand, der sich hier aufhielt, *weil* sich etwas tat? Eines stand jedenfalls fest. Es war noch nicht lange her, dass hier ein Feuer gebrannt hatte, denn der Geruch hing immer noch in der Luft.

Wer war also hier gewesen? Und war er mittlerweile weg oder hielt er sich noch auf der Insel auf?

25

Weil Carson gestern nicht angerufen hatte, wusste Abby nicht, ob er am Abend noch zurück aufs Festland gekommen war oder nicht. Aber als sie noch einmal auf ihr Handy schaute, bevor sie zur Arbeit ging, fand sie eine Nachricht von ihm, in der stand, dass er zwar zurückgekommen sei, aber keine Zeit habe, weil er noch vor Einbruch der Dunkelheit wieder hinüber auf die Insel fahren würde und sie deshalb nicht sehen könne. Abby war enttäuscht, aber wenigstens hatte er ihr geschrieben.

Auf dem Weg zu ihrer Mutter holte sie sich einen Kaffee im *Mo's*, obwohl sie gleich nach dem Aufstehen zu Hause auch schon einen getrunken hatte und außerdem damit rechnete, dass ihre Mutter wieder eine abfällige Bemerkung über das fallen lassen würde, was sie als *Schicki-Micki-Kaffee* bezeichnete. Als Abby durch den Drive-in fuhr, entdeckte sie bei einem Blick in den Gastraum des Cafés den seltsamen Mann, der am Vortag im Andenkenladen gewesen war. Er war allein, also war er offenbar doch nicht verheiratet – oder seine Frau war eine Langschläferin.

Er saß an einem großen Tisch, als sie beim Ausgabeschalter vorfuhr, und sah aus, als würde er Zeitung lesen, sodass Abby inbrünstig hoffte, er habe sie überhaupt nicht bemerkt, aber genau in dem Moment, in dem sie wieder losfahren wollte, blickte er auf und sah ihr direkt in die Augen. Ihr Herz raste wie wild, als sie der Kassiererin eilig das Geld in die Hand drückte und derart hastig nach ihrem Kaffee griff, dass sie ihn beinah hätte fallen lassen, bevor sie panisch losraste.

Als Abby das Haus betrat, saß ihre Mutter mit der aufgeschlagenen Bibel vor sich am Küchentisch.

„Guten Morgen, Mama. Geht es dir heute besser?"

Emma hüpfte zu ihrer Großmutter und umarmte sie und Grace blickte zu Abby auf und antwortete: „Ach, ganz gut, glaube ich."

Abby setzte sich zu ihrer Mutter an den Tisch und sagte: „Ich habe gestern Abend etwas Interessantes in Grannys Tagebuch gelesen. Kannst du dich daran erinnern, dass du mal weggelaufen bist, als du noch ganz klein warst, und dann im Keller wiedergefunden wurdest?"

Ihre Mutter runzelte die Stirn, während sie versuchte, sich zu erinnern. „Nein, daran erinnere ich mich nicht. Warum fragst du?"

„Granny hat darüber in ihrem Tagebuch geschrieben. Du warst erst etwas über ein Jahr alt, deshalb kannst du dich wahrscheinlich nicht daran erinnern."

„Himmel, nein. Das ist wirklich lange her. Aber ich weiß, dass ich immer Angst vor dem Keller hatte."

„Also, ich glaube, dass das der Grund dafür ist. Granny schreibt, dass sie auf der anderen Seite des Hauses Wäsche aufgehängt hat und gedacht hat, du wärest durch das offene Gartentor weggelaufen. Nach ihrer Schilderung hat es eine ganze Weile gedauert, bis sie dich im Keller gefunden hat, und du warst wohl ziemlich aus der Fassung. Das könnte doch der Grund für deine Albträume sein, oder?"

„Schon möglich. Stand da denn auch, dass Wasser im Keller war?"

„Nein, aber vielleicht hat das ja deine Fantasie hinzugefügt."

„Hm. Könnte sein. Auf jeden Fall würde es erklären, warum ich solche Angst vor dem Keller hatte."

„Ja, das glaube ich auch." Abby stand auf. „So, ich muss jetzt los zur Arbeit. Brauchst du noch etwas?"

Ihre Mutter schüttelte den Kopf. „Nein danke. Fahr ruhig. Ich rufe an, wenn ich etwas brauche."

„Gut. Hab dich lieb, Mama!", sagte Abby, gab ihrer Mutter noch einen Kuss, nahm Emma bei der Hand und ging hinaus zu ihrem Wagen. Als sie Emma auf ihrem Kindersitz anschnallte, hatte sie schon wieder das Gefühl, beobachtet zu werden, und nachdem sie sich erneut aufgerichtet hatte und um das Auto herum auf die Fahrerseite ging, schaute sie die Straße hinunter. Ihr blieb beinah das Herz stehen, als sie ein paar Häuser weiter einen schwarzen Wagen an der Straße stehen sah. Sie fand das merkwürdig, und es fiel ihr auf, weil die meisten Leute in der Straße ihre Wagen in der Auffahrt parkten, und die Auffahrten in unmittelbarer Nähe waren alle leer. In dem Wagen saß jemand am Steuer, aber die Sonnenblenden waren heruntergeklappt, sodass Abby die Person aus der Ferne nicht erkennen konnte.

Sie fuhr rückwärts aus der Auffahrt heraus und dann zur Kita. Auf dem Weg dorthin schaute sie immer wieder in den Rückspiegel, und als ihr der andere Wagen nicht folgte, stieß sie einen Seufzer der Erleichterung aus. Das war bestimmt nur ein Zufall gewesen. Schließlich gab es mehr als nur ein schwarzes Auto in der Stadt, und es war doch absolut möglich, dass jemand aus der Straße ihrer Mutter einen schwarzen Wagen besaß, auch wenn Abby dort bis jetzt noch nie einen gesehen hatte. Sie benahm sich wirklich albern. Sie schob also ihre Ängste beiseite, damit sie arbeiten konnte.

Aber als sie dann mit den Kita-Kindern draußen spielte, sah sie wieder einen schwarzen Wagen in der Nähe stehen. Seit wann gab es so viele schwarze Autos in der Stadt?

Und ganz sicher waren es nicht alle BMWs, auch wenn die Autos alle ziemlich ähnlich aussahen. Abby schlenderte zu ihrer Kollegin Kelly hinüber und fragte: „Kennst du den schwarzen Wagen da drüben?"

Kelly schaute sich um und antwortete: „Nein."

„Hast du ihn den schon mal hier gesehen?"

„Nein, aber normalerweise achte ich auch nicht auf geparkte Autos", antwortete Kelly mit einem Achselzucken. „Warum fragst du?"

„Ach, nur so. Eine Freundin von mir fährt einen schwarzen BMW, und ich dachte, es könnte vielleicht ihrer sein."

„Also, ein BMW ist das auf jeden Fall, das kann ich von hier aus erkennen. Die einzige Person, von der ich weiß, dass sie so einen fährt, ist Fred Harding. Es sieht so aus, als ob jemand drinsitzt, aber ich glaube, es ist eine Frau. Wahrscheinlich seine Frau."

Abby verschluckte sich beinah an dem Kloß im Hals, den sie jetzt spürte. Fred Harding? Warum sollte der sie beschatten? Aber wer konnte es sonst sein? Vielleicht hatte sie sich in Bezug auf Mr Lawrence ja doch geirrt, weil er mit dem Boot nach Hope Harbor gekommen war. Doch war es wirklich Zufall, dass sie immer wieder einen schwarzen BMW sah?

Sie wünschte, Carson wäre in der Stadt gewesen und sie hätte ihm ihre Ängste anvertrauen können. Er hatte ihre Sorge wegen Mr Lawrence allerdings eher runtergespielt und würde das jetzt höchstwahrscheinlich auch wieder tun. Hielten eigentlich alle Männer sie für blöd, völlig irrational und hormongesteuert? Sie musste aufhören, sich Sachen einzubilden.

Bevor Abby von der Arbeit heimfuhr, rief sie noch ihre Mutter an, um nachzufragen, ob sie irgendetwas brauchte.

„Nein, ich habe alles", sagte Grace, und die Worte klangen eher gehustet als gesprochen, jedenfalls gar nicht gut.

„Ach ja, fast hätte ich's vergessen. Heute ist etwas Merkwürdiges passiert", keuchte ihre Mutter.

„Was denn, Mama? Etwas mit deinem Husten?"

„Nein, nein. Ein Mann war hier und hat mich gefragt, ob ich jemanden namens Lawrence kenne. Als ich das verneint habe, hat er an mir vorbei ins Haus geschaut, als ob ich jemanden bei mir verstecken würde."

Abby hatte richtige Angst, die nächste Frage zu stellen.

„Hast du gesehen, was für ein Auto der Mann fuhr, Mama?"

„Nein. Ich kann mich nur erinnern, dass er in einem schwarzen Auto weggefahren ist."

Sie musste schlucken. „Hast du gesagt *Lawrence*?"

„Ja, er hat gesagt, er suche nach einer Verwandten."

Als Abby das Gespräch beendet hatte, zitterten ihre Hände. Der einzige Lawrence, den sie kannte, war der Mann, der mit seiner Frau zusammen im Laden gewesen war, der Mann mit der Motorjacht. Ob vielleicht nach ihm gefahndet wurde und jemand hatte seine Spur bis nach Hope Harbor verfolgt? Aber warum hatte man deshalb ihre Mutter aufgesucht?

Als Emma und sie nach Hause kamen, ging Abby hinaus auf den Balkon und schaute in den Garten, der zwischen den einzelnen Apartmenthäusern lag. Sie fand es selbst schlimm, dass sie derart paranoid und misstrauisch war, aber die Angst und Sorge durch das Gefühl, von irgendeinem Fremden auf Schritt und Tritt verfolgt zu werden, gefielen ihr ebenso wenig.

„Kann ich mit Samantha draußen spielen, Mami?", fragte Emma sie in dem Augenblick.

Abby sah Emma an, die neben ihr stand und sehnsüchtig hinunter auf den Spielplatz schaute, wo ein größeres Mädchen, das ebenfalls in dem Apartmentkomplex wohnte, allein schaukelte.

Weil Abby wegen ihrer Angst, dass irgendwo ein Fremder lauerte, ein ungutes Bauchgefühl hatte, wollte sie schon gerade Nein sagen, aber dann fand sie es einfach nicht fair, ihrem Kind die Gelegenheit vorzuenthalten, mit einem anderen Kind zu spielen.

Sie atmete also einmal tief durch und sagte: „Na gut, dann mal los."

Unten angekommen, setzte sie sich auf eine Bank, um den Mädchen beim Spielen zuzuschauen. Doch ihr Blick wanderte die ganze Zeit in der Gegend umher.

Als sie über irgendetwas lachte, das die Mädchen gerade machten, sagte Samantha plötzlich: „Abby, da drüben im Gebüsch ist ein Mann, der Fotos macht."

Mit einem Ruck drehte sich Abby zu dem Mann um, der mit gezückter Kamera zwischen der Hauswand und dem Gebüsch stand.

„Was soll denn das?!", rief sie und wollte Emma schnappen, um wieder zurück in die Wohnung zu gehen, aber dann gewann ein anderes Gefühl die Oberhand: Zorn. Sie hatte die Nase voll von diesem Spielchen oder was auch immer es sein mochte.

„Kannst du bitte kurz auf Emma achten?", fragte sie Samantha. „Ich muss den Mann fragen, was er da macht", und nachdem Samantha sich bereit erklärt hatte, stand Abby auf und ging auf den Mann zu. Doch als er sie sah, drehte er sich um und ging rasch davon. Abby sprintete hinter ihm her, und genau in dem Augenblick, in dem er die Autotür öffnen wollte, machte sie einen Riesensatz nach vorn, packte ihn am Hemd und zerrte so heftig daran, dass er sich umdrehen musste.

„Wer sind Sie?", schrie sie ihn an.

Der Mann schaute sich nach beiden Seiten um und wurde rot. Die Kamera baumelte am Tragegurt in seiner Hand.

„Wer Sie sind, habe ich gefragt. Warum verfolgen Sie mich?" Sie stand nur wenige Zentimeter von ihm entfernt, sodass er sich kaum rühren konnte, und zum Glück war sie groß und er nicht.

„Hey Lady, was soll denn das? Ich mache nur meinen Job. Ich bin Privatdetektiv", antwortete er, zog eine Visitenkarte aus seiner Hemdtasche und hielt sie ihr vor die Nase.

„Privatdetektiv? Und wer ist Ihr Auftraggeber?"

„Ich … das kann ich Ihnen nicht sagen."

„Ach wirklich? Und was ist, wenn ich Sie wegen Belästigung und Haufriedensbruch anzeige?"

„Äh … hören Sie, ich arbeite für einen sehr reichen Mann und er kann dieses Problem hier sofort lösen."

„Das Problem lösen? Für mich sieht es eher so aus, als ob er die Ursache des Problems ist."

„Hier", er nahm sein Handy aus der Tasche und fuhr fort: „Ich rufe ihn sofort an."

Daraufhin trat Abby einen Schritt zurück, damit er sich bewegen konnte. Sie blieb dann aber demonstrativ nahe bei ihm stehen, die Hände in die Hüften gestemmt. Innerlich schäumte sie und konnte sich nicht erinnern, jemals eine solche Wut im Bauch gehabt zu haben. Doch hier näherte sich jemand bedrohlich ihrer Familie, und das weckte die Löwenmutter in ihr.

„Hallo? Ja, ich bin's, Jack. Ich habe hier ein kleines Problem und brauche Ihren Rat. Mrs Baker steht direkt vor mir und möchte wissen, warum ich sie beschatte."

Der Privatdetektiv hielt das Handy ein Stück von seinem Ohr weg, weil der Mann am anderen Ende der Leitung offenbar sehr laut antwortete.

„Ja, Sir, sie will wissen, wer mich engagiert hat." Es folgte eine Pause, während er der Person am anderen Ende zuhörte. „Ja, Sir."

Als das Telefonat beendet war, sah der Mann sofort wieder Abby an und erklärte: „Er hat gesagt, dass er in ein paar Tagen wieder hier in der Stadt ist und dann alles erklärt."

„Und wer ist er?"

„Kenneth Lawrence."

Völlig verblüfft fragte sie: „Kenneth Lawrence? Was will er denn von mir?“

„Er hat mir gerade gesagt, dass er es Ihnen erklärt, wenn er hier ist.“

„Das wäre auch besser für ihn, denn sonst zeige ich ihn wegen Belästigung an, und das wäre ganz bestimmt nicht toll für seinen guten Ruf.“

Der Detektiv hob daraufhin beschwichtigend die Hände und sagte: „Bitte, gedulden Sie sich noch ein ganz klein wenig. Er ist ein Mann, der sein Wort hält.“

„Hm, wir werden sehen. Aber bis dahin will ich Sie nicht mehr in der Stadt sehen, sonst rufe ich wirklich die Polizei und sage, dass Sie nicht nur mich, sondern auch meine liebe alte Mutter belästigt haben!“

„Ist ja schon gut, Ma'am. Ich lasse mich hier nicht mehr blicken. Versprochen.“

Abby verschränkte die Arme vor ihrem Oberkörper und schaute zu, wie er zu seinem Wagen ging, einstieg und wegfuhr. Wenigstens wusste sie jetzt, wer hinter dem Stalking steckte. Und was diesen Lawrence anging, hatte sie also doch recht gehabt mit ihren Vermutungen. Er hatte sie tatsächlich angestarrt, und die Gewissheit, dass sie recht gehabt und sich das nicht alles nur eingebildet hatte, sorgte für ein gewisses Maß an Erleichterung. Doch den Grund für das alles kannte sie immer noch nicht. Hatte es etwas mit Kevin zu tun? Ein weiterer Angstschauer lief ihr den Rücken hinunter. Hatte Kevin etwas vor ihr zu verbergen gehabt, bevor er gestorben war?

Als sie zum Spielplatz zurückkam, stand Samantha mit gerunzelter Stirn da.

„Was war denn los?“

„Der Mann ist mir gefolgt und ich wollte wissen warum.“

„Und hast du es herausgefunden?“

„Noch nicht ganz, aber bald werde ich es wissen. Und er wird mich nicht mehr belästigen."

„Wow. Hat dir schon mal jemand gesagt, dass du ziemlich schnell bist? Du bist hinter ihm her wie eine Rakete, wie einer von diesen Superhelden."

„Wie *Wonder Woman*?", fragte Abby und musste lächeln.

22. Mai 1945

Grace und ich waren heute in der Stadt. Eigentlich hatte ich vor, das Boot selbst zu fahren, aber dann hat Michael sich bereit erklärt, uns zu bringen. Ehrlich gesagt, war mir dabei auch wohler, denn so konnte ich Grace während der Überfahrt festhalten.

Seit Charles Tod war ich nicht mehr in der Stadt, aber da jetzt unsere Gewässer wieder sicher sind, hatte ich doch den dringenden Wunsch, einmal für eine Weile von der Insel wegzukommen. Wenn ich so lange nicht in der Stadt gewesen bin, dann fühle ich mich immer ein bisschen verwildert und weltfremd, aber es war nicht nur das, sondern ich habe heute außerdem Geburtstag und wollte mir etwas Besonderes gönnen. Ich wollte mir die Haare machen lassen und Grace auch und dann in die Eisdiele gehen und mit einem Eisbecher meinen Geburtstag feiern.

Ich fand die Vorstellung, dass Michael dann so lange auf uns würde warten müssen, schrecklich, aber er sagte, er hätte sowieso noch etwas in der Stadt zu erledigen, sodass es wunderbar passe. Ich habe ihm nicht gesagt, dass ich Geburtstag hatte, weil ich ihm dann auch hätte verraten müssen, wie alt ich bin. Ich werde heute 42. 42 Jahre alt mit einem zwei Jahre alten Kind. Vielleicht wäre ihm das seltsam vorgekommen. Es gibt nicht viele Frauen, die noch so spät ein Kind bekommen, ja, manche Frauen sind in meinem Alter sogar schon Großmutter, wie ich wahrscheinlich auch, wenn eines meiner anderen Kinder noch am Leben wäre.

Wohin wir in der Stadt auch kamen, waren alle entzückt von Grace. Ich hatte ihr ihre Sonntagskleider angezogen, ich glaube, weil ich bei den Leuten in der Stadt einen guten Eindruck machen wollte, und vielleicht auch, um zu beweisen, dass ich eine gute Mutter bin. Trotzdem traf ich auf fragende Blicke und hochgezogene Augenbrauen, und eine junge Verkäuferin fragte mich sogar, ob Grace meine Enkelin sei! Ich frage mich, ob wohl jemand Zweifel daran hat, dass sie meine Tochter ist. Kann man sehen, was ich das ganze vergangene Jahr geheim gehalten habe?

Als ich beim Friseur fertig war, kam Michael, um nach mir zu schauen. Er machte mir Komplimente für meine neue Frisur, und ich weiß, dass ich rot geworden bin, denn mein Gesicht wurde ganz heiß. Beim Verlassen des Friseursalons rief mir die Friseurin nach: „Und einen schönen Geburtstag noch", sodass auch Michael es jetzt wusste.

Er machte viel Aufhebens darum, dass ich ihm nichts davon gesagt hätte, und dann meinte er, dass wir natürlich feiern müssten. Ich erzählte ihm von unserem Plan, Eis essen zu gehen, und er wollte unbedingt mitkommen. Er erzählte sogar jedem in der Eisdiele, dass ich Geburtstag hätte, sodass die Bedienung eine Kerze auf meinen Eisbecher steckte und alle zusammen „Happy Birthday" für mich sangen! Es war mir so peinlich! Aber es war auch wirklich nett von ihm, eine so große Sache aus meinem Geburtstag zu machen. Und er hat nicht gefragt, wie alt ich werde.

Bevor wir wieder zum Boot gingen, machten wir noch einen Schaufensterbummel, und plötzlich zog er mich in einen der Läden und kaufte mir einen wunderschönen Schal, damit ich etwas hatte, um auf dem Rückweg die schöne neue Frisur vor dem Wind zu schützen. Ich sagte, dass er mich verwöhne, aber er meinte nur, ich hätte es wirklich verdient, mal verwöhnt zu werden, ganz besonders an so einem Tag.

Wo wir schon mal in dem Laden waren, wollte ich noch ein paar Dinge für Grace besorgen, also entschuldigte sich Michael kurz und war verschwunden. Ich kaufte Emma neue Socken, einen Plastikteller und einen Plastikbecher. Sie muss langsam lernen, aus einem Becher zu trinken. Als das erledigt war, gingen wir wieder hinaus und trafen dort auf Michael, der mit den Händen auf dem Rücken und einem verlegenen Grinsen auf uns zukam, sodass ich mich fragte, was er wohl im Schilde führte.

Als ich ihn darauf ansprach, was er denn vorhätte, zog er einen Blumenstrauß hinter dem Rücken hervor, überreichte ihn mir und sagte: „Happy Birthday!"

Ich konnte nichts dagegen tun, dass mir die Tränen kamen, und ich hatte das Gefühl, vor Glück gleich zu platzen. Mir fallen nicht viele Zeiten in meinem Leben ein, in denen ich so glücklich war. Michael nahm sein Taschentuch aus der Tasche und berührte damit ganz kurz meine Wange, bevor er es mir gab.

Ich erinnerte mich wieder daran, wie ich in seinen Armen geweint hatte, als Grace verschwunden war, und war versucht, mich wieder in diese Arme zu werfen. Aber das wäre nicht schicklich gewesen, und ich mag gar nicht an den Klatsch und Tratsch denken, den das nach sich gezogen hätte. Die üblichen Verdächtigen gingen wahrscheinlich auch so schon in Stellung, nachdem sie uns jetzt zusammen gesehen hatten und wir uns wie eine glückliche Familie verhielten.

Aber das sind wir leider nicht. Wir tun nur so, wir spielen es. Ich verhalte mich wie eine Mutter und Michael verhält sich wie ein Ehemann und Vater. Die ahnungslose kleine Grace ist die Einzige, die ganz sie selbst ist, oder vielleicht ist sie es auch nicht, merkt es aber nicht. Ich bin so sehr versucht, mich Michael anzuvertrauen und ihm die Wahrheit zu sagen. Es ist gar nicht so, dass unbedingt er es sein muss, dem ich es erzähle, aber ich muss es einfach loswerden.

Doch das geht nicht. Ich habe versprochen, es bis zu meinem Tod für mich zu behalten, und dieses Versprechen werde ich halten.

Abby schaute das Tagebuch an und versuchte zu verstehen, was ihre Granny mit diesen Sätzen gemeint hatte. Was war dieses große Geheimnis, das sie Michael nicht verraten konnte? Was hatte sie versprochen, und vor allem, wem hatte sie es versprochen? Abby fühlte sich, als würde sie ein Puzzle zusammensetzen, bei dem ein paar Teile fehlten. Ob sie diese Teile jemals finden würde?

26

Haben Sie gewusst, dass es auf der Insel eine Höhle gibt, Nick?", fragte Carson seinen Bauunternehmer am nächsten Tag.

Nick rieb sich nachdenklich das Kinn und antwortete: „Also, als Junge habe ich mal ein paar andere Kids darüber reden gehört, dass sie hier drüben eine Höhle gefunden hätten, aber ich habe sie nie selbst gesehen. Warum fragen Sie?"

Dann erzählte Carson ihm, dass er etwas entdeckt habe, was er für eine Höhle hielt. „Und es kam der Geruch von altem Rauch heraus, so als hätte dort jemand ein Lagerfeuer gemacht."

„Dann sind Sie also hineingegangen?"

Carson schüttelte den Kopf. „Nee, es war zu dunkel. Außerdem fand ich es zu gefährlich, falls jemand in der Höhle gewesen wäre. Ich habe mich gefragt, ob Sie vielleicht mitkommen würden, um sich das Ganze einmal etwas näher anzuschauen."

„Ja klar, aber im Moment kann ich hier nicht weg. Ich bin aber ganz Ihrer Meinung, dass Sie dort nicht allein hingehen sollten."

„Ich glaube, dass dort jemand abgewartet hat, bis es dunkel war, und dann hergekommen ist, um hier Schaden anzurichten."

„Haben Sie denn in letzter Zeit jemanden gesehen?"

„Nein, seit der ersten Nacht nicht mehr."

„Vielleicht hat dieser Jemand ja gewartet, dass am Abend alle die Insel verlassen, und dann festgestellt, dass Sie hiergeblieben sind, und er kommt erst zurück, wenn Sie ebenfalls weg sind."

„Ja, das glaube ich auch."

„Und da Ihr Boot gut sichtbar unten am Anleger vertäut liegt, ist das ein todsicherer Hinweis, dass sich jemand auf der Insel aufhält."

„Ja, stimmt. Hey, ich habe eine Idee, aber dazu bräuchte ich Ihre Hilfe", sagte Carson.

„Klar, was haben Sie vor?"

„Wir könnten zusammen in meinem Boot aufs Festland fahren, einer Ihrer Handwerker bringt später Ihr Boot hierher, ich gehe nach Hause, dusche, packe ein paar Sachen zusammen, und dann bringen Sie mich – sagen wir bei Einbruch der Dunkelheit – wieder auf die Insel und fahren sofort aufs Festland zurück, nachdem Sie mich hier abgesetzt haben. Wenn Sie dann morgen früh zur Arbeit kommen, bringen Sie mein Boot wieder mit. Würden Sie das tun?"

„Ja, so könnte es funktionieren."

„Gut. Weil ich drüben ein bisschen Zeit zum Duschen und Einkaufen brauche, könnten wir ja vielleicht heute ein bisschen früher Feierabend machen, wenn das für Sie in Ordnung ist."

„Okay. Inzwischen läuft hier ja alles ganz gut, sodass wir uns von mir aus gegen 16:00 Uhr auf den Weg machen könnten.

Als Carson nach Hause kam, duschte er schnell und zog sich um. Bevor er sonst irgendetwas von seiner To-do-Liste abarbeitete, schrieb er Abby eine Nachricht: *Bin für ein paar Stunden zu Hause. Sind Sie gerade beschäftigt?*

Es kam ihm vor, als wäre ihr letztes Treffen schon sehr lange her, und er wollte sie unbedingt noch sehen, bevor Nick ihn abholte. Allerdings musste er auch noch ein paar Sachen für seinen Aufenthalt auf der Insel besorgen, unter anderem etwas zu essen. Er hatte einen Bärenhunger, aber er überlegte, nicht essen zu gehen, sondern lieber in der Frischeabteilung im Supermarkt etwas zum Mitnehmen zu besorgen, damit er mehr Zeit mit Abby hatte.

Ihre Antwort kam umgehend: *Bin grade nach Hause gekommen. Können Sie vorbeikommen?*

Carson lächelte sein Handy an, denn insgeheim hatte er gehofft, dass sie sich bei ihr zu Hause treffen konnten, und deshalb freute er sich jetzt, dass sie fragte.

Sind Sie sicher? Jetzt gleich?

Das passt gut. Ich wärme gerade Reste auf. Haben Sie Hunger?

Als Antwort knurrte sein Magen. Ehrlich gesagt würde er alles essen, wenn er sie nur sehen konnte. Es gab so viel, was er ihr unbedingt erzählen musste.

Bärenhunger. Soll ich was mitbringen?

Nein danke.

Bis gleich.

In Abbys Wohnung roch es wunderbar, und ihm lief das Wasser im Mund zusammen, aber das Essen war längst nicht so spannend wie die Tatsache, mit ihr zusammen zu sein. Sie sah noch besser aus als sonst, wenn das überhaupt möglich war. Ihr langes, seidiges, braunes Haar fiel ihr über den Rücken, und er musste gegen den Impuls ankämpfen, es zu berühren. Ihre Augen strahlten, als sie ihn begrüßte, sodass er annahm, sie freute sich genauso, ihn zu sehen, wie er sich freute, sie zu sehen.

Er schnupperte. „Was gibt es denn zu essen?“

Sie deutete auf eine Auflaufform auf dem Herd. „Gemüselasagne. Ich hoffe, Sie mögen sie."

„Bestimmt! Auf jeden Fall schlägt sie Wiener Würstchen um Längen."

„Na, das will ich doch hoffen", sagte sie lachend. „Ich habe noch einen Salat dazu gemacht." Sie gab ihm einen Teller. „Bedienen Sie sich ruhig schon mal. Ich weiß ja, dass Sie nicht viel Zeit haben."

„Ich hoffe aber doch, dass Sie mir Gesellschaft leisten, oder?" Er sah sich suchend um. „Wo ist denn Emma?"

„Sie ist in ihrem Zimmer. Sie wollte ihre Bärin umziehen. Ich hole sie rasch."

Carson bediente sich also am Küchentresen mit Lasagne und Salat, stellte dann seinen Teller auf den Tisch und wartete auf Abby und Emma.

Da kam auch schon Emma angerannt und rief: „Onkel Carson!", woraufhin Carson Abby ansah, die errötete und mit einem Achselzucken sagte: „Ich weiß auch nicht ..."

„Hi, Emma. Hol doch deinen Teller und setz dich zu mir."

Als sie sich alle gesetzt hatten und Emma das kurze Tischgebet gesprochen hatte, versuchten Abby und Carson, sich möglichst rasch gegenseitig auf den neuesten Stand zu bringen. Aber Carson musste verschlüsselt sprechen, damit Emma nicht verstand, worum es ging. Auch Abby wollte etwas sagen, aber als sie demonstrativ erst zu Emma und dann wieder zu ihm schaute, verstand er sofort, dass sie lieber ohne Emma unter vier Augen reden wollte.

„Wann fahren Sie denn wieder zurück auf die Insel?", fragte Abby, während sie den Tisch abräumte.

Carson sah auf die Uhr. „Ich habe nur noch ungefähr eine halbe Stunde Zeit."

„Ach, wie schade. Ich dachte, Sie könnten ein bisschen länger bleiben."

„Das wünschte ich auch“, stellte er fest, schaute dann nach draußen auf den Innenhof mit dem Spielplatz und schlug vor: „Hey, sollen wir nicht ein bisschen nach draußen gehen? Dann kann Emma spielen und wir können ein wenig reden.“

„Eine gute Idee“, fand Abby.

Als sie draußen waren und Emma sofort Richtung Spielplatz absauste, setzten sich Abby und Carson auf eine Bank und er erzählte ihr von dem seltsamen Mann und wie er die Höhle entdeckt hatte.

„Wir glauben, dass der Kerl vielleicht nicht wiedergekommen ist, weil er durch mein Boot am Anleger wusste, dass jemand auf der Insel war. Also bringt Nick mich nachher rüber und nimmt das Boot wieder mit aufs Festland. Wir hoffen, dass es uns unbemerkt gelingt.“

„Bitte seien Sie vorsichtig, ja?“ Abbys Blick drückte echte Sorge aus, sodass ihm das Herz regelrecht aufging.

„Und was haben Sie in der Zwischenzeit so gemacht? Irgendetwas Spannendes? Wie geht es Grace?“

Abby schaute hinüber zu Emma und antwortete dann: „Grace geht es soweit ganz gut, aber es ist etwas anderes passiert.“

Er sah sie an und fragte: „Was denn? Ist es etwas Schlimmes?“

Abby schüttelte den Kopf und erzählte ihm dann von dem seltsamen Mann, der sie beschattet hatte, und wie sie ihn angesprochen und gefragt hatte, weshalb und in wessen Auftrag er das tue.

„Er hat gesagt, er sei Privatdetektiv und arbeite für Mr Lawrence.“

„Ist das nicht der Mann mit der Motorjacht?“

Sie nickte. „Genau der.“

Da stieß Carson einen lauten Pfiff aus und fragte. „Und warum hat Lawrence Sie beschatten lassen?“

Sie zuckte mit den Schultern und hob mit einer hilflosen Geste die Hände. „Das hat er mir nicht gesagt, aber er hat in meiner

Gegenwart Mr Lawrence angerufen, und der hat zugesagt, nach Hope Harbor zu kommen und es mir zu erklären."

„Und Sie haben wirklich gar keine Ahnung?"

„Nein. Ich habe mich schon gefragt, ob es irgendetwas mit Kevin zu tun haben könnte, aber ich kann mir nicht vorstellen, was das sein sollte."

„Wissen Sie denn schon, wann er herkommen will?"

„In ein paar Tagen. Mr Lawrence ist irgendwo mit seinem Boot unterwegs und muss erst hierher zurückkommen."

Da legte Carson seine Hand auf ihre, sah sie an und sagte: „Ich wünschte, ich könnte hier sein, wenn er kommt, und Sie moralisch unterstützen."

„Ja, das wünschte ich auch."

Einen kurzen Moment lang war er drauf und dran zu versprechen, dass er bei ihr bleiben würde, bis dieser Lawrence käme, aber das war leider nicht möglich. Er musste wieder auf die Insel, und als er auf seine Uhr sah, stellte er fest, dass es schon Zeit war, sich zu verabschieden.

„Es tut mir wirklich leid, Abby, aber ich muss jetzt los", sagte er und stand auf, woraufhin sie sich ebenfalls erhob.

„Das verstehe ich doch", sagte sie und schaute weg, irgendwo hinüber zum Spielplatz.

„Es wird sich bald alles klären, und dann haben wir mehr Zeit, das verspreche ich."

„Tun Sie das nicht."

„Was?"

„Machen Sie keine Versprechungen für die Zukunft. Man kann nie wissen, was die Zukunft bringt."

Carson wollte widersprechen, aber sie hatte ja recht. Wenn es allerdings nach ihm ginge, dann würden sie ganz bestimmt wieder zusammenkommen. Er hatte den heftigen Impuls, ihr zum Abschied einen Kuss zu geben, aber er widerstand und drückte nur ihre Hand, bevor er ging. Sie hatte ihm sehr deutlich zu verstehen gegeben, dass sie Freunde waren, mehr nicht, und diese Freundschaft wollte er auf keinen Fall aufs Spiel setzen. Aber nur die paar Tage von ihr getrennt zu sein, war schon schwierig gewesen und seine Gefühle für sie hatten das Stadium der reinen Freundschaft längst hinter sich gelassen. Wenn sie jedoch wirklich nicht mehr wollte, dann würde er versuchen, sich damit abzufinden.

Als Carson ging, sah Abby ihm noch nach, und ihr wurde klar, dass sie eigentlich alles an ihm mochte: seine gute Haltung, wie er sich bewegte, seine Größe, die breiten Schultern und die muskulösen Beine, an denen seine Jeans genau richtig saßen, sein dichtes, dunkles Haar und das kantige Gesicht. Aber nicht nur sein Äußeres gefiel ihr. Er war freundlich und rücksichtsvoll, lustig und intelligent, und es war angenehm, mit ihm zusammen zu sein. Er kritisierte sie nie und war immer positiv und aufbauend. Und die Art, wie er sie ansah – sein Blick durchdrang ihren, als würde er ihre Seele erforschen. Ja, sie mochte ihn wirklich, vielleicht sogar zu sehr.

Sie hatte ihn vermisst, als er weg war, und zwar von dem Augenblick an, an dem er gegangen war. Es gab noch so viel mehr, worüber sie mit ihm sprechen wollte – sie wollte ihm erzählen, was sie in dem Tagebuch gelesen hatte, wollte etwas über die Fortschritte am Leuchtturmwärterhaus erfahren und ihm dabei helfen, die Innenausstattung und die Einrichtung auszusuchen.

Aber eigentlich hätte sie diese Umstände ja gewohnt sein müssen, denn war das Leben nicht genauso gewesen, wenn Kevin für kurze Zeit nach Hause gekommen war, nur um gleich wieder in den nächsten Einsatz geschickt zu werden? Eigentlich müsste sie doch jetzt stärker sein als damals, jetzt, da sie es gewohnt war, allein zu leben. Wie war es dazu gekommen, dass sie sich jedes Mal, wenn Kevin nach Hause gekommen war, ein bisschen schwächer gefühlt hatte? Hatte das vielleicht daran gelegen, dass Kevin eine schwächere Person neben sich gebraucht hatte? Abby schüttelte den Kopf, um solche negativen Gedanken zu verscheuchen.

Sie hatte wirklich den Wunsch, Carson und Kevin nicht mehr miteinander zu vergleichen, denn die beiden waren völlig unterschiedlich, und es war Carson gegenüber nicht fair, aber sie konnte nichts dagegen tun. Da war diese eine Frage, die sie eigentlich weder stellen noch beantworten wollte, die aber hartnäckig immer wieder in ihren Gedanken auftauchte: Welchen der beiden Männer mochte sie lieber? *Hör auf damit, Abby. Akzeptiere Carson einfach so wie er ist, genauso wie du auch von ihm akzeptiert werden möchtest.*

Er hatte den Wunsch geäußert, bei ihr zu sein, wenn sie sich mit Mr Lawrence traf, und sie wünschte, das wäre möglich, aber sie hatte das keinen Moment lang von ihm erwartet.

Carsons Anwesenheit hätte ihr das Gefühl gegeben, beschützter, selbstbewusster und nicht so ängstlich zu sein. Aber sie konnte nicht auf jemand anderen bauen, um sich dieser Situation zu stellen, wie auch immer sie aussehen mochte. Sie musste das allein durchstehen. *Bitte Gott, gib mir die Kraft.*

Nick bremste den Außenbordmotor, um möglichst wenig Lärm zu machen, als sie sich der Insel näherten, aber da ohnehin ein ununterbrochenes Wellenrauschen herrschte, bezweifelte Carson, dass jemand das Boot hören würde. So geräuschlos wie möglich legten sie an und sprachen nur sehr leise miteinander, als Carson mit dem Rucksack aus dem Boot stieg.

„Kommen Sie bei Tagesanbruch wieder, für den Fall, dass ich Verstärkung brauche, ja?", sagte er zu Nick, bevor er ihm noch einmal zuwinkte und dann ans Ufer huschte und von dort den Hügel hinauf zum Leuchtturmwärterhaus lief. In einem dunklen Sweatshirt und in Jeans kam sich Carson vor wie ein Undercoveragent aus einem Actionfilm. Hoffentlich kam niemand aus dem Gebüsch gesprungen und griff ihn an, wie es in solchen Filmen oft zu sehen war.

Auf dem Weg zum Leuchtturmwärterhaus schaute er immer wieder in den Wald, um festzustellen, ob sich irgendwo etwas regte. Die Bäume und Büsche am Weg waren durch den Wind, der vom Meer her wehte, die ganze Zeit in Bewegung. Wie sollte er da erkennen, ob sich ein Mensch darin versteckte? Beim Haus angekommen, schloss er rasch die Eingangstür auf und schlich hinein. Dann durchsuchte er das Haus, um ganz sicherzugehen, dass kein ungebetener Gast sich Zutritt verschafft hatte. Nachdem er diese Möglichkeit ausschließen konnte, rollte er im Wohnzimmer den Schlafsack aus, den er dagelassen hatte, und ließ sich nieder. Zuletzt nahm er die Waffe aus seinem Rucksack und legte sie neben sich.

Dank des Essens bei Abby hatte Carson jetzt keinen Hunger und brauchte sich nicht selbst etwas zuzubereiten, sondern konnte sich völlig ruhig verhalten. Bei dem Gedanken an Abbys Einladung musste er lächeln. Es kam ihm so vor, als ob sie immer zuerst an andere dachte – an Emma, Grace, ihn, ja sogar an die Inhaberin des Andenkenshops, ganz zu schweigen von den Kita-Kindern. Sie war offenbar die geborene Kümmerin, und zwar auf eine ganz natürliche Art und ohne etwas dafür zu erwarten. Solche Menschen waren selten, und sie waren etwas ganz Besonderes. Abby war auf jeden Fall etwas Besonderes, und zwar auf mehr als nur eine Art.

Carson atmete den Duft von frisch gesägtem Holz und frischer Farbe ein. Das war der Duft nach Fortschritten auf dem Bau und die Bestätigung, dass er sein Ziel erreichen würde. Er strich mit der Hand über den glatten Holzfußboden, der mittlerweile abgeschliffen und gewachst worden war. Schon bald würden Möbel in dem Raum stehen und es würden sich Gäste darin aufhalten.

Carsons Ohren stellten sich auf jedes Geräusch in der Umgebung ein. Laubfrösche sangen im Chor, dazwischen erklang ab und zu der Ruf einer Eule, im Hintergrund rauschte beständig das Meer, und er hörte, wie die Wellen sich endlos eine nach der anderen am Ufer tief unter ihm brachen. Beim Summen der Mücken griff er nach dem Mückenspray und verteilte es großzügig auf Hals und Gesicht. Dann versuchte er, sich nicht zu bewegen, damit er alles hörte und erkennen konnte, was nicht zu den Geräuschen der Natur gehörte. Das Pochen in seinen Ohren bestätige ihm, dass sein Herz noch schlug. Er wusste nicht, wie lange er so still dagesessen hatte, aber irgendwann wiegte ihn diese Symphonie der Natur in den Schlaf.

Als es ganz in der Nähe knackte, wurde er mit einem Ruck wach, richtete sich auf und schaute auf die Uhr. Es war kurz vor eins. Alarmiert durch das Geräusch von Schritten im Gras verhielt er sich mucksmäuschenstill. Er war nicht allein.

Ganz langsam nahm er die Waffe in die Hand, stand auf und blieb mit dem Rücken zur Wand stehen. Dieses Mal war er wild entschlossen, den Mann zu erkennen, bevor er entkommen konnte. Er hatte mehrere Szenarien durchgespielt, wie er den Eindringling zur Rede stellen würde, und in den meisten dieser Szenarien war der Eindringling unbewaffnet. Was er tun würde, wenn der Mann eine Waffe hatte, wusste er nicht so genau.

Von seinem Standort aus sah Carson, wie sich die Gestalt eines Mannes an den Fenstern entlangbewegte. Er ging gebückt, fast wie ein Affe, und trug offenbar einen langen, dicken Mantel sowie eine Mütze auf dem Kopf. Genau in diesem Moment schwenkte der Strahl des Leuchtturmlichtes über den Garten und Carson konnte das Gesicht des Mannes erkennen. Bei seinem Anblick musste er einen Schreckenslaut unterdrücken. Der Mann hatte so langes Haar und einen dermaßen zotteligen, verfilzten Bart, dass man ihn auch für ein Tier hätte halten können. Einen Moment lang dachte Carson an die „Bigfoot"-Sage, aber er hatte noch nie von einem Bigfoot gehört, der eine Mütze trägt. Das hier war ein Mann, und zwar ein ziemlich seltsamer.

Wie schon beim ersten Mal ging der Fremde geduckt um das Haus herum und rüttelte erst an den Fenstern und dann an der Hintertür. Da hatte Carson eine Idee. Er schlich zur Haustür, schloss sie von innen auf, ging dahinter in Stellung und sprach ein stilles Gebet. *Bitte Herr, hilf, dass keiner von uns zu Schaden kommt.*

Schließlich bewegte sich der Türknauf und ganz langsam ging die Tür auf. Carson wartete, bis der Mann vollständig im Haus war, stieß dann die Tür zu, leuchtete ihm mit der Taschenlampe ins Gesicht und bemerkte trocken: „Sie haben vergessen anzuklopfen."

Der Mann hielt sich jetzt beide Hände vors Gesicht, um seine Augen vor dem blendenden Licht zu schützen.

„Wer sind Sie? Was machen Sie in meinem Haus?", fragte Carson und behielt die Taschenlampe in der einen und die Waffe in der anderen Hand für den Fall, dass er sie brauchte.

Der Blick des Mannes drückte Furcht und Verwirrung aus. Er schüttelte den Kopf und versuchte wegzuschauen.

„Können Sie sprechen? Sagen Sie mir, wer Sie sind! Für wen arbeiten Sie?" Carson blieb sprungbereit stehen für den Fall, dass der Mann eine Bewegung machte und zu fliehen versuchte.

„Bitte, nehmen Sie die Lampe weg! Bitte!", bat die raue Stimme, woraufhin Carson die Lampe ein wenig senkte, sodass das Licht jetzt auf das schmutzige Hemd des Mannes fiel, aber auch immer noch sein Gesicht beleuchtete. Der Mann roch so intensiv nach ungewaschenen Kleidern und Körpergeruch, dass Carson am liebsten zurückgewichen wäre.

„So, ich hab's gemacht. Und jetzt beantworten Sie meine Fragen."

„Ich wusste nicht, dass das Ihr Haus ist. Hier hat so lange niemand gewohnt, dass ich es besetzt habe."

„Sie ... haben es besetzt?"

Der Mann nickte. „Ja, Gewohnheitsrecht, Sie wissen schon."

„Aber das Anwesen hier war Bundeseigentum, bevor ich es gekauft habe. Sie hatten also gar nicht das Recht, es zu besetzen."

„Hä? Ich hab die Leute von der Küstenwache in den Leuchtturm gehen sehen, aber nicht in das Haus hier."

„Dann waren also Sie das, der sich an unserem Werkzeug bedient hat? Haben Sie gedacht, das gehört auch niemandem?"

Der Mann schaute weg und zuckte mit den Schultern.

„So, und jetzt erzählen Sie mal, wer Sie zu all dem hier angestiftet hat." Der Kerl konnte unmöglich allein gehandelt haben.

„Wie meinen Sie das?"

„Ob jemand Sie dafür bezahlt hat, dass Sie unsere Arbeit hier sabotieren."

Der Mann verzog irritiert das Gesicht. „Ich hab keine Ahnung, wovon Sie reden."

„Hey, Mr ... haben Sie auch einen Namen?"

„Leroy."

„Also, Leroy, hat jemand Sie dafür bezahlt, dass Sie unsere Arbeit hier stören?"

Er schüttelte mit Nachdruck den Kopf. „Nein, ich hab mit niemandem gesprochen. Schon ganz lange nicht."

Carson wollte dem Mann gerne glauben, aber sein gesunder Menschenverstand sagte ihm, dass es besser war, misstrauisch zu bleiben. Es war allerdings absolut glaubwürdig, dass der Mann kaum mit Menschen zu tun hatte. Und er konnte sich beim besten

Willen nicht vorstellen, dass ein so kultivierter Mann wie Fred Harding sich mit so einem Kerl abgeben würde.

„Wie sind Sie denn hier auf die Insel gekommen? Hat jemand Sie hier abgesetzt?"

„Hä …?" Der Mann wiegte den Kopf hin und her. „Keiner hat was mit mir gemacht. Hab ich doch schon gesagt, ich rede mit kei'm. Wenn ich nich' in die Stadt geh, was besorgen. Aber ich geh nur jeden zweiten Monat – oder noch weniger. Und ich hab'n eigenes Boot. Keiner setzt mich irgendwo ab."

„Wollen Sie damit sagen, dass Sie hier leben?"

Leroy nickte. „Bin schon lang hier."

Seinem Aussehen nach glaubte Carson ihm das sofort. Das graue Haar hing dem Mann verfilzt herunter und der Bart war schon seit geraumer Zeit nicht gewaschen, geschweige denn gekämmt oder gestutzt worden. Carson schauderte bei dem Gedanken daran, was in dieser verfilzten Masse alles lebte.

„Haben Sie in dem Haus hier gewohnt?"

„Nur wenn es zu kalt war." Er zeigte mit dem Finger zum Fenster hinaus. „Ich wohn' da hinten."

„In einer Höhle?"

Im Blick des Mannes blitzte etwas auf. „Sie ha'm sie gefunden?"

Jetzt war es an Carson, mit den Achseln zu zucken. „Kann schon sein. Wovon leben Sie denn?"

„Ich stell Fallen, ess Fisch und so, und hier im Keller hab ich so eingewecktes Zeugs gefunden."

Carson fragte sich, ob das „eingeweckte Zeugs" seit den 60er-Jahren dort gestanden hatte, als Abigail Martin die Insel verlassen hatte.

„Und warum haben Sie dann das Wasserrohr im Keller angesägt?"

Wieder Achselzucken. „Hab gedacht, Sie geh'n wieder weg, wenn das Rohr nicht repariert werden kann."

„Also, ich sag's ja nicht gern, Leroy, aber ich habe die ganze Insel mit allem, was darauf ist, gekauft, und deshalb ist das, was Sie hier machen, Hausfriedensbruch."

Da wurde Leroys Blick ganz wild und er sagte: „Woll'n Sie damit etwa sagen, dass ich nich hierbleiben kann?"

„Ich fürchte, ja. Ich kann es mir nicht leisten, dass Sie hier herumlaufen und Probleme machen. Und meine Gäste verschrecken."

„Und wo soll ich dann hin?"

In dem Moment bemerkte Carson zum ersten Mal, dass Leroy ein altes Shirt und eine Hose in Tarnfarben trug. Kein Wunder, dass er so schwer zu finden gewesen war. Aber bedeutete das, dass der Mann ein Kriegsveteran war?

„Ich weiß es nicht, Leroy, aber wenn Sie hier weiter Schaden anrichten, dann landen Sie vielleicht im Gefängnis. Ich könnte Sie jetzt schon anzeigen."

„Ich hab schon Schlimmeres erlebt als ein Gefängnis. Vietnam zum Beispiel", sagte Leroy, setzte sich auf den Boden und fuhr fort: „Wenn Sie woll'n, dass ich geh, müssen Sie mich schon wegtragen."

„Das lässt sich machen."

Carson hatte den heftigen Wunsch, die Fenster aufzureißen und frische Luft hereinzulassen, um den Raum von Leroy zu lüften, aber er wollte auch keine Mücken einladen. Carson nahm ein Seil, das er mitgebracht hatte, und fesselte den Mann damit an Händen und Füßen und zog ihn hinüber zur Wand, damit er sich anlehnen konnte.

„Warum machen Sie das? Ich geh nirgends hin. Hab ich doch grade gesagt."

„Tut mir leid, Leroy, aber ich traue Ihnen nicht. Morgen rufe ich den Sheriff, und der kommt dann und holt Sie hier ab."

Daraufhin ging Carson wieder ans andere Ende des Raumes zu seinem Schlafsack, von wo aus er den Mann im Auge, aber seinen

Geruch nicht so direkt in der Nase hatte. Doch an Schlaf war jetzt nicht mehr zu denken. Gut, dass er vorhin schon ein Nickerchen gemacht hatte. Leroy dagegen schlief auf der Stelle ein und schnarchte so laut, dass er Tote hätte aufwecken können.

Carson betrachtete den alten Knaben jetzt genauer. Das war also der Mann, der ihm das Leben so schwer gemacht hatte. Er konnte Leroy allerdings nur für das verantwortlich machen, was auf der Insel passiert war. Der Mann hatte nicht den Einfluss, Materiallieferungen oder Kontrollen durch das Bauamt zu manipulieren. Vielleicht waren all die Zwischenfälle ja wirklich nur Zufall gewesen.

Wie lang der Mann wohl schon auf der Insel lebte? Er hatte bereits von obdachlosen Kriegsveteranen gehört, die unter Brücken oder in Parks lebten, aber die hatten wenigstens Suppenküchen und Obdachlosenunterkünfte, wo es etwas zu essen gab und wo sie sich aufwärmen und ausruhen konnten. Aber so ganz allein hier auf der Insel … Carson konnte es sich nicht vorstellen.

Trotzdem fand er es furchtbar, den Mann auf die Straße zu setzen. Aber was sollte er tun? Hier konnte er jedenfalls nicht bleiben. *Herr, bitte zeige mir, wie ich Leroy helfen kann.*

27

Da ist ein Anruf für Sie", sagte die Kita-Leiterin zu Abby, die auf dem Fußboden saß und einer Gruppe Vorschulkinder etwas vorlas.

„Wer ist es denn?", fragte sie, denn sie wollte nur sehr ungern die Geschichte unterbrechen, weil die Kinder gerade so aufmerksam zuhörten.

„Ein Mr Lawrence."

Als Abby aufstand, Nita das angefangene Buch gab und zum Telefon ging, schlug ihr Herz plötzlich wie wild.

„Abby Baker", meldete sie sich.

„Hier ist Kenneth Lawrence, Abby. Ich würde mich gerne morgen mit Ihnen treffen. Haben Sie einen Vorschlag, wo?"

Abby überlegte angestrengt, wo sie sich an einem möglichst öffentlichen Ort ungestört unterhalten konnten. „Wie wäre es mit dem *Mo's*? Das ist ein Coffeeshop im Ort."

„Ja, ich erinnere mich. Den habe ich gesehen. Könnten Sie morgen Vormittag um zehn da sein?"

„Ja, das lässt sich einrichten."

„Dann sehen wir Sie dort."

Wir? Benutzte er den Pluralis Majestatis und meinte sich selbst oder würde noch jemand anders dabei sein? Vielleicht der Privatdetektiv oder seine Frau?

Den Rest des Tages versuchte sie herauszubekommen, warum sich der Mann so für sie interessierte. Sie fuhr bei ihrer Mutter vorbei, um nach ihr zu schauen, und war entmutigt über deren Kraftlosigkeit und frustriert darüber, dass sie ihr nicht helfen konnte. Sie hatte sogar Vitamintabletten im Drogeriemarkt besorgt in der Hoffnung, dass die ihrer Mutter vielleicht ein bisschen Energie geben könnten, aber Grace meinte, das sei reine Geldverschwendung und außerdem seien sie zu schwer zu schlucken. So gerne sich Abby ihrer Mutter auch anvertraut hätte, brachte sie es einfach nicht fertig, der armen Frau noch mehr Sorgen aufzubürden.

Carson schickte ihr eine Nachricht, als sie nach Hause kam: *Geheimnis gelöst. Müde. Gehe nach Hause, um zu schlafen. Kommen Sie morgen mit?*

Als sie dem Termin von Mr Lawrence zugestimmt hatte, hatte sie ganz vergessen, dass ja morgen der Tag war, an dem sie mit auf die Insel kam. Sie schrieb also zurück: *Kann nicht. Habe Termin mit Lawrence.*

Wirklich? Soll ich mitkommen?

Nein, das geht schon. Wir treffen uns im Mo's.

Okay, dann bete ich für Sie.

Abby seufzte. Gott sei Dank war ihm nichts passiert. Sie brannte darauf, mehr darüber zu erfahren, was auf der Insel vorgefallen war. Wie war das Geheimnis gelüftet worden? Doch so gerne sie ihn dabeigehabt hätte, wenn sie Mr Lawrence gegenübertrat, wusste sie doch, dass sie das allein schaffen musste. Aber sie freute sich über Carsons Anteilnahme und über seine Gebete. Schade, dass sie nicht mit ihm hatte sprechen können. Doch allein diese Nachrichten hatten ihr irgendwie Kraft gegeben, sich dem, was morgen auf sie zukam, allein zu stellen.

Als sie am nächsten Vormittag ins *Mo's* kam, hätte sie Mr Lawrence beinah nicht gesehen, denn er saß zusammen mit einem anderen älteren Mann ganz hinten in einer Ecke. Er sah sie, stand auf und winkte sie zu sich herüber. Abby zwang sich, zu ihnen hinzugehen, und fühlte sich dabei, als ginge sie zu einem Verhör. Als sie sich dem Tisch näherte, stand der andere Mann auf.

„Abby, Mrs Baker, das ist mein Vater, Kenneth Lawrence der Dritte." Der ältere Mann musterte sie mit einem gequälten Lächeln. Sie schaute zwischen den beiden hin und her, und der Mr Lawrence, den sie kannte, sagte: „Ich bin der Vierte." Dann deutete er mit einer Geste auf einen freien Stuhl und sagte: „Bitte setzen Sie sich doch."

Die beiden rochen nach Geld, waren gut gekleidet und trugen teure goldene Uhren und Goldringe an den Händen.

„Entspannen Sie sich, Mrs Baker. Kann ich Ihnen einen Kaffee holen?"

Abby nickte. „Einen *Big Mo* bitte."

„Kommt sofort. Bin gleich wieder da."

Abby dachte in dem Moment, dass er bestimmt nicht oft selbst Kaffee holte. Wahrscheinlich brauchte er nur mit den Fingern zu schnipsen, und dann wurde von seiner Haushälterin oder Sekretärin alles serviert, was er wollte. Zwischen ihr und dem anderen Mr Lawrence, den sie ungefähr so alt schätzte wie ihre Mutter, herrschte ein unbehagliches Schweigen, bis Lawrence der Vierte mit ihrem Kaffee zurückkam.

Sie bedankte sich und war froh über das Getränk, weil sie etwas brauchte, um ihre Hände irgendwo zu lassen und nicht mit ihrem Haar zu spielen. Der ältere Mr Lawrence sah sie die ganze Zeit an und sie wand sich unter seinem Blick.

„Ich weiß, dass Sie neugierig sind, aber wir mussten erst ganz sicher sein, bevor wir Sie konfrontieren", sagte Lawrence der Vierte.

Sie konfrontieren? Hatte sie, ohne sich dessen bewusst zu sein, ein Verbrechen begangen?

Der vierte Mr Lawrence wandte sich an seinen Vater und sagte: „Von hier an kannst du übernehmen."

Sie sah also jetzt den Älteren der beiden an, der sich räusperte, bevor er anfing zu sprechen, dann die Hände vor sich auf dem Tisch faltete und sagte: „Mrs Baker, ich möchte Ihnen eine Geschichte erzählen. Vor vielen Jahren, im Jahr 1943, hat sich mein Vater mit 21 Jahren freiwillig zum Militär gemeldet. Seine Eltern waren dagegen, aber er war fest entschlossen, sich im Zweiten Weltkrieg an den Kriegsanstrengungen zu beteiligen."

Er räusperte sich noch einmal und fuhr dann fort. „Also ging er von zu Hause fort zur Armee. Seine Schwester Beverly, die damals erst 17 Jahre alt war, lebte weiter bei den Eltern. Sie verliebte sich in einen Mann namens Paul Thomas, mit dem ihre Eltern aber nicht einverstanden waren, weil er aus einer Familie kam, die unter ihrem Stand war. Mein Großvater verbot ihr, ihn zu sehen, aber sie weigerte sich zu gehorchen. Paul wollte sich ebenfalls freiwillig für den Kriegsdienst melden, sobald er dafür alt genug war, aber erst wollte er Beverly heiraten. Doch auch davon wollte mein Großvater nichts wissen. Und als Beverly ihm dann sagte, dass sie ein Kind erwartete, warf er sie aus dem Haus."

Abby hörte sich die Geschichte interessiert an, fragte sich aber die ganze Zeit, was das alles mit ihr zu tun hatte.

Mr Lawrence der Ältere trank einen Schluck Kaffee und fuhr dann fort: „Anscheinend sind die beiden dann durchgebrannt und haben doch geheiratet. Es verging ein Jahr, ohne dass ihre Familie ein Lebenszeichen erhielt, aber im März 1944 bekam mein Großvater die Nachricht, dass Beverly und Paul bei einem Bootsunglück ertrunken seien." Er zeigte mit seinem dünnen Finger aufs Meer und fuhr fort. „Irgendwo da draußen muss es passiert sein, ganz in der Nähe von Hope Island."

Ein kalter Schauer lief Abby über den Rücken. „Das muss ja dann zu der Zeit gewesen sein, als meine Großeltern dort Leuchtturmwärter waren."

„Genau. Ihr Großvater hat zwar versucht, sie zu retten, aber vergeblich. Als die Behörden sich mit Ihrem Großvater in Verbindung gesetzt haben, war von einem Kind nicht die Rede, also wurde angenommen, dass es keines gab oder dass es ebenfalls ertrunken war und der Leichnam nie gefunden wurde. Meine Großmutter hat bis zu ihrem Tod um Beverly getrauert, und sie hat meinem Großvater nie verziehen, dass er ihre Tochter aus dem Haus gejagt hatte. Als mein Vater aus dem Krieg zurückkam, erfuhr er die ganze Geschichte und trauerte ebenfalls über den Verlust seiner Schwester."

„Das wollten Sie mir also erzählen, weil meine Großeltern die beiden gefunden haben?"

Mr Lawrence der Dritte sah seinen Sohn an, der in seine Jackentasche griff, ein Foto herauszog und es so vor Abby auf den Tisch legte, dass sie es gut sehen konnte.

„Das ist Beverly."

Abby schnappte nach Luft, als sie das Foto anschaute. Abgesehen von der Frisur hätte es ihr Spiegelbild sein können, und sie kannte noch ein anderes Foto, das die Ähnlichkeit sogar noch besser unterstrich, nämlich das Foto im Album ihrer Mutter, das Grace als Teenager zeigte.

„Sie bemerken natürlich die Ähnlichkeit. Wie auch nicht? Als ich Sie in dem Laden gesehen habe, war ich genauso geschockt wie jetzt Sie. Die Ähnlichkeit ist einfach zu verblüffend, als dass sie ein Zufall sein könnte.

Abby begriff nicht. „Aber meine Mutter ist Grace. Grace Abigail Pearson, die Tochter von Charles und Abigail Martin."

„Sind Sie da ganz sicher? Wir glauben nämlich, dass Ihre Mutter das Baby von Beverly und Paul Thomas ist und dass die Martins das Baby gefunden, behalten und es als ihr eigenes Kind großgezogen haben."

Abby sank das Herz, als ihr die Worte aus Grannys Tagebuch wieder in den Sinn kamen. War dies das Geheimnis, das Granny bis zu ihrem Tod bewahrt hatte? Abby wusste nicht, was sie sagen sollte. Sie konnte diesen Fremden nicht verraten, was in Grannys sehr persönlichem Tagebuch stand.

„Ihre Mutter lebt hier in der Stadt, nicht wahr?"

„Ja, aber es geht ihr gesundheitlich nicht gut. Sie hat COPD."

„Tut mir leid, das zu hören", sagte der ältere Lawrence. „Sie könnte schließlich meine Cousine sein."

Abby starrte ihn an. Und sie selbst wäre dann ja …

„Und Sie wären dann natürlich auch mit den Lawrences verwandt", fügte der jüngere Lawrence noch hinzu.

Ihre Welt war in den Grundfesten erschüttert. Wenn das alles wirklich stimmte, dann war nicht nur Grace, sondern auch sie selbst nicht, wer sie glaubten zu sein. Und dann war Granny auch gar nicht ihre leibliche Großmutter gewesen.

„Was erwarten Sie denn jetzt von mir? Soll ich meiner Mutter sagen, dass sie gar nicht die Tochter von Charles und Abigail Martin ist? Ich fürchte, der Schock könnte zu viel für sie sein."

„Das verstehen wir", sagte Lawrence der Dritte. „Natürlich würde ich sie sehr gerne kennenlernen, aber ich will mich auch nicht in ihr Leben drängen."

„Ja", sagte der Jüngere der beiden. „Die Entscheidung darüber überlassen wir Ihnen. Allerdings gäbe es da noch etwas, das Ihnen vielleicht gar nicht bewusst ist. Ihre Mutter wäre nämlich – ebenso wie Sie selbstverständlich auch – Erbin des Lawrence-Vermögens. Beverlys Vater hat seine Tochter nie enterbt."

Abby schluckte, als sie die beiden Männer abwechselnd ansah. „Also, ich brauche jetzt erst mal einen Moment, um das Ganze sacken zu lassen."

„Ja natürlich. Lassen Sie sich ruhig Zeit. Wir sind noch bis morgen in der Stadt. Hier ist meine Karte. Bitte rufen Sie mich doch an."

Wie betäubt verließ Abbie das *Mo's*, raste nach Hause und nahm das Tagebuch ihrer Granny zur Hand. Immer wieder deutete diese darin an, dass sie nicht Grace' leibliche Mutter war. Sie sprach es zwar nie konkret aus, machte aber ein paar Mal Andeutungen darüber, dass ihr so spät im Leben noch ein Kind *geschenkt* worden sei und äußerte Unsicherheit in Bezug auf ihre Fähigkeiten als Mutter. Doch eine solche Unsicherheit kannte auch Abby selbst in ihrer Mutterrolle, und sie wusste mit Sicherheit, dass Emma ihr leibliches Kind war.

Nicht erwähnt wurde in dem Tagebuch aber zum Beispiel, dass Grace ihr ähnlich sah, und im letzten Eintrag las sie dann von dem Geheimnis, das unbedingt gewahrt werden müsse. Ihre Granny schrieb zwar nirgends direkt, woher Grace kam, ließ aber immer wieder Hinweise fallen, die darauf schließen ließen, dass Grace nicht ihr leibliches Kind war. Aber war das Beweis genug?

Abby brauchte jetzt unbedingt frische Luft, um den Kopf frei zu bekommen. Nachdem sie ihre Laufsachen angezogen hatte, stellte sie ihren Tracker auf acht Kilometer ein, trank eine Flasche Wasser mit einem Zug leer und lief los – die Church Street hinunter und dann jede andere Straße der Stadt entlang, an den Bed & Breakfasts und all den kleinen Lädchen vorbei. Beim Laufen fiel die schwere Last, die sie empfand, von ihr ab und sie betete für die richtige Entscheidung. Sie lief den Pfad direkt am Meer entlang bis zum höchsten Punkt und setzte sich dort einen Augenblick lang hin, um nachzudenken. Wenn es stimmte, dass Grace tatsächlich eine Lawrence war, sollte Abby es ihr dann sagen? Was sollte sie tun? Wie konnte sie sicher sein?

Doch dann hatte sie eine Idee und machte sich auf den Weg zu ihrer Mutter. Es dauerte ein paar Minuten, bis diese ihr die Tür öffnete.

„Wo ist denn dein Schlüssel?“, fragte sie.

„Tut mir leid, Mama. Ich habe ihn nicht dabei. Ich bin gerade auf meiner Laufrunde.“

„Ist heute nicht der Tag, an dem du eigentlich mit auf die Insel fährst?“

„Doch, aber ich hatte heute einen Termin.“

„Geht es dir gut?“, fragte ihre Mutter und berührte Abbys Kopf.

„Ja, Mama. Es war ein Termin, der mit Finanzen zu tun hatte“, was auch der Wahrheit entsprach.

„Wie geht es dir denn heute?“, fragte sie jetzt ihre Mutter.

„Ach, wie immer“, antwortete diese nur achselzuckend.

Abby ließ ihren Blick durch das bescheidene Heim mit den abgenutzten Möbeln wandern und fragte schließlich: „Wo ist eigentlich dein altes Fotoalbum?“

„Da drüben auf dem Couchtisch. Warum fragst du?“

„Ach, ich wollte nur einen Blick hineinwerfen.“

Abby fand das Album und blätterte darin, bis sie das Foto vom Highschoolabschluss ihrer Mutter fand. Staunend sah sie die Ähnlichkeit mit der jungen Frau auf dem Foto, das der eine Mr Lawrence ihr gezeigt hatte.

Dann nahm Abby das Foto von ihrer Granny und dem Großvater, das einen Monat vor der Geburt ihrer Mutter aufgenommen worden war, und stellte fest, dass ihre Großmutter darauf kein bisschen schwanger aussah. Sicher, ihre Granny war ziemlich dünn gewesen, aber selbst dünne Frauen sahen kurz vor der Geburt ihres Babys schwanger aus, das wusste Abby aus eigener Erfahrung. Andererseits konnte es bedeuten, dass ihre Granny ihre Mutter gar nicht zur Welt gebracht hatte. Wenn es wirklich so war, wie sollte sie das dann Grace beibringen?“

Ein erneuter Hustenanfall ihrer Mutter verlangte jetzt ihre Aufmerksamkeit, und sie drehte sich genau in dem Moment um, in dem diese sich auf einen Stuhl fallen ließ. Sie brauchte definitiv

Hilfe, und zwar mehr als ihr lächerliches Einkommen und ihre unzureichende Krankenversicherung es zuließen. Was, wenn Grace wirklich eine Lawrence war? Ob sie sich dann alles an Gesundheitsversorgung würde leisten können, was sie brauchte?

Abby ging in die Küche und trank dort ein Glas Wasser in einem Zug leer, bevor sie wieder ins Wohnzimmer ging. „Ich schau später noch mal nach dir, Mama, ja? Soll ich dir etwas zum Abendessen mitbringen?"

„Ich glaube, ich mache mir einfach eine Dosensuppe auf", antwortete ihre Mutter matt.

„Aber du brauchst mehr als eine Dosensuppe. Ich komme noch einmal wieder, wenn ich Emma aus der Kita abgeholt habe." Dann gab sie ihrer Mutter noch einen Kuss und joggte wieder los, und zwar genau in dem Moment, in dem Carson aus Eddys Barber Shop herauskam.

„Abby! Sie sind genau der Mensch, den ich sehen wollte", rief er erfreut aus.

Sie blieb abrupt stehen und sagte: „Carson? Mit Ihnen habe ich heute gar nicht in der Stadt gerechnet." Sein frischer Haarschnitt und der gestutzte Bart ließen ihn noch attraktiver aussehen, als sie ihn in Erinnerung hatte.

Er rieb sich die Wange und erklärte fast entschuldigend: „Ich habe mich in den letzten paar Tagen ziemlich verzottelt gefühlt und mir gedacht, dass ich vielleicht mal mein Pensionszimmer und mich selbst auf Vordermann bringen sollte."

„Aber wollten Sie nicht eigentlich auf der Insel sein?"

„Doch, aber ich musste mich in der Stadt um ein paar Dinge kümmern und bin deshalb heute nicht rübergefahren."

„Na, dann bin ich ja froh, dass wir uns über den Weg gelaufen sind. Ich würde gerne mehr zu der Nachricht erfahren, die Sie mir gestern Abend geschickt haben. Ich meine Ihre Nachricht, dass das Geheimnis gelöst sei."

Carson lächelte zufrieden und seine Augen strahlten. Ihr war gar nicht bewusst gewesen, wie sehr ihr dieses Lächeln in den letzten Tagen gefehlt hatte.

„Haben Sie schon Mittagspause gemacht? Wir könnten doch zusammen einen Happen essen und ich bringe Sie auf den neuesten Stand."

„Das klingt gut", aber dann schaute sie an sich herunter und fragte: „Sind Sie ganz sicher, dass sie sich mit mir in diesem Aufzug sehen lassen möchten?"

„Ach Abby, mit Ihnen würde ich mich jederzeit und in jedem Aufzug sehen lassen."

Da wurde sie rot und ihr wurde innerlich ganz warm. Sie lächelte ihn an und sagte dann: „Also gut. Wohin gehen wir?"

„Irgendwohin, wo wir reden können. Wie wäre es mit dem *Diner?* Dort kann man gut draußen auf der Terrasse sitzen."

Sie gingen hinüber zum *Diner* und bestellten sich Sandwiches, die sie dann mit nach draußen nahmen. Abby nahm die Getränke, während Carson die Tabletts zu einem Tisch unter einem Sonnenschirm trug. Beim Essen erzählte Carson Abby dann von dem ehemaligen Soldaten, der auf der Insel gehaust hatte.

„Irgendwie tut er mir auch leid", sagte Carson, „aber er kann nicht dableiben, wenn Gäste kommen. Sie hätten ihn sehen sollen, Abby. Er sah richtig furchterregend aus, ganz zu schweigen von seinem Geruch. Tut mir leid, ich wollte Ihnen nicht den Appetit verderben."

„Alles gut. Und was passiert jetzt mit ihm?"

„Das weiß ich nicht, aber ich habe erfahren, dass er eine Pension vom Militär bekommt, die an ein Postfach geschickt wird. Anscheinend hat er sich mit ein paar einheimischen Hummerfischern angefreundet, die ihm geholfen haben, Sachen für den täglichen Bedarf zu besorgen, damit er nicht in die Stadt zu kommen braucht."

„Kommt er jetzt ins Gefängnis?"

„Zurzeit ist er dort, aber ich werde auf eine Anzeige verzichten, weil wir alle fehlenden Werkzeuge in seiner Höhle gefunden haben."

„Wie schlimm es für ihn sein muss, eingesperrt zu sein", sagte Abby und stellte sich vor, wie sich eine Gefängniszelle für jemanden anfühlen musste, der so lange frei und ohne Regeln gelebt hatte.

„Er bleibt dort bestimmt nicht lange und so bekommt er jedenfalls drei Mahlzeiten am Tag und ein warmes und sauberes Bett. Die Betten im Gefängnis sind zwar wirklich nicht bequem, aber immer noch besser, als in einer Höhle zu übernachten."

„Ja, da haben Sie sicher recht."

„Ich habe im Kriegsveteranen-Hospital angerufen und erfahren, dass man ihn dort untersuchen wird. Ich hoffe, er wird von den Leuten vom Sheriffbüro dorthin gebracht."

Abby zupfte an ihrem Sandwich herum und entfernte die Brotscheiben, um den Belag dann mit der Gabel zu essen. Dabei war sie tief in Gedanken versunken und wünschte, sie hätte dem armen Mann irgendwie helfen können. Aber sie konnte ja nicht einmal ihrer eigenen Mutter helfen.

„Abby? Tut mir leid. Jetzt habe ich die ganze Zeit geredet und Sie sind gar nicht zu Wort gekommen. Haben Sie mittlerweile herausbekommen, warum dieser Lawrence Sie beschatten lässt?"

Abby blickte auf und begegnete seinem Blick. „Ja, ich habe mich heute mit ihm und seinem Vater getroffen und ich möchte sehr gerne mit Ihnen darüber reden." Dann erzählte sie Carson von der Begegnung mit den Lawrences und was sie erfahren hatte. „Ich bin nicht sicher, ob ihre Behauptungen stimmen, aber alle Indizien sprechen dafür."

„Wow. Dann haben die Lawrences also all die Jahre geglaubt, dass das Kind gar nicht existierte, und Grace hat geglaubt, jemand anders zu sein. Haben Sie es ihr denn schon gesagt?"

Abby schüttelte den Kopf. „Nein, und ich weiß auch nicht, ob ich es tun soll. Wahrscheinlich würde es sie sehr aufregen und Aufregung tut ihr absolut nicht gut. So eine Nachricht würde ja wahrscheinlich die Welt jedes Menschen völlig auf den Kopf stellen. Ich weiß wirklich nicht, was ich tun soll." Ihr kamen die Tränen, aber sie fuhr fort: „Ich möchte gerne das Richtige tun, und zwar das Richtige für alle Beteiligten."

Carson strich ihr mit dem Daumen über die Wange, wischte ihre Tränen ab und sah sie betroffen und voller Mitgefühl an. „Sie sind ein so fürsorglicher Mensch, Abby, und ich finde es wunderbar, wie Sie anderen helfen möchten. Wissen Sie eigentlich, dass so ein fürsorgliches Wesen eine Gabe von Gott ist?"

Erstaunt blickte sie auf. „Eine Gabe?" Aber war es denn nicht genau das, wofür Kevin sie immer ausgelacht hatte?

„Ja, das ist es. Die meisten Menschen sind so sehr mit sich selbst beschäftigt, dass sie weder Kraft noch Zeit haben, an andere zu denken oder sich sogar um sie zu kümmern. Die meisten Menschen sind einfach egoistisch. Auf mich trifft das jedenfalls zu."

Abby schüttelte den Kopf. „Aber so sehe ich Sie gar nicht."

„Doch, das bin ich. Ich bin so auf meine Ziele fokussiert, dass ich die Bedürfnisse anderer Menschen oft gar nicht sehe. Sie sind anders. Sie schauen zuerst auf die anderen."

Da lächelte Abby schüchtern und entgegnete: „Es freut mich, dass Sie das glauben."

„Das glaube ich nicht, sondern ich weiß es. Also, lassen Sie uns überlegen, ob Sie mit Grace über die Neuigkeiten sprechen sollen oder nicht. Ich an Grace' Stelle würde es wissen wollen."

„Aber dann müsste sie doch denken, dass meine Granny sie ihr Leben lang belogen hat."

„Hat Ihre Großmutter sie großgezogen? Hat sie sich um sie gekümmert und sie lieb gehabt? Hat sie alles für sie getan, was in ihrer Macht stand?"

„Ja, natürlich hat sie das. Meine Mutter und meine Granny standen sich sehr nah, denn viele Jahre lang hatten sie ja nur sich."

„Also hat Ihre Mutter dadurch, dass Sie von Ihrer Großmutter großgezogen wurde, keine Vernachlässigung erfahren."

„Nein, ganz und gar nicht. Aber ich muss Ihnen noch etwas anderes erzählen. Etwas, das ich in Grannys Tagebuch gelesen habe. Sie deutet immer wieder an, dass sie ein Geheimnis hat und dass sie versprochen hat, niemals mit jemandem darüber zu sprechen, solange sie lebt. Ich glaube, sie hat das Versprechen gegeben, meine Mutter als ihr eigenes Kind großzuziehen und es niemandem zu erzählen. Den Grund dafür weiß ich nicht. Vielleicht war es ja mein Großvater, der ihr dieses Versprechen abgenommen hat. Fragen können wir die beiden leider nicht mehr. Ich weiß allerdings, dass meine Großmutter große Probleme gehabt hat, Kinder zu bekommen."

„Also, das klingt ja schon ziemlich belastend. Und vielleicht ist es der Grund, weshalb sie das Tagebuch versteckt hat."

„Ja, vielleicht haben Sie recht."

„Haben Sie es schon zu Ende gelesen?"

„Nein. Ich habe über ihr Leben während des Krieges gelesen und über die Männer von der Küstenwache, die auf der Insel waren, speziell über einen, den sie anscheinend besonders gernhatte."

„Das klingt interessant."

„Ach ja, und dann habe ich von einem Vorfall gelesen, als meine Mutter als Kleinkind einmal verschwunden ist und dann im Keller des Leuchtturmwärterhauses wiedergefunden wurde. Bestimmt hat sie deshalb immer solche Angst vor dem Keller gehabt. Aber seltsam, dass in ihren Träumen vom Keller immer auch Wasser vorkommt. Glauben Sie, dass der Keller schon einmal überflutet war?"

„Möglich ..."

„Carson! Mir kommt da gerade ein Gedanke. Wenn die Eltern meiner Mutter bei einem Bootsunglück ertrunken sind, dann heißt das doch, dass sie dabei gewesen sein muss. Vielleicht hat das Wasser in ihrem Traum ja etwas mit dem Unglück zu tun. Es könnte doch sein, dass sich die beiden schlimmen Ängste meiner Mutter miteinander verbunden haben und sie meint, dass damals in dem Keller Wasser war."

„Hm ja, das leuchtet ein. Ich habe nicht so viel Ahnung von Träumen, aber ich bin sicher, dass sie immer etwas mit dem zu tun haben, was uns unbewusst stark beschäftigt."

„Das ist aber immer noch nicht alles, Carson. Die Lawrences haben gesagt, dass meine Mutter und ich auch Erbanspruch auf einen Teil des Lawrence-Vermögens haben."

Carson stieß einen Pfiff aus. „Wow!"

„Ja, wirklich wow. Aber ich möchte nicht aus diesem Grund eine Entscheidung treffen."

„Kommen Sie schon, Abby, das ist doch nur ein zusätzlicher Vorteil. Ich glaube, ich kenne Sie gut genug, um ganz sicher zu sein, dass Sie kein Geld annehmen würden, von dem Sie nicht glauben, dass es Ihnen rechtmäßig zusteht. Dazu sind Sie viel zu ehrlich."

Abby legte ihre Ellbogen auf den Tisch und massierte sich die Fingerknöchel. „Ich weiß es einfach nicht."

„Es ist Ihre Entscheidung, aber ich bin mir sicher, dass Grace mit der Nachricht fertigwerden würde. Körperlich mag sie vielleicht angeschlagen sein, aber soweit ich es beurteilen kann, hat sie einen starken Willen. Ich glaube, dadurch, dass sie ganz allein mit ihrer Mutter auf einer Insel groß geworden ist und höchstwahrscheinlich dort auch immer mit anpacken musste, hat sie gelernt, taff zu sein."

„Ja, sie hat schon als Kind viel gearbeitet. Darüber haben meine Granny und sie oft gesprochen."

„Und noch etwas, Abby. Wenn das, was die Lawrences vermuten, wirklich stimmt und Sie sagen ihr nichts davon, enthalten sie ihr – und auch sich selbst – dann nicht eine Familie vor, die sie nie kennengelernt hat?“

Abbys Herz krampfte sich zusammen. Er hatte recht. Sie musste es ihrer Mutter sagen. Sie musste wenigstens ihre Mutter selbst entscheiden lassen, ob sie glaubte, dass die Lawrences recht hatten. Und sie würde das Tagebuch mitnehmen.

28

15. Juni 1945

Ich habe Michael jetzt schon seit drei Wochen nicht gesehen – seit meinem Geburtstag in der Stadt. Das war so ein besonderer Tag, und schon allein bei dem Gedanken daran geht mir das Herz auf. Falls ich ihn an dem Tag das letzte Mal gesehen haben sollte, bleibt mir wenigstens die schöne Erinnerung.

Mit dem Garten geht es gut voran und Grace „hilft" mir beim Unkrautzupfen. Allerdings muss ich die ganze Zeit aufpassen, dass sie nicht alles herausreißt. Die Blumen, die ich letzten Monat gepflanzt habe, blühen jetzt und locken Schmetterlinge an. Grace liebt es, hinter ihnen herzurennen und zu versuchen, sie zu fangen. Das ist ein so herziger Anblick.

Weggelaufen ist sie nach dem Zwischenfall mit dem Keller nicht mehr, hat kein einziges Mal auch nur den Versuch unternommen. Ich glaube, das Erlebnis hat ihr solche Angst eingejagt, dass sie jetzt lieber in meiner Nähe bleibt.

Sie wird jeden Tag hübscher und sieht ihrer Mutter immer ähnlicher – dem hübschen jungen Mädel. Ich hoffe, ich habe das Richtige getan, als ich ihr versprochen habe, ihre Kleine wie mein eigenes Kind großzuziehen. Ich glaube nicht, dass Grace jemals erfahren wird, dass sie das Kind einer anderen Frau ist. Jedenfalls nicht solange ich lebe. Charles und ich hatten beide ein mulmiges Gefühl bei der Sache, aber auch er hat sie irgendwann genauso lieb gehabt wie ein eigenes Kind. Es tut mir so leid, dass er sie nicht mehr aufwachsen sieht.

Ihren Vornamen haben wir damals nicht mehr erfahren, deshalb haben wir sie einfach Grace genannt, weil ich glaube, dass sie ein Geschenk von Gott ist, genauso wie seine Gnade – etwas, das man sich nicht verdienen oder erarbeiten kann. Dennoch ist mein Leben so von Liebe erfüllt, wie ich es nie zuvor erlebt habe. Charles hat immer gesagt, dass ich eine gute Mutter sein würde, weil ich mich gerne kümmere – um Menschen wie um Tiere – wann immer sich die Gelegenheit bietet. Ich bin so dankbar, dass ich jetzt Grace habe, um die ich mich kümmern kann.

Mr Mitchell hat vor ein paar Minuten einen Brief gebracht und mich dadurch beim Schreiben unterbrochen. Nachdem er jetzt wieder gegangen ist, schreibe ich zu Ende. Der Brief war von Michael. Er schreibt, dass er nicht mehr kommt, weil er an die Pazifikküste versetzt worden ist, da dieser Teil unseres Landes immer noch durch die Japaner bedroht ist. Er entschuldigt sich, dass er sich nicht persönlich von mir verabschieden kann, aber dass er mich nie vergessen wird und dass ich ihm eine echte Freundin gewesen bin. Er schreibt, dass er uns vermissen wird und dass ich Grace einen Kuss von ihm geben soll. Ich muss weinen, während ich das hier schreibe, weil der Gedanke, ihn nie wiederzusehen, einfach furchtbar ist. Der Brief endet mit den Worten: „In Liebe Michael“. Den Brief werde ich ebenso wie seine besondere Freundschaft für immer wie einen Schatz hüten.

Ich bin dankbar, dass Gott mir Michael in meinen finstersten Zeiten nach Charles' Tod geschickt hat. Gott hat gewusst, dass ich jemanden brauchte, der mich tröstet und mir Mut macht, und das hat Michael getan. Ich erinnere mich, wie schwach ich mich gefühlt habe, nachdem Charles ums Leben gekommen war, wie ich dachte, einfach nicht die Kraft zu haben, allein zu sein, Charles' Platz als Leuchtturmwärter zu übernehmen oder ein Kind großzuziehen. Michael hat mich immer wieder bestätigt und mich überzeugt, dass ich eine Kraft habe, von der ich gar nichts wusste.

Ich bin jetzt stärker. Charles ist nicht mehr da und auch Michael ist weg, aber Gott ist immer noch bei mir, und in seinem Wort steht, dass er meine Kraft sein will. Ich weiß jetzt, dass wir – Gott, ich und Grace – es gemeinsam schaffen.

„Und das haben wir", sagte Grace und blickte mit Tränen in den Augen zu Abby auf. „Mutter und ich haben das gut gemacht. Wir waren ein Team." Ihre Mutter wischte sich die Augen und tätschelte dann Abby die Hand. „Es ist okay, Abby. Abigail Martin wird immer meine Mutter sein. Sie hat den Wunsch meiner leiblichen Mutter erfüllt, und ich kann nur dankbar sein, dass ich von einer so feinen Frau wie Abigail erzogen wurde. Nach den Maßstäben der Welt waren wir nicht reich, aber in Wirklichkeit waren wir es in jeder Hinsicht."

„Und was ist mit den Lawrences, Mama?"

„Mit den Lawrences? Nun ja, wie es aussieht, gibt es da ja jetzt ein paar Verwandte kennenzulernen. Und das gilt auch für dich. Und für Emma auch."

Epilog

So! Das ist das letzte Detail! Abby trat einen Schritt zurück und bewunderte das Bild, das sie an der Wand des Leuchtturmwärterhauses platziert hatte. „Jetzt können die Gäste kommen."

Carson lächelte. „Danke. Du hast das Haus wirklich zu einem wunderschönen Ort gemacht, an dem sich Menschen willkommen fühlen." Er drückte ihre Hand und gab ihr einen Kuss auf die Stirn.

Abby ließ ihren Blick durch den Raum schweifen und war zufrieden damit, wie er geworden war. „Und morgen wirst du schon die ersten Gäste begrüßen. Bist du nervös?"

„Nee, das schaffe ich schon. Außerdem bist du ja bei mir und gibst mir Kraft und moralische Unterstützung, oder?"

Abby lächelte. „Ich habe gar nicht gewusst, dass ich genug Kraft habe, um davon sogar noch etwas abzugeben."

„Oh doch, die hast du. Du bist die stärkste Frau, die ich kenne. Du bist wirklich eine *Wonder Woman,* Abby."

Abby wurde rot, aber der Name verletzte sie nicht mehr, weil Carson seine Bemerkung wirklich ernst meinte. „Dann hast du Mr Harding also doch noch überzeugt. Dieser Tag der offenen

Tür, zu dem du die Geschäftsleute aus der Stadt extra eingeladen hast, damit sie sich selbst ein Bild machen können, war wirklich eine großartige Idee."

Carson zwinkerte ihr zu. „Wo steht noch dieser Bibelvers, in dem es darum geht, seinen Feinden zu essen zu geben?"

„Irgendwo da, wo das mit der Feindesliebe steht."

„Ich bin nicht sicher, ob ich so weit gehen würde. Ich würde lieber meine Freunde lieben, meine ganz besonderen Freunde." Er sah sie intensiv an, bevor er sie zu einem atemberaubenden Kuss an sich zog.

Als er sie wieder losließ, klimperte sie mit ihren Wimpern und sagte neckisch: „Du bist auch ein ganz besonderer Freund für mich, Carson."

Da hob er ihre Hand und rieb mit dem Finger über ihren Diamantring. „Das will ich hoffen, künftige Mrs Stevens."

„Ich versuche immer noch, mich daran zu gewöhnen, dass ich jetzt mit den Lawrences verwandt bin."

„Grace scheint ihre wiedergefundene Familie ja richtig Freude zu machen."

„Ja, sie sind wirklich großartig und nehmen sie so herzlich auf. Besser als ich es mir je hätte vorstellen können. Sie übernehmen sogar ihre gesamten Behandlungskosten, und mit dem Geld, das sie ihr auf ihr Konto überwiesen haben, werden wir ihre Küche renovieren und ihr ein paar neue Möbel kaufen."

„Und du bist jetzt eine echte Erbin. Ich könnte dich also auch nur wegen deines Geldes heiraten."

„Ach wirklich? Und was ist, wenn ich das Geld gar nicht will? Würdest du mich dann immer noch heiraten?"

„Das kommt darauf an. Würdest du denn als reiche Erbin einen niederen Leuchtturmwärter heiraten?"

Abby lachte. „Warum sollte ich mich dem Schicksal nicht ergeben? Schließlich ist mein Name Abigail."

Dank

Obwohl das Buch ein Roman ist, war sehr viel Recherche notwendig, um den historischen Hintergrund präzise darzustellen und die Kulisse der Handlung realistisch zu erfassen. Den Ort *Hope Habor* in Maine gibt es in Wirklichkeit nicht, aber meine Aufenthalte in der idyllischen Stadt Bar Harbor mit seinen kleinen Läden, die nur während der Saison geöffnet sind, und den kleinstädtischen Bed & Brakfasts haben meine Fantasie beflügelt. Den Leuchtturm von *Hope Island* gibt es dementsprechend auch nicht, aber mein Mann und ich haben schon viele Leuchttürme in Maine besichtigt und die Kulisse des Leuchtturms in diesem Buch erinnert mich an den Leuchtturm von Bear Island. Danke Chuck, dass du mit mir diese wunderschönen Reisen unternommen hast.

Ich möchte all den Menschen danken, die verlassene Leuchttürme und Leuchtturmwärterhäuser sanieren, wie beispielsweise auch diejenigen, die das *Little River Light* in Cutler im Bundestaat Maine renoviert haben, wo mein Mann und ich zwei Sommer lang ehrenamtliche Hausmeister waren. Timothy Harrison, Kathleen Finnegan, Terry und Cynthia Rowden haben viele Stunden Arbeit in die wunderschöne Renovierung von *Little River Light* gesteckt.

Die Figur des Carson Stevens und sein Traum, Leuchtturmbesitzer zu sein, ist inspiriert von dem echten Leuchtturmbesitzer Nick Konrad. Nicks Traum ging in Erfüllung, als er mehrere Leuchttürme kaufte, unter anderem zwei, aus denen er Bed & Breakfasts machte, und zwar *Borden Flats* in Massachusetts und *Big Bay Point* in Michigan. Nick war so freundlich, ein paar seiner Erfahrungen bei der Sanierung der Leuchttürme mit uns zu teilen, sodass ich eine Vorstellung davon hatte, welche Herausforderungen eine solche Arbeit mit sich bringt.

Es war ein Segen, meinen Sohn Bret Lyttle als Berater zu haben. Seine Erfahrung als Bauleiter war mir eine große Hilfe dabei zu verstehen, wie Gebäude aufgebaut sind und was bei Renovierungen und Sanierungen alles schiefgehen kann.

Und schließlich danke ich Gott, dass er mir die Idee für diese Geschichte und die Kontakte geschenkt hat, um sie realistisch werden zu lassen. Er ist der Ursprung aller Kreativität, und ich bin dankbar dafür, dass er mir ein bisschen davon abgegeben hat.

MIX
Papier aus verantwortungsvollen Quellen
FSC® C014496

Die amerikanische Originalausgabe ist im Verlag
Candlelight Fiction erschienen, an imprint of LPC Books, a division of
Iron Stream Media, 100 Missionary Ridge, Birmingham, AL 35242, USA,
unter dem Titel „Abigail's Secret".

1. Auflage 2022
Bestell-Nr. 817796
ISBN 978-3-95734-796-1

Umschlaggestaltung: Hanni Plato
Umschlagmotiv: Marc Guitard, Getty Images (Verlagsausgabe);
grantreig, Getty Images (Clubausgabe)
Satz: Apel Verlagsservice, Celle
Übersetzung: Antje Balters
Druck und Verarbeitung: GGP Media GmbH, Pößneck
Printed in Germany

www.gerth.de